陕西师范大学优秀著作出版基金资助出版

郭英杰 著

20世纪中美诗歌比较研究新视野

——基于互文与戏仿的艺术考察

人民出版社

责任编辑:李媛媛
封面设计:姚　菲
责任校对:白　玥

图书在版编目(CIP)数据

20世纪中美诗歌比较研究新视野:基于互文与戏仿的艺术考察/
　郭英杰 著. —北京:人民出版社,2017.10
ISBN 978－7－01－018467－8

Ⅰ.①2…　Ⅱ.①郭…　Ⅲ.①比较诗学-中国、美国　Ⅳ.①I207.22
　②I712.072

中国版本图书馆 CIP 数据核字(2017)第 263127 号

20世纪中美诗歌比较研究新视野
ERSHI SHIJI ZHONGMEI SHIGE BIJIAO YANJIU XINSHIYE
——基于互文与戏仿的艺术考察

郭英杰　著

人民出版社 出版发行
(100706　北京市东城区隆福寺街 99 号)

北京中科印刷有限公司印刷　新华书店经销

2017 年 10 月第 1 版　2017 年 10 月北京第 1 次印刷
开本:710 毫米×1000 毫米 1/16　印张:18.75
字数:350 千字

ISBN 978－7－01－018467－8　定价:57.00 元

邮购地址 100706　北京市东城区隆福寺街 99 号
人民东方图书销售中心　电话 (010)65250042　65289539

目　录

序　言

方汉文①

半个多世纪以前,著名文学评论家、剧作家、诗人 T.S.艾略特接受诺贝尔文学奖时,曾经在获奖致辞中说道:

> 我想在诗歌中,不同国家和不同语言的人民,即使是一个极小的国家的少数人,得到互相理解,无论其多少,这才是最重要的。②

在世界文学史上,可能没有哪种诗歌能够像中国与美国这两个大国之间的诗歌这样关系之密切。特别是 20 世纪的中美诗歌之间的联系与交流。而重中之重者,则是中国古典诗歌引入美国,形成著名的"意象诗",风靡欧美各国;另一个方面,则是包括美国诗在内的西方诗歌传入中国,引发了"现代诗"运动或者称之为"新诗"的潮流。

这里尤其要强调的是:美国"意象诗"或者说庞德与中国文学关系的研究早已不是新话题,但是从 20 世纪中美诗歌交流史的整体性与历史性观念

---

① 方汉文,陕西省西安市人,北京师范大学文学博士、留美博士后。现任苏州大学比较文学研究中心主任,文学院学术委员会主任、教授、博士生导师,兼任北京大学、美国图兰大学、香港大学、韩国全北大学、台湾东吴大学等院校特聘教授与客座教授。方汉文教授是中国比较文明文化学的开拓者与奠基人。2003 年,他撰写完成的《比较文化学》(广西师范大学出版社出版),成为中国第一部也是世界第一部系统介绍比较文化学学科的理论专著。该书也被国际比较文明学会评为"中国比较文明文化学的肇始之作",代表着中国比较文明文化学学科的开端。

② T.S.Eliot, "Speech at the Nobel Banquet at the City Hall in Stockholm, December 10, 1948", in *Nobel Lectures*, *Literature* 1901 - 1967, Horst Frenz(ed.), Amsterdam:Elsevier Publishing Company,1969,pp.232-233.

着眼来研究,并采用全球化时代跨文化比较的观念,可谓前所未见。这正是本书的特色和价值所在,具有开创之功。

我热烈祝贺由陕西师范大学外国语学院郭英杰副教授完成的这部新著得以出版。本书作为作者多年来默默耕耘的成果,既体现了新一代学者辛勤研究的努力,也表现了作者在这一领域的创新意识。嘉许之余,更要对20世纪这段辉煌而独特的世界文学史"佳话"新阐释稍作评述。

1912年至1922年间,美国兴起了新诗运动。主要是所谓"意象派"诗的兴起,颠覆了传统的英诗。英诗传统对于美国文学而言,可谓是正统。新诗兴起之前,人们很难想象,美国诗歌如果脱离英国文艺复兴诗歌、古典主义与浪漫派诗歌将会是一种什么局面?

所以,有的学者认为"'意象派'诗歌之于英美现代诗歌,有如一首序曲之于整部歌剧。序曲格局不大,结构精悍,它的任务不是摆开阵势,通过宣叙、咏叹、重唱、大合唱,展现一台有声有色,威武雄壮的好戏,而是烘托气氛,透露消息,介绍帷幕后即将与观众见面的作品的主题。"①

意象派形成起于伦敦而大成于美国诗坛,由美国著名诗人艾兹拉·庞德发起,爱米·罗厄尔为主角,有希尔达·杜力脱尔、约翰·各尔特等重要成员。这一运动的初衷是为使诗歌摆脱19世纪末浪漫主义的感伤情调和矫揉造作、无病呻吟,即如庞德所称的世纪初那种"相当模糊,相当混乱……感伤做作"的诗歌。意象派诗人努力寻求情感的客观对应物,以求简隽、含蓄地表达情感。他们在《诗刊》上发表了意象派宣言:1.直接处理无论是主观的还是客观的事物;2.绝对不用无助于表现的词;3.至于节奏,应使用音乐性短语,而不要按节拍器的节奏来写。② 有幸的是,他们在中国古典诗歌里发现了与他们理论相吻合的诸多契合点。他们所苦苦寻索的"意象"在中国早有精辟阐释:"使玄解之宰,寻音律而定墨;独照之匠,窥意象而运斤。"③而庞德对意象进行了独特的阐释,一种现代语言的、西方化的阐

---

① 李文俊:《意象派诗选·译本序》,载[英]彼德·琼斯编:《意象派诗选》,裴小龙译,漓江出版社1986年版,第1页。

② [英]彼德·琼斯编:《意象派诗选》,裴小龙译,漓江出版社1986年版,第11页。

③ 周振甫:《文心雕龙今译》,中华书局1986年版,第3—5页。

释:"那是一瞬间呈现理智与情感复合物的东西。"①

在此我们不难看出,虽然时分古今、人发中外,但是诗歌的审美却是跨语言、跨文化的。美国诗人庞德的诗学竟然与中国唐代王昌龄于《诗格》中所说的"搜求于象,心入于境,神会于物,因心而得"达成了跨越历史、时空的对接。这也正是笔者称其为"千古佳话"的根本原因。

人们认识到,美国意象派的理论渊源乃在于中国古典诗歌之中,是借"他山之石",来攻己之"玉"。这种见解已经成为共识②。美国新诗运动主要发起人之一的哈丽特·蒙罗就认为,意象主义不过是中国风的另一种称呼而已。当然我们也要补充一句:美国意象诗人的创造也是不可或缺的。

正像历史上所有的创作与翻译的关系一样,意象派运动本身就是一场译介中国古典诗歌的热潮,而且是欧洲整体的风潮。英国著名汉学家、中国古典诗歌翻译权威阿瑟·韦理的《一百七十首中国古诗选译》在 20 世纪初传入美国后,产生了非常广泛而深远的影响。它与庞德的《神州集》一起,成为美国新诗运动中诗人学习的典范。特别是新诗运动十年间,在美国出现的中诗英译本之多前所未见,包括海伦·瓦代尔的《中国抒情诗选》(1913)、詹姆斯·怀特的《选自〈玉书〉的中国诗歌集》(1918)、爱诗客与罗厄尔合译的《松花笺》(1921)、斯特布勒的《李太白诗歌集》等。所谓多译、重译者,更是屡见不鲜,有的译本甚至达 22 种之多,史所罕见。而且,这些译本的译者,多为美国新诗运动中的重要诗人。美国著名诗人威廉·卡洛斯·威廉斯就声称,他学习中国诗的表现手法是"他毕生为之奋斗的诗学原则"③。由于作为美国现代诗歌源头的新诗运动其本身就是一场中国古典诗歌热,因此可以认为:中国古典诗歌对美国诗歌的影响一直就是绵延不绝的。

首先要提到的是享誉欧美的著名诗人庞德(Ezra Pound, 1885—

---

① [英]彼德·琼斯编:《意象派诗选》,裘小龙译,漓江出版社 1986 年版,第 11—12 页。

② R.R.Arrowsmith, "The Transcultural Roots of Modernism: Imagist Poetry, Japanese Visual Culture, and the Western Museum System", *Modernism/Modernity*, Vol. 18, No. 1 (April 2011), pp.27-42.

③ E.Weinberger & W.C.Williams, *The New Directions Anthology of Classical Chinese Poetry*, New York: New Directions Publication Corporation, 2003, pp.23-24.

1972)——意象派诗歌运动的主要领导者。他认为:中国诗"是一个宝库,今后一个世纪将从中寻找推动力,正如文艺复兴从希腊那里找到推动力"。① 当时,他根据东方学者、诗人费诺罗萨在日本侨居、游学期间写下的21本关于中国、日本古典诗歌的笔记,选择、改写和翻译了中国古典诗歌19首,其中唐诗14首,包括李白的《玉阶怨》《长干行》《别友》等,王维的《送元二使安西》等,于1915年辑为《神州集》。庞德希望在这些中国诗例中,找到对意象派诗歌原则的支持。诗集出版后,反响巨大。这本小册子被誉为对英语诗歌"最持久的贡献",T.S.艾略特甚至称庞德为"我们时代的中国诗的发明者",美国著名汉学家倪豪士亦指出:"著名诗人、翻译家艾兹拉·庞德,确实影响了英语读者对中国文学鉴赏品味的形成。"②

如果结合庞德自己的创作实践,可以看出这种创作实践完全是对其理论的实现。他所写的《地铁车站》是意象派的压卷之作,被认为是"有名的例子,其意象之强烈程度超过所有意象主义诗歌"③。译诗如下:人群中这些面孔幽灵一般显现;/湿漉漉的黑色枝条上的许多花瓣。④ 诗原有30行,之后压缩为15行,最后只剩下2行。它表达了诗人在某一特定时间观察对象所得的印象。这种意象派常用的典型的意象叠加的方法,在中国古典诗词中不胜枚举,比如马致远的《天净沙》,就表达得简隽、委婉、微妙,可谓与之同出一辙。庞德也自称此诗"是处在中国诗的影响之下的"。⑤ 庞德还根据中国诗进行了许多改作和仿作。比如,他根据刘彻怀念已故李夫人的诗作《落叶哀蝉曲》,半翻译、半创作地写出一首英诗,竟被英美人当作庞德本人的名篇收录在现代诗歌选本中。在该译诗中,庞德突破翻译界限,干脆自己新写了一个结尾,把长埋于落叶之下的美人比为"一片贴在门槛上的湿叶子",这是他典型"意象主义"的写法,含蓄、婉转,大为增色。

这里还必须要提到另外一位重要诗人——艾米·罗厄尔(Amy Lowell,

---

① 赵毅衡:《诗神远游》,上海译文出版社2003年版,第17—18页。
② [美]倪豪士:《美国学者论唐代文学》,上海古籍出版社1994年版,第22—23页。
③ [美]M.H.可伯拉姆主编:《简明外国文学词典》,曾忠禄等译,湖南人民出版社1987年版,第86页。
④ 袁可嘉等编:《外国现代派作品选》,上海文艺出版社1980年版,第38—39页。
⑤ 赵毅衡:《意象派与中国古典诗歌》,《外国文学研究》1979年第4期。

1874—1925)。她是意象派后期挂帅人物,曾与艾思科合译《松花笺》。该诗集收译诗 137 首,其中李白的诗占大半,可见其对李白诗风的仰慕。"松花笺"一词源自唐朝女诗人薛涛自制并用以写诗的彩色笺,此处被用作书名,足见罗厄尔对中国文学的热爱。她十分迷恋东方诗风,力图把意象主义与东方情韵融合起来。她从中国古典诗歌中学到在诗中运用密集的意象,层层叠加,以求达到诗的高度精炼。这在她的创作实践中有相当丰富的表现,如《下雪》,全诗将雪花、脚印、钟鸣等视觉意象和听觉意象叠加在一起,相当具有表现力。其他诗作如《街衢》等,亦多借鉴中国古诗意境。

正是 20 世纪初期这场由意象派引领的新诗运动,冲破了传统英诗格律的桎梏,为美国诗坛迎来了一场"文艺复兴",为英美现代诗拓展了新的表现空间。同时,意象派掀起的学习译介和借鉴中国古典诗歌的热潮,使西方世界再度感受到了中国文化和中国文学的魅力。这也是 17、18 世纪的中国戏剧进入欧美之后,中国文化和中国文学再次在西方大放异彩。更重要的是,几乎就在同时,欧美诗作为"新诗"进入中国,中国的新文化运动中涌现出大批新诗人。遗憾的是,由于历史语境的局限,新诗人们在批判中国的"旧诗"(即传统格律诗)时并不知道,他们所崇拜的欧美"新诗"体,其实在历史上曾经大大受惠于中国传统的格律诗。

20 世纪五六十年代,美国诗歌兴起了一次前所未有的新潮流,这就是"垮掉派诗歌"运动。这个诗派得名于美国"垮掉的一代"(The Beat Generation)。20 世纪初期,美国社会思想呈现多样化的发展,来自于中国禅宗的思想成为当时最有影响的一支。日本学者铃木大拙(Suzuki Daisetz)从 20 年代起,在美国传播佛教禅宗思想,中国学者胡适也在 50 年代起开始在美宣传中国禅学。特别是美国学者艾伦·瓦茨(Alan Watts)的《禅》(Zen,1948)等一系列著作出版,对禅宗思想在美国的本土化起了重要的推动作用。这其中,他的《禅之道》可以说是"垮掉派诗人"的《圣经》,相当多的垮掉派诗人开始信仰佛教,崇拜禅宗。一大批美国诗人书写禅诗并乐此不疲,如美国新诗人韦尔契、斯特利克和惠伦等人就是早期的禅宗诗人。

禅宗本是中国唐代开始建立的中国本土化佛教宗派之一,它把"禅悟"或"顿悟"视为独特的思维方式,主张"不立文字""明心见性"等独特的教化方法,成为中国佛教的重要创造。宋代以后,通过所谓的"禅教合一",禅宗实际成为中国佛教的主流,中国社会三教九流无不谈禅,尤其是文人学士以谈禅为荣,中国诗词绘画以"禅思"与"禅趣"作为最核心的精神与最高的标准。从唐宋以后,书写各类体裁的"禅诗"更是成为传统,广大诗人特别是一些"诗僧"创作具有独特审美的诗篇,形成所谓"诗禅"说①。对美国影响最大的是唐代诗人寒山等人的诗歌。寒山是唐代贞观年间的诗僧,卜居浙江天台山寒岩幽窟之中,因此得名寒山。寒山为人举止怪诞,戴着桦树皮的帽子,衣衫褴褛,脚登旧木屐,行走在山间。他的诗歌抨击时弊,鄙薄社会世俗观念,有时以禅宗式的话语来宣扬佛教思想。寒山作为诗僧一直享有盛名,元代时寒山诗东传日本和朝鲜,20 世纪初期到中期,寒山诗在欧美红极一时,有英、法、德等多种语言的寒山诗集出版发行,寒山诗当然也成为中国"诗禅"的一个典型代表,受到美国新诗诗人的推崇。

　　中国的"诗禅"思想深入到美国诗歌之中,主要分为三大类型:第一种以"垮掉派诗歌"为代表。第二次世界大战后美国新一代青年对美国社会现象愤懑不平,离经叛道,否定社会通行的价值观和道德观,吸食大麻、参加游行示威、到处流浪,他们用诗歌表达自己的思想观念。比如金斯堡在其名诗《日落》中这样写道:

> 我看到在一个利欲
>
> 熏心的原始世界上
>
> 太阳落下,让黑暗
>
> 掩埋了我的火车
>
> 因为世界的另一半
>
> 在等待着黎明的到来。

（赵毅衡 译）

　　令人耳目一新的是,"垮掉派诗歌"诗人的不修边幅、恣意放荡的生活恰与中国唐代诗僧寒山的举止怪诞形成了一种对话。特别是在诗中,这种以自我意识为中心,对这个充满利欲与黑暗的世界的抨击,令人想起寒山诗中对俗世与人生的反思:"可畏轮回苦,往复似翻尘";"速了黑暗狱,无令心性昏"。在金斯堡的代表作《嚎叫》中,诗人情不自禁地怀念自己在疯人院

---

① 参见郁沅:《严羽诗禅说析辩》,《学术月刊》1980 年第 7 期。

中的朋友卡尔·所罗门,诗中写道:

　　我跟你在罗克兰

　　在那儿你将劈开长岛的天空从那超人类的墓穴中

　　挖出你那活着的人间基督

　　我跟你在罗克兰

　　在那儿一共有二万五千发疯的同志唱着《国际歌》

　　最后的诗节

　　这种飓风般的诗风以及极度夸张的意象,传达出诗人的情愫和卓尔不群,更与寒山诗中的瑰丽奇谲又充满嘲讽之风产生一种玄思式的对应。寒山诗中吟咏:"有身与无身,是我复非我";"不念金刚经,却令菩萨病"。无论是西方的基督还是东方的菩萨,在诗中作为信仰的象征,都具有一定的戏谑与反讽的成分。

　　于是,这里我要说:本书作者借助"互文"与"戏仿"新观念对20世纪中美诗歌进行比较研究,真是相当的深入与贴切。

　　在第二种类型的创作中,美国诗人主要是从自我的体验出发,对禅宗思想进行阐释,以获得"理解"的快乐。而且,诗人们还特别重视从形式角度来表现思想,其目的是要传达出禅宗的"顿悟"精神、脱世离俗的生活态度以及无意识的心理状态。正如著名诗人麦克卢在他的诗中所描写的那样:

　　禅,其实并非一种体验,

　　而更是一种理解。

　　……

　　如果你要将它理解为一种体验,

　　那么,这却是一种新的体验。

　　这就是

　　绝对的否定。

　　这首诗也是美国禅宗"顿悟"诗中的典型。一般来说,这类诗的形式相当独特,没有严整的韵律,没有合乎理性的表达,但是仍然能够表现美国诗人对于禅的理解。这就犹如中国诗人所说"学诗浑似学参禅",要求"跳出少陵窠臼外",追求"水中之月""镜中之像"的审美理想。这种体验本身,也如同寒山诗中所说的"假使非非想,盖缘多福力。争似识真源,一得即永得"。

当然与中国诗禅一样,美国的"诗禅"也是相当多样的。除了以上这种具有神秘主义色彩的诗之外,美国诗人鲁依特的诗也有另一番趣味,因为他在诗中追求一种自然朴素的诗风,对禅的意义进行了另一番阐释。倘若把他的诗与中国诗进行比较,更相近于中国宋代以后的诗禅观念中返朴归真的风格。

第三种类型是在 70 年代以后,美国诗禅进入本土化的重要发展时期,出现了像加里·斯奈德(Gary Snyder,1930—　)这样的杰出诗人。诗禅成为一种文化诗学,并从社会生态、人生哲学等更多层次发展,超越了原本诗缘、诗趣的范围。无论是艺术形式还是思想观念,都有很大的创新。

当代诗人斯奈德曾经在日本出家修行,认真研习禅宗思想,回到美国后,他来到美国加州,在西埃拉山上建立了一个禅宗的公社,如同一个小社会,吸引大批信徒前往修行。从思想理念而言,斯奈德主张儒、释、道合一,完全改变了原有的以禅宗为唯一正宗的指导思想。这也就改变了禅宗诗人举止怪异的特点。对待社会生活方面,他主张儒家的入世,关心环境变化,反对工业化所造成的环境污染。但是,从思维方式而言,斯奈德仍然从禅宗取得智慧,用一种辩证理性来看待社会生活。不过,斯奈德主张通过"禅修"来积累智慧,而不是所谓的"顿悟"。他曾经说过:"顿悟不是结束,而是给我们找开禅修之门。"[1]可以说,正是美国本土生活经历给他以智慧,因为禅宗思想在中国的变化恰恰与此不谋而合。宋明理学是中国哲学的一个高峰,其中吸收了禅宗的思想,并将其与儒学相结合,发展出中国式的心性之学。斯奈德则通过学习苏东坡等人的诗,发展出美国式的儒、释、道结合的新诗。最突出的例子是斯奈德自己所选的一首诗。据说美国诗人理查德·霍华德曾经在编一部美国现代诗集《偏爱集》(Preferences)时,要求五十位现代诗人不但要选出一首自己最好的诗,而且要求举出与这首诗相关的古代名诗,斯奈德选用了《松树的树冠》,并且以苏东坡的诗为最杰出的"参照标准"。

斯奈德的诗是这样写的:

　　蓝色的夜

---

[1] 参见傅伟勋:《从西方哲学到禅佛教》,生活·读书·新知三联书店 1989 年版,第 319 页。

霜雾,在空中,

明月朗照。

松树的树冠

弯成霜一般蓝,淡淡地

没入天空,霜、星光。

靴子中的吱嘎声。

兔子的足迹,鹿的足迹,

我们能知道什么?

他认为他的这首诗受到了苏东坡《春夜》一诗的启发:

春宵一刻值千金,

花有清香月有阴。

歌管楼台声细细,

秋千院落夜沉沉。

斯奈德曾经给中国学者赵毅衡教授解释过自己的写作意图、意象选择与诗意。据他本人讲,这首诗着意于通过描写熟悉的常见事物,并从中达到对于事物存在意义上的"悟解"或者说"彻悟"。所以,这种诗意的"彻悟"不是形而上学的,而是经验性的,是通过日常事物来表达一种禅理。[1]

但毋庸置疑的是,斯奈德对美国诗禅最主要的贡献并不是苏东坡式的"得句如得仙,悟笔如悟禅",也不是"不用禅语,时得禅理"(沈德潜语)。他那些幽妙微深的禅诗当然是文中应有之义,其精妙、独到之处在于:借助"彻悟"的诗行,来表达对现实社会的反思,尤其是在后工业化时代。他的诗于是被界定为生态主义诗歌,具有开启之功[2]。的确,他的诗时有妙笔,并多有指涉:

松树在沉睡,杉树在破裂

花挤裂了路面。

八大山人

---

[1] 赵毅衡:《诗神远游》,上海译文出版社 2003 年版,第 335 页。

[2] J.Norton & G.Snyder,"The Importance of Nothing:Absence and its Origins in the Poetry of Gary Snyder?",*Contemporary Literature*,Vol.28,No.1(Spring 1987),pp.41-66.

（一个目睹明朝覆灭的画家）

住在树上：

"虽然江山已亡

笔

能绘出山河。"

（赵毅衡 译）

　　诗中的中国画意象就是八大山人朱耷的中国画。朱耷是明王朝的宗亲，江西宁献王朱权的九世孙，号八大山人，是明末最伟大的画家，也是中国绘画史上最有影响的人物之一，后世文人画以他为代表。虽然他行为怪僻，但艺术上成就极高，画风被人称为"笔简形赅""形神毕具"。为了表达对于现实的叛逆，他笔下的禽鸟一足而立，鱼圆睁怪目，山水从来是残山剩水，没有完整的图像。传说他为表达自己的志向，还曾栖居于树上，这种古怪行径正是诗中意象的来源。

　　当然斯奈德则是以这位画家的残山剩水图画来象征遭到工业化污染的环境，这是一种匠心独运的创意。真正使得斯奈德诗中以八大山人为象征的秘密在于：他们二人确实有一种共同的禅宗式的反抗世俗的精神。朱耷的画押中曾经用过"拾得"，而拾得就是与寒山齐名，并且一同隐居的禅师。寒山诗中经常写到他，认为是人生的知己。朱耷的画所表达的意境相当多的成分得之于诗禅之趣，这并不是偶然的。这也正是引起斯奈德共鸣的地方。令人惊诧的是，中国唐代诗禅、清代绘画与 20 世纪美国诗人之间以及宗教思想、诗与画居然能够超越时空，进行近乎完美的"大交融"，实在是一个历史的奇观！

　　限于篇幅，我不能再就美国诗歌对中国新诗的影响加以论述。其实，从朗费罗开始到当代美国诗人，对于中国新诗的兴起都产生过难以估量的影响。

　　21 世纪以来，国际"世界文学新建构"兴起。其代表人物哈佛大学教授达姆若什认为：新的世界文学史观念已经建立，这种新观念产生了新的世界文学经典[①]。新的世界文学经典与传统经典不同，传统经典主要是区分出

---

① D.Damrosch,"Rebirth of a Discipline：The Global Origins of Comparative Studies",*Comparative Critical Studies*,Vol.3,No.1-2(Spring 2006),pp.99-112.

主要作家与次要作家,这是一种平面化的、简化的两层次分法,但是现代经典不同:

> 取而代之这种二层次的经典分类,我们有一种新的三层次分法:超级经典(hypercanon)、反经典(countercanon)和影子经典(shadow canon)。超级经典就是那些能一直甚至在过去二十年间保持地位的"主要"作家的普世化。而反经典则是由那些替代性和竞争性作家所构成,那些教授得较少的语言的作家和强势语言中的次要作家所组成。是由"他们",我是说"我们",是由我们老师和学者来决定哪些作家在世界文学现代经典中产生影响。在我们所确定的当代体系中,老的"次要"作家逐渐隐身于背景之中,成为一种影子经典,这是老一辈学者所知道(或是逐渐从昔日的阅读中所忆起),而新一代的学生和学者们却愈来愈少遇到了①。

这是一种新的历史主义认识,也是对世界文学史的新书写。

这样我们才可能对包括中美诗歌在内的世界文学史有新的认识。所以,该著作有其独特的存在价值。尤其是书中的新发现和新阐释,既有独特的理解范式,又有革故鼎新,给我们一种新的世界文学史的认知。

从中可以真切地看到,从 20 世纪初期起,美国多种流派的诗人(包括英美意象诗派、跨掉的一代诗人、禅宗诗人和美国超现实主义诗人们大量地翻译中国古典诗词并吸收其营养)与中国古典诗歌和文学传统有相互借鉴和融合,在诸多方面产生文本之间的"互文"与"戏仿"。而且,一个重要事实就是,这些与中国诗歌和中国文化有关的文学作品,正在成为新世纪的经典。该说法在这部作品中也有所讨论和阐释。

所以当代主流的文学文本,也就是作为世界各文明的文学名著发挥价值和作用的时候,中美诗歌的奇光异彩也必定绽放无疑。《朗曼世界文学文选》中以唐诗宋词为主,选择精当。笔者主编的《世界文学史教程》(北京师范大学出版社,2015)与《当代世界文学史新编》(华东师范大学出版社,2017)相继出版,与美国的世界文学互相说明,挖掘历史联系,彰显文本的意义与价值。这些都有待历史的言说。

---

① D.Damrosch, *Comparative Literature*? Palgrave:Palgrave Macmillan US,2006,pp.40–44.

　　这里，我们反思这一段文学交流史，不由得令人百感交集。本书作者依托前期各类科研项目，最后在陕西师范大学优秀著作出版基金的资助下，为中美诗歌交流史写下了新篇章，为世界文学史的新建构提供了新阐释。"旧学商量加邃密，新知涵养转深沉。"我相信，该学者的研究会继续进行下去，而且愈加深入，新的创见"汩汩流出"，就会有更多的新成果问世。

2017 年春

于苏州大学

绪　　论

　　20世纪在人类历史上,是一个具有鲜明的艺术特色和极富人文主义张力的时代,也是一个多元的文化力量相互冲突、较量,然后重组、融合的时代。20世纪文学包含对整个20世纪各民族文学的描述、刻画和体现,具有复杂性和异质性。20世纪中美诗歌是20世纪民族文学中的奇花异朵,因为文化渊源和历史传统截然不同,加上民族心理和个性气质差异很大,造成中美诗歌在呈现方式、风格特点、内容旨趣等各个层面十分迥异。然而,一个众所周知的事实就是,20世纪中美诗歌是由中美两国诗人发挥诗人主体性直接参与完成的宏大工程,反映了特殊的时代背景下中美两国社会的历史变迁和人文主义情怀,展现了人与社会、人与自然、人与宗教、人与人以及人与自己内心世界的精神面貌和道德伦理,都试图揭示"人之所以为人""人为什么活着""人如何安身立命""人要怎样实现自我价值"等哲学命题。从这个意义上讲,20世纪中美诗歌又具有融通性和相似性。更进一步说,20世纪中美诗歌都借助中美两国的文字符号,通过别具一格的诗歌形式,表达民族诗人的思想感情,呈现民族诗人对自己生存世界的认知理解和爱恨好恶,流露出中美两个特殊族群的意识形态。在国别文学中,20世纪中美诗歌似乎是两个泾渭分明的文学生态系统,各自独立,"井水不犯河水"。实际上,借助跨语言文化研究视角,会发现20世纪中美诗歌具有互文和戏仿的特性。或者说,互文和戏仿不仅在20世纪中美诗歌中客观存在,而且成为20世纪中美诗歌存在与发展的显著特点和重要特征。为了说明这一点,该研究拟从互文与戏仿视角对20世纪中美诗歌进行讨论,揭示二者之间"你中有我、我中有你","相互借鉴、彼此融通"的诗学联系。

从内容方面来看,本书先对 20 世纪中美诗歌的整体发展作出评价,然后借助历史唯物主义发展观对中美诗歌的融合趋势作以梳理和评析。具体做法是,第一步,立足于互文和戏仿的定义以及它们的内涵和外延,引出本研究关注的论题——20 世纪中美诗歌的互文与戏仿;第二步,从文本分析出发,认为 20 世纪中美诗歌作为中美两国民族文化的精华和独具艺术魅力的民族精神财富的一部分,无疑在中美文化交流史上扮演着极其重要的角色,产生过重大影响,表现在:(一)它影射了中美文化发展的源远流长、共生共存;(二)它通过具体的作家作品,说明任何民族文学,包括诗歌在内,在经历了很长一段历史时期的孕育、发展之后,必然会走上相互借鉴和相互融合的道路;第三步,基于文献梳理和逻辑论证,以及通过参阅中美两国的历史,使读者认识到,20 世纪中美两国的发展史,也是 20 世纪中美诗歌互文和戏仿的历史,同时指出,中美诗歌的互文和戏仿从中国文化与西方文化刚开始对话和交流之时就已经初现端倪。总之,纵观中美两国民族文化交流史的各个历史时期,20 世纪不仅对中国,而且对美国来说,都是非常特殊的历史时期。在该特殊的历史时期,社会环境发生重大变迁,人们的思想随之急剧转型变化,中美诗歌的发展和融合也因此呈现出令人叹为观止的态势和精神面貌。

总体来看,20 世纪中美诗歌的互文和戏仿大致经历了几个特色鲜明的发展阶段。为了便于分析讨论,该研究立足于国际和国内几个重大的历史事件,并以此为参照点,划分为四个历史时期,分别讨论互文与戏仿现象在这四个历史时期的风格特点和演变规律。根据该研究的实施计划,这四个历史时期分别是:19 世纪末到 1918 年,1919 年到 1948 年,1949 年到 1977 年,1978 年到 1999 年。

首先,聚焦第一个历史时期——19 世纪末到 1918 年。由于 18、19 世纪美国民族诗人的文化自觉意识,他们已经认识到:实现国家的政治独立和经济独立,不足以满足日益崛起的民族发展的需要,真正的文化独立、文学独立、艺术独立等,才符合当时包括诗人、小说家、散文家、画家、音乐家等在内的所有文艺工作者的理想和情怀。在挣脱英国资本主义政治、经济、文化等的藩篱和摆脱维多利亚萎靡文风的同时,又遭受 1914—1918 年第一次世界大战全面而深刻的影响,这使得诸多美国诗人——包括流亡欧洲各国的美国诗人——为本民族的未来发展和国家命运忧心忡忡。那是一个满目疮痍的"荒原"(waste land)时代,是一个"迷茫的"(lost)时代,也是一个随处可见"悲伤的年轻人"(the sad young man)的时代。为了摆脱现状,美国诗人们急切地寻找救国、救民的良药。在此过程中,中国诗歌逐渐成为当时美国诗人们寻找创作灵感、突破写作局限、彰显前卫风格(avant-garde style)的重要媒介,也逐渐成为美国诗人们效仿、学习和借鉴的对象。尤其对于美国新诗诗人来说,他们希望把诸如从中国、印度、西欧等民族诗歌中汲取来的诗歌营养成分,融合进他们的诗歌,为实现真正意义上的现代主义诗歌(Modernist Poetry)作出实质性的贡献①。实际上,早在丝绸之路逐渐开拓的年代,欧洲的文人学者们已经开始积极借鉴和吸收东方神秘文化及其传统(oriental mysterious cultures and traditions),包括印度佛学、中国儒道文化以及禅学等方面②。美国在经历了殖民文学时期、革命文学时期之后,进入到具有鲜明个性特点的浪漫主义文学时期。在这个时期,美国国内涌现出许多对中国文化、文学或者历史有着浓厚兴趣的作家、诗人和学者,包括爱默生(Ralph Waldo Emerson,1803—1882)、梭罗(Henry David Thoreau,1817—1862)、霍尔姆斯(Oliver Wendell Holmes,1809—1874)等经典作家。进入现实主义时期,虽然美国文学走上独立、自主的发展道路,但是依然延续了爱默生、梭罗等启蒙思想大师阐释和借鉴中国文化,融化吸收进美国文化,最终形成具有独特魅力和艺术特色的美国民族文化的传统。朗费罗(Henry Wadsworth Longfellow,1807—1882)、惠特曼(Walt Whitman,1819—1892)、斯托达德(Richard Henry Stoddard,1825—1903)等就是其中的典型代表③。他们秉承了爱默生超验主义的精神诉求,在他们各自生命的精彩诗篇中展现着神秘主义东方文化带给他们的惊喜和快乐。在美国,他们被

---

① A.Davis & L.M.Jenkins, *The Cambridge Companion to Modernist Poetry*, Cambridge:Cambridge University Press,2007,pp.xiv-xvi.

② A.E.Gare, "Understanding Oriental Cultures", *Philosophy East & West*, Vol.45, No.3(June 1995),pp.309-328.

③ N.Baym, *The Norton Anthology of American Literature*, New York:W. W. Norton & Company,1989,pp.45-47.

称为"超验主义的幽灵"①;在中国,读者可以称他们是中国传统文化与文学在美国的传播者。进入现代主义时期,庞德作为美国20世纪最具开创精神的诗人之一,无疑成为众多希望打破传统,开拓创新,实现爱默生"自助文学"(Self-Reliance Literature)的新诗诗人们的核心和领导者。他积极推动意象主义诗歌运动(Imagist Movement),不遗余力地宣传"意象派三原则":(1)直接处理"意象";(2)语词表达坚持经济节省性原则;(3)韵律自由,为表情达意服务等,这与中国传统古典诗词中强调"象外之象"、"景外之景"、"情景交融"的作诗法有很多契合之处②。这因此也给不明真相的读者以错觉,那就是:庞德似乎在拟定他的意象派三原则之前,就已经直接借鉴和吸收了中国古典诗歌的传统和特色。尤其是当读者阅读他那本用"英语写成的最美的诗"——《神州集》(Cathay)或者他的史诗代表作——《诗章》(The Cantos)时,那种感觉就越发明显③。需要说明的是,中国古典诗歌以及中国古代历史文化对庞德的影响的确深刻,不仅包括《诗经·小雅·采薇》《汉乐府·陌上桑》等,还包括意境宏远的唐代诗歌。这其中,李白(701—762)的诗作对他的影响深刻且久远,如 The Jewel Stair's Grievance,Exile's Letter,The River Merchant's Wife:A Letter 等。这些建立在庞德个人理解和认知基础上的创作式翻译作品(creative translations),使美国人看到了中国文化和诗歌艺术的特殊魅力,同时庞德也自然成为宣传中国文化的先驱和使者之一④。尽管他对中国文化是出于一种志趣上的迷恋和偏好,而不是建立在谙熟中国文学体制和发展的基础之上,但是庞德抓住了"要害",因为李白被誉为中国诗歌史上最具浪漫主义精神的"诗仙",其诗歌豪迈、狂放、不拘一格;而与唐诗有关的中国文化以及独具艺术特色的中国古典诗歌传统更是滋养了庞德的"东方主义性情"⑤。艾略特(T.S.Eliot,1888—1965)、

---

① A.Bass,"The Signature of the Transcendental Imagination", *Undecidable Unconscious*:*A Journal of Deconstruction & Psychoanalysis*,Vol.1,No.1(Spring 2014),pp.31-51.

② G.Singh,*Pound's Poetics and His Theory of Imagism*:*Ezra Pound as Critic*,London:Palgrave Macmillan UK,1994,p.221.

③ 赵毅衡:《诗神远游》,上海译文出版社2003年版,第19页。

④ W.L.Yip,*Ezra Pound's Cathay*,Princeton,New Jersey:Princeton University Press,1969,p.12.

⑤ Z.M.Qian,*Ezra Pound and China*,Michigan:University of Michigan Press,2003,p.xiv.

弗罗斯特（Robert Frost, 1874—1963）、威廉姆斯（William Carlos Williams, 1883—1963）、卡明斯（E.E.Cummings, 1894—1962）等一大批现代派诗人都曾经受到庞德的影响，直接或者间接地吸收和借鉴中国诗歌当中他们认为合理的因素。

到了第二个时期1919年至1948年，情况发生变化。最显著的特征是，在这段历史时期，出现了中美诗歌史上的"回溯"现象。中国诗人和学者开始把目光转向西方，尤其是美国。一方面，1914—1918年的第一次世界大战给中国造成史无前例的巨大伤痛和灾难——中国作为战胜国成员非但没有得到任何好处，反倒在政治、经济、军事、文化等方面受到列强的歧视和压制，有血性的中国人于是爆发了轰轰烈烈的五四运动，寻求救亡图存的新思想和重振国威的新战略；另一方面，早年留学美国、后来成为国学大师的胡适（1891—1962）、梅光迪（1890—1945）、陈寅恪（1890—1969）、吴宓（1894—1978）、梁实秋（1903—1987）、徐志摩（1897—1931）、闻一多（1899—1946）等爱国志士，在亡国灭种的紧要关头把在美国学到的知识和本领带回国内，希望奋发图强、励精图治，倾全力挽救中华民族的前途与命运。不过，在对待传统文化的立场上，学者们曾经有过争论并产生三种较为典型的文化主张：一是延续和发展以张之洞（1837—1909）为代表的"中学为体，西学为用"的文化主张；二是以梅光迪、吴宓为代表的学衡派，倡导以中国传统文化为核心、外来文化为补充的"执两用中"的文化策略，目的是"昌明国粹，融化新知"；三是以胡适为代表的激进派，主张"打倒孔家店"，全盘西化。反映在该时期中美诗歌的互文和戏仿方面，则主要以第二、三派为主要特色。吴宓试图把他从美国哈佛大学资深教授白璧德（Irving Babbitt, 1865—1933）和穆尔（Paul Elmer More, 1864—1937）那里学来的新人文主义学说融入中国诗歌传统，兼有西方人的哲理情思和东方人的含蓄矜持。这在《吴宓诗集》里有精彩呈现①。胡适全盘西化的主张，无疑是以激进的态度把西方文明引入国门，以前无古人后无来者的姿态尝试新鲜事物，包括当时美国正蓬勃发展的前卫诗歌。这后来因为顺应历史的潮流，收到了意想不到的效果。尽管在方式、方法层面确实冒险和激进：废除文言

---

① 吴宓：《吴宓诗集》，吴学昭整理，商务印书馆2004年版，第3—5页。

文,提倡白话文;废除格律诗,提倡白话诗和自由体诗,但是以胡适为代表的革新派敢于破旧立新、"用新思想引导新行动",还是有许多历史性的创举,值得历史铭记①。在胡适的倡导和引领之下,"白话诗"被称为"新诗"并成为新时代的文学标识之一,而由他发起的诗歌变革运动也因此被称作"新诗运动"。从本质上讲,这与胡适在美国习得美国文化和新诗精神,灵活转化为内在的创造力有很大关系。即使是后来诞生的新月派、朦胧派等,都跟倡导"独立之精神""敢于发出自己的声音"的美国新诗的译介和传播有或多或少的关系②。

到了第三个时期1949年至1977年,中美诗歌的互文与戏仿出现了"断层"现象。由于冷战思维的存在以及国际、国内局势的变化,这个阶段国内基本上"屏蔽"了美国诗歌。鉴于世界上各国力量的平衡和重组,中苏关系空前友好,中俄语言、文化的交流出现了历史上前所未有的蓬勃局面。但是,客观来说,该时期中国诗歌和文论对美国的影响依然在持续,而中国国内因为情况比较复杂,导致中国诗人在对待美国诗歌的态度问题上出现交流不畅的局面。当然,该过程也有发生变化的时候,比如1958年中国政府与苏联赫鲁晓夫政府关系紧张后,开始缓和与美国政府的关系,后来美国尼克松总统访华揭开了中美关系新的一页。由于这些政治事件,中国诗人得以有短暂的机会接触美国诗歌和其他形式的文学作品,但是很快又因为国内"文化大革命""反右派"等政治运动而被迫终止。

最后,分析第四个时期1978年至1999年。在这段历史时期,由于中国改革开放,人们思想禁锢的局面被打破,开始积极敞开国门,引进美国文化。中国改革开放的总设计师邓小平同志说:"革命是解放生产力,改革也是解放生产力,应把解放生产力和发展生产力讲全""社会主义的本质是解放生产力,发展生产力,消灭剥削、消除两极分化,最终达到共同富裕",他还说,"社会主义要赢得与资本主义相比较的优势,必须大胆吸收和借鉴人类社会创造的一切文明成果,包括资本主义发达国家的一切反映现代社会化生

---

① 耿云志:《胡适与五四文学革命运动》,《中国现代文学研究丛刊》1979年第1期。
② 郑大华:《论胡适对中国文化出路的选择》,《中国现代文学研究丛刊》1991年第2期。

产规律的先进经营管理方式"……这些观点对中国人启发很大①。这也促使中国诗歌有了新的发展契机。中国文化,包括诗歌,也再一次理直气壮地走出国门与美国读者见面,于是出现了相互融通和相互交流的新局面。但是,从根本上来讲,还是引进多,输出少——中国多向美国学习先进文化和既在的新诗传统,而美国对中国的新诗则表现得"茫然"和"不知所措"②。当然,改革开放对中国诗歌发展的影响是无法估量的。一方面,在国内,中国学者积极译介美国经典诗作,在山东大学、南京大学、北京大学等高校相继建立了美国文学(诗歌)研究中心、美国文学研究会、中国比较文学学会等机构和相关组织,形成良好的学术研究氛围,使国人对美国诗歌的理解逐步趋于理性和系统;另一方面,在美国出现了以孔子研究院为依托的、积极宣传中国文化和中国诗歌传统的"新事物",开始变被动为主动,切切实实地开始让美国人了解真正的中国文化以及中国文学的精神面貌,了解中国诗歌以及中国新诗的发展和演进。中国人热切期待着 21 世纪中国诗歌的发展,能够"百尺竿头更进一步",抓住历史机遇,开创百花齐放的新局面,与美国诗歌的蓬勃发展形成争鸣之势。

通过上述分析和讨论不难看出,中美诗歌的互文和戏仿会随着中美历史的演进而不断向前发展。这既是大势所趋,也是中美文化发展的客观需要。但是,另一方面,还必须看到:20 世纪中美诗歌的互文和戏仿受到中美两国政治、经济、军事等方面外在力量以及整体实力的影响,其借鉴和融合与民族和国家的综合国力和国际影响力等因素息息相关。可以说,20 世纪中美诗歌的发展史,就是中美两国外交史的一个缩影或者说是一面镜子。

从方法论角度来看,该研究所使用的写作方法及策略主要涉及四个方面:

第一,文献研究法。该研究所采用的文献研究法包括两层含义,一是对有关互文与戏仿理论的文献进行梳理和归纳总结,围绕互文与戏仿的概念梳理 20 世纪中美诗歌的发展轨迹及其特点,为研究 20 世纪中美诗歌文本

---

① 亦水:《追寻一代伟人的足迹——大型电视文献纪录片〈邓小平〉观后》,《求是》1997 年第 4 期。
② 张桃洲:《20 世纪中国新诗话语研究》,《江海学刊》2002 年第 1 期。

及其文学现象寻找客观理据,做好理论铺垫;二是对有关20世纪中美诗歌批评的文献资料进行梳理和归纳总结,尤其是对国内外有关中美诗歌关系研究的论著、文集、评论等进行分析和研究。

第二,比较研究法。因为该研究涉及20世纪中国诗歌和美国诗歌两种不同类型的民族诗歌,在进行具体的分析论证时不仅要有的放矢地评述个性鲜明的美国诗歌,而且要融会贯通文化积淀深厚的中国诗歌,所以在对20世纪中美诗歌进行分析的过程中,比较研究法会是一个不可或缺的写作手段。

第三,文本细读法。在运用互文与戏仿理论对20世纪中美诗歌进行分析和讨论时,中美诗歌中的典型代表诗作是必须要考察的内容。为了说明20世纪中美诗歌在主题、风格、内容、形式等方面存在互文与戏仿现象时,文本细读会成为该研究的一个重要途径和论述方式。

第四,唯物辩证法。该研究立足于辩证思维,坚持物质决定意识的哲学观和世界观,认为民族诗歌的发展与人类社会的发展一样,都具有特定的发展轨迹,人不能违背历史发展的规律,但是可以发挥主观能动性去探索和发现已经存在的规律;同时,该研究肯定世界是普遍联系的观点,并据此给该项研究和分析论证提供方法论指导。可见,唯物辩证法也是该项研究成果立论的一个重要方面。

第一章 互文与戏仿:20世纪中美诗歌比较研究的新思路

　　20世纪中美诗歌研究在国内已经走过一段不同寻常的道路①。在探索和前进的道路上,不同的学者拥有不同的研究重点,也秉持不同的研究策略和书写原则。但是,通过研读会发现,以互文与戏仿视角对20世纪中美诗歌进行透视和研究的学术成果还较为鲜见。从某种意义上讲,互文与戏仿为研究20世纪中美诗歌提供新思路和新方法。一方面,互文性作为一个理论术语,最早被法国文艺理论家、结构主义批评家朱莉叶·克里斯蒂娃(Julia Kristeva,1941—　　)提出之后,便开始日益影响人们的思维方式和理解能力。尤其是互文现象与互文性、传统的影响与互文性、现代诗学转型与互文性以及后现代文本"游戏"与互文性等关系,使得互文性与20世纪中美诗歌之间产生某种天然的联系,互文性理论也因此成为解读20世纪中美诗歌的一把钥匙;另一方面,戏仿作为一种独特的艺术手段和表现方法,曾经在电影、文学、绘画、音乐等领域发挥积极而显著的作用,尤其是受到时代背景和文化批评的影响,戏仿的早期含义与它后现代诗性意义的重大转变有了很大的差异,其具体的内容和形式也因此经历了一个多元化的发展过程。在当前,戏仿被解读为"与艺术游戏的艺术"②,并成为诗歌、小说等艺术研究领域的重要理论武器。总之,20世纪的中美诗歌因为以互文和戏仿为研究视角,呈现出与众不同的精神面貌。

---

① 蒋洪新:《英诗新方向》,湖南教育出版社2004年版,第12—15页。
② R.Chambers,*Parody:The Art that Plays with Art*,New York:Peter Lang,2010,pp.ix-xii.

第一节　互文与戏仿的历史渊源和中西诗学对话

诗学文本不仅是互文的,而且可能还是戏仿的①。诗学文本的互文和戏仿都是一种客观存在。尽管在中西诗学中,互文和戏仿有着不同的历史渊源和时代背景,但是实质上它们是共通的。一方面,语言的"狂欢化"使诗学文本先被结构主义积极地建构,然后又被解构主义无情地解构;另一方面,语言衍生出经典文本,但是要达到"反经典"的目的,后辈诗人必须要经历"影响的焦虑"(The Anxiety of Influence)②,突破前辈诗人的"坚固壁垒",才能最终实现中西诗学的完整对话③。

一、关于互文与戏仿的历史渊源

（一）关于互文的历史渊源

互文性又称"文本间性""文本互涉",源于拉丁语"intertexto",在法语中写作"intertextualité",在英语写作"intertextuality"。从词汇构成方式来看,"inter-"意为"交互的、从此到彼的、在……之间的","texto"系指"编织物、编织品","intertexto"则意指"编织或纺织时线与线的交织或融合"④。它反映了事物之间相互联系、相互作用、相互表述的本质,可用来指涉历时层面里文学艺术现象的碰撞交织,也可指涉共时层面里社会文化文本的交相辉映。该术语和概念经由克里斯蒂娃于1967年正式提出后,便在欧美各国引起强烈反响。当时,她在法国巴黎《批评》杂志上发表了著名的《巴赫金:词语、对话和小说》一文,文中写道:"文学词语"是文本界面的交汇,它是一个面,而非一个点(拥有固定的意义)。它是几种话语之间的对话:作者的话语、读者的话语、作品中人物的话语以及当代和以前的文化文本……

---

① M. A. Evans, *Baudelaire and Intertextuality: Poetry at the Crossroads*, Cambridge: Cambridge University Press, 1993, pp.136-138.

② H. Bloom, *The Anxiety of Influence: A Theory of Poetry*, New York: Oxford University Press, 1973, pp.24-26.

③ W. L. Yip, *Diffusion of Distances: Dialogues between Chinese and Western Poetics*, California: University of California Press, 1993, p.135.

④ 李玉平:《"影响"研究与"互文性"之比较》,《外国文学研究》2004年第2期。

任何文本都是由引语的镶嵌品构成的,任何文本都是对其他文本的吸收和转化。互文性的概念代替了主体间性,诗学语言至少可以进行双声阅读①。

　　自此,互文性的"颠覆"和"叛逆"形象不胫而走,互文性的概念也被广泛接受并且以开放、包容、反"罗格斯"(logos)的姿态进入批评家的研究视野②。克里斯蒂娃所说的互文性通常被用来指涉两个或两个以上文本之间发生的互文关系,包括:(1)两个具体或特殊文本之间的关系(一般写作transtextuality);(2)某一文本通过记忆、重复、修正,向其他文本产生的扩散性影响(一般写作 intertextuality)③。该概念颠覆了"主体间性",并有瓦解索绪尔结构主义语言哲学的趋势。在互文性的世界里,文本构成一个关系网络,文本间的对话和交际不仅仅是一种简单的"吸收"和"改编",更多地体现在文本间的"戏仿""拼贴"和"引用",甚至是"抄袭"和"复制"④。尤其是在后现代的语境中,互文性已明显地成为文本作者"叛逆性创造"和"创造性叛逆"的筹码和标志。当前,作为一种新的文本理论,互文性不仅指涉结构主义、符号学、后结构主义、西方马克思主义等西方主要文化理论,同时还渗透在解构主义、新历史主义、女性主义等诸多文艺批评实践当中,成为后现代广义文化研究的一种武器⑤。

　　与西方理性思维传统及理论发展轨迹不同,文本互文性概念及理论在我国出现并得到传播是建立在一批国内学者积极学习西方,然后有的放矢地译介国外有关互文性理论的研究成果的基础之上。该领域的奠基性工作完成于20 世纪 90 年代,代表人物包括殷企平(1994)、程锡麟(1996)、黄念然(1999)等⑥。到

---

① J.Kristeva,"Word,Dialogue and Novel",in *The Kristeva Reader*,Toril Moi(ed.),Oxford:Blackwell Publisher Ltd.,1986,pp.36-37.又参见王瑾:《互文性》,广西师范大学出版社 2005 年版,第 2—5 页。

② 王瑾:《互文性》,广西师范大学出版社 2005 年版,第 1—3 页。

③ 陈永国:《互文性》,《外国文学》2003 年第 1 期。

④ N.Fairclough,"Intertextuality in Critical Discourse Analysis",*Linguistics & Education*,Vol.4,No.3-4(June 1991),pp.269-293.

⑤ 王瑾:《互文性》,广西师范大学出版社 2005 年版,第 1—3 页。

⑥ 参见殷企平:《谈"互文性"》,《外国文学评论》1994 年第 2 期;程锡麟:《互文性理论概述》,《外国文学》1996 年第 1 期;黄念然:《当代西方文论中的互文性理论》,《外国文学研究》1999 年第 1 期。

了后来,更多的学者加入该研究队伍,并系统地关注"互文"领域的发展动向和理论构成,李玉平(2002,2004,2014)、陈永国(2003)、赵宪章(2004)、辛斌(2006)等①学者就是典型代表,他们把互文性理论的研究引向了深入,并把该领域的理论探讨逐步向国外理论前沿靠拢。这期间还诞生了一部非常重要的理论专著:《互文性》(2005)。作者王瑾在该书中通过研究巴赫金、克里斯蒂娃、罗兰·巴特、布鲁姆、德里达等文艺理论大家的理论和学术观点,梳理了"互文性"在国外孕育、确立、成长、壮大以及未来的发展方向,给国内互文性理论研究提供了重要的参考资料②。此后,赵渭绒于2012年出版专著《西方互文性理论对中国的影响》,李玉平于2014年出版专著《互文性:文学理论研究的新视野》③等。这些著述在国内产生了广泛而积极的影响。

当前,在上述学者不断努力和影响之下,国内不少学者纷纷响应,在互文性研究领域逐渐形成"百花齐放,百家争鸣"的局面,其研究视角也不再仅限于文本理论,而是触及翻译学、文体学、大众传媒等其他领域④。尽管如此,与西方的互文性研究成果相比,我们在"互文性"研究领域并不占优势。但是,如果转换研究视角,仅从互文性的实践和运用层面考察,我国在互文性领域的建树并不逊色于西方,在渊源方面可能比西方更早、更具体,原因在于:我国古代先贤在阐释和表达其哲理幽思之时,往往"观古今于须臾,抚四海于一瞬"(陆机《文赋》),实现了互文在实践层面的自身价值,比如:《山海经》是对中国古代先人丰富、奇特的想象力的互文,《诗经》是对春

---

① 参见李玉平:《互文性批评初探》,《文艺评论》2002年第5期;李玉平:《"影响"研究与"互文性"之比较》,《外国文学研究》2004年第2期;陈永国:《互文性》,《外国文学》2003年第1期;赵宪章:《超文性戏仿文体解读》,《湖南师范大学社会科学学报》2004年第3期;辛斌:《互文性:非稳定意义和稳定意义》,《南京师范大学学报》2006年第3期。

② 王瑾:《互文性》,广西师范大学出版社2005年版,第2—9页。

③ 这些著作建立在赵渭绒和李玉平二位学者博士论文撰写的基础之上。参见赵渭绒:《西方互文性理论对中国的影响》,巴蜀书社2012年版;李玉平:《互文性:文学理论研究的新视野》,商务印书馆2014年版。

④ 翟乃海:《影响误读与互文性辨析——兼论哈罗德·布鲁姆影响诗学的性质》,《齐鲁学刊》2012年第2期。另参见李玉平:《互文性:文学理论研究的新视野》,商务印书馆2014年版。

秋时期劳动人民现实生活、思想感情的互文，《孟子》提倡的性善论及"仁政""王道"观念是对《论语》中"仁""为政以德""以礼治国"等思想的互文，《庄子》里"物我为一"及"心斋"与"坐忘"说是对老子《道德经》"虚静"说的互文，等等。说明我国古代就已经开始自觉运用互文手法，并使该手法"化有形于无形"。从词源学上来看，"互""文"在我国古代是两个独立的词："互"解作"可以收绳者也"（《说文解字·竹部》），意思是说绞绳时把绳子交互地收在一起；"文"解作"文，错画也，象交文。像两纹交互也"（《说文解字·文部》）。《易·系辞下》亦曰："物相杂，故曰文。"均指各色交错的纹理或纺织品色彩的交杂，引申义为文饰、文采、文章等。"互文"合二为一也称"互辞"，是古已有之的修辞学辞格之一，意思是"参互成文，含而见文"①。它映射了诗文作者对句法意义的整合和重建。换言之，文本的上下两句或一句话中的两个部分，看似各叙其事，实则互相阐发、互相补充、互相呼应，言说的是同一件事。通过上下文的"言外意"和"言内义"的互相交错、互相渗透、互相补充来流畅表达一个完整的句子意思。可见，这是早期中国文人著书立说的重要方法和途径②。

(二)关于戏仿的历史渊源

戏仿又称"谐仿""戏拟"等，译自英文"parody"。据玛格丽特·A.罗斯（Margaret A.Rose）的研究，戏仿一词源自希腊语的"parodia"，意思是"反面的歌"，其前缀"para-"有"反面、对立、相反"或"并列、平行"等意③。戏仿或戏拟一词的最早提出者是古希腊哲学家亚里士多德④。他在公元前 4 世纪撰写《诗学》（*Poetics*）时论及"首创戏拟诗的塔索斯人赫革蒙"，称赫革蒙的"戏拟诗"是对悲剧史诗的"滑稽模仿"与"改造"，因为不具有悲剧史诗的

---

① 《辞海（缩印本）》，上海辞书出版社 1999 年版，第 42 页。
② 参见李玉平：《互文性批评初探》，《文艺评论》2002 年第 5 期；李玉平：《"影响"研究与"互文性"之比较》，《外国文学研究》2004 年第 2 期；陈永国：《互文性》，《外国文学》2003 年第 1 期。
③ M.A. Rose, *Parody*: *Ancient*, *Modern and Post-modern*, Cambridge：Cambridge University Press, 1993, pp.7-10.
④ J.B. Price, "Parody and Humor", *Contemporary Review*, Vol. 180, No. 2 (April 1951), p.243.

震撼力和感染力,所以属于"较低级"的文学形式①。这使戏仿从一开始就成为"经典文本"(classic texts)的派生物和附属品②。公元 1 世纪,古罗马修辞学家昆提连(Marcus Fabius Quintilianus,35—100)指出戏仿是"原名于模仿他者吟唱之歌曲,但后被语言滥用于指称诗或文的模仿"。③ 自此,戏仿成为滑稽模仿、戏谑模仿、粗劣仿拟等的代名词。尤其是在文艺复兴时期,许多英国批评家干脆把戏仿作品当作"以夸张琐碎小事嘲弄严肃主题的滑稽讽刺作品"④,并与恶作剧、伪装剧、可笑的伪证等具有贬义色彩的释义联系在一起,成为人们心目中内容粗俗、风格拙劣的寄生品。在现代西方文学领域,戏仿的意图"包括从恭敬的崇拜到彻骨的讽刺",而且戏仿对象的范围也得以扩展,可以是一部作品,也可以是某作家的共同风格,甚至是神化传说、民间故事、历史文献、名人传记等⑤。

在我国历史上,"戏"有丰富的内涵,四种界定非常具有代表性:(1)指"嘲弄、调笑、逗趣",如《论语·阳货》:"前言戏之耳";(2)指"角力,比赛体力的强弱",如《国语·晋语九》:"少室周为赵简子之右,闻牛谈有力,请与之戏,弗胜,致右焉";(3)指"歌舞、杂技等的表演",如《汉书·西域传赞》:"作巴俞都卢,海中砀极、漫衍鱼龙、角抵之戏,以观视之";(4)指"游戏",如《南史·周文育传》:"与群儿聚戏"等⑥。"仿"有两种界定比较典型:(1)指"好像、似乎",写作"仿佛",如《楚辞·远游》:"时仿佛以遥见兮,精皎皎以往来";(2)与"彷"通假,意指"游荡无定",写作"仿佯""仿徉",如《楚辞·远游》:"聊仿佯而逍遥兮,永历年而无成";或意指"徘徊,游移不定",写作"彷徨",如《庄子·逍遥游》:"彷徨乎无为其侧,逍遥乎寝卧其下"等⑦。近代以来,"仿"成为修辞学中的辞格之一,称作"仿拟",指故意

① [古希腊]亚里士多德:《诗学》,罗念生译,人民文学出版社 2002 年版,第 7 页。

② 张悠哲:《20 世纪 90 年代以来文学戏仿现象研究述评》,《吉林师范大学学报》2011 年第 2 期。

③ M.L.Clarke,*Rhetoric at Rome:A Historical Survey*,New York:Routledge,1996,pp.56-58.

④ S.Dentith,*Parody*,London and New York:Routledge,2000,p.32.

⑤ L.A.Hutcheon,*Theory of Parody:the Teachings of Twentieth-century Art Forms*,Urbana:University of Illinois Press,2000,p.16.

⑥ 《辞海(缩印本)》,上海辞书出版社 1999 年版,第 605 页。

⑦ 《辞海(缩印本)》,上海辞书出版社 1999 年版,第 268、962 页。

模仿套拟某种既成的语言格式,用于讽刺或者嘲弄①。当代著名文学家、思想家鲁迅(1881—1936)有一首题为《伪自由书·崇实》的讽刺诗:"阔人已骑文化去,此地空余文化城。文化一去不复返,古城千载冷清清。专车队队前门站,晦气重重大学生。日薄榆关何处抗,烟花场上没人惊。"就是仿拟唐朝著名诗人崔颢(704—754)的《黄鹤楼》写成的②。鲁迅这种仿拟风格已与今天的戏仿极其地神似。不过,我们津津乐道的戏仿,从某种意义上讲属于舶来品,20世纪初引入国门后,国人对其概念的理解和阐释"所依就的主要是18世纪(欧洲人)的见解"③。进入新世纪以来,戏仿已经超出单纯的叙事话语范畴,与当代中国的文化语境变迁、文学理论、意识形态等因素产生互文关系,并保持着千丝万缕的联系。国人从西方文学叙事到中国当代文学中的先锋小说,再到网络时代的大话文学、恶搞文学等,使戏仿的现代性得以彰显,其被压抑、被排斥和被边缘化的不利局面开始逆转,人们开始对其进行认真研究和反思。在后现代的文学视域内,戏仿成为"批评性反思"和"创造性接受"的砝码,被当作重要的文学创作手法和技巧,是"最具意图性和分析性的文学手法之一","这种手法通过具有破坏性的模仿,着力突出模仿对象的弱点、矫饰和自我意识的缺乏"④。同时,在实践层面,以非传统地运用传统的方式旧事重提,"凭借一些昔日的形式,效仿一些僵死的风格,透过种种借来的面具说话,假借种种别人的声音发言"⑤。

二、中西诗学对话中的互文与戏仿

文本对话性,又称"对话主义"(dialogism),"是指话语(包括口头语和书面语)中存在两个或两个以上相互作用的声音,它们形成同意和反驳、肯

---

① 胡全生:《英美后现代主义小说叙事结构研究》,复旦大学出版社2002年版,第118—119页。

② 《辞海(缩印本)》,上海辞书出版社1999年版,第268页。《黄鹤楼》原诗为:"昔人已乘黄鹤去,此地空余黄鹤楼。黄鹤一去不复返,白云千载空悠悠。晴川历历汉阳树,芳草萋萋鹦鹉洲。日暮乡关何处是?烟波江上使人愁"。

③ 张悠哲:《20世纪90年代以来文学戏仿现象研究述评》,《吉林师范大学学报》2011年第2期。

④ 王先霈、王又平:《文学批评术语词典》,上海文艺出版社2001年版,第91页。

⑤ [美]詹明信:《晚期资本主义的文化逻辑:詹明信批评理论文选》,陈清桥译,生活·读书·新知三联书店1997年版,第454页。

定和否定、保留和发挥、判定和补充、问和答等言语关系"①。中西诗学里的对话性,强调在广义诗学界域内,对中西各种诗歌形式或内容的借鉴、融合或者反叛。对此,我们需要明确两点:第一,"对话性"是中西诗学发展中的必然现象和客观存在,因为在中西诗学演进过程中,"对话性"在潜移默化地发挥作用。第二,从唯物辩证法的角度来看,只要中西诗学对话模式存在,互文与戏仿就不可避免,因为中西诗学的发展和进步不可能在封闭状态下进行,而是要求开放和兼容。如果要做到开放和兼容,文本的互文与戏仿就成为一种趋势。在这里,笔者试从"建构与解构""复调性""经典与反经典"等几个方面,论述中西诗学对话中互文与戏仿的个性特点。

(一)建构与解构:中西诗学互文与戏仿的语言"对话"

文学语言中的互文与戏仿,尤其是促成中西诗学语言"对话"的互文与戏仿,依据两个基本理论:一个是瑞士语言学家 F.D.索绪尔(Fredinand De Saussure,1857—1913)的结构主义理论(Structuralism),另一个是苏联文艺理论家米哈伊尔·M.巴赫金(Mikhail M.Bakhtin,1895—1975)的对话理论(Dialogism)②。

在西方诗学范围内,索绪尔的结构主义理论无疑占据着无与伦比的地位。索绪尔认为:"语言符号连结的不是事物和名称,而是概念和音响形象。"③就是说,语言符号都是能指(音响形象)和所指(概念)的结合体,一方面能指和所指是对立统一的,另一方面能指和所指的联系是任意和随机的,所指不在场会造成能指无休止的"滑动"。这就为中西诗学进行文本系统内的互文和戏仿提供了依据。换言之,在中西诗学进行"文本对话"时,互文性的语言是最基本的媒介,而且能指向所指的滑动成为中西诗学进行交流的途径。在索绪尔的基础上,让·皮亚杰(Jean Piaget,1896—1980)和列维—斯特劳斯(Claude Levi-Strauss,1908—2009)从认知心理学和人类学

---

① 王瑾:《互文性》,广西师范大学出版社 2005 年版,第 6 页。
② 辛斌:《互文性:非稳定意义和稳定意义》,《南京师范大学学报》2006 年第 3 期。
③ [瑞士]费尔迪南·德·索绪尔:《普通语言学教程》,高名凯译,商务印书馆 1980 年版,第 101 页。

等角度论述了文本互文中结构主义整体性、转换功能和自我调节功能①,说明中西诗学语言本身,具有结构的整体性、转换和自我调节机制,这就为中西诗学相互借鉴、取长补短提供了理论支撑,也为广义互文性文本内的中西诗学"对话"准备了必要条件。从中西诗学的发展背景来看,各民族诗学语言可能存在差异性,但是建构在差异性诗学语言基础上的诗学文本具有一定的"同一性",并存在于诗学文本的"联系网络"之中②。西方的诗学作品在供西方世界阅读的同时,也可以成为东方世界玩味和赏析的对象,如英国莎士比亚(William Shakespeare,1564—1616)的十四行诗、密尔顿(John Milton,1608—1674)的《失乐园》,美国惠特曼的《草叶集》、桑德堡(Carl Sandburg,1878—1967)的《芝加哥诗抄》等,它们不仅属于西方世界,也为东方世界所共享。与此同时,东方诗学里固有的文化精髓,如中国的孔孟儒学、老庄哲学、唐诗宋词等,也可以为西方世界所热爱和接受。其实,任何民族的诗学作品在保持语言传统的同时,也都具有与先前历史和其他民族诗学传统互文的性质。在结构主义的理性世界,因为中西诗学的言语活动是异质的,语言是同质的,所以中西诗学作品,必然通过中西语言符号所生成的意义,进行沟通和交流,这还会反作用于中西诗学以促进其内省和发展③。但是,中西诗学文本进行对话时,可能产生意义的不确定性(uncertainty),使作为语言艺术的文学文本具有了多义性和非指涉性④。雅克·德里达(Jacque Derrida,1930—2004)对此做出反应,"不论怎么来看这个话题,语言问题从来都不单单是诸多问题中的一个问题,尤其今日它史无前例地普遍突入在旨趣、方法、意识形态上大相径庭的各门学科后,更是这样。"⑤德里达以敏锐的目光发现:中西诗学在语言的实践层面进行对话时,实质上是自由嬉戏的,但是索绪尔、列氏等人偏偏设置了一个"封闭价值系统",在能

① 朱立元:《当代西方文艺理论》(第2版),华东师范大学出版社2005年版,第231—232页。

② 辛斌:《互文性:非稳定意义和稳定意义》,《南京师范大学学报》2006年第3期。

③ W.L.Yip,*Diffusion of Distances:Dialogues between Chinese and Western Poetics*,Berkeley:University of California Press,1993,pp.78—79.

④ 李玉平:《互文性:文学理论研究的新视野》,商务印书馆2014年版,第78—79页。

⑤ 朱立元:《当代西方文艺理论》(第2版),华东师范大学出版社2005年版,第301页。

指与所指、言语与文字等的二元对立中设置了"一条不可逾越的鸿沟,最终消解了那种互文的自由嬉戏"①,这也使中西诗学对话有时出现语言上的"僵化"或"固守"现象②。诗学语言要实现狂欢,文学文本就必须具备开放性和不确定性。这自然也为中西诗学互文与戏仿的无限性提供了理论依据:只要社会在发展,中西诗学必然会相互作用和影响,并与不断发展变化中的社会文化、历史、政治等因素产生互文关系,同时以戏仿的姿态映射在中西诗学以语言为基础的文本对话之中。所以,当胡适、闻一多、徐志摩、戴望舒等中国诗人学习西方的浪漫主义、意象主义、象征主义的时候,威廉姆斯、罗厄尔、斯蒂文斯(Wallace Stevens,1879—1955)等一大批美国诗人,开始把目光转移到中国,认真地学习李白、杜甫(712—779)、孟浩然(689—740)、王维(699—761)、白居易(772—846)等中国古典诗人的创作风格。当美国意象派创始人庞德书写"这些脸的幻影在人群中,/一条潮湿的、黑色枝干上的点点花瓣"时,中国早在元朝时期就出现了马致远(约1250—约1321)的那首脍炙人口的、意象极其丰富的诗:"枯藤老树昏鸦。/小桥流水人家。/古道西风瘦马。/夕阳西下,断肠人在天涯。"可见,提及民族语言的异质性,并不等于说在特殊语境下特殊的民族语言创造的诗学就不具有互文性或者戏仿性。

(二)复调性:中西诗学互文与戏仿的文本"狂欢"

在中西诗学对话时,无论是西方诗学的语言环境,还是东方诗学的语言环境,都决定了中西诗学的互文和戏仿文本必然通过"历史现实"体现和表达一种游离所"叙"之"事"的文本游戏,原因在于:中西诗学的言语表述"都以言语交际领域的共同点而与其他表述相联系,并充满他人话语的回声和余音"③。这种"回声和余音"无疑可以看作是中西诗学"互文"和"戏仿"的表征。巴赫金在《对话、文本与人文》中提出他的对话理论,认为语言是用来"表达的"——"表达"就意味着"对话",也就是说,"任何一种表述就其

---

① 陈永国:《互文性》,《外国文学》2003年第1期。

② 朱立元:《当代西方文艺理论》(第2版),华东师范大学出版社2005年版,第301—302页。

③ [俄]巴赫金:《对话、文本与人文》,白春仁译,河北教育出版社1998年版,第177、194页。

本质而言都是对话(交际和斗争)中的一个对语。言语本质上具有对话性。"①从该论述我们可以断定:任何表述,不管是中国的还是西方的,不管是理性的还是感性的,不管是小说还是诗歌,都存在"对话的泛音",因为这种表述"期望着应答,因而也就参与了思想的交流过程。表述的对话性显而易见。"②而且,中西诗学"对话"存在"复调性"。巴赫金的"复调理论"认为,文学文本中"有着众多的各自独立而不相融合的声音和意识,由具有充分价值的不同声音组成真正的复调……不是众多性格和命运构成一个统一的客观世界,在作者统一的意识支配下层层展开;这里恰是众多的地位平等的意识连同它们各自的世界,结合在某个统一的事件之中,而互相间不发生融合。"③该理论不仅适宜于解读小说文本,还可以用来探讨诗学作品,比如在20世纪的中美诗歌中,就存在复调式的互文例子。中国新诗的开拓者郭沫若(1892—1978),1921年完成的诗歌代表作《女神》就是其中一个典型,里面有女神、颛顼、共工、农叟、牧童等多声部的"唱和":"女神之一:我要去创造些新的光明/……/女神之二:我要去创造些新的温热……/女神之三:……我要去创造个新鲜太阳/颛顼:我本是奉天承命的人,上天特派我来统治天下……/共公:我不知道夸说什么上天下地,我是随着我的本心想做皇帝……/农叟一人:我心血已熬干,麦田中又见有人宣战……/牧童一人:啊,我不该喂了两条斗狗,时常只解争吃馒头……/野人之群:得寻欢时且寻欢,我们要往山后去参战……"④;美国庞德的《比萨诗章》也是一个典型,里面除了汉语、法语、英语、德语、日语、西班牙语、拉丁语、希腊语、阿拉伯语等十八种语言的"合欢"之外,还有多声部的历史、典故和事件:"二十年后/ 惠特曼喜欢牡蛎/至少我想是牡蛎/ 云层叠成一座假维苏威/ 泰山此侧/ 内尼,内尼,谁能继位? /'这样的洁白里',曾子说/'你们还能添加神秘白色?'"⑤这短短八行诗,在思维层递方式上实现了三次跳跃式滑动:

---

① [俄]巴赫金:《对话、文本与人文》,白春仁译,河北教育出版社1998年版,第194页。
② 王瑾:《互文性》,广西师范大学出版社2005年版,第9页。
③ [俄]巴赫金:《对话、文本与人文》,白春仁译,河北教育出版社1998年版,第29页。
④ 郭沫若:《女神》,人民文学出版社2003年版,第8—14页。
⑤ [美]伊兹拉·庞德:《庞德诗选·比萨诗章》,黄运特译,张子清校,漓江出版社1998年版,第136页。

（1）内容方面：前三行讲美国诗人惠特曼的饮食爱好，中间三行讲意大利社会党领袖内尼的政治困惑，最后两行讲中国古代的曾子夸耀孔子高尚的美德；（2）时间方面：从18世纪美国到20世纪意大利，再到公元前6世纪的古代中国；（3）空间方面：从北美洲到欧洲，再到亚洲①。类似的中西诗学"对话"的例子还有很多。不过，这些中西诗学文本都通过复调式的多声部"狂欢"，从不同侧面表达了文本作品内部真实存在的宣泄性、平等性、颠覆性和大众性。

　　（三）经典与反经典：中西诗学互文与戏仿的文本"焦虑"

　　中西诗学的发展和变迁本是两条极其与众不同的路线，但是文本互文使二者具有了"同一性"（integrity），而文本戏仿则使历史文本显性或隐性地黏着了"陌生化"（defamiliarization）的色彩，最终促使历史文本发生"异化"或得以"进化"。在克里斯蒂娃所说的"文本"世界里，经典文本是一种客观存在，它存在于中西诗学领域的各个方面和不同时期。然而文本的异质性（heterogeneity）带给我们新的理论问题，那就是，在历史变迁中，新的经典文本怎样才能突破旧的经典文本得以立足？针对此问题，我们需要明确一个事实：各个时期的经典作家/经典文本会与他们/它们所在的时代和社会存在"互文"和"戏仿"关系②。而且，诗学文本作为一种话语建构，一定会与前期的历史文本发生联系和参照，以一种无意识状态进行借鉴和融合，因为诗学文本可以被参考、被重写，甚至被再生产和被再创造③。对此，克里斯蒂娃曾经从作者的角度对历史文本做了"现象文本"（phenotext）和"生成文本"（genotext）的划分。而且，就诗学文本的"衍生性"而言，诗歌创作和生产不是一个孤立的话语行为，它受到来自其他话语系统的影响与渗透。这就意味着，诗作者创作自己的诗歌作品时必须要突破先前诗作者创作的历史文本，这就自然地产生了哈罗德·布鲁姆（Harold Bloom，1930—　）所说的"影响的焦虑"④。"影响的焦虑"作为一种理论出现在20世纪70年代。在布鲁姆看来，诗人自始至终都有强与弱、重要与不重要之分，后辈诗

---

① 张子清：《美国现代派诗歌杰作——〈诗章〉》，《外国文学》1998年第1期。

② 秦旭：《希利斯·米勒文学解构的"异质性"维度》，《外语研究》2010年第6期。

③ 王瑾：《互文性》，广西师范大学出版社2005年版，第59页。

④ 陈永国：《互文性》，《外国文学》2003年第1期。

人(即布鲁姆所说的"强力诗人")在开始创作时,跟俄狄浦斯一样,必然要经历一个痛苦的"杀父娶母"的过程。尽管这个过程是痛苦的。这种爱恨交织的俄狄浦斯情结就是后辈诗人与前辈诗人、后辈诗歌文本与前辈诗歌文本之间相互较量和交锋所产生的结果。而且,后辈诗人总有一种"迟到"的感觉:重要的事物已被命名,经典的话语已有了表述。所以,后辈诗人如果想要再造经典文本,那他就必须通过一种"误读"的手段进入原系统内部解除它的"武装",继而通过对前文本的修正、戏仿、重构,以获得自己的"创造力"和"想象空间"。在小说领域,西方作家已有所尝试:英国作家约翰·福尔斯(John Fowles,1926—2005)通过戏仿维多利亚时代的文学文本,创造了更适合现代人审美观念的《法国中尉的女人》;美国作家唐纳德·巴塞尔姆(Donald Barthelme,1931—1989)通过戏仿斯堪的纳维亚经典故事《玻璃山上的公主》,完成了具有反叛精神的《玻璃山》;多克特罗(E.L.Doctorow,1931—2015)通过戏仿一战前夕的美国社会和历史,完成了具有 Ragtime 音乐特征的《拉格泰姆时代》;等等。中国作家也有这方面的尝试和"革新":贾平凹(1952—　)通过对《金瓶梅》的互文与戏仿完成了具有现实主义品格的《废都》,王朔(1958—　)通过颠覆传统的人性观念,以戏仿的形式完成了《浮出海面》《千万别把我当人》等作品。此外,还有刘索拉(1955—　)的《混沌那个哩登愣》《你别无选择》,徐星(1956—　)的《无主题变奏》,刘毅然(1960—　)的《摇滚青年》,陈染(1968—　)的《世纪病》等,都以戏仿传统、与先前小说文本互文的方式完成了他们的后现代主义风格①。无独有偶,在影视业,也有中西"对话"的实例,如美国的《功夫熊猫》《花木兰》,中国的《北京人在纽约》《刮痧》,等等。从本质上讲,在诗歌领域,诗人们要前进和有所变革,也必须要像那些小说家和制片人一样,能够突破从前,有所创新。而且,根据布鲁姆的"影响的焦虑",后辈诗人要完成对前辈诗人的突破,还要经历六个"心理整合"阶段,即"故意误读"阶段、"对抗自我"阶段、"突破断裂"阶段、"魔鬼俯身"阶段、"自我净化"阶段以

---

① 曾军、许鹏:《民间诙谐文化与中国当代文学》,上海大学出版社 2011 年版,第 12—18 页。

及"哺育前辈"阶段①。这六个心理过程的完成过程,就是后辈诗人突破传统"瓶颈",与前辈诗人"互文"和"戏仿"的过程,也是一种"对峙"与"对话"的过程。在这里,所有诗人和诗歌文本会构成庞大的"家族档案",诗人与诗人之间、诗歌文本与诗歌文本之间都是互文关系,诗歌经典文本的形成过程就是互文本的解构和建构的过程,是一个经典与反经典的"分庭抗礼"和"文本游戏"。正如德国哲学家伽达默尔(Hans-Georg Gadamer,1900—2002)所说的:"游戏并不是一位游戏者与一位面对游戏的观看者之间的距离,从这个意义上说,游戏也是一种交往的活动","游戏始终要求与别人同戏。"②

由此可见,文本不仅是互文的,而且是戏仿的。在所有的历史文本中,互文和戏仿都是一种客观存在。尽管在中西诗学当中,互文和戏仿有着不同的渊源和背景,但是实质上它们拥有共通之处,只是表现程度的显与隐、多与少的问题,反映在中西诗学的"对话"层面,当然就有了异质性。一方面,由于语言的"狂欢化",诗学文本在历史文本中先是被结构主义积极地建构,然后由于自身理论的缺陷被解构主义无情地解构,不过诗学语言还是以"在场"的方式存活下来;存活于有"复调性"的"对话"之中;另一方面,由于语言在诗歌互文和戏仿中派生出经典文本,就使文本创作有了"源于传统、但又异于传统"的特点。从作者的写作角度来看,要突破前辈诗人的"坚固壁垒",超越前辈诗人创作的经典文本,后辈诗人必须经历"影响的焦虑",完成文本间互文和戏仿的"游戏",才能最终实现中西诗学的完整对话。

第二节　互文与戏仿理论对 20 世纪
中美诗歌研究的可适性

从互文与戏仿的历史渊源以及中西诗学对话可以看出,互文与戏仿和20 世纪中美诗歌之间有着许多不解之缘。实际上,互文与戏仿理论的建构

---

① 陈永国:《互文性》,《外国文学》2003 年第 1 期。
② [德]伽达默尔:《美的现实性》,张志扬译,上海三联书店 1991 年版,第 37 页。

与20世纪中美诗歌之间也具有某种契合和联系。20世纪中美诗歌不仅存在互文现象、受到文学传统的影响,而且涉及现代诗学的转型以及诗歌文本的"游戏",互文性概念的提出以及互文性理论的建构对20世纪中美诗歌无疑具有重要意义,它也是世界文艺理论界以及文学界的大事,其辐射面目前已超出人们的想象;就戏仿而言,从其名称的诞生、被读者接受与误读、现代性的阐释等方面,可以看出其具体的内容和形式经历了一个漫长和多元化的发展过程。在当前,戏仿被解读为"与艺术游戏的艺术"①。总而言之,20世纪中美诗歌因为有互文与戏仿现象的存在,自然呈现出与众不同的精神面貌;从某种意义上讲,互文与戏仿是解读20世纪中美诗歌变革的一把钥匙,是探究20世纪中美诗歌历史发展和文化建构的桥梁和媒介,是分析20世纪中美诗歌已有成果的理论武器。

一、互文性理论的建构与20世纪中美诗歌

根据前面的分析可知,"互文性"(intertextuality)一词作为正式术语,出现在法国当代文艺理论家朱莉叶·克里斯蒂娃所著的《符号学:解析符号学》(*Séméiôtiké:recherches pour une sémanalyse*,1969)一书中,其另一部著作《小说文本:转换式言语结构的符号学方法》(1970)以一章的内容阐释了"互文性"的概念②。但是,这里需要澄清一点,即首先激起欧美评论界兴趣并引起欧美读者广泛关注的,是克里斯蒂娃于1967年在法国巴黎《批评》杂志上发表的关于巴赫金文艺思想及其创作的学术论文《词语、对话和小说》(*Word,Dialogue,and Novel*)。该论文有两个突出贡献:一个是首次向西方世界介绍了苏联文艺理论家巴赫金的对话主义理论(Dialogism),另一个是用简明扼要的语言界定了"互文性"的内涵和特征:

> "文学词语"是文本界面的交汇,它是一个面,而非一个点(拥有固定的意义)。它是几种话语之间的对话:作者的话语、读者的话语、作品中人物的话语以及当代和以前的文化文本……任何文本都是由引语的镶嵌品构成的,任何文本都是对其他文本的吸收和转化③。

---

① R.Chambers,*Parody:The Art that Plays with Art*,New York:Peter Lang,2010.

② 王瑾:《互文性》,广西师范大学出版社2005年版,第27—28页。

③ J.Kristeva,"Word,Dialogue and Novel",in *The Kristeva Reader*,Toril Moi(ed.),Oxford:Blackwell Publisher Ltd.,1986,pp.36-37.

在克里斯蒂娃看来,互文性融合了词语与词语、文本与文本之间的关系,而且这些词语和文本都不是孤立存在,它们别无选择地要与其他词语和文本构成关系网络。这些关系网络将历史和现实融为一体,将现在、过去和将来形成一个不断变化且又互有所指的系统。该系统既为诗人提供广阔的创作空间,又为诗人准备了丰富的创作素材和磅礴的社会背景。基于此,克里斯蒂娃主张"文本间性的概念应该取代主体间性的概念"①。这无疑具有历史性的贡献。

国内学者对互文性的研究始于 20 世纪 90 年代,殷企平(1994)、程锡麟(1996)、黄念然(1999)等学者进行了奠基性的研究工作,李玉平(2002,2004)、陈永国(2003)、赵宪章(2004)、辛斌(2006)等学者把互文性理论的研究引向深入,并把该领域的理论探讨逐步向国外理论前沿靠拢。随后,国内学术界诞生了几部重要的理论专著,如王瑾撰写的《互文性》(2005)、赵渭绒撰写的《西方互文性理论对中国的影响》(2012)、李玉平撰写的《互文性:文学理论研究的新视野》(2014)等。由于国内学者在互文性领域勤奋耕耘,已经取得让人骄傲的成果,同时使互文性的研究视角也不再仅限于文本理论,而是触及翻译学、文体学、大众传媒等其他领域②。

(一)互文性理论的建构

互文性概念的提出以及互文性理论的建构,是对世界文学界乃至艺术领域的重大贡献。从某种意义上讲,互文性理论的建构过程也是互文性逐渐被人熟悉和认知的过程。客观地来看,对互文性理论的理解离不开对以下几组关系的考察:

1. 互文现象与互文性

互文是一种存在。互文的存在不一定依赖于文本或文本的存在,因为互文既是现象的,又是具体的。只要两个事物之间有某种联系,不管是直接的还是间接的、历史的还是人文的,我们都可以认为它们是互文的。互文与作为主体的人有很大关系,人的存在使互文成为可能,使互文本成为可能,

---

① J.Kristeva,"Word,Dialogue and Novel",in *The Kristeva Reader*,Toril Moi(ed.),Oxford:Blackwell Publisher Ltd.,1986,p.36.

② 参见赵渭绒:《西方互文性理论对中国的影响》,巴蜀书社 2012 年版;李玉平:《互文性:文学理论研究的新视野》,商务印书馆 2014 年版。

也使互文性成为可能①。互文所依赖的环境比互文性要自由和内容丰富。广义上讲，从人类诞生之日起，互文就已经开始了，因为人要成为人，就必须与周围的世界和环境发生这样或者那样的关系。人与人的交流、人与社会的沟通、人与自然的接触等，都是互文发挥作用的渠道。人在生产劳动中产生的互文式的语言、思想、想象等，都成为人们日后文学创作的源泉。历史性地来看，互文的存在使互文性的存在成为必然。但是，互文性与互文有着本质的不同。互文性通常是指"两个或两个以上文本间发生的互文关系"②，它强调文本的"镶嵌"以及"对其他文本的吸收和转化"③。这说明互文性的存在必须依赖文本的存在，文本的存在是互文性产生的基础。从根本上来讲，互文性也与互文现象一样，是一种毋庸置疑的客观存在，因为它所诞生的土壤——文本（text）——是一个客观存在。作为一个抽象概念，互文性有其特定的内涵和所指，但是它的内涵和所指必须依赖文本而产生。而且，文本的属性从某种意义上决定了互文性的属性。

2. 传统的影响与互文性

传统与互文性的关系密不可分。在人类历史上，苏格拉底、柏拉图、亚里士多德等先驱的哲学思想、世界观和方法论（如对话模式与模仿说），以极大的传统力量影响着后世，为互文性的诞生奠定了基础。文艺复兴及新古典主义时期产生的文艺理念也为互文性的发展准备了条件，而且有些发现已明显证实了互文现象的存在。如亚历山大·蒲柏（Pope Alexander，1688—1744）在阅读维吉尔（Virgil，70 B.C.-19 B.C.）的作品中，发现了古希腊著名盲诗人荷马（Ὅμηρος/Homer，9 B.C.-8 B.C.）的影子。维吉尔和荷马在创作各自作品的时候，不可能互相讨论和借鉴，但是他们都关注自然并且模仿自然。基于此，他们发自肺腑的对自然的热爱，使他们通过作品无意识地"走到一起"，实现了诗学层面的"殊途同归"。蒲柏同时认为，后人要实现诗学批评的健康发展，就必须向传统和前辈们学习。他告诫世人："你

① ［法］蒂费纳·萨莫瓦约：《互文性研究》，邵炜译，天津人民出版社2003年版，第1页。
② 王瑾：《互文性》，广西师范大学出版社2005年版，第1页。
③ J. Kristeva, "Word, Dialogue and Novel", in *The Kristeva Reader*, Toril Moi (ed.), Oxford: Blackwell Publisher Ltd., 1986, pp.36-37.

的判断要驶向正确航程,／就需要深知每个古代作家的本性,／他每一页的故事、主题、范围的划分,／他的宗教信仰、国情风土、时代精神。"①但是,对传统的理解涉及互文性之基本精神的学者,无疑是艾略特。艾略特曾经说:"我们称赞一个诗人的时候,我们的称赞往往专注于他在作品中和别人最不相同的对方,我们自以为在他作品中的这些或那些部分看出了什么是他个人的……实际呢,假如我们研究一个诗人,撇开了他的偏见,我们却常常会看到:不仅最好的部分,就是最个人的部分也是他前辈诗人最有力地表明他们不朽的地方。"②艾略特此处是想揭示,所有诗人的作品都具有相互指涉性,"不仅最好的部分,就是最个人的部分"也是对"前辈诗人"作品的影子或者重复③。正如王瑾在《互文性》一书中指出的那样,传统(tradition)在艾略特这里已不是激进主义者认为的那样是"无形的枷锁",而是"能够为个人创作提供广阔的舞台和知识背景"的力量。这种力量有助于使所有作品形成一个有机体系,"融入过去与现在的系统,对过去和现在的互文本发生作用"④。

3. 现代诗学转型与互文性

法国文论家蒂费纳·萨莫瓦约(Tiphaine Samoyault,1968—　)在其《互文性研究》中指出:"互文性让我们懂得并分析文学的一个重要特征:即文学织就的、永久的、与它自身的对话关系,这不是一个简单的现象,而是文学发展的主题。"⑤互文性是一种理论,也可被视为一种解读文本的方法,尤其是在互文性走向现代化的过程中,互文性不仅为文学与文化研究引入多种新观点并与其他视角相关联,而且成为学者们理论研究和实践探索的重要武器。巴赫金的重要贡献,在于他首先把"对话性"作为一种语言哲学方

---

① D.Alvarez,"Alexander Pope's An Essay on Criticism and a Poetics for 1688",*Journal*:*Restoration*:*Studies in English Literary Culture*,Vol.39,No.1-2(Spring 2015),pp.101-123;又参见王瑾:《互文性》,广西师范大学出版社2005年版,第2—3页。

② [美]艾略特:《艾略特诗文全集》,王恩衷编译,国际文化出版公司1989年版,第2页。

③ 同上,第2—3页。

④ 王瑾:《互文性》,广西师范大学出版社2005年版,第4—5页。

⑤ [法]蒂费纳·萨莫瓦约:《互文性研究》,邵炜译,天津人民出版社2003年版,第1—2页。

法,正式运用于文本分析和文化考察中。他批判索绪尔的结构主义语言学对规则固定语言体系的过分强调,犀利地指出,"任何一个表述就其本质而言都是对话(交际和斗争)中的一个对语。言语本质上具有对话性。"在阅读俄国作家、《罪与罚》的作者陀思妥耶夫斯基(Фёдор Михайлович Достоевский,1821—1881)的小说文本时,巴赫金还发现了小说文本的"复调性""狂欢化"等特质①。这些为克里斯蒂娃提出互文性理论,奠定了坚实的基础。克里斯蒂娃不仅为文艺理论界"发现"了巴赫金,还首创"互文性"(intertextualité)一词,丰富并发展了巴赫金的"对话主义"。她指出,"文字词语之概念,不是一个固定的点,不具有一成不变的意义,而是文本空间的交汇,是若干文字的对话。"克里斯蒂娃还认为"文本是一种生产力","首先,文本与语言的关系是一种(破坏—建立型的)再分配关系,人们可以更好地通过逻辑类型而非语言手段来解读文本;其次,文本是诸多文本的排列和置换,具有一种互文性。"②罗兰·巴特(Roland Barthes,1915—1980)对此作出进一步解释:"任何文本都是互文本;在一个文本之中,不同程度地并以各种多少能辨认的形式存在着其他文本,例如,先前文化的文本和周围文化的文本。"③而且,巴赫金于1970年出版了《S/Z》一书,并首先使用"互文本"一词。他同时在该书中把文本分为"可读的文本"(readerly text)和"可写的文本"(writerly text)。巴赫金理论的内核,就是"结构在开放中消解,内容在互文中互现,意义在游戏中消除,以达到文本意义的不确定、非中心和多元化的目的"④。耶鲁大学教授哈罗德·布鲁姆的"误读诗学理论"刚面世,就被誉为"过去二十年来最大胆、最有创见的一套文学理论"。他在《影响的焦虑》中指出:"误读"是一种强调读者创造性的文学阅读方式⑤。"诗的影响——当涉及两位强大的、真正的诗人时——总是通过对前

---

① [俄]巴赫金:《对话、文本与人文》,白春仁译,河北教育出版社1998年版,第177、194页。

② J.Kristeva,"Word,Dialogue and Novel",in *The Kristeva Reader*,Toril Moi(ed.),Oxford:Blackwell Publisher Ltd.,1986,pp.36-37.

③ R.Barthes,*Theory of the Text*,*Untying the Text:A Post-structuralist Reader*,London:Robert Young and Kegan Paul,1981,p.39.

④ 王瑾:《互文性》,广西师范大学出版社2005年版,第61—62页。

⑤ H.Bloom,*The Anxiety of Influence*,New York:Oxford University Press,1973,pp.132-134.

一位的误读而进行的。这种误读是一种创造性的纠正……"①布鲁姆对诗歌的互文还有他独到的见解,他在《诗歌与压抑》中说:"诗歌不过是一些词,这些词指涉其他一些词,这其他的词又指涉另外一些词,如此类推,直至文学语言那个无比稠密的世界。任何一首诗都是与其他诗歌互文的……(写作)诗歌不是创作,而是再创作。"②在布鲁姆之后,互文性理论的发展有两个转向:一个是以德里达等为代表的解构方向,另一个是以吉拉尔·热奈特等为代表的诗学方向。

4. 后现代文本"游戏"与互文性

根据杨仁敬等国内著名学者的研究,从 20 世纪五六十年代以来,西方社会及其文学进入后现代主义时期(post-modernism)③。后现代文化语境成为互文性理论走向多元化的土壤。与此同时,文化的后现代使互文性的后现代成为历史发展的必然。文学评论家拉斯(Scott Lash)在《后现代社会学》中论述道:"如果文化的现代化是一个分化的过程的话,那么,后现代化则是一个去分化(de-differentiation)的过程……首先,在某种过程中,有三个文化领域失去了自己的自律性。比如,审美领域开始将理论的和道德—政治的领域加以'殖民化'。其次,文化领域不再是具有本雅明意义的'韵味的'领域,即是说,它不再系统地和社会因素分离开来……第三,'文化经济'逐渐变得去分化了。"④曼弗雷德·普费斯特(Manfred Pfister)更是石破天惊地说道:"互文性是后现代主义的一个标志,如今,后现代主义和互文性是一对同义词。"⑤那么,互文性手法在后现代语境中将起到什么样的作用呢? 首先,互文性使传统意义上的作者不复存在,使所谓的"原创作品"消失,任何一部作品都将是对其他作品或文本的"镶嵌"和"组合"。其次,互文性在宣告"作者之死"的同时,换来了读者的解放。任何读者在习得一

---

① 王瑾:《互文性》,广西师范大学出版社 2005 年版,第 71 页。

② H.Bloom,*Poetry and Repression:Revisionism from Blake to Stevens*,New Haven:Yale University Press,1976,p.3.

③ 杨仁敬:《20 世纪美国文学史》,青岛出版社 2010 年版;又参见杨仁敬:《论美国后现代派小说的新模式和新话语》,《外国文学研究》2003 年第 2 期。

④ S.Lash,*Sociology of Postmodernism*,London & New York:Routledge,1990,pp.11—12.

⑤ H.Bertens & D.Fokkema(eds.),*International Postmodernism:Theory and Practice*,Amsterdam and Philadelphia:John Benjamins Company,1997,p.249.

部作品的内容和精神的过程中,都可以根据自己的知识体系和理解力加入自己的"声音",形成"多声部"的唱和,带来阅读的快感。最后,互文性使后现代文学抛弃"文学模仿自然"的传统观念。"自然之境"被打破,历史与现实、古代与现代、经典与非经典、想象与真实等曾经存在的悖论主题,在互文性的演绎下变得界限模糊,开始互相指涉。此外,互文性使文本的拼贴和粘连成为"永恒的游戏",意义的"无限回归"和"循环"变成自然之物的创造。有学者为此总结到,"每一个文本都指向前文本,而前文本又指向更前的文本,如此循环,以至无穷。"①

(二)互文性与 20 世纪中美诗歌

互文性是 20 世纪中美诗歌研究的新视角。20 世纪中美诗歌是一个纷繁复杂、充满独特艺术魅力的文学存在。尽管中美诗歌在 20 世纪这个特殊的历史时期,各有其发展的特点和路径,但是本质上它们具有相通之处。一方面,中美民族诗歌在演化的过程中,不可避免地要与先前的历史和传统发生互文关系;另一方面,中美诗歌之间由于民族诗歌的自身发展和进步,需要借鉴和学习彼此诗歌的优势及长处。这种互文关系可以是整体性的也可以是局部的,可以是潜意识的也可以是有意识的,可以是内在映射的也可以是外在包容的等,因为"文学是文本交织的或者叫自我折射的建构",互文性是其建构的基本方式②。

无论是在中美诗歌内部还是中美诗歌之间,由于民族文学本身就是由诸多题材和体裁的文学文本建构起来并且形成一个庞大的关系网络,就在实践上促使这个关系网络不可能静止不动、各自独立,而必须相互关照和彼此对话。其对话的对象不仅是作者与作者之间的,还有作者与作品之间的、作品与作品之间的,甚至是读者与作者、读者与作品以及读者与读者之间的"互动"关系,这种互动关系都包含在互文性的视野之内。客观地说,中美诗歌在 20 世纪这个发生巨大变革的时代,曾经进行过极为明显的互文式的借鉴和学习,尤其是在 19 世纪末 20 世纪初这个风云变幻的历史时期。当时,美国诗人急于摆脱来自英国文学传统的"影响的焦虑",他们决意要颠

---

① H.Bertens & D.Fokkema (eds.) , *International Postmodernism:Theory and Practice* , Amsterdam and Philadelphia:John Benjamins Company,1997,pp.249-253.

② [美]乔纳森·卡勒:《当代学术入门:文学理论》,李平译,辽宁教育出版社 1998 年版,第 35—36 页。

覆传统,培养"美国个性",创造真正属于他们自己文学的东西。但是,在现实面前,他们举步维艰。历史的巧合使他们遇到了中国古典诗歌,中国古典诗歌里丰富的想象和意象激发了他们的创作热情和灵感,以庞德为代表的先锋派诗人从中国诗歌里汲取营养,再加入美国因素形成了独具艺术魅力的美国现代诗歌,后来发展成为美国诗歌的主流。中国诗歌在十九世纪末二十世纪初也面临重大的抉择:是继承先人的传统继续保持古典诗歌的"卓越风姿",还是摆脱困扰创造民族新文学,这成了摆在中华炎黄子孙面前一个难题。康有为、梁启超等文人志士的文学改良并未取得历史性的突破,而在美国留学的胡适则石破天惊地发言说:"诗学革命何自始? 要需作诗如作文"①。胡适以先锋者的姿态要革中国文学的"命"。事实上,以胡适为代表的新文学运动的干将确实刮起了"新文学革命"的旋风,对中国新文学的发展起到了"釜底抽薪"的作用。胡适的"新文学革命"思想虽然着眼于中国诗歌本身,并从中国诗歌本身特有的发展轨迹考虑问题,但是他的理念和经验的取得不能不说没有受到美国新诗运动的影响。从该意义上讲,中国诗歌运动也与美国诗歌运动有着千丝万缕的内在关联——只是这种关联乍一看比较含蓄,不易察觉。不管怎样,从互文性视角看,中美诗歌的相互借鉴和影响有其偶然性也有其必然性,因为中美诗歌之间在文本意义上是相互借鉴和对话的。

基于该认识,在研究 20 世纪中美诗歌的互文性问题上,我们必须得区分两种模式,即影响模式和互文性模式,因为这两种模式各有内涵和特点②。"影响模式"在文学的层递关系上表现为流线型的、进化论的、渗透性的,它往往认为过去只是过去,现在不过是对过去的延续或者扩展,"过去作为一种前提决定着现在,因而现在被认为是过去的产物"。况且,"影响"在词源学上有"征服""殖民"之意,带有"等级权威意识",充满了"复杂的权力运作和种族、性别偏见"③。但是在"互文性模式"中,文学文本之间的关系是非流线型的、多元共生的、和谐共存的。它们之间的关系不是牵制、

---

① 胡适:《胡适文集》(第一卷),北京大学出版社 1998 年版,第 155 页。
② 李玉平:《"影响"研究与"互文性"之比较》,《外国文学研究》2004 年第 2 期。
③ 参见王瑾:《互文性》,广西师范大学出版社 2005 年版,第 138—139 页。

胁迫、征服,而是使所有的诗歌文本自觉地处于一个平面,或"处于一个四通八达、纵横交错的文本网络中",在该网络中,"权威被消解,经典被取消,中心被颠覆",过去与现在的界限被模糊,过去可能演变成现在的产物。文学评论家杜夫海纳在对艺术创造和历史关系的问题上曾经指出:"富有创新的艺术作品,一旦解决了某一实践时刻所提出的不可预料又无法回避的问题时,便获得了某种历史出发点;它在回溯中赋予以前的作品以意义,并且打开了通向其他作品的道路……一旦这个新作品问世,它本身就孕育了可以照亮过去的未来。"①鉴于此,在对20世纪中美诗歌的比较研究进行分析和讨论时,我们必须倡导一种"民主平等、多元共生、良性互动"的模式,以凸显文本互文性的价值和意义。

总之,互文性概念的提出以及互文性理论的建构是世界文学界以及艺术领域的大事,尤其是在20世纪这个人类历史发展的特殊阶段,其辐射范围早已超出人们的想象。而且,从现实情况来看,人们对互文性的关注已不再局限于诗歌、小说、戏剧等文本的分析研究,而是逐渐渗透和延伸到翻译学、广告学、电影艺术等其他领域。从广义方面来讲,互文性理论正日益影响和改变着人们的思维方式和理解能力。

二、戏仿的流变与 20 世纪中美诗歌

在艺术领域,戏仿手法的运用是广泛存在的。尤其是在戏剧界和影视界,我们熟悉的很多作品都具有戏仿的特点,如薛荣(1958—　)的《沙家浜》是对"文革"时期同名革命样板戏的戏仿,胡戈(1974—　)的《一个馒头引发的血案》是对陈凯歌导演的电影《无极》的戏仿,周星驰(1962—　)担当主角的《大话西游》是对明朝吴承恩(约1500—1582)的巨作《西游记》的戏仿,等等。在文学界,这样戏仿的例子更多,如塞万提斯(Cervantes,1547—1616)的《堂吉诃德》是对中世纪骑士传奇的经典戏仿,菲尔丁(Henry Fielding,1707—1754)的《约瑟夫·安德鲁》是对理查德逊的名作《帕美拉》的戏仿,乔伊斯(James Joyce,1882—1941)的《尤利西斯》是对荷马史诗《奥德赛》的戏仿,巴塞尔姆(Donald Barthelme,1931—1989)的《白雪

---

① M.Dufrenne,*Main Trends in Aesthetics and the Sciences of Art*,New York:Holmes & Meier,1979,p.205.

公主后传》是对格林童话《白雪公主与七个小矮人》的戏仿,多克特罗的《拉格泰姆时代》是对多斯·帕索斯的《美国》三部曲的戏仿,等等。然而,从戏仿名称的诞生到戏仿后现代诗性的演化,其具体的内容和形式经历了一个漫长且多样化的发展过程。在当前,戏仿被解读为"与艺术游戏的艺术",并成为诗歌和小说研究的重要理论武器。

但是,什么是戏仿呢? 戏仿在英语中对应的词是"parody"。从词源学角度考察,该词源于希腊语"paroidia",意为"拙劣地模仿或滑稽作品",可指"滑稽歌或滑稽诗";在拉丁语中,"parody"也有一个对应词"parodia",与希腊语的"paroidia"释义雷同①。根据《韦伯斯特大学词典》(*Random House Webster's College Dictionary*)1999 年版,"parody"有动词、名词两种词性。作动词时,"parody"指"拙劣地模仿或仿造""滑稽性地模仿"等;作名词时,"parody"有如下解释:"1. 对一部严肃文学或作品的滑稽性或讽刺性模仿;2. 由此类模仿所代表的文学作品的类型;3. 对一个人、事件等的任何幽默性的、讽刺性的或滑稽性的模仿;4. 对一部音乐作品的滑稽性模仿;5. 一种低劣或拙劣的模仿。"②从这些释义看得出,"parody"难逃"拙劣模仿"的窠臼,因为它既具有"戏"的成分又具有"仿"的特征。然而,"parody"只能是低级的写作方式吗? 如果答案是肯定的,那么人们津津乐道的《沙家浜》《大话西游》《堂吉诃德》《尤利西斯》等岂不是"二流作品",不应该被奉为艺术经典? 带着疑问,笔者对戏仿的流变进行了研究,结果发现戏仿从诞生到现在,其实经历了一个动态的发展过程。

(一)戏仿的流变

1. 戏仿的诞生:"滑稽诗"与"劣根性"

戏仿似乎从诞生之日起,就被赋予一种神秘的"劣根性",并被堂而皇

---

① M.A. Rose, *Parody: Ancient, Modern and Post-modern*, Cambridge: Cambridge University Press, 1993, pp.7–10; L.Hutcheon, *A Theory of Parody: The Teachings of Twentieth Century Art Forms*, Urbana: University of Illinois Press, 2000, pp.16–18.

② *Random House Webster's College Dictionary* (2nd Edition), New York: Random House, 1999, p.961.

之地贴上"滑稽性地引用、模仿或转化"的标签①。公元前4世纪,古希腊哲学家亚里士多德首次在他的经典之作《诗学》(*Poetics*)里使用 paroidia。他在该书第2章论述说:"既然模仿者表现的是行动中的人,而这些人必然不是好人,便是卑俗低劣者……他们描述的人物就要么比我们好,要么比我们差,要么是等同于我们这样的人……比如,荷马描述的人物比一般人好,克勒俄丰的人物如同我们这样的一般人,而最先写作滑稽诗的萨索斯人赫革蒙和《得利亚特》的作者尼科卡瑞斯笔下的人物却比一般人差。"②

在该书第5章,亚里士多德继续解释说:"如前所述,喜剧模仿低劣的人;这些人不是无恶不作的歹徒——滑稽只是丑陋的一种表现。滑稽的事物,或包含谬误,或其貌不扬,但不会给人造成痛苦或带来伤害。"③由于亚里士多德本人的影响力和他书写的文本话语的权威性,使得戏仿从一开始就成为"经典文本"的派生物和附属品。不过,好在戏仿只是"小丑"或者"丑陋"的一种表现形式,不至于"给人造成痛苦或带来伤害"。然而,其负面效果在于,亚里士多德借助他的话语权和至高无上的权威性,不仅使悲剧的价值凌驾于喜剧之上,而且使戏仿成为一种拙劣的形式并被西方学者所诟病④。

2. 戏仿的广泛接受与误读:戏拟性与寄生性

在亚里士多德之后,戏仿的"劣根性"被广泛接受和误读。许多学者甚至将其放大或者夸张,致使戏仿成为滑稽模仿、戏谑模仿、粗劣仿拟等的代名词⑤。有些学者曾对其进行矫枉过正,但是最终却充当了亚里士多德学说的"帮手"。比如,在公元1世纪,"古罗马修辞学家昆提连"追根溯源,指

① M.A. Rose, *Parody: Ancient, Modern and Post-modern*, Cambridge: Cambridge University Press, 1993, pp.6-8.

② [古希腊]亚里士多德:《诗学》,陈中梅译,商务印书馆2003年版,第38页。

③ [古希腊]亚里士多德:《诗学》,陈中梅译,商务印书馆2003年版,第38、58页。

④ M.A. Rose, *Parody: Ancient, Modern and Post-modern*, Cambridge: Cambridge University Press, 1993, pp. 15-16; L. Hutcheon, *A Theory of Parody: The Teachings of Twentieth Century Art Forms*, Urbana: University of Illinois Press, 2000, pp.28-29.

⑤ M.A. Rose, *Parody: Ancient, Modern and Post-modern*, Cambridge: Cambridge University Press, 1993, pp.15-22;另参见张悠哲:《20世纪90年代以来文学戏仿现象研究述评》,《吉林师范大学学报》2011年第2期。

出戏仿是"原名于模仿他者吟唱之歌曲,但后被语言滥用于指称诗或文的模仿"①。该说法有使戏仿"回归"的趋势,但是没有造成太大的影响,反倒在文艺复兴时期,让诸如斯卡利格尔(Julius C.Scaliger,1484—1558)这样的新一代权威,给完全"利用"了。斯科拉格尔继承亚里士多德的观点,在文艺复兴的中后期突显了戏仿的滑稽和讽刺的特性,并使之深刻影响了后世英国学者及其评论家。因此,那个时期的英国批评界,干脆把戏仿作品当作"以夸张琐碎小事嘲弄严肃主题的滑稽讽刺作品"②。到了17世纪末,欧洲大陆的民众提起戏仿,就会想当然地认为:那不过是某位或某些作家借助玩世不恭的态度,对某部或某些经典作品的故意歪曲和误读,是对原作的亵渎和背离。而且,持有上述观点的人自始至终认为戏仿的作品远没有原作可靠和有欣赏价值。文学评论家豪斯霍尔德(Householder)对此作过考证,认为最初戏仿的"寄生性"其实并不具有"破坏性"的力量,也不指涉幽默和荒诞的成分,而是到了17世纪之后,它才逐渐被人蒙上"负面的色彩",而且对它的"贬低"也因此而生③。18世纪的浪漫主义者更是斥责戏仿者,称其为"平庸和不道德的寄生虫",因为他们强调天才的独创性和个人情感的真实性才是艺术成功的关键。此后,这种认为戏仿是戏拟与寄生性别称的提法和对戏仿的消极态度,一直持续到20世纪初。

3.戏仿的现代性:摆脱"影响的焦虑"与再创造

戏仿的"灰色形象"似乎难以得到舆论界的认可了。不过,一些有识之士质疑传统,挑战权威,并对传统和权威进行颠覆性的批判和解构。这就是现代诗学引发的思维变革。在这场思维变革的惊涛骇浪中,大胆的批评家开始摆脱"影响的焦虑",对传统进行改造和再创造;而且在这过程中,许多学者开始赋予戏仿以更加多元化的意义和指称。布鲁姆在《影响的焦虑》(*The Anxiety of Influence*)一书中阐述说:"诗的影响已经成了一种忧郁症或

① S.Dentith,*Parody*,London & New York:Routledge,2000,p.32.
② 张悠哲:《20世纪90年代以来文学戏仿现象研究述评》,《吉林师范大学学报》2011年第2期。
③ L.Hutcheon,*A Theory of Parody:The Teachings of Twentieth Century Art Forms*,Urbana:University of Illinois Press,2000,pp.14-18.

焦虑原则。"①后辈诗人(即布鲁姆所说的"强力诗人")在开始创作时,跟俄狄浦斯一样,必然要经历一个"杀父娶母"的过程。后辈诗人如果想再造经典文本,那他就必须通过一种"误读"的手段进入原系统内部,解除它的"武装",继而通过对前文本的修正、戏仿和重构,以获得自己的"创造力"和"想象空间"②。在戏仿问题上,现代批评家就同那些后辈诗人一样,需要经过挣扎和反思,挣脱先验思想的禁锢和传统观念的束缚,以赋予戏仿"非传统"的个性表达。正如文学评论家、作家罗斯(Margaret A.Rose)所评述的那样:虽然戏仿在人类发展的不同阶段,都有论者批判该手法的"拙劣"和"低俗",但是在现代社会的批评家这里,戏仿开始脱去它"灰色的外衣",并以超凡脱俗的形象彰显它独特的魅力。而且,戏仿作为一种文学现象,已成为批评界和文学界广为人知的客观存在。"不管认可不认可,戏仿都是一种海德格尔(Martin Heidegger)所言说的'存在'"③。

4.戏仿的后现代解读:"与艺术游戏的艺术"

在后现代视域下,"所谓'模仿对象',可以是一部作品,也可以是某作家的共同风格",还可以是神化传说、民间故事、历史文献、名人传记等④。戏仿蜕变为一种大众喜闻乐见的文学手法或者技巧,并且成为一种创造性接受。"这种手法通过具有破坏性的模仿,着力突出模仿对象的弱点、矫饰和自我意识的缺乏",其意图"包括从恭敬的崇拜到彻骨的讽刺",是"最具意图性和分析性的文学手法之一"⑤。基于后现代大众思维方式和文化消费的渴求,戏仿逐渐被人重新认识和接受,学界也有了更加趋于理性的认知和重构,比如把戏仿划分为曲解式模仿、谐谑式模仿和滑稽式模仿等类别⑥。曲解式模仿"嘲弄特定的一部作品,然而它嘲弄的方式是用开玩笑、

---

① H.Bloom, *The Anxiety of Influence*, New York: Oxford University Press, 1973.

② 陈永国:《互文性》,《外国文学》2003年第1期。

③ M.A. Rose, *Parody: Ancient, Modern and Post-modern*, Cambridge: Cambridge University Press, 1993, pp.7-10.

④ L.Hutcheon, *A Theory of Parody: The Teachings of Twentieth Century Art Forms*, Urbana: University of Illinois Press, 2000, pp.16-21.

⑤ Ibid, pp.20-22.

⑥ S.Dentith, *Parody*, London & New York: Routledge, 2000, pp.30-35.又参见王先霈、王又平:《文学批评术语词典》,上海文艺出版社2001年版,第212页。

不庄重的手法和文体来处理崇高的主题";谐谑式模仿"模仿一部严肃的文学作品的内容或风格,或者一种文学类型;通过其形式、风格和荒谬的题材的不协调而使得这种模仿十分可笑";滑稽式模仿"模仿特定的一部作品严肃的题材和手法,或特定的作者特有的风格,用之于描写低下的、极不相称的主题",属于"一种不协调的模仿"的特有形式①。戏仿被置于后现代语境的多维空间,拥有了跨空间和跨时间的特点,尤其是在后现代小说和诗歌当中,这种特点更显得突出。此外,在美学领域,戏仿获得了反传统、反权威、反历史、反情节的内容。它借助戏谑的模仿,带来一种荒诞的审美体验,一方面旨在暴露传统和权威的不合理和偏执性,另一方面如实传达后现代反叛和"桀骜不驯"的精神内核。后现代赋予戏仿以先锋者的姿态,使它在荒诞中传达出异趣、幽思、哲理甚至是调侃和黑色幽默。难怪文学评论家罗伯特·钱伯斯(Robert Chambers,1737—1803)总结说,戏仿是一种"与艺术游戏的艺术"(Parody:The Art That Plays with Art)②。

(二)戏仿与20世纪中美诗歌

在中美文化交流史上,20世纪不仅对中国,而且对美国,都是非常特殊的历史时期:中国进行思想、政治等领域的运动和革命之时,美国也处在"身体和精神的颓废和迷茫之中"③。这些史实在中美诗歌中都有反映。而且,中美诗歌在这段时期相互纠结和影响,其特有的文本游戏使两个本来具有天然异质性的诗歌世界,悄无声息地开始经历彼此融合和再创造的过程。在该过程中,戏仿手法的运用使中美诗歌的建构和发展在20世纪这一特殊历史时期,呈现出令人叹为观止的态势和面貌。

首先,戏仿是解读20世纪中美诗歌变革的一把钥匙。中美诗歌产生于完全迥异的文化背景,其诗歌发展的轨迹也大不相同。但是,这两种诗歌的异质性却成为彼此发展的契机和参照。在美国,由于诗歌、小说、散文等创作深受英国传统形式的影响,美国作家切实地感受到国民文学的滞后性和附庸性。虽然19世纪美国诗学界出现了像惠特曼、狄金森(Emily

---

① 王先霈、王又平:《文学批评术语词典》,上海文艺出版社2001年版,第212页。

② R.Chambers,*Parody:The Art that Plays with Art*,New York:Peter Lang,2010,pp.xvi, 1-6.

③ G.Geddes,*20th-century Poetry & Poetics*,Oxford:Oxford University Press,1996.

Dickinson,1830—1886)这样标新立异、追求自我价值的个性诗人,但是与美国民族文学发展的现实需求相差甚远。尤其是经历了第一次世界大战的美国诗人,他们普遍感觉到美国的民族精神遭受重创,他们的个性受到极大的压抑。他们急于找到一种拯救自己民族文学的良药。一批有远见卓识的人士,将目光投向中国和中国诗歌,并且出现了像庞德这样对中国诗歌充满痴情的诗人。庞德曾于1915年在《诗刊》发表文章,称中国诗"是一个宝库,今后一个世纪将从中寻找推动力,正如文艺复兴从希腊人那里找推动力";中国诗将促成"一个文艺复兴,或一个觉醒运动……(美国)很可能本世纪会在中国找到新的希腊"①。由他翻译整理的《神州集》(Cathay)充满中国意象,其中不乏戏仿式的创造,并且积极促成了东方精神的入侵。但是,庞德在《神州集》里的戏仿,已经完全脱离传统意义上滑稽取宠的肤浅含义,而是采用故意个性化误读的方式,对中国诗歌进行内容或形式的改造和创新,给几乎僵死的美国诗坛带来前所未有的新鲜气息。庞德戏仿中国诗的成功,源于他对戏仿的独特理解和灵活运用。在庞德那里,戏仿是一种充满独特个性的文学模仿手法,它保留了此前作品的某些内容或者风格特征,却灵活置换了异样的主题或者语言表达。而且庞德的戏仿手法深深影响了同时代的其他诗人,如艾略特、弗莱契(John G. Fletcher,1886—1950)、蒙罗(Harriet Monroe,1860—1936)等。与此相对应,中国诗歌在20世纪初期也经历了一次翻天覆地的变化,但是该变化与美国诗人崇尚中国诗的做法完全相反。中国诗人对自己的诗歌传统进行了一次空前的"大破坏",他们要革中国古诗的"命"。在他们看来,延续几千年的中国诗歌传统已成为那个时代必须要挣脱的"枷锁",要做到与时俱进,必须开拓创新,以赢得"真自由"。康有为(1858—1927)、梁启超(1873—1929)等先驱,用文学改良的方法无法实现这个宏大的计划,并且无奈地陷入困境。有识之士们随后认识到:如果真要破除"影响的焦虑",必须要经历一次颠覆性的诗歌革命,即中国的新诗运动。在中国新诗运动中,胡适是主帅。胡适在美国留学多年,谙熟美国诗歌运动的方法和途径。他希望效仿美国诗歌改革的成功经验,从

---

① 赵毅衡:《诗神远游》,上海译文出版社2003年版,第17—18页。

中国诗歌传统的"根本"(root)出发,进行彻底的、釜底抽薪式的"诗体大解放"①。"诗学革命何自始? 要需作诗如作文。"胡适认为古今中外所有的文学革命,"大概都从文的形式的方面入手","这一次中国文学的革命运动,也是先要求语言文字和文体的解放","因为有了这一层诗体的解放,所以丰富的材料,精密的观察,高深的理想,复杂的感情,方才能跑到诗里去"。为此,他在《尝试集·自序》里归纳说:"诗体大解放就是把从前一切束缚自由的枷锁镣铐,一切打破:有甚么话,说甚么话;话怎么说,就怎么说。这样方才可有真正白话诗,方才可以表现白话的文学可能性。"②总之,在中美诗歌的变革之初,戏仿彼此的"革命"形式是其共通之处,而选择"革命"的方式、方法以及内容和策略方面,又各具有其特质和途径。不过,它们戏仿彼此的最终落脚点,实质上又是同一的,即打破传统、除旧布新。

其次,戏仿是探究 20 世纪中美诗歌历史和文化建构的桥梁和媒介。美国学者、文学理论家詹明信(Fredric Jameson,1934—　　)曾经指出:"历史本身在任何意义上不是文本,也不是主导文本或主导叙事,但我们只能了解以文本形式或叙事模式体现出来的历史。换句话说,我们只能通过预先的文本或叙事建构才能接触历史。"③该说法很有道理。但是,或许还应该认识到,作家在对历史进行刻画和描摹之时,一定缺少不了戏仿手法的参与。这里,以 20 世纪中美诗人了解彼此历史和文化的社会实践为例。在美国现代诗歌的转型期,美国诗人试图通过三个戏仿渠道获得对中国历史和中国文化的关注:一是继承和改编欧洲主流文学里对中国神秘历史和文化背景的书写和描述,如柯勒律治(Samuel Taylor Coleridge,1772—1834)所写的《忽必烈汗》(*Kubla Khan*)里绮丽的文字和梦幻般的语言;二是通过翻译和模仿中国古典诗歌和儒学著作,获得对中国人文精神传统的吸收和转化,以庞德、宾纳(Witter Bynner,1881—1968)为代表的中国诗歌翻译家在美国现代诗歌发展初期,对中国诗学在美国的传播起到了重要的推波助澜的作用,后

---

① 胡适:《尝试集·自序》,载《胡适文存(第 1 集)》,黄山书社 1996 年版,第 148 页。

② 胡适:《尝试集·自序》,载《胡适文存(第 1 集)》,黄山书社 1996 年版,第 147—149 页。

③ [美]詹明信:《晚期资本主义的文化逻辑:詹明信批评论文选》,陈清侨译,生活·读书·新知三联书店 1997 年版,第 148 页。

来成为美国诗歌繁荣和强大的重要催化剂;三是通过冷眼旁观和戏仿那些进入美国西部并逐渐向美国中东部迁移的中国劳工移民,以获得他们诗歌素材的第一手资料。当然,许多以中国移民为题材的作品,大都是拿中国人寻开心的所谓幽默式作品。在美国人看来,那是对中国"现实主义"的戏仿,成为他们具有鲜明调侃特征的俗文学的重要组成部分①。这其中,哈特(Bret Harte,1836—1902)的《阿新》(*Ah Sin*)是当时广为人知的一个。它采用美国中西部民歌的叙事风格,"其诗行式节奏,戏仿盛名一时的英国诗人斯温朋(Algernon Charles Swinburne,1837—1909)节奏铿锵的名诗《卡里东的阿特兰达》(*Atlanta in Calydon*)","不能说没有西部式的幽默"②。与此同时,中国诗人也通过三种途径戏仿美国的诗歌风格:一是在国内戏仿美国传教士的诗歌创作形式,并挖掘他们诗歌中的异趣,在国人中间作为茶余饭后的"生活小调";二是直接漂洋过海深入美国文化腹地,学习其主流文明的精髓为我所用,实现"师夷长技以制夷"的目标,在诗歌创作方面,学习美国诗人在现代诗歌改革方面的成功经验,为我国诗学革命做重要的参照和理论借鉴;三是海外学子给国人引荐美国新诗的最新动态,让国人及时了解美国新诗发展状况的同时,也让国人适时思考国内诗歌发展的前途,为后来诗歌革命的成功奠定基础。在这期间,胡适、闻一多、徐志摩等诗人,起到了"播种机"的作用,而且他们后来创作的诗歌本身,或多或少都有对美国自由体诗互文与戏仿的痕迹③。这在当时,非常难能可贵。

再者,戏仿是分析20世纪中美诗歌成果的理论武器。中美诗歌虽然在进展的规模和速度方面完全不同,但是它们都对彼此的民族诗歌产生了潜移默化的影响。在此过程中,戏仿毋庸置疑地成为习得和借鉴彼此民族诗歌优秀成果的途径和武器。从宏观方面来看,中美诗歌的戏仿包括两个大的方面:一个是内容方面,另一个是形式方面。在内容方面,美国诗人取法于中国诗歌,并使中国诗歌成为"一个时代的热潮"。他们以"相对引发争议的方式",对中国的诗歌文本和文化背景进行暗指、模仿和吸纳,以实现

---

① 参见钟玲:《美国诗与中国梦:美国现代诗里的中国文化模式》,广西师范大学出版社2003年版。

② 赵毅衡:《诗神远游》,上海译文出版社2003年版,第7—8页。

③ 参见王光明:《自由诗与中国新诗》,《中国社会科学》2004年第4期。

文化实践层面的戏仿。在形式方面,他们借助戏仿突破中国诗的原有诗歌文本,进入到"包括行动的、话语策略的和语境的更广阔范围"①。他们追求的不是东施效颦式的表层戏仿,而是取其精神,并将戏仿的内核建构在独创性和想象力之上,使其真正融入美国文化,成为美国现代诗歌的重要组成部分。在这方面,庞德首当其冲充当先锋。他首先深入挖掘包括李白诗歌、王维诗歌等在内的中国经典诗歌的内容及其风格,积极地加以戏仿和再创造,完成了他引以为豪的《神州集》;之后,专门聚焦、翻译和介绍他心目当中的"现代史诗"——《诗经》,并着手"重新阐释和解读"中国儒学经典《大学》《中庸》《论语》等,他对这些经典作品的戏仿集中反映在他的代表作《诗章》(The Cantos)里。受庞德的启发,意象派第二任领袖罗厄尔与弗洛伦斯·艾斯柯合作,尝试用"拆字法"翻译了中国诗集《松花笺》。不过其戏仿的艺术效果实在不过关,《中国学术月刊》刊发了署名为 H.H.C(疑为张歆海)的文章②,对《松花笺》进行了严厉批判,并得到当时在哈佛大学任教的赵元任先生(1892—1982)的认同。弗莱契对中国诗的戏仿,是把"想象、音乐性、文辞美和一种中国艺术的奇特感融合在一起",形成一组组迷人的、美丽的抒情诗,其最值得称道的是他于 1915 年发表于《诗刊》的《蓝色交响曲》(The Blue Symphony),"由东方艺术提供题材",后期由自己"支配处理方法"③。宾纳不仅戏仿意象派、漩涡派和其他时兴诗派的诗,还戏仿中国的唐诗。他译的《唐诗三百首》成为美国各大学世界文学课程和东亚文化课程的教科书,而且他以戏仿手法翻译元稹(779—831)的《遣悲怀》一诗被誉为"本世纪最佳美国诗之一,也是宾纳自己的最佳作品"④。此外,宾纳还是美国最早介绍和戏仿王维及道家诗学的人。斯蒂文斯是一位诗歌天才,他的"中国式"诗歌里不仅有中国瓷器和绘画的影子,还有对王安石(1021—1086)诗歌戏仿的痕迹,如《六个意义深远的风景画》(Six Significant Landscapes)等⑤。

---

① 陈后亮:《后现代视野下的戏仿研究》,《武汉科技大学学报》2012 年第 4 期。

② 参见赵毅衡:《诗神远游》,上海译文出版社 2003 年版,第 23 页。

③ 参见赵毅衡:《诗神远游》,上海译文出版社 2003 年版,第 23—25 页。

④ 参见赵毅衡:《诗神远游》,上海译文出版社 2003 年版,第 30 页。

⑤ E.Raag,*Wallace Stevens and the Aesthetics of Abstraction*,Cambridge:Cambridge University Press,2010.

此外,美国还有许多现当代诗人,都会有意识地戏仿陶渊明(352—471)、王维、白居易、杜牧(803—852)、苏轼(1037—1101)、寒山(生卒年不详)等中国诗人的文风,就连反学院派中的黑山派、垮掉派、嬉皮士们,也热衷于戏仿中国的禅宗诗派,以显示他们的与众不同和标新立异。在中国,戏仿美国诗歌经历了一个相对缓慢的过程。强调"诗体大解放"的胡适,极力推崇白话诗,似乎只想戏仿美国现代诗的形式,在对美国诗的内容及意象方面的戏仿性上,表现得过于婉约和含蓄,不像庞德戏仿中国古典诗歌时那么直白而热烈。他于1919年2月翻译美国女诗人蒂斯代尔(Sara Teasdale,1884—1933)的诗《关不住了》,完全采用自由的散文语式,灵活地传达出内心的情感,被他自己称作"'新诗'成立的纪元"①。另外一位诗坛巨匠郭沫若,在代表作《女神》里,有诸多诗篇,比如《晨安》《立在地球边上放号》《地球,我的母亲》等,很明显是受到惠特曼《草叶集》的影响,他本人也承认自己是惠特曼诗歌"忠诚的仆人"。徐志摩、朱自清(1898—1948)的诗有明显的欧美浪漫派和象征派的遗风余韵。徐志摩曾于20世纪30年代写下过《西窗》一诗,自称"仿艾略特",字里行间充溢着艾略特《荒原》式的反讽的味道。新月派诗人孙大雨(1905—1997)于1931年发表长诗《自己的写照》,据他本人讲也是受到了《荒原》书写风格的启发。新月派的领军人物闻一多、梁实秋的诗歌,则是受到美国意象派诗歌的"浸润",尤其是闻一多的《红烛》和《死水》,很得意象派诗风的神韵。艾青是另一位极具代表性的、受到欧美诗歌影响的著名诗人。他的诗歌创作历程充满传奇色彩,是一位"自绘画走近诗歌,自倾心阿波里奈尔(Guillaume Apollinaire)②的现代诗风和惠特曼、马亚可夫斯基(Владимир В Маяковский)③的浪漫情调",最终"走向

---

① 胡适:《尝试集·自序》,载《胡适文存(第1集)》,黄山书社1996年版,第284页。

② 阿波里奈尔(1880—1918),20世纪著名法国诗人,首创"立体诗"。曾经与毕加索等青年画家结交,开展新美术运动。1913年发表《未来主义的反传统》,在绘画诗歌方面树立起立体未来主义的旗帜。1913年出版诗集《烧酒集》,1917年出版图像诗集《美文集》等。

③ 马雅可夫斯基(1893—1930),苏联著名诗人,一生共创作13卷诗文,代表作是长诗《列宁》。

以人民和土地为抒情灵魂的诗人"①。总而言之,中国该时期的诗人,以自己独特的视角审视欧美诗歌,在对美国诗歌的戏仿方面各有侧重,这不仅源于中西方文化方面内在的差异,而且受到时代变革的深刻影响。

可见,戏仿不是僵死的语言,更不是戴着假面具给世人说话。相反,戏仿具有它本身的气质和独特的风格。正如戏仿的最初形象"parodia"所揭示的,它丰富的内涵不只是指涉"对立"与"反面",而且蕴涵"并列"与"旁出"②。它的存在不是以莫须有的形式旧事重提或者做"空心的模仿",而是通过重塑文本世界,达到颠覆传统的目的,以实现其反思现实、解构历史的价值归属。从该意义上讲,戏仿是重新解读20世纪中美诗歌的重要渠道。

第三节　互文与戏仿理论视角下20世纪
中美诗歌研究的历史分期

互文与戏仿是解读20世纪中美诗歌的独特视角。而且,根据20世纪中美诗歌的发展特点和运行轨迹,笔者认为对20世纪中美诗歌互文和戏仿性的研究,可以归纳分为四个时期:(1)19世纪末至1918年,中国诗歌是美国诗歌互文和戏仿的对象;(2)1919年至1948年,中西诗歌的互文和戏仿方面出现了诗学史上的回溯现象,中国学者和诗人开始把目光转向西方;(3)1949年至1977年,中国由于国际局势、国内政治等原因基本上屏蔽了美国诗歌,导致中美诗歌的互文和戏仿在显性层面消失了;(4)1978年至1999年,中美诗歌再次以多元的姿态参与文本建构,出现了诗歌文本互文与戏仿的新局面。

一、理论研究视角的建立

自从法国文艺理论家克里斯蒂娃在1967年首次提出"互文性"(Inter-textualité/Intertextuality)这一概念以来,"互文性"随即成为后现代、后结构

---

① 孙玉石:《我思想,故我是蝴蝶……》,载洪子诚主编:《百年中国新诗史略》,北京大学出版社2010年版,第55—56页。

② M.A. Rose, *Parody: Ancient, Modern and Post-modern*, Cambridge: Cambridge University Press, 1993, pp.6-8.

主义批评的重要标识性话语,用来指称两个或两个以上文本之间发生的互文关系。"互文本"的概念也由此衍生出来,不仅指文学文本或者文字文本,而且泛指社会历史文本、文学传统等,以映射"关联性"的诗学语境①。互文性理论作为后现代的著名文本理论,消解了作者的权威,为读者提供了参与文本意义阐释与生成的机遇和空间。除此之外,戏仿是互文本中"文化实践"的一种特殊存在物。尤其是在诗歌、小说等文学作品中,戏仿通过"颠覆性"和"创造性"的方式参与文学文本的"对话"和"建构"。正如加拿大著名文学评论家琳达·哈琴(Linda Hutcheon,1947—)评述的那样:

> 戏仿认识到某种文学惯例是不充分的,它就是从这种认识发展而来的。它不仅仅是对非功能系统的暴露,而且是一个必要的创造过程,通过这一过程,传统获得新生,并出现了为艺术家展示新可能性的新形式。戏仿性艺术既背离规范,又包含规范,规范存在于其作为背景材料的自身中。在戏仿过程中,形式和惯例变得活跃,自由也随之产生②。

哈琴此处把"戏仿"当成一种特殊文类,并赋予其自反性和涵盖性,似乎在影射文学评论家路易·阿拉贡(Louis Aragon,1897—1982)的说法:"当我把别人的、已经成型的思考引入我写的作品里,它的价值不在于反映,而是一种有意识的行为和决定性的步骤,目的是推出我的观点。"③以此为依据,戏仿已不是过去狭义的"戏拟""戏谑""嘲弄"或"讽刺",它被视为是一种故意破坏原文本结构和风格、重组局部或整体情节在人们心目中的原有印象,以达到作者"消解文本"的目的或者挣脱"影响的焦虑"的一种别出心裁的艺术形式。

既然"任何文本都是引语的镶嵌品构成的,任何文本都是对另一文本的吸收和改编"④,20世纪中美诗歌的发展史,应该就是中美诗歌内部和外部兼而有之的互文与戏仿的历史。从渊源上看,中美诗歌的互文与戏仿从中国文化与西方文化的相互碰撞和交流之时其实就已经开始了。由于文本

---

① 王瑾:《互文性》,广西师范大学出版社2005年版,第1页。

② L.Hutcheon,*A Poetics of Postmodernism*,London and New York:Routledge,1988,p.50.

③ [法]蒂费纳·萨莫瓦约:《互文性研究》,邵炜译,天津人民出版社2003年版,第27页。

④ J.Kristeva,"Word,Dialogue and Novel",in *The Kristeva Reader*,Toril Moi(ed.),Oxford:Blackwell Publisher Ltd.,1986,pp.36–37.

诗人的知识储备和对知识驾驭能力的不同,他们遗留在各自诗歌文本上的互文和戏仿的"痕迹"(trace)就有本质性的区别,艾略特曾经发表精辟的论断,阐释说:"稚嫩的诗人依样画葫芦,成熟的诗人偷梁换柱。"①此类文学文本不仅反映在同民族的同时代的诗人之间或同民族的不同时代的诗人之间,而且还反映在同时期的不同民族诗人之间或者不同时期的不同民族诗人之间。基于该思想认识,互文文本和戏仿文本呈现出一种动态分布,并在实践层面相互影射和关照。

二、20世纪中美诗歌研究的历史分期

如前所述,纵观中美文化交流史的各个时期,20世纪不仅对中国,而且对美国,都是非常特殊的历史时期:中国进行思想、政治等领域的"运动"和"革命"之时,美国也处在"身体和精神的颓废和迷茫"之中——这些史实在中美诗歌当中,都会有直接或者间接的反映。更具有文学看点是,在该时期,中美诗歌的互文与戏仿在历史和现实的纠结中进行着"文本游戏"②,经历着两种诗歌文本建构与解构的过程。即使在同一文化语境当中,中美诗歌之间的互文与戏仿也客观地存在并且适时地发挥着作用,最终使中美诗歌的融合和发展在20世纪这一特殊历史阶段,呈现出令人叹为观止的态势和精神面貌。总之,在人类历史演进的坐标轴上,中美诗歌在20世纪经历了一个动态的、不断发展变化的、互文建构和彼此戏仿的历史分期。

(一)第一个时期:19世纪末至1918年

这是20世纪中美诗歌互文与戏仿的第一个历史时期。在该时期内,中国诗歌是主导或者说中国诗歌是美国诗歌互文与戏仿的目标和对象。

19世纪末的美国诗歌体系,还没有完全摆脱欧洲传统的深刻影响。欧美诗人和作家多出于"猎奇"心理关注东方神秘文化,如朗费罗就曾在他的诗集《各地方之诗》(Poems of Places)中写到中国,其中《罕巴鲁》(Kambalu)是写蒙古军队征服西亚,而《中国瓷器》(China Ware)则明显是写景德镇。进入现实主义"本土化"的转型期,爱默生、梭罗等启蒙思想家,借鉴东方文

---

① 转引自王瑾:《互文性》,广西师范大学出版社2005年版,第5页。

② R.Barthes, *Theory of the Text*, *Untying the Text*: *A Post-structuralist Reader*, London: Robert Young and Kegan Paul, 1981, p.39.

化,吸纳欧洲文化,最终形成具有美国特色的民族文化。该传统依然在延续。惠特曼、斯托达德等诗人,就是这个时期的典型代表,他们在各自恢宏的诗篇中展现着中国文化带给他们的惊喜和快乐。尤其是惠特曼,他在《向世界致敬》中高兴地歌唱道:"我清晰地看见喜马拉雅山、天山、阿尔泰山……/我看见……中国海……/我看见中国的四大江河,黑龙江、黄河、扬子江和珠江……/我看见那些英雄传说起源的地方……/我看见北京、广州……/我向地球上所有的居民致敬……/你中国的中国男人和中国女人!"①步入现代文学时期,作为20世纪美国最具创新精神的诗人庞德(Ezra Pound),无疑成为众多希望颠覆传统、开拓创新、实现"自助文学"的诗人们的核心和领袖。他倾全力发动意象派运动(Imagist Movement),直接借鉴和吸收中国古典诗歌的传统艺术特色,灵活融入他所倡导的"意象派三原则"。他曾满怀欣喜地研读东方学家费诺罗萨(Ernest Fenollosa,1853—1908)遗留的中国诗笔记,并于1914年翻译出版了中国诗集《神州集》(Cathay)。虽然说该诗集是建立在他的个人理解和"误读"基础上的创作式翻译,而且有不少细节背离了中国原诗的内容和精神,但是诗集一出版便成为那个时代最引人注目的作品,被誉为"英语写成的最美的诗"②。1915年,他还在美国《诗刊》上发表文章,称中国诗"是一个宝库,今后一个世纪将从中国寻找推动力,正如文艺复兴从希腊人那里找推动力"。③ 受此启示,越来越多的美国诗人开始关注中国诗,引起"几乎是一个时代的热潮"。发展到后来,喜欢中国诗竟成为加入意象派的理由④——《蓝色交响曲》(The Blue Symphony)的作者费莱契就曾坦言:"正是因为中国影响,我才成为一个意象派,而且接受了这个名称的一切含义。"⑤1917年,庞德开始《诗章》(The Cantos)首章的撰写工作,字里行间渗透着中国文化和诗歌对他的深刻影响。从某种意义上讲,尽管庞德的"误读"实践不是建立在谙

① [美]惠特曼:《草叶集》,李野光译,燕山出版社2003年版,第197—205页。

② 赵毅衡:《诗神远游》,上海译文出版社2003年版,第19页。

③ 赵毅衡:《诗神远游》,上海译文出版社2003年版,第19—20页。

④ 赵毅衡:《诗神远游》,上海译文出版社2003年版,第16页。

⑤ J.G.Fletcher,"The Orient and Contemporary Poetry",in *The Asian Legacy and American Life*,A.E.Christy(ed.),1945,p.154.

熟中国文学体制和内容的基础之上,但是他还是抓住了"要害":他钟爱的中国诗人李白被誉为中国诗歌史上最具个人主义和浪漫色彩的"诗仙",他痴迷并倾心研习的儒学是中国传统文化的核心和精髓。庞德是20世纪"对中国诗最热情的美国现代诗人"①,他也是这个时代促使"东方精神入侵"的最重要的力量之一。庞德之后,接替他成为意象派诗歌领袖的罗厄尔(Amy Lowell,1874—1925)、《诗刊》的创立者蒙罗、"莱文森奖"的获得者林赛(Vachel Lindsay,1879—1931),以及桑德堡、斯蒂文斯、艾略特、玛斯特斯(Edgar L.Masters,1868—1950)、卡明斯等一大批风格卓越的个性化诗人,发扬庞德的"中国精神",积极吸收和借鉴中国诗歌当中他们认为合理的因素,并化解为其个人诗歌特色的一部分。而有些诗人,如宾纳和费克(Arthur D.Ficke,1883—1946)等,刚开始对中国和中国诗歌持有某种偏见,但是在慢慢接触以后,便开始对中国诗歌表现出极大的热忱。前者成为《唐诗三百首》的英译者和最早在美国介绍王维和道家诗学的人,后者写出《梦见一个中国景色》(*Dream of a Chinese Landscape*)、长诗《基督在中国》(*Christ in China*)等著名的诗篇,并在1918年前后成为中国诗歌在美国译界的典范。几乎与此同时,美国译界又有一则"喜闻":罗厄尔出版了她的诗集《浮世绘》,其中"汉风集"(Chinoiseries)有不少诗歌是仿中国诗,颇得中国古诗的神韵,并对后世产生一定的影响。

在美国诗人和作家如饥似渴、如痴如醉地借鉴和吸收中国传统儒学和古典诗歌精华的时候,中国国内正进行着"影响的焦虑",在"打破山林的寂静"和"装进工业时代的喧嚣"之间踌躇未定②。因为那时期的中国正处于亡国灭种的危难时刻。其实,早在17世纪之前,中国在很多方面是遥遥领先于欧美国家的。但是从18世纪开始,因为"闭关锁国"政策的执行,中国被工业得到迅速发展的欧洲所超过。到了19世纪,中国这个农耕经济大国落后得越来越远。直到西方的坚船利炮对准中国,"幡然醒悟"的爱国志士开始"颠覆性"地反观传统和现实:他们不再陶醉于唐诗宋词的"风花雪

---

① 赵毅衡:《诗神远游》,上海译文出版社2003年版,第17页。
② 参见谢冕:《总序:论中国新诗》,载洪子诚主编:《百年中国新诗史略》,北京大学出版社2010年版,第1—24页。

月"，而是对曾经引以为豪的"诗韵世界"产生质疑。黄遵宪、梁启超等志士仁者希望借助文学和诗歌去唤醒民众，重铸民魂。前者的目标是"不名一格，不专一体，要不失为我之诗"，后者则以前无古人的气概明确提出"诗界革命"。但是由于他们使用的"运载工具"——旧体诗本身的局限性，根本不可能消除旧的语言与他们倡导的"新意境"之间那种不可调和的矛盾①。这时，正在美国哥伦比亚大学留学的胡适，发出历史性的呼喊："诗国革命何自始？要需作诗如作文。"该话后半句曾因意义的歧义性引起不少学者的口诛笔伐，不待说。胡适的真实目的是"诗体大解放"，即"把从前一切束缚自由的枷锁镣铐，一切打破：有甚么话，说甚么话；话怎么说，就怎么说。这样方可才有真正白话诗，方才可以表现白话的文学可能性。"②胡适实质上是受到了西方诗学革命的影响，一方面亲身实践华兹华斯（William Wordsworth）"诗歌口语化""平民化"的主张，认为解放诗体首先是解放语言；另一方面倡导庞德意象诗的"韵律自由"和"直抒胸臆"，实现"国语的文学，文学的国语"。他在1916年说："诗界革命当从三事入手：第一，需言之有物；第二，需讲求文法；第三，当用'文之文字'时，不可故意避之。"就在同一年，他写下长约100行的《答梅觐庄——白话诗》，这是中国新文学史上第一首白话诗。因为胡适认为古今中外的所有文学革命"大概都是从文的形式方面入手"，"这一次中国文学的革命运动，也是先要求语言文字和文体的解放"，况且"死文字绝不能产生活文学。若要造一种活的文学，必须有活的工具"。③ 这就自然衍生了中国文学史上规模最大、影响最深，对中国传统诗学反抗最为彻底的一次诗歌革命，即新文学革命。"新文学的语言是白话的，新文学的文体是自由的，是不拘格律的。"④文学革命的结果是，中国从此要告别古典：延续几千年的古典诗歌传统必须被废除，老祖宗

---

① 参见谢冕：《总序：论中国新诗》，载洪子诚主编：《百年中国新诗史略》，北京大学出版社2010年版，第9—24页。

② 胡适：《尝试集·自序》，载《胡适文存（第1集）》，黄山书社1996年版，第284—285页。

③ 胡适：《尝试集·自序》，载《胡适文存（第1集）》，黄山书社1996年版，第123—124页。

④ 胡适：《尝试集·自序》，载《胡适文存（第1集）》，黄山书社1996年版，第123页。

坚守的儒学伦理,甚至儒学的创始人孔子,都必须一起被打倒。取而代之的是自由、开放的白话诗。但是国人在"大破坏"的快感之后,马上就注意到了白话与白话诗"词汇贫乏、意境单薄、缺乏美感"等弊端。正如"新红学派"创始人俞平伯(1900—1990)先生语重心长地指出的那样:"白话诗的难处,不在白话上面,是在诗上面;我们要记紧,做白话的诗,不是专说白话。白话诗和白话的分别,骨子里是有的,表面上缺不很明显,因为美感不是固定的,自然的音节也不是拿机器来试验的。"这是发人深省的。有学者指出,正是"意象派诗歌运动直接诱发了中国的新诗革命"①。或许历史总喜欢跟人开玩笑,当美国诗人痴迷于中国传统文化寻求新诗发展的最佳途径时,中国诗人却把自己几千年的诗歌传统罢免和剔除掉,目的也是为了寻求新诗发展的最佳途径。孰是孰非? 待历史去言说。

(二)第二个时期:1919 年至 1948 年

这段时期,中国诗人在为来之不易的中国新诗发展尽自己努力的同时,也在苦苦地思索:中国新诗路在何方? 中国新诗该如何发展? 新诗的美学问题如何解决? 等等。为了寻找最佳方案,中国诗人开始把目光转向西方,尤其是美国。中西诗歌的互文与戏仿,也因此出现了诗歌交流史上的"回溯"现象。

1918 年第一次世界大战终于结束,世界格局发生重大变化。西方资本主义列强遭受政治、经济、军事等领域的重创,这迫使它们作出相应的社会变革。社会变革引发文学领域的革命,这促使有强烈历史责任感的中国知识分子积极作出回应。1920 年,胡适出版了《尝试集》。这是中国新文学史上第一本白话诗集,也是胡适综合自己在美国及国内的见闻及感受结成的集子。据《尝试集·自序》,当时美国意象派运动正焕发勃勃生机,他"颇读了一些西方文学书籍,无形之中,总受了不少影响"。② 由此可以断言,胡适的白话诗是对美国意象诗歌互文与戏仿的结果。平心而论,在中国新诗发展的过程中,并非所有的中国人都赞同胡适以英国生物学家查理·达尔文

---

① 王珂、代绪宇:《意象派诗歌的文体源流及对新诗革命和新诗文体的影响》,《重庆工商大学学报》2003 年第 3 期。

② 胡适:《尝试集·自序》,载《胡适文存(第 1 集)》,黄山书社 1996 年版,第 148 页。

(Charles Darwin,1809—1882)的进化论①为依据的"白话诗运动",尤其是他不惜以"空前的大破坏"方式急于根除"封建主义文化和制度",在"新诗如何发展"等核心问题悬而未决之时就欲建立一种"理想的诗歌秩序",容易犯"倒洗脚水连同孩子一起倒掉"的激进主义错误。事实确实如此。"白话诗"在告别古典的同时,的确带着"为思想而轻忽艺术"的隐患。中国现代散文家、文学理论家、评论家、诗人周作人(1885—1967),于 1926 年在他的《扬鞭集·序》中,一针见血地指出:"经过了许多时间,我们才渐渐觉醒,诗先要是诗,然后才能说到白话不白话,可是甚么是诗,这问题在七八年前没有多少人讨论的",而且"新诗运动的起来,侧重白话的一方面,而未曾到诗的艺术和原理的一方面。一般写诗的人以打破旧诗的范围为唯一的职志,提起笔来固然无拘无束,但是甚么标准都没有了,结果是散漫无纪。"②其实,早在新文化运动刚一横空出世,学衡派的吴宓就针对"白话诗"问题,立刻与胡适展开口诛笔伐式的战斗。吴宓坚决认为否定传统、"打倒孔家店"、革儒学的命"全盘西化"是不足取的。他倡导一种"中庸"的文化策略,认为美国哈佛大学著名教授白璧德和穆尔的新人文主义,对中国传统(包括诗歌在内)的发展,有着不容忽视的重要参考价值。既"图谋人类全体之福利与进步",又注重人们内心的道德修养和"个人内心之生活",能够使人从物的奴役下解脱出来③。所以,吴宓提出"昌明国粹,融化新知"的口号,意图通过博采东西,并览古今,最后"折衷而归一"。他通过《学衡》杂志,团结了许多出类拔萃的人物如陈寅恪、汤用彤(1853—1937)、陈三立(1893—1964)、胡先骕(1894—1968)、沈曾植(1850—1922),等等。相比之下,胡适全盘西化的主张无疑是以激进的态度把西方文明引入国门,包括美国的前卫诗歌(avant-garde poetry)在内。不管怎样,"新诗运动"在该时期得到更

---

① 英文表述为 theory of evolution。该学说主张尊重自然、以史为鉴,要找出生命的生存规律和发展方向,是对生命起源和发展的一种假说。历史地来看,该学说具有革命的意义,曾被誉为是"一种非常科学的理论"。参见 H. G. Beyer, *The Theory of Evolution Strategies*, New York: Springer, 2001。

② 谢冕:《总序:论中国新诗》,载洪子诚主编:《百年中国新诗史略》,北京大学出版社 2010 年版,第 16 页。

③ [美]白璧德:《论民治与领袖》,吴宓译,《学衡》1924 年第 32 期。

多人的欢迎和肯定,乃是不争的事实。而且,新诗诗人使中国文学平民化,提高了国民的文化水准,同时催生了诸多诗学流派,如新月派、朦胧派等。这一切,都跟中美诗歌的互文与戏仿有或多或少的关系。写出《忆菊》《秋色》等佳篇的新月派代表人物闻一多,留学美国之前熟读过济慈(John Keats,1795—1821)、布朗宁(Robert Browning,1812—1889)等诗人的作品,1922 年留学美国之后在芝加哥美术学院和科罗拉多温泉大学大量接触美国意象派诗歌,并对其核心刊物,即蒙罗主编的《诗刊》产生浓厚的兴趣。受此启发,他筹划着也办一个《诗刊》那样的杂志,"杂志内容余意宁缺勿滥,篇幅不妨少。体裁仿寄上之 Miss Harriet Monroe's *Poetry:A Magazine of Verse*,吾希望其功用亦与 *Poetry* 同。"①1925 年回国后,针对国内白话新诗的现状,闻一多参照美国新诗诗人的做法,于次年发表了《诗的格律》一文,提出中国诗要有好的意境,卓越的丰姿,不能一味"解放",完全"自由",必须要有"音乐的美"(音节)、"绘画的美"(词藻)、"建筑的美"(节的匀称和句的均齐),要有诗的艺术性。即新诗"三美原则"。同时,他借用英语诗中的"foot"和"meter"衍生出"音尺"的概念,并自觉应用到自己的诗歌写作当中。闻一多不同于胡适执意要废除旧诗,他兼爱中西,吸收西方营养的同时,不忘传统文化素养的培养。这一点与吴宓类似。具有浪漫主义诗人雪莱气质的徐志摩,是新月派白话抒情诗的天才,他与英美诗歌结缘完全"是邂逅,不是约会"。但是,他自得欧美诗歌的神韵,将欧美诗歌的浪漫、热情、唯美融合进《志摩的诗》(1925)、《翡冷翠的一夜》(1927)和《猛虎集》(1931)。其中,《西窗》是"仿艾略特"的②。后来,由于国内革命战争的爆发以及紧张的国际局势,使国内诗人们分布于国统区和解放区两大阵营。在国统区,有郭沫若、臧克家(1905—2004)、冯至(1905—1993)、卞之琳(1910—2000)等;在解放区,有艾青(1910—1996)、田间(1916—1985)、李季(1922—1980)、阮章竞(1914—2000)、柯仲平(1902—1964)等。其中,郭沫若曾于白色恐怖期间东渡日本,受惠特曼《草叶集》的深刻影响,写下了

---

① 黄维樑:《五四新诗所受的英美影响》,《北京大学学报》1988 年第 5 期。
② 孙玉石:《我思想,故我是蝴蝶……》,载洪子诚主编:《百年中国新诗史略》,北京大学出版社 2010 年版,第 52—120 页。

气势磅礴的诗歌代表作《女神》;"人民的诗人"艾青从绘画走进诗歌,从"倾心于阿波里奈尔的现代诗风"到戏仿"惠特曼、马雅可夫斯基(Владимир В Маяковский)的浪漫诗风",写下了撼人心魄的《大堰河》①。虽然在该历史时期,中国诗歌有所成就,但是动荡的国际、国内局势还是使诸多优秀的诗人出现后期创作的"断层",显得"中国诗坛很寂静"。按照何其芳(1912—1977)的话说,"虽说也有一些写诗的人,然而却零零落落,很不整齐"。②这期间发生的三大战役、抗美援朝、1949年中华人民共和国成立等历史事件,倒是激发了一批朝气蓬勃的青壮年诗人挥洒他们火一般的创作热情,比如郭小川(1919—1976)、贺敬之(1924—)、蔡其矫(1918—2007)、公刘(1927—2003)、闻捷(1923—1971)、李瑛(1926—)、流沙河(1931—)、顾工(1928—)、韩笑(1929—),等等。这批新诗人虽然当时稚气、不成熟,但是他们"初生牛犊不怕虎",后来成为中国当代诗歌的主要力量。他们的诗歌创作除了表达战争中中国人顽强拼搏的精神,还歌颂刚刚起步的新生活。"颂歌"自然成为他们对现实进行互文与戏仿的一种方式,如贺敬之的《放声歌唱》、臧克家的《有的人》、郭小川的《投入火热的斗争》、公刘的《西盟的早晨》、未央(1930—)的《祖国,我回来了》、邵燕祥(1933—)的《到远方去》、张永枚(1932—)的《骑马挂抢走天下》等。

1918年结束的第一次世界大战,对美国政治经济的影响模式与欧洲大陆完全不同。然而,事实情况是:一大批美国民众陷入"迷茫""彷徨"和"精神空虚"的境地,他们迫切地寻求自我救赎之路③。以美国诗人为例。他们因为在国内找不到"治病救人"的良方,只得将视角从国内转向国外。中国以及中国诗歌成为他们寻求慰藉、激发创作灵感的源泉之一。1920年,曾经批评中国"肮脏""沉闷"的美国诗人费克(Arthur D.Ficke),携家眷与好友宾纳来到中国旅游,之后写下十四行诗《中国导游》(*Guide to China*),发表于1922年出版的《一个肖像画家的十四行诗》之中,后又重印于1926年

① 参见张钟、洪子诚等:《当代中国文学概观》,北京大学出版社1986年版,第15—18页;张继红:《论艾青的诗歌创作》,硕士学位论文,西北师范大学文学院,2005年。

② 张钟、洪子诚等:《当代中国文学概观》,北京大学出版社1986年版,第17页。

③ M.Thurston,*Making Something Happen:American Political Poetry between the World Wars*,Chapel Hill,North Carolina:University of North Carolina Press,2001.

的《诗选集》。该诗表达了他对中国风土人情、陶瓷艺术、绘画、哲学等的赞美。庞德于 1921 年整理出版了费诺罗萨的《作为诗歌手段的中国文字》（*The Chinese Written Character as a Medium for Poetry*）。这是一篇基于中国汉赋研究，并对庞德的意象主义风格产生重大影响的论文。从该论文中，庞德领悟到中国文字的"美丽"和"神奇"，每个中国汉字都是一个"意象"，都是一幅生动的图画，而且文字的含义"随着字形相续的改变而带着许多意义"。这就为庞德的"意象并置""意象迭加""表意文字法"（ideogramic method）等理论的产生提供了依据。罗厄尔在该论文中也有类似"天才的发现"：中国文字就是"图画文字"（pictogram），而且分解中国汉字可得意象组成。这就为她的"拆字法"（split-up）翻译原则找到了源头。就在 1921 年，罗厄尔与好友艾思柯（Florence Ayscough，1878—1942）用她们独特的"拆字法"合译了中国诗集《松花笺》。但是，狄任斯、张歆海等人在《诗刊》上发表评论文章，对《松花笺》的翻译方法等问题进行了批评和指责。斯蒂文斯（William Stevens）对此表现出异常的冷静，他陶醉在王安石的诗歌世界，并从中国绘画和瓷器中获得灵感，提出了他的"主观整理客观"的诗学命题。被庞德称为"美国诗人李白"的自由体诗人玛斯特斯（Edgar Lee Masters）继《匙子河诗集》（*Spoon River Anthology*）之后，于 1921 年出版了《广阔的海》（*The Open Sea*），1924 年出版了《匙子河续集》（*The New Spoon River*），1925 年又出版了反映美国华人街生活的《荔枝诗篇》（*Lichee-Nut Poems*）。在此期间，谣曲诗人莫利（Christopher Morley）化名约翰·卡文迪许（John Cavindish），书写"开玩笑的中国诗"讽刺世风，题名《译中国诗》。到了 1922 年，该诗集已扩编成四个集子。中国诗的影响与美国新诗同步在 1922 年达到顶峰。也就是在这一年，艾略特在《日晷》（*The Dial*）杂志上发表了他的里程碑式的作品《荒原》，以独特的象征和丰富的想象影射了西方物质世界的混乱和精神世界的荒芜。艾略特坦言，他诗作中的好多灵感"只是在重复庞德诗中的某些东西"①。"艾略特诗学"专家道依彻（Babette Deutsch）研究发现，艾略特的诗如《三圣者的旅行》（*Journey of the Magi*）与庞德译李白的《忆旧游寄谯郡元参军》很相似，"明显有庞德的印记"。也就

---

① 参见赵毅衡:《诗神远游》,上海译文出版社 2003 年版,第 42—45 页。

是说，艾略特曾经从庞德那里间接地"引渡了中国文化"①。此时，《诗刊》遇到一点"尴尬"。它的创始人蒙罗想辞去《诗刊》主编的职位，提前退休去中国山东找她在芝罘②的姐姐一起度晚年而让其停刊，被庞德来信劝阻。期间，评论家贝拉曼（Henry Bellaman）于1926年对蒙罗的全部编辑工作，做了比较客观的评价，说她在《诗刊》的整个发行期间挖掘了许多优秀诗篇，包括林赛的《中国夜莺》等。宾纳此时受王维和中国道家思想影响隐居山林，并于1929年出版了《珠峰玉峦》（The Jade Mountains，又译作《群玉山头》），以"八行体诗"再次引起欧美诗坛的注意。这是中国诗风在美国的又一次胜利。桑德堡（Carl Sandburg）读了庞德的《神州集》后，感触颇深。他感觉自己与"中国精神"很近，像是"隔壁邻居"，而且认为自己很快掌握了中国绝句诗的技巧，然后运用在如《微光》（Glimmer）这样的短诗当中。1926年，诗歌评论家霍尔就发现桑德堡的许多诗歌题材，都源自李白和白居易的诗。庞德本人从20世纪30年代起，按照他自己的独特方式，翻译儒学经典《大学》《中庸》和《论语》……有意思的是，那时候庞德和罗厄尔搞出的"拆解"中国文字以求意象构成的做法，在美国新诗诗人中间"蔚为风气"。对此，美国学者施瓦茨（William L.Schwartz）在1928年"对中国诗歌感兴趣的美国诗人"做了统计，"约有三十五位"，"几乎囊括一整代"③。受影响的诗人或实践性地写作，或直接借用此写法进行中国诗歌的翻译和创作，取得了骄人的成绩。如弗莱契1939年间发表了《诗选集》，因为"巧妙地把想象、音乐性、文词美"和"一种中国艺术的神秘感"融合在一起，获得了普利策诗歌奖④。但是，到了三四十年代，美国的"中国风"开始弱化。

（三）第三时期：1949年至1977年

该阶段由于国际政治和国内局势等原因，中国大陆基本上"屏蔽"了美

---

① 参见赵毅衡：《诗神远游》，上海译文出版社2003年版，第43页。

② 芝罘（zhī fú），地名，位于山东烟台市。中国历史上最早的外洋通商口岸之一，因其在中国北部最大、世界最典型的陆连岛——芝罘岛而得名。《大不列颠百科全书》标注山东烟台市为"CHEFOO"。

③ 赵毅衡：《诗神远游》，上海译文出版社2003年版，第46页。

④ J.G.Fletcher, "Chinese Poet Among Barbarians", *American Poetry*, Vol.3, No.1（Spring 1922）, pp.ii–ix；J.G.Fletcher, *Selected Poems of John Gould Fletcher*, Arkansas：University of Arkansas Press, 1988.

国诗歌。中苏两国在语言、思想、文化等方面的交流,出现了历史上前所未有的蓬勃局面,导致中美诗人之间的诗歌互文和戏仿显性地消失了。其实,他们转移到了各自国度的内部。

在中国,有过留美经历或者对美国诗歌怀有深情的中国诗人,迫于国内形势,以一种特别的沉默方式"活在"过去的历史记忆里。他们偶有创作,但是彰显个性的"我"的影子难以见到。新生代诗人出于政治的需要,热情讴歌一切他们认为有价值的新生事物,使颂歌成为该时期诗歌创作的主流。总体来看,该时期的诗歌互文与戏仿主要是诗歌内部的继承与联系,体现在对社会变化与人民生活的描摹与刻画①。诗人们首先对新中国的诞生充满自豪感,对未来充满憧憬和希望。他们诗中的祖国,不再是闻一多心中的"死水"和"噩梦",而是"我因你的名字,满身光彩"(石方禹《和平最强音》);诗歌中的人民,不再像臧克家笔下的老马,"把头沉重地垂下",而是作为真正的主人,"是新的诗句,是新的传奇"(冯至《西安赠徐迟》)。还有些诗歌,以互文的方式观照国家经济建设,如冯至歌唱鞍钢的热烈、李季歌唱玉门的繁忙、徐迟歌唱"钻井的轰响",等等。但是客观而论,20世纪50年代前期的诗歌互文与戏仿在有意无意地回避"自我",艺术风格较整齐划一。1956年"双百方针"的实践,使国内新诗题材、形式等,都比以前有较为明显的进步,如流沙河的《草木篇》、邵燕祥的《贾桂香》、蔡其矫的《江川号子》等,但是"反右"斗争的扩大化又使这些诗人的名字从诗坛上消失。1958年的中国诗坛,倡导"村村要有李有才,社社要有王老九"。② 诗歌的互文与戏仿开始"变向"。一方面,"左"的思潮使中国一夜之间成为"诗国",另一方面,"新民歌运动"成为"大跃进"的变相招牌。对此,何其芳、卞之琳等提出过自己总结出来的"接近真理的看法",但是没有被重视。50年代末,诗歌的互文与戏仿走向历史,还是很有收获——比如,郭小川的《将军三部曲》、李季的《杨高传》等几部叙事史诗。60年代初,"大跃进"和自然灾害给国家和人民带来重大损失,却激发了人们的乐观主义精神,诗歌的

---

① 参见张钟、洪子诚等:《当代中国文学概观》,北京大学出版社1986年版,第17—26页。

② 参见张钟、洪子诚等:《当代中国文学概观》,北京大学出版社1986年版,第25—26页。

互文与戏仿开始"现实化"，出现了郭小川的《林区三唱》等优秀作品。奇怪的是，该时期的诗歌艺术比前一阶段反显得成熟。但是，1962 年底"千万不要忘记阶级斗争"口号的提出，在政治抒情诗，比如郭小川的《昆仑行》、贺敬之的《雷锋之歌》等取得一定成绩的情况下，也使诗歌互文与戏仿发展的道路，变得越来越狭窄。诗歌内容空洞、概念化，往往借助"豪言壮语"的渲染和铺陈。"十年动乱"给该时期的新诗，带来致命的伤害，大部分诗人受到林彪和江青反革命集团的迫害。1976 年，中国新诗的发展出现转机。1978 年"解放思想""实事求是"战略的提出，才给新诗的互文与戏仿发展带来真正意义上的福音。

在 50 年代的美国，由于"垮掉的一代"（Beat Generation）与其他反学院派诗歌席卷美国诗坛，"中国风"在 40 年代短暂的寂静之后再次显示出威力。庞德的"中国情"，使该时期的美国诗人以更加先锋的姿态，引领美国新诗朝着现代主义方向纵深地发展。中国古典诗人李白、白居易、王维、杜甫、元稹、林和靖（967—1028）、苏轼、王安石等，均有美国诗人的崇拜者。禅和道的思想在美国受到更多人的重视，得到更多样化的阐释，并慢慢地从艺术形式向生活方式转变。英加尔斯（Jeremy Ingalls）于 1945—1947 年曾经来到中国，师承国学大师陈梦家（1911—1966）学习中国文化。期间写下《致杜甫的一封信》、叙事长诗《塔尔》等，还有以屈原生平为题材的《公元前200 年，公元 2000 年等等》。她的诗歌作品，在此期间得到美国文学界的高度评价。美国五六十年代的诗坛领袖威廉姆斯，所受中国诗的影响早年隐而不显，晚年表现出鲜活的"态势"。他还认为中国诗适宜于写成美国本土语言，即中国诗的"美国化"（Americanization）。为此，在临终前，他与戴维·拉斐尔·王（David Rafael Wang）合译了中国诗选《桂树》（*The Cassia Tree*），按语说这是"用美国本土语言进行的再创造"①。雷克斯洛斯（Kenneth Rexroth，1905—1982）年轻时曾经与闻一多是同学，参加过"芝加哥文艺复兴"诗歌运动。他于 1956 年出版了《中国诗一百首》，对跨掉派影响很大。威廉姆斯还为此书写过序言，非常骄傲地宣称：它是"我能有幸读

---

① S.Tapscott，*American Beauty：William Carlos Williams and the Modernist Whitman*，Columbia：Columbia University Press，1984.

到的用美国本土语言写的最精彩的诗集之一",尤其是杜甫的诗,"在英语诗和美国诗中找不到可以一比的自在无羁的作品,在法国诗和西班牙诗中,就我所知,也没有"。① 雷克斯洛斯最具雄心的抒情长诗是《心的花园,花园的心》,用道家思想诠释自己的内心世界,有中国道禅的精神和意境。1970年,他与当时在美国威斯康辛大学比较文学系读博士的中国学者钟玲(1945—)合作,翻译出版了《兰舟:中国女诗人诗选》(*The Orchid Boat: Women Poets of China*)。该诗选于 1972 年由美国麦克思格劳-希尔出版社出版;1979 年又相继译出《李清照全集》(*Li Ching-chao,Complete Poems*),由美国新方向出版公司出版。艾肯(Conrad Aiken,1889—1973)是该时期认为中国诗比欧洲浪漫主义诗歌更能彰显感情深度的一位优秀诗人,其一生欢呼"中国的精神入侵",并预言中国诗将改变美国诗发展的进程。他钟爱李白,"以李白为化身",认为李白的抒情精神是美国"诗歌事业的旗帜"。其晚年长诗《李白来信》(*A Letter from Li Po*)是其"心灵"创作的最高峰。女权主义者凯瑟(Carolyn Kizer,1925—2014)把中国诗当作思想武器,解读现代女性的隐性情感和痛苦。她于 1959 年创办了《西北诗刊》(*Poetry North-West*),除了积极刊登女权主义的作品之外,还大量刊登美国诗人的仿中国古典诗歌。她创作的许多诗歌都是从中国古典诗歌当中汲取灵感,如 1965年书写的《叩寂寞》(*Knock Upon Silence*)就是从陆机(261—303)《文赋》中获得意境和启发。凯治(John Gage,1926—)和娄(Jackson Mac Low,1922—2004)都深受中国道家哲学和禅宗佛理的影响,前者曾经以易经八卦为结构创作交响乐;后者以老庄思想入诗,追求"单词、单音节"的"纯机缘排列",并且"试验性地"(experimentally)证明:中国诗和诗学不仅能够"被改造成"美国现代诗,而且可以作为美国后现代诗的"语言符号"(language signs),参与美国现代诗的建构。创办《赫德森评论》(*The Hudson Review*)杂志的莫根(George Frederick Morgan,1922—2004),于 1972 年出版了第一本诗集《变易书》(*Book of Change*),书名取自《易经》(*Book of Changes*)。莫根创作中国诗不仅受中国古代哲学的影响,还受到诸如中国音乐、

---

① W.C.Williams,"Two New Books by Kenneth Rexroth",Poetry,Vol.3,No.3(June 1957),pp.185-188.译文参见赵毅衡:《诗神远游》,上海译文出版社 2003 年版,第 51 页。

绘画、瓷器等古代艺术的启发。"新超现实主义"的主要推动者伯莱(Robert Bly,1926——　),于1958年创办了《五十年代》(后改为《六十年代》《七十年代》《八十年代》)——该杂志后来成为反学院派诗歌的根据地。他最钟爱中国诗人陶渊明(或称作陶潜,352——427),还喜欢苏轼,声称尤其喜欢那些景色中蕴藏深远意境的中国古典诗词。他以陶潜的"宁静致远"启发"深意象",用来冲击以艾略特为代表的新批评派的学院派哲学及其理念。他还在1976年与中国著名画家、书法家王惠民(1956——　)合作,完成了独具艺术特色的诗画集《跳出床》(*Jumping Out of Bed*)。1978年出版诗集《树将在此屹立千年》,灵感源自陶潜的"饮酒十二首"。詹姆斯·莱特(James Wright,1927——1980)喜欢简朴、明快但意境幽远的中国古诗,喜欢白居易的诗词,喜欢"道"的独特参悟方式。他于1972年完成的仿中国诗《诗合集》获得美国普利策奖。查尔斯·莱特(Charles Wright,1935——　)喜欢中国古代哲学,喜欢中国诗和中国画中清朗、寂静和蕴藏于寂静中的力量,喜欢"一百二十年前的唐朝诗人那样处理人与自然的"和谐方式。他于1977年出版的诗集《去中国之路》(*China Road*),集中反映了他的这种思想。嬉皮士诗歌代言人韦尔契(Lew Welch,1929——1967),也向中国道家哲学和禅宗思想取经,他曾经参与"旧金山文艺复兴运动"和"跨掉派运动",喜欢中国隐士式的生活,并积极进行实践。在皈依禅宗后,于该时期隐匿山林。其中国诗作品,全部收录在1965年出版的《隐士诗》。"皈依佛教最彻底的诗人"惠伦(Philip Whalen,1923——2002),是美国禅宗和尚诗人的典型代表。1973年,他出于对中国禅宗的崇拜,削发为僧;1975年成为"旧金山禅宗中心"负责人,诗歌中有"垮掉派"的语言特色,也有中国"佛"与"道"的意境。美国西北大学的"诗人住校教授"斯特利克(Lucien Stryk,1924——　),也是一位狂热的中国宗教禅的信徒,他于1976年出版的《诗选集》饱含对中国宗教禅的迷恋和喜爱。美国当代"中国风格"的另一面旗手斯奈德(Gary Snyder,1930——　),被学者们称作"庞德在世",也被认为是"跨掉派"星散后创作业绩最大的"垮掉"诗人,"几乎是垮掉派中唯一对'今天'拥有发言权的声音"①。他特别喜欢中国唐代诗僧寒山,喜欢把禅宗和中国儒道哲学

---

① 赵毅衡:《诗神远游》,上海译文出版社2003年版,第72—73页。

杂糅在一起。1969 年写成《彻石与寒山》(*Riprap and Cold Mountain Poems*),1974 年写成诗集《龟岛》(*The Turtle Island*),这两部作品成为"环境保护运动进入美国文化主流的路标"①。另外,他于 1967 年发表的中国式诗歌《僻乡》(*The Back Country*)以及于 1969 年发表的《观浪》(*Regarding Wave*),对推动美国环境保护运动起到重要媒介作用。而他的长诗《长卷山水》(*Mountains and Rivers without End*),则被认为是美国又一部史诗式"诗章"②。

(四)第四个时期:1978 年至 1999 年

在这段历史时期,中国诗歌发展有了新的契机。由于改革开放,中国开始积极敞开国门,引进美国文化。解放思想、实事求是的战略促使国人对诗的真实性问题、自我表现问题、发展方向问题、民族性问题以及如何处理与西方现代诗的关系问题等,都开始进行理性的反思。中国文化,包括诗歌,也再一次以开放的姿态,走出国门与美国读者见面。中美诗学相互借鉴、融通和交流,出现了诗歌文本互文与戏仿的新局面。

在中国,"思想解放运动"和"实践是检验真理的唯一标准"的讨论,使许多经历了"暴风骤雨"的老诗人们重新"归来",他们也因此被学界称为"归来诗人"③。客观上讲,其诗歌的互文与戏仿拥有一种沧桑、凝重的感觉。邵燕祥在 1978 年曾经悲喜交加地歌唱"中国又有了新诗歌","那是多么激动人心";而郑敏(1920—　)则像是再次见到了自己的爱人,高声欢笑"诗呵,我又找到了你"。艾青的"复出"除了具有历史的象征意义之外,还在于他喊出了"诗人必须说真话"。公刘同意艾青的话,不过他强调"做诗"与"诚实做人"的道理,揭示"真诚"与诗人"自我"的必然联系,他说"既然要有真情实感,又不允许有'我',这怎么办呢?"④"归来"的诗人,启发了新时代的诗人们在互文与戏仿的语境中,必须"从生活出发"去"说真话",通过抒发"个性"的语言"表达真心"。北岛(1949—　)于是回应,诗歌作品

① 赵毅衡:《诗神远游》,上海译文出版社 2003 年版,第 75 页。
② 参见赵毅衡:《诗神远游》,上海译文出版社 2003 年版,第 73—75 页。
③ 王光明:《80 年代:中国诗歌的转变》,载洪子诚主编:《百年中国新诗史略》,北京大学出版社 2010 年版,第 250 页。
④ 王光明:《80 年代:中国诗歌的转变》,载洪子诚主编:《百年中国新诗史略》,北京大学出版社 2010 年版,第 243—245 页。

需要再现一个"正直的世界,正义和人性的世界";舒婷(1952—　)认为,该是"用诗表现我对'人'的一种关切"的时候了,因为这是"我"的"基本权利"。"回归现实"和走出"精神困境"让作家章明等人对"朦胧诗"以及包括九叶诗派诗人杜运燮(1915—2002)在内的"晦涩、怪癖"的诗提出抗议①。他们把目光投向"今天"。"今天"不只是对"昨天"的艺术剪裁和想象加工,还意味着对二战后的西方,尤其是对美国的现代诗学的借鉴和学习,使断层的中美诗歌互文与戏仿再次"泛起波澜"。穆旦(1918—1977)的诗如《春》《夏》《秋》《冬》隐喻人生的沧桑变幻,尤其是其秋、冬意象,带有"荒原"的色调和气息,让人自然地联想到艾略特《荒原》(the Waste Land)里的悲情和感伤。"大山的囚徒"昌耀(1936—2000),重新解读"荒原"与"生命"的关系,他于1980年创作的《慈航》展现了牺牲和拥有、"上帝死了"和欢乐的辩证,在超越当代中国历史"苦难想象"的模式中,也与美国现代主义诗歌的"智性想象",形成互文关系②。把诗当作生命的顾城(1956—1993),带着安徒生童话般的想象,写下了"黑夜给了我黑色的眼睛/ 我却用它寻找光明",其新鲜的意象和率真的思维,让人想起美国诗人威廉·斯蒂文斯(William Stevens)的哲理式诗歌。"新生代诗人"的迷茫和焦虑,除了固有的"不可遏制的情感冲动",还带有美国"迷茫的一代"那种对传统和现实的背叛,以及对典雅、崇高、庄严的放逐。他们感觉世界的荒诞和自我的虚无,"不客气地亮出了手术刀",解剖那些迷惑人眼的历史和现实,为此,诗歌评论家杨黎写道:"每一种事物都可以在另一种事物中找到虚构/ 一支香烟最终被另一个火从头上点燃/ 我们在对话,于是我们成为对话"。这时期"一道亮丽的景色"是翟永明(1955—　)的女性主义诗歌,她以特有的女性气质和女性视角挑战男权社会,反抗"被书写"的"女性命运",企图颠覆传统的"男性美学神话"。她自觉运用庞德的意象主义写法,从"滴血教堂"

①　1980年,作家章明抛出一篇文章《令人气闷的"朦胧"》,愤然指出,"有少数作者大概是受了'矫枉必须过正'和某些外国诗歌的影响,有意无意地把诗写得十分晦涩、怪僻,叫人读了几遍也得不到一个明确的印象,似懂非懂,半懂不懂,甚至不懂,百思不得一解"。参见刘青松:《令人气闷的"朦胧"》,《文史博览》2012年第2期。

②　参见王光明:《80年代:中国诗歌的转变》,载洪子诚主编:《百年中国新诗史略》,北京大学出版社2010年版,第250—252页。

"大街""春天""玫瑰"等意象开拓女性写作空间。而此时,20世纪90年代的"后朦胧诗"作为文学活动的一个"话语场",不仅与前期国内诗歌形成"背叛"和"颠覆"关系,还与国外诗歌——比如美国现代诗歌——形成互文与戏仿关系,"希望表达的是难以想象、且又在想象之中的诗意"①,一种在历史中建构的独具艺术魅力的诗意。在强调互文与戏仿作用的同时,国内学者建议"九十年代诗歌"应该保持"民间立场和写作中的独立精神",比如诗人兼诗歌评论家于坚(1954—)就认为:"历史将证明,就汉语诗歌而言,九十年代绝不是一个可以由于平庸而被冷落的时代,当时代的尘嚣退去,那些光辉的钻石将会一个个原形毕露。"②虽然互文和戏仿的存在使得中国诗歌在90年代有了"更大的包容性",但是一种诗人自我建构和身份合法性的焦虑自始至终弥漫在诗人心中,"焦虑的来由之一便是新诗被指认的'西化'色彩"③。一些诗人必须在"一种剧烈而深刻的文化焦虑中自觉反省、调整与'西方'的关系"。他们"由盲目被动地接受西方影响,转向有意识地'误读'与'改写',进而转向主动、自觉地与西方诗歌建立一种'互文'关系"④。这也在某种程度上,很好地概括和说明了90年代的中国诗歌在与西方诗歌的互文与戏仿问题上,那种"关联性场域"的融通性和理性发展态势⑤。

在美国,"爱默生-梭罗奖章"的获得者沃伦(Robert P. Warren, 1933—2015)于1978年完成了他的晚年代表诗集《此时与彼时:1976—1978年诗选》(Now and Then: Poems 1976—1978),美国诗歌评论家布罗姆称之为又一部"兼具东西方神韵的作品",乃"艾略特传统的延续"⑥。有"美国杜甫"

---

① 张桃洲:《杂语共生与未竟的转型:90年代》,载洪子诚主编:《百年中国新诗史略》,北京大学出版社2010年版,第293页。
② 张桃洲:《杂语共生与未竟的转型:90年代》,载洪子诚主编:《百年中国新诗史略》,北京大学出版社2010年版,第294页。
③ 张桃洲:《杂语共生与未竟的转型:90年代》,载洪子诚主编:《百年中国新诗史略》,北京大学出版社2010年版,第314页。
④ 王家新:《中国现代诗歌自我建构诸问题》,《诗探索》1997年第4期。
⑤ W. L. Yip, "Aesthetic Consciousness of Landscape in Chinese and Anglo-American Poetry", *Comparative Literature Studies*, Vol.15, No.2(April 1978), pp.211-241.
⑥ 杨岂深、龙文佩:《美国文学选读(第三册)》,上海译文出版社2001年版,第53—54页。

之称的欧文(Wallace Irwin,1875—1959)于1981年发表新作《盛唐》(*The High T' ang*),字里行间充溢着浓厚的"杜甫的典雅和韵味",给美国诗坛增色不少①。当代诗坛的"奇特人物"海因斯(John Haines,1924—),受到雷克斯罗斯的深刻影响,痴迷于中国古典诗歌,他的独特诗风在《阿拉斯加诗篇》——《群星》(*The Stars*)、《雪》(*The Snow*)、《火》(*The Fire*)当中,与"垮掉一代"的诗体风格遥相呼应。他于1982年出版的诗集《冬诗》(*News from the Glacier*),读起来有一种中国古诗的忧郁与细腻;1990年又出版《新诗集》(*New Poems*),具有明显的中国式的怀旧情愫,该诗集因此获得美国雷诺·马歇尔诗歌奖(Lenore Marshall Poetry Prize)以及美国西部图书奖(Western States Book Award)。同样是在1982年,诗人詹姆斯·莱特(James Wright)完成《如此旅行》(*This Journey*),诗歌中书写的"深层意象"(deep image),流露出"对人生和生命短暂的叹息",渴望中国"道"的唯美。在加州大学执教的"生态诗人"加里·斯奈德,继1985年出版诗集《在外淋雨》之后,于1986年出版了《留在雨中:1974—1985新诗集》(*Left Out in the Rain:New Poems 1974—1985*),均保持之前寒山似的"隐"和"空灵"的境界;1992年又出版诗选集《非自然》(*No Nature*),该诗集明快、简约,在白描中蕴含禅意,与寓深意于朴实无华的中国诗有异曲同工之妙。此外,在该历史时期,美国诗歌与中国诗歌之间的互文与戏仿,有了诗学场域的内部融通和对接。表现在,诸多美华作家开始"寻根",他们不约而同地把视角转向中国这片"梦的港湾"和"神奇的故土"。比如,美华作家、《旧金山周报》专栏作家王灵智(1935—),曾经与赵毅衡先生合作,于1987年编辑了第一本《美华英语诗选》,上海文艺出版社在1990年出版了该书的中译抽选本。1989年,卡罗琳·刘(刘玉珍)出版匠心独具的诗集《我的说法》(*Wode Shuofa*),并获得"哥伦布之前基金会"(Before Collumbus Foundation)颁发的"美国图书奖"②。不仅如此,约翰·姚(姚强)、阿瑟·史(史家彰)、李立杨等美华诗人的作品,也以鲜明的个性和风格与美国诗学的主流发生对抗,同时通过特有的中国身份(Chinese identity)与美国诗歌传统发生互文与戏仿

---

① 赵毅衡:《诗神远游》,上海译文出版社2003年版,第156页。
② 赵毅衡:《诗神远游》,上海译文出版社2003年版,第126页。

关系,并已得到美国诗坛的密切关注……总之,中美诗歌在该时期以多元、互融、共生的态势,进行着诗歌文本之间的参照和借鉴。就美国诗人而言,他们在"东方神圣、独特的精神世界"吸纳"纯粹的中国文化"以及"中国诗学的营养"①,也因此亲眼见证了中国诗歌对美国新诗发展及其民族个性的养成所起到的重要作用。

　　通过上述讨论可以看出,中美诗歌的互文与戏仿随着社会的演进呈现出动态的发展趋势。这是历史的选择,也是中美民族文化不断进步的需要。作为中美文化的精华和各具艺术魅力的精神财富的一部分,20世纪中美诗歌的互文与戏仿无疑在中美文化交流史上扮演着极其重要的角色。一方面印证了中美建交史的源远流长、和谐发展,另一方面也说明任何民族的文学,包括诗歌在内,在经历了很长一段历史时期的孕育、发展之后,必定会走上相互借鉴和融合的道路。当然,必须看到,中美诗歌的互文与戏仿受到中美两国经济、政治等局势以及综合国力的影响,其借鉴和融合与民族和国家的经济实力、政治实力、国际影响力等因素息息相关。可以说,20世纪中美诗歌的发展史就是中美外交史的一个缩影或者一面镜子,其互文与戏仿的历史就是中美诗歌文本——不管是宏观文本,还是微观文本——所积极进行的"一种文本对另一种文本"(a text upon another text)②的吸收和改造的历史。

① W. L. Yip, "Aesthetic Consciousness of Landscape in Chinese and Anglo-American Poetry", *Comparative Literature Studies*, Vol.15, No.2(April 1978), pp.211-241.

② C.L.Briggs & R.Bauman, "Genre, Intertextuality, and Social Power", *Journal of Linguistic Anthropology*, Vol.2, No.2(June 1992), pp.131-172.

第二章 十九世纪末—1918：中国诗歌

——美国民族诗歌的清新剂

1967年，克里斯蒂娃通过研究苏联文艺理论家巴赫金的对话主义（Dialogism），指出"语词（或文本）是众多语词（或文本）的交汇，人们至少可以从中读出另一个语词（或文本）来"，而且"任何文本都是引语的镶嵌品构成的，任何文本都是对另一文本的吸收和改编"①。克里斯蒂娃是想说明，文本不可能孤立存在，文本必须相互依赖、相互依存，因为所有文本都是由马赛克式的引文镶嵌而成，即文本之间具有互文性（intertextuality）。根据克里斯蒂娃的理论，文本互文是一种普遍性的客观存在，文本与文本之间一定会产生某种联系，包括文本内的联系、文本和文本之间的联系、文本和宏观文化语境或历史语境的联系，等等。在文本互文的世界里，戏仿（parody）是一个重要现象，也是文本实践的特殊表达方式。尤其是在诗歌、小说等文学作品中，"仿作者从被模仿对象处提炼出后者的手法结构，然后加以诠释，并利用新的参照，根据自己所要给读者带来的效果，重新忠实地构造这一结构"②。但是，戏仿现象在诗歌、小说等文本中是怎样产生的？跟传统有何关系呢？对此，加拿大文艺理论家琳达·哈琴阐释说："戏仿认识到某种文学惯例是不充分的，它就是从这种认识发展而来的。它不仅仅是对非功能系统的暴露，而且是一个必要的创造过程，通过这一过程，传统获得新生，并

---

① J. Kristeva, "Word, Dialogue and Novel", in *The Kristeva Reader*, Toril Moi (ed.), Oxford: Blackwell Publisher Ltd., 1986, pp.36—37.

② ［法］蒂费纳·萨莫瓦约：《互文性研究》，邵炜译，天津人民出版社2003年版，第47—48页。

出现了为艺术家展示新可能性的新形式。"①在颠覆传统文本的过程中,戏仿不再是简单的滑稽模仿,它成为一种文本阐释的手段,具有独特的互文性和严肃性。

中美诗歌是文本互文与戏仿世界里的奇葩。虽然它们有着不同的历史渊源和文化传统,但是它们都具有文本的一般属性。一方面,中美诗歌之间确实存在着不同程度的马赛克式的"吸收和转化",它们在诗歌体裁、意境、风格、形式、主题、语言等各个方面存在诸多对话;另一方面,在文本处理方法上,中美诗歌之间有直接引用、滑稽模仿、变异和塑造、误读和改写、提炼和发挥、断裂和生成等多种表达形式,使中美诗歌随之呈现出丰富多彩的互涉内容。19世纪末至1918年中美诗歌的互文与戏仿,就是这方面的佳例。不过,该时期中美诗歌的互文与戏仿,具有特殊的发展历程和文本特点。

第一节　欧洲大陆的遗风遗韵与影响的焦虑

19世纪中叶以前,中美两国由于各自独特的历史发展轨迹,民族间的直接交往"几乎等于零",中美诗歌之间的交流也就无从谈起②。但是,这并不意味着美国文坛对中国一无所知。美国的直系亲属英国早就存在对中国的赞歌,而且其传统深深地影响着美国,当然包括诗歌。素有"鬼才"之称的英国浪漫主义诗歌领袖塞缪尔·泰勒·柯勒律治,曾经写下脍炙人口的《忽必烈汗》(*Kulbla Khan*):"忽必烈汗建立'上都',／修起富丽的逍遥宫／那儿有神河阿尔浮／流经深不可测的岩洞,／注入不见太阳的海中。／那儿有十哩方圆的沃土,／城墙、高塔四面围绕／明媚的花园,曲折的小溪,／丁香、豆蔻芳华四溢／树林像山丘一样古老／环抱着阳光灿烂的草地……"③。柯勒律治的这首诗诡怪奇绝,据说是他在吸食完鸦片之后,根据当时刚刚读过的有关中国忽必烈的传说,在梦境当中完成的作品。虽然诗歌多处细节与中国史实大相径庭或毫无关联,但是诗中瑰丽的想象、

① L.Hutcheon,*A Poetics of Postmodernism*,London and New York:Routledge,1988,p.50.
② 参见赵毅衡:《诗神远游》,上海译文出版社2003年版,第1—5页。
③ 参见张伯香:《英美文学选读》,外语教学与研究出版社2005年版,第189—191页。

新奇的意象，足以震撼欧洲诗坛并具有不朽价值。诗歌里的中国"上都"，充满朦胧幻景，犹如人间仙境，使欧洲文人对中国这片神秘而古老的土地产生种种想象和联想。这种感觉当然传递给了新英格兰（New England）的子民。他们了解中国，也是从类似的搜幽探奇的作品开始的。19世纪最受美国读者欢迎的学者型诗人亨利·沃兹沃斯·朗费罗，延续欧洲传统，创作了不少经典的叙事长诗，比如《伊凡吉林》（1847）、《海华沙之歌》（1855）、《迈尔斯·斯坦迪什的求婚》（1858）等。他在诗集《各地方之诗》（*Poems of Places*）中写到中国，其中《罕巴鲁》（*Kambalu*）是写蒙古军队征服西亚，而《中国瓷器》（*China Ware*）则是写景德镇。不过，朗费罗诗歌中的中国背景往往建构在西欧关于"神州的种种浪漫传说方面"①，很难说与中国现实有什么必然联系。奥立弗·温德尔·霍尔姆斯是这时期比较特殊的一位，他有一首朗诵诗专为游历西方的中国清王朝官员而作："大开吧，你，黄金的门，/ 向那卷起来的龙旗！/ 宏伟长城的建造者，/ 开启你们的高山防线！让太阳的腰带/ 把东西方裹成一体。/ 直到下斯塔山的轻风/ 吹动大雪山皎白的峰巅——/ 直到伊利湖把蓝色的水/ 融汇入洞庭湖的波澜——/ 直到深邃的密苏里湖/ 把水灌入奔腾的黄河——"②。该诗以东道主特有的优越感和热情，希望中国门户开放，实现东西文化的交流和对话。理查德·亨利·斯托达德是最早介绍中国诗的翻译者之一。不过，他的翻译相当于创作。根据赵毅衡先生的研究，斯托达德的代表作《诗集》以及《东方书》当中，有许多诗歌是关于中国题材的，比如《汉浦》（*Kam Pou*）、《马汉山小夜曲》（*Serenade of Ma Han-Shan*）、《大师，我们能否》（*Shall We, O Master*），等等。而且，"斯托达德关于中国的作品之多，可以说是十九世纪美国诗人之最"。③

　　但是，客观地说，早期美国诗人对中国的关注主要是出于猎奇心理，他们根本不了解中国，对中国传统诗歌的借鉴也不可能全面和深入。这种

---

① 参见张冲：《新编美国文学史（第一卷）》，上海外语教育出版社2004年版，第366—372页。

② 该诗的译者为赵毅衡先生。参见赵毅衡：《诗神远游》，上海译文出版社2003年版，第3—4页。

③ 赵毅衡：《诗神远游》，上海译文出版社2003年版，第5页。

"只见树木不见森林"式的对中国文化和中国诗歌的理解和认知,具有明显的历史局限性,这也直接导致中美诗歌在交流和对话的前期,会发生许多误读甚至是误解现象,并演化成为美国人意识层面的"中国/中国人原型"(stereotype of China/Chinese),促使"歪曲的想象"(deformed imagination)成为"神秘""诡异"的"东方主义"(Orientalism)的外化形式①。而且,建构在误读基础之上的美国诗歌,还会逐渐加入更多的"异化的想象"(alienated i-magination)——这是他们的"民族个性"(national personality)赋予他们的动力——使中国形象充满"田园色彩"。这促使美国诗人以更宏大的勇气突破欧洲已有文本"影响的焦虑",产生出更加离奇和神秘莫测的东方主义的中国来。直到 19 世纪下半叶,瓦尔特·惠特曼和艾米莉·狄金森真正开启美国诗风,中国和中国人的形象才以别具一格的方式进入美国人的视野。据统计,惠特曼在代表作《草叶集》(Leaves of Grass)当中六次提到中国,最集中的是在《向世界致敬》一诗。诗中,惠特曼高兴地歌唱道:"我清晰地看见喜马拉雅山、天山、阿尔泰山……/我看见……中国海……/我看见中国的四大江河,黑龙江、黄河、扬子江和珠江……/我看见那些英雄传说起源的地方……/我看见北京、广州……/我向地球上所有的居民致敬……/你中国的中国男人和中国女人!"②惠特曼在《草叶集》中热情讴歌世界的多元、繁荣与和谐发展,中国无疑成为他心目中神奇又神圣的国度之一。

第二节 中美诗歌的第一次直接对话

第一批到达美国的华人是在 1849 年,那时加利福尼亚淘金热(Gold Rush)正进行得如火如荼。随后,在 19 世纪 60 年代初,更多的中国人来到美国。他们是作为"建造第一条横贯美洲大陆的铁道劳工""进口"到美国的③。当时,美国政府选择中国劳工有两个重要原因:一是由于这项工作处

① S.Sielke & C.Kloeckner, Orient and Orientalisms in US: American Poetry and Poetics, New York: Peter Lang, 2009.
② [美]惠特曼:《草叶集》,李野光译,燕山出版社 2003 年版,第 197—205 页。
③ R.Takaki, Strangers from a Different Shore: A History of Asian Americans, Boston: Little Brown and Company, 1989.

在蛮荒之地，艰辛而危险，美国铁路公司找不到更多合适的美国劳力；二是由于中国劳力非常廉价，且没有什么附加要求。在美国经济发展史上，正是这些被美国人蔑称为"异教徒"（pagans）的中国人，曾经为美国在新世纪的崛起和腾飞作出过杰出的贡献①。在该时期，美国文学里互文与戏仿的对象，不再是欧洲遗风里和古老传说中风花雪月式的中国和中国人形象，而是活生生的"中国人"：黄皮肤、扎着长辫子、吃苦耐劳、有智慧也有点小聪明。因此，这时期美国诗歌里对中国和中国人的互文与戏仿的成分，明显地根基于中国劳工当时的现实生活。

不过，美国诗人也有一种纠结的心态：一边是源自欧洲的关于古老中国的带有理想主义、浪漫主义色彩的华美诗篇，一边是触手可及、历历在目、真正质朴无华的"异教徒"②。于是，为了达到一种心理的平衡，文化积淀不深厚的美国人便挣脱欧洲早先文学对中国和中国人"美丽曼妙的描述"，开始彻底地把神秘、古老的中国人解构成了"下里巴人"。也就是从那个时候开始，美国诗歌开始正面直视那个特殊时代里特殊的中国和中国人。由于有一种自以为是的优越感，他们多半是以俗文学的形式见诸于新涌现的地方报刊，因此许多以中国移民为题材的作品，要么是拿中国人寻开心的所谓美国式幽默（American humor），要么是充满"草根味"偏见的粗俗、鄙陋，却真正属于美国特色的土著作品（native works），如种族主义打油诗。这是当时中美诗歌互文与戏仿现象当中，一个特殊而又有些怪异的景观。有一首题为《高个儿约翰·中国佬》的打油诗，采用美国中西部民歌的叙事风格（narrative style），讲述了一个在犹他州的中国劳工，通过修筑铁路赚了辛苦钱去旧金山看望他的恋人，却在半路惨遭印第安人杀害，并被拨去头皮的悲惨故事。与这种灰色、带有种族偏见的打油诗不同，马克·吐温（Mark Twain，1835—1910）、布勒特·哈特等作家创作的有关中国劳工的作品，多从人道主义（humanitarian）的角度讽刺国内残暴的种族主义行径，但只是出于一种

---

① 朱刚：《排华浪潮中的华人再现》，《南京大学学报》2001 年第 6 期。

② J.M.Peggy, "Self-Construction through Narrative Practices: A Chinese and American Comparison of Early Socialization", *Ethos*, Vol.24, No.2（April 2009），pp.237-280.

同情心,他们对当时的中国人没有太多的感情①。比如,以西部短篇小说出名的哈特,曾于 1870 年写下一首题为《诚实的詹姆斯的老实话》(*Plain Language from Truthful James*)的幽默诗——后被人命名为《异教徒中国佬》(*The Heathen Chinese*)。该诗共有六十行,十个小节,是戏仿英国诗人阿尔蔗侬·查理·斯温朋的名作《卡里东的阿特兰达》(*Atlanta in Calydon*)②。诗中有一个不朽的"中国佬"形象"阿新"——Ah Sin,在英语里有一种侮辱的味道③。讲的是詹姆斯与比尔·奈打牌,因三缺一强拉华人阿新入局。他们二人原想联手戏弄阿新,赢光他兜里的钱,没料到"傻乎乎的"阿新总能出奇制胜。詹姆斯后来发现,虽然比尔·奈的袖子里塞满了大牌,但是阿新宽大的衣袖里塞得更多。于是,"诚实的詹姆斯"说道:"对此我有话要说,/我的语言很直白,/论及歪门邪术/和那些诡计把戏/异教徒中国佬真是特别,/且待我慢慢道来。/他的名字叫阿新;/我不否认/这个名字本身/所具有的含义;/他的微笑忧郁又孩子气,/对此我常跟比尔·奈提起。/……/然后我抬头看看奈,/他的两眼朝我直瞪;/他站起身,叹口气,/随口说道:'这怎么可能? /中国贱劳工居然毁了我们。'/于是他扑向异教徒中国佬。/随后发生的事情,/我袖手旁观没有参与。/整个地板飞满纸牌,/像河滨的落叶片片,/都是阿新藏起来的纸牌,/曾参与'他看不懂'的游戏。"④这首诗在美国产生的轰动效应,可以与马克·吐温的《卡拉维拉斯县的著名跳蛙》(*The Notorious Jumping Frog of Calaveras County*)相媲美。华尔斯·欧文可能是最早集中写美国唐人街题材的诗人。他的成名作《唐人街谣曲》(*Chinatown Ballads*),由七首长篇叙事诗组成,韵律舒缓、轻松幽默。据作者本人讲,该谣曲都是根据他在旧金山当记者时的"亲眼所见"和"亲耳所闻"写成的,包括对唐人街内亭台楼阁、妓院烟馆、庙会械斗等的描绘,有一种"现

① 参见姜智芹:《镜像后的文化冲突与文化认同》,中华书局 2007 年版,第 176—177 页。

② 参见赵毅衡:《诗神远游》,上海译文出版社 2003 年版,第 7—8 页。

③ Sin 在英语中有"原罪""罪恶""罪孽"等意。

④ 转引自姜智芹:《镜像后的文化冲突与文化认同》,中华书局 2007 年版,第 176—177 页;另参见赵毅衡:《诗神远游》,上海译文出版社 2003 年版,第 8—9 页。

实主义白描"的味道①。诗集中的《月荷》(Yut Ho)和《严少爷》(Young Mr. Yan)就是其中的典型,展现了华人聚居区特殊的文化氛围和人文传统。尤其是《严少爷》,讲述了唐人街的新生代中国人,虽然生活方式变得"美国化"(Americanized),但是当看到自己的亲人被杀,还是会按照"中国规矩"杀死仇家,然后神秘消失。旨在说明中国人永远是中国人。早期华工在美国的生活处境非常悲惨,他们举目无亲,要想在美国这片陌生的土地上立足,就必须付出常人难以想象的代价和努力。其中一个必须攻克的难关就是语言(language)。在语言方面,由于最初来到美国的中国人多是广东、南洋一带的华裔商人或劳工,他们受教育不深,语言学习方面就采取了一种特别的互文与戏仿策略,创造了一种别具一格的"洋泾浜英语"(Pidgin English)。比如,诗人查理·利兰(Charles G.Leland,1824—1903)在1876年出版的诗集《洋泾浜英语小调》(Pidgin English Singsong)中,就故意戏仿中国劳工"风趣十足的语言",写到"孔夫子的书"(book of kung-fou-tsze)等情节:"My flin,sopposery you hab leed he book of kung-fou-tsze,/ You larn t'hat allo gleastest man he most polite man be,/ An' on polite-pidgin Chinese beat allo,up on down-/ T'his is he molal-pidgin of he song of Captain Blown"②。该诗读起来亦中亦西,兼具美国和中国特色。

总之,"洋泾浜英语"及"洋泾浜英语诗歌"是那个特殊的历史时期非常特殊的语言现象和文学现象,也是中美诗歌在特殊的时代转型阶段,衍生出的特殊的文本形式,同时更是那个特殊时代中西文化互文与戏仿的结果和表现形式之一。

第三节　中国诗歌传统与美国新诗的创造力

要承认,美国诗歌在对中国诗歌的互文与戏仿的道路上是敢于充当先锋的。虽然19世纪之前,美国文学各种题材但凡涉及中国,往往是学舌欧

---

① 参见赵毅衡:《诗神远游》,上海译文出版社2003年版,第11页。

② 赵毅衡先生的译文是:"我的朋友,假如你读过孔夫子的书,/你就明白他是伟人中最有礼貌的人,/用文雅的洋泾浜中文诗,抑扬顿挫,/他给布朗船长唱出洋泾浜道理。"
参见赵毅衡:《诗神远游》,上海译文出版社2003年版,第13页。

洲或被欧洲所牵绊,但是从 20 世纪初期开始,美国就爆发了破旧立新的"诗歌文艺复兴运动"①。那种对欧洲传统附庸风雅、唯唯诺诺的呼应式局面,开始发生逆转。美国诗歌开始大胆地拥抱中国,而且把中国诗歌传统作为他们变革与发展的重要动力和思想源泉之一。按照庞德的话说,他们将从中国诗歌当中找到"新希腊"(New Greece)②。这不仅对早先侮辱中国华工的、粗俗的打油诗是一种矫枉过正,也对那些坚持排华法案的种族主义分子是当头一棒。

　　1912 年是中美诗歌互文与戏仿史上的重要一年。因为在这一年,发生了三件文学大事:一是哈丽特·蒙罗在芝加哥创办了《诗刊》(Poetry)杂志;二是蒙罗聘请当时旅居英国伦敦的庞德担任海外编辑;三是东方学家厄内斯特·费诺罗萨的遗孀在伦敦遇到庞德,同意把丈夫遗留下来的大量中国诗和日本诗笔记交给庞德翻译整理。第一个事件的重要意义在于,《诗刊》迅速成为美国新诗运动的代表刊物,而且该刊物为那些敢于挣脱传统束缚的美国诗人们发表新诗作品,提供牢固阵地,成为美国新诗运动的标志和起点;第二个事件的重要性在于,庞德逐渐成为新诗运动的主帅,以他为代表的新诗诗人群体,在刚起步就使美国新诗进入现代化的轨道,一方面对抗垂死挣扎的英国传统,另一方面对抗因循守旧的美国绅士派诗歌,从而加速了美国诗歌现代化的进程;第三个事件的重要价值在于,费诺罗萨的中国诗笔记使庞德找到了与他的思想极为契合的诗学元素,该诗学元素使他的诗学大厦迅速得以建构,同时奠定了他崇儒、爱儒的人生路线。在这之后,庞德从费诺罗萨的中国诗和日本诗笔记里整理出三件宝贝:其一是 1914 年他"翻译"出来的中国诗集《神州集》(Cathay),其二是 1916 年"翻译"出来的《日本能剧》(Noh, or Accomplishment),其三是 1921 年整理出版的费诺罗萨的论文《作为诗歌手段的中国文字》(The Chinese Written Character as a Medium for Poetry)。其中,充满中国诗情画意的《神州集》被誉为是"英语写成的最美的书",因为里面的诗呈现出"至高无上的美"。诗歌评论家麦克

---

① L.A.Keller, *Coherent Splendor: The American Poetic Renaissance*, 1910 - 1950, Cambridge: Cambridge University Press, 1987, p.482.

② 赵毅衡:《诗神远游》,上海译文出版社 2003 年版,第 18 页。

尔·亚历山大(Michael Alexander),曾经毫无保留地赞扬它说:"《神州集》是庞德出版的诗集中最吸引人的一本"①;另一位诗歌评论家福特·马道克斯·福特(Ford Madox Ford),也高度评论说:《神州集》里的诗"就是诗的严格的范例。要是意象和技法的新鲜气息能帮助我们的诗,那么就是这些诗带来了我们需要的新鲜气息","如果这些诗是原著而非译诗,那么庞德便是当今最伟大的诗人"②。从许多细节可以看出,庞德的"译诗"与中国诗在彼此关系上是互文与戏仿的:一方面,中国诗不仅成全了庞德,使他获得写诗的灵感,而且使他对"意象派三原则"更加深信不疑;另一方面,庞德也使中国诗史无前例地成为美国文学史上,敢于与强大的欧洲文学传统抗衡的重要武器,并亲自缔造了"东方精神的入侵"。也难怪庞德于1915年,在《诗刊》上发表文章激动地宣称:中国诗"是一个宝库,今后一个世纪将从中国寻找推动力,正如文艺复兴从希腊人那里找推动力。"此后,由于与"女罗斯福"——意象派后期领袖艾米·罗厄尔——意见不合,庞德退出意象派,转向具有强烈未来主义色彩的漩涡派(Vorticism)③。罗厄尔不仅要做美国新诗运动的领袖,她还想与庞德竞争做中国诗风在美国的代言人。在成为意象派诗歌领袖后不久,罗厄尔就宣布:"我已经完全沉浸到中国文学中去了,我搞到所有的英语和法语译本,而且我开始懂得了许多我以前不理解的东西。"她于1919年出版了诗集《浮世绘》(Pictures of the Floating World),其中题为"汉风集"(Chinoiseries)的组诗是仿中国诗。诗歌评论家雷克斯洛恩对此评述说,"纵观埃米·罗厄尔的诗集作品",从诗学及美学价值来看,"只有她的这组仿中国诗值得一读"。④ 约翰·格尔德·弗莱契是意象派诗人群体当中一名出色的干将。它不仅注意吸收东方艺术各个方面的优势,而且善于把个人想象、音乐性、文字美和对中国艺术的新奇感融合在一起。他于1915年发表名篇《蓝色交响曲》(The Blue Symphony),颇受读者欢迎,庞德夸耀他"写了一首美丽的意象派诗"。该诗行的有些意境,确实很

① M. Alexander, *The Poetic Achievements of Ezra Pound*, Edinburgh:Edinburgh University Press,1998,p.65.
② 赵毅衡:《诗神远游》,上海译文出版社2003年版,第18—19页。
③ 赵毅衡:《诗神远游》,上海译文出版社2003年版,第22页。
④ 赵毅衡:《诗神远游》,上海译文出版社2003年版,第23—24页。

唯美:"此时,最低的松枝/横划过圆盘似的太阳。/老朋友将把我忘却,/虽如此,我还是要走/走向那阔别已久的/蓝色死亡之山。/寒霜刺骨的黄昏/古钟为我敲响,/只一声,传自远处酣睡的寺宇。/或许我的灵魂听得更真切。/余晖:/繁星闪烁前/我将潜入黑暗。"①作者说他创作该诗时,曾经受到马勒的《大地之歌》交响合唱曲的启发,而该合唱曲又是源自中国唐诗,所以该诗是三个艺术文本——中国唐诗、《大地之歌》交响合唱曲以及诗人自己天才的想象和加工——互文与戏仿的结果②。这里需要再次提及的是《诗刊》的创办者蒙罗。作为芝加哥著名的文化人士,她曾经周游世界,还到过中国,并且非常喜欢中国诗歌③。蒙罗也写诗,然而她的诗作不是很出色。虽然如此,蒙罗却是个出色的伯乐,她发现了一些在中国题材方面写得非常优秀的诗人。瓦切尔·林赛就是其中一位。他曾经在1915年,发表《中国夜莺——壁毡上的故事》(*Chinese Nightingale*: *Story on Chinese Tapestry*)一诗。该诗以旧金山唐人街为背景,以华人洗衣工为主角,以童话故事的形式具体展开,被蒙罗评为当年最佳诗歌奖《诗刊》"莱文森奖"。在蒙罗眼中,林赛的《中国夜莺》比T.S.艾略特的成名作《普鲁弗洛克的情歌》(*A Love Song of Prufrock*)还要好。不过,1918年林赛发表的另一首以中国为题材的长诗《中华帝国在崩溃》(*The Chinese Empire Is Crumbling Down*),在美国读者中不仅没有收到很好的效果,反而暴露了他在历史观方面的狭隘性和个人偏见。华莱斯·斯蒂文斯是当时美国比较富有代表性的、钟爱中国艺术的"中国式诗人"④。他从喜欢中国的瓷器、绘画转而欣赏中国的诗歌,而且他的"主观整理客观"的诗学观念与他对中国艺术的鉴赏水准不无关系。他在诗歌中时常闪现中国远古哲人的影子——比如,那位神秘的"中国老人"(Chinese old man):"一位老人/目送日落/在渐渐变红的北京";"在中国,/一位老人坐在/松树的凉阴里。/他眼望飞燕草/蓝白相

① 该诗的译者为赵毅衡先生。参见赵毅衡:《诗神远游》,上海译文出版社2003年版,第25—26页。

② 参见赵毅衡:《诗神远游》,上海译文出版社2003年版,第26页。

③ 参见赵毅衡:《诗神远游》,上海译文出版社2003年版,第26—27页。

④ G.B.Munson, "The Dandyism of Wallace Stevens", in *The Achievement of Wallace Stevens*, Ashley Brown & Robert S.Haller(eds.), Philadelphia: Lippincott, 1962, p.44.

间/在树阴的边上/被风吹动。/他的胡子在风中飘舞/松树也在风中飘舞"；"难道是百无聊赖，那些中国老人/不是坐在山泉边整饬衣冠/就是立在扬子江头凝视须髯？"芝加哥著名的谣曲诗人埃德加·李·玛斯特斯，被庞德称为"（当时）美国最出色的自由诗诗人"，他于 1915 年发表了具有现实主义风格的《匙子河诗集》，里面涉及中国主题的诗篇往往以唐人街为背景。他也是美国新诗运动中最关注唐人街华人生活的诗人①。卡尔·桑德堡往往被读者誉为是"惠特曼的信徒"，但是殊不知，他在 1916 年发表的成名作《芝加哥诗抄》（*Chicago Poems*）中，也夹杂着庞德和中国古典哲学及诗学的影子。他有一首《在秋月下》，开篇就这样写到："秋月下/银光轻柔/纯洁欲滴/花园之夜/死，这位白发小丑/向你耳语/仿佛一位美丽友人/不会把你忘记"。桑德堡于 1919 年 2 月，还曾在《诗刊》撰文，盛赞庞德和《神州集》："读了《神州集》，我们意识到中国精神之近，就好像是我们隔壁邻居，是在这颗古老又古老的行星上的同路旅伴。"②除此之外，与桑德堡具有类似经历和相同体验的诗人，还包括伊丽莎白·柯兹华斯（Elizabeth Coatsworth，1893—1986）、巴贝特·道依彻（Babette Deutsch，1895—1982）、麦克斯威尔·博登海姆（Maxwell Bodenheim，1892—1954）、克里斯多夫·莫利（Christopher Morley，1890—1957），等等。

总之，在美国新诗运动蒸蒸日上的时候，中美诗歌的互文与戏仿也在这个时期焕发出勃勃生机。

第四节　美国新诗中的中国主题与风格呈现

美国新诗的存在和发展，并不是孤立无助和封闭自足的，而是相反。尤其是在美国新诗运动轰轰烈烈地大规模展开的过程中，对其他异域民族文化、文明成果、诗学精神等的借鉴和吸收，就变得刻不容缓，并逐渐朝着纵深方向发展。在诸多民族文化影响的因素当中，"中国主题"和"中国风格"是美国新诗开创现代诗歌新局面的重要方面。19 世纪末到 1918 年前后这段

① 参见赵毅衡：《诗神远游》，上海译文出版社 2003 年版，第 38—39 页。
② 参见赵毅衡：《诗神远游》，上海译文出版社 2003 年版，第 41 页。

历史时期,是美国新诗"以前所未有的姿态"关注中国历史、中国文化以及中国古典诗歌的重要阶段①。

一、中国古诗对美国新诗的贡献

据史料记载,中国古诗对西方世界很早就有影响,而且这种影响已随着古代丝绸之路文化的传播,辐射世界主要文化圈②。在欧洲,英、法、德、意等国都曾对中国古诗产生浓厚兴趣,那些喜欢搜幽猎奇的文人雅士,更是对神秘的东方文化和诗歌爱不释手。美国作为欧洲文化的后花园,对中国古典诗歌的了解和认识,刚开始基本上都是继承或者附和于欧洲。直到庞德于1912年从美国东方学家厄内斯特·费诺罗萨的遗孀玛丽手中获得中国诗笔记,并于1914年译出《神州集》,"东方的精神入侵"正式拉开序幕。庞德凭借他的意象派诗歌艺术和充满异域风情的中国诗诗集,引发了"整个时代的热潮",他本人也被公认为"二十世纪对中国诗最热情的美国现代诗人"③。庞德等人在美国开创的新诗风,既是一场诗歌现代化运动,又是一场诗歌民族化运动。在该运动中,中国以及中国诗的影响居于一个比较突出和显要的位置。那么,美国新诗对中国诗歌的互文与戏仿性具体表现在哪些方面呢?

(一)戏仿中国诗歌主题

庞德从费诺罗萨的中国诗笔记中整理出十九首诗,包括"《诗经》一首、古乐府二首、陶潜一首、卢照邻一首、王维一首、李白十二首",以及郭璞的《游山仙诗》④。在翻译《神州集》之前,庞德根本不懂汉语,对中国古诗也没有经过系统化学习。通过接触和梳理费诺罗萨的中国诗笔记,庞德找到了跟他的个人兴趣和诗学理想非常契合的东西,那就是中国古诗中丰富的意象、别开生面的主题和生动活泼的诗学精神。这些因素不仅与欧洲沉闷、乏味、无病呻吟的颓废诗风大相径庭,而且具有艺术再造之功,同时带给读者一种潜移默化的艺术熏陶和享受。庞德译出《神州集》,也使中国诗在美国大放异彩。"从历史角度看,《神州集》不仅是庞德的第一次真正的成功,

---

① J.B.Harmer, *Victory in Limbo*:*Imagism*,1908-1917,London:St.Martin's Press,1975.

② 参见袁行霈:《中国诗歌艺术研究》,北京大学出版社1996年版,第15—17页。

③ 赵毅衡:《诗神远游》,上海译文出版社2003年版,第17页。

④ 赵毅衡:《诗神远游》,上海译文出版社2003年版,第164页。

也是中国古典诗歌在美国的第一次真正的成功。自此以后，中国诗受人瞩目。"①庞德在《神州集》里选译的中国诗，拥有不同的诗歌主题，比如体现战争的《采薇》和《胡关饶风沙》，表达相思之苦的《长干行》和《玉阶怨》，描写诚挚友谊的《送元二使之安西》和《送孟浩然之扬州》，宣泄怀旧情愫的《忆旧游寄谯郡元参军》和《别友》，等等。这些诗歌经过庞德创造性的翻译，对当时的美国新诗诗人影响很大，不仅激发他们对中国古诗的个体文本主题进行模仿和创造，而且激励他们对中国古诗的其他宏观文本主题进行戏仿或者改写。林赛受到庞德以及《神州集》的启发，写出名诗《中国夜莺》(The Chinese Nightingale)，《诗刊》主编蒙罗认为其主题具有"令人难以忘怀的魅力"；接替庞德成为意象派新领袖的罗厄尔，与友人艾斯柯(Florence Asycough)合作翻译出版了《松花笺》(Fir-Flower Tablets)，主题涉及中国历史、自然、人文等；费克写成具有鲜明中国诗歌主题的《中国导游》(Guide to China)、《梦见一个中国景色》(Dream of a Chinese Landscape)、《基督在中国》(Christ in China)等；宾纳效仿庞德译出具有唐代诗歌主题的《群玉山头》(The Jade Mountains)，里面充满中国写景状物主题诗以及禅学之诗，同时杂糅和戏仿了意象派、漩涡派和其他流行诗派的艺术风格；诗人兼评论家尚克斯(Edward Shanks, 1892—1953)于1919年出版素体诗剧《中国王后》(The Queen of China, and Other Poems)，虽然被称为美国"现代诗歌丛书"之一，却旗帜鲜明地宣称其主题风格完全根据中国历史题材故事《赵氏孤儿》改编而成。此外，时任《诗刊》副主编的狄任斯(Eunice Tietjens, 1884—1944)写出《中国剪影》(Profiles from China)，黑人诗歌领袖休斯(Langston Hughes, 1902—1967)写出《晨安，革命》(Good Morning, Revolution)和《怒吼吧，中国》(Roar, China)，写出《施龙论玄奘》(Hip Lung on Yuan Chang)，女诗人保尔(Evelyn Hanna Ball, 1890—1955)写出《古神州剪影》(Pictures of Old Cathay)等等，都涉及鲜明的中国主题。也有些诗人的诗歌主题直接取材于《神州集》。比如，道依彻根据庞德译李白的《羁客信》写出了《羁客》(Exile)，威尔斯(Winifred Welles, 1893—1939)也受其启发完成了《羁客》，

---

① 赵毅衡：《诗神远游》，上海译文出版社2003年版，第166页。

等等。这些作品使"羁客"题材诗在美国蔓延开来①。不过,中国古典诗歌在改变美国现代诗的过程中,其初期"让人不如意的代价"(unpleasant price)是,新诗诗人们只注重挖掘中国古诗之"神",完全或基本完全地忽略了中国古诗之"形"。但是,美国新诗诗人自己却认为,这是一种"歪打正着"的胜利②。

(二)戏仿中国诗歌形式

狄任斯的姐姐、在中国江苏无锡做传教士的露易丝·S.哈蒙德(Louise Sarah Hammond),曾经在《诗刊》发表她翻译的中国组诗。该组诗有个副标题:"音阶韵式依原文,协中国诗原调",意思是"她用一个英语音节对应中国古典诗的一个音节",力图体现中国原诗的音阶风貌③。但是为此,她不得不牺牲原诗中的一些细节和内容。这与庞德、林赛、罗厄尔等人追求神似和意象贴切,忽视中国古诗形式的做法截然相反。她试着把中国唐代诗人贾岛的名诗《访隐者不遇》译为:"'Gone to gather herbs'——/So they say of you./But in cloud-girt hills/What am I to do"。但是很明显,该诗在有意保留中国古诗原有形式和音韵技巧的同时,无形中丧失了中国古诗的意境和内容。为了给自己的译诗寻找"根据",她在阿瑟·威利(Arthur Waley, 1889—1966)主编的《东方艺术文化年鉴》(*The Yearbook of Oriental Art and Culture*)上,发表了《中国诗的译调》(*The Tunes of Chinese Poetry*)一文,认为诗歌形式与诗歌意境一样重要。即便如此,她的译诗仍旧受到一些新诗诗人的质疑。著名诗人宾纳也戏仿中国诗歌形式,曾经采用一种"有形式的"自由体译诗。那是一种整齐的、具有中国律诗痕迹的八行体。该方法被运用到具体的文本翻译中,比如他创作的《李白》(*Li Po*)、《李商隐》(*Li Shang-yin*)、《柳宗元》(*Liu Tsung-yuan*)等,却出人意料地获得巨大的成功。很难想象,宾纳在翻译中国唐诗时,需要多高的警觉和诗歌敏锐度才能如此契合地将中西诗歌传统互文与戏仿在一起。宾纳还用这种"有形式的"中国式八行体写诗,最成功的例子就是《恰帕拉组诗》(*Chapala Poems*),该组

----

① 参见赵毅衡:《诗神远游》,上海译文出版社 2003 年版,第 167 页。

② S.Patel," On the Best American Poetry & 100 Chinese Silences: An Interview With Timothy Yu",*Cream City Review*,Vol.39,No.2(April 2015),pp.136-146.

③ 参见赵毅衡:《诗神远游》,上海译文出版社 2003 年版,第 217—218 页。

诗后来收录在诗集《印第安土地》(*The Indian Earth*)之中①。当然，也有灵活运用戏仿的形式，同时兼顾中国诗歌节奏的新诗诗人。比如，威利在总结自己翻译中国古典诗歌的经验时，坦率地承认自己使用了一种"弹跳节奏"(Sprung Rhythm)，即"不依从英诗的音部结构，只是以重音音节为中心，前后可依附数量不等的轻音节"。而这种"弹跳节奏"是威利从著名英国诗人霍普金斯(Gerald Manley Hopkins，1844—1889)那里"戏仿"和"发展"来的。他坦言："从中国诗的五言体中，我于1916年……发展了一种节奏，其基础是霍普金斯称为'弹跳节奏'的那种节奏形式。"②此外，美国新批评派领袖、《荒原》的作者艾略特，在他后来创作的几部诗剧中，也是采用了这种极富创造性的"弹跳节奏"。

(三)戏仿中国式语言

庞德在1914年翻译《神州集》时，有几句译诗完全背离传统意义上的英语语法规则，采用直译，似乎是在有意识地戏仿中国式语言。但是这种戏仿因为与汉语文本高度重叠，故而让中国读者也禁不住会瞠目结舌，怀疑他的译文是否合适。这里试举两例：(一)庞德翻译李白的《代马不思越》(古风第六)，其中有一句"惊沙乱海日"，费诺罗萨原文注释为："Sands surprised by wind cover in the turmoil"，被庞德直译为"Surprised Desert turmoil sea sun"；(二)庞德翻译李白的《胡关饶风沙》(古风第十四)，其中有一句"荒城空大漠"，费诺罗萨原文注释为："I see a ruined fortress in a most blank desert"，也被庞德直译为"desolate castle，the sky，the wide desert"③。庞德故意背离费诺罗萨的原文注释，意图回到汉语之源进行他的意象派诗歌语言试验，没想到竟然成为创作式翻译的先例。众所周知，文学创作与文学翻译本来是两种截然不同的文学表现方式，不能混为一谈。但是，庞德通过互文式的艺术建构，却将二者进行了统一：一方面，他使文学创作

---

① 参见赵毅衡：《诗神远游》，上海译文出版社2003年版，第220页。

② A.Waley(ed.)，*Chinese Poems*，London：Allen & Unwin，1946，p.iii.又参见赵毅衡：《诗神远游》，上海译文出版社2003年版，第214页。

③ G.C. Gherasim，"Aesthetic and Methodologic Resources of Ezra Pound's Poetry"，*American*，*British & Canadian Studies Journal*，Vol.19，No.6(December 2012)，pp.88 - 103.另参见赵毅衡：《诗神远游》，上海译文出版社2003年版，第222—223页。

基于文学翻译,源于翻译,然而又不等同于翻译,而是高于翻译,使翻译的内容为自己的文学主张服务,却又不拘泥于翻译原则;另一方面,他的文学创作又离不开翻译,在他看来,离开翻译,其文学创作过程就变得毫无根据,只能天马行空了①。基于此,虽然他的翻译试验在中国读者看来不伦不类,但是给西方读者却带来了异域风情和独特享受,这也完全符合意象派诗人倡导的突出意象、简化语言、兼顾节奏的诗歌主张和作诗原则。此外,庞德创作式翻译也有他的个人依据,那就是费诺罗萨"以拆字始,以拆句终"的策略:"最后我们看到汉语和英语句子形式相仿,使这两种语言互相翻译特别容易……经常可以省去英语小品词而进行逐字翻译,这样译出的英语不仅能让人懂,而且是最强有力的,最适合诗歌用的英语。"②英国《泰晤士报》(The Times)更是这样为庞德辩护:"要是我们请来一位外国天才,我们当然不想让他行事与我们一样;他若能完全保持自己的本色,我们自然最乐意,而且得益也最多。因此,我们认为庞德先生在翻译中使用了最得当的方法。"该报除了为庞德开脱以外,还想说明庞德是为了"完全保持自己的本色"才这样进行文本翻译的③。

受庞德译法的影响,许多美国诗人都开始戏仿"中国式英语"表达,以求标新立异。艾斯柯在此期间大胆采用创作式翻译法,并融合她的夹叙夹议技巧,着手翻译杜甫诗集。然而,事实情况是,艾斯柯的译法及其语言,颇似中国的"洋泾浜英语"。比如,她在着手翻译杜甫诗《冬日有怀李白》时,把"短褐风霜入,还舟日月迟"竟然译为"Wind frost, penetrate my short coat;/ Days, moons, pass slowly while I wait for your returning boat";把《斗鸡》里的名句"寂寞骊山道,清秋草木黄"译为"Still, silent, Li Mountain road,/ In clear autumn, grass, trees, yellow"。无独有偶,翻译家萨克海姆(Eric Sackheim)在转译曹操的《短歌行》时,也故意采取直译策略,把其中的名句"对酒当歌,/人生几何。/譬如朝露,/去日苦多"直译为"Facing wine, should

---

① H.N.Schneidau, *Ezra Pound: The Image and the Real*, Baton Rouge: Louisiana State University Press, 1969, pp.65-69.

② A.Fang, "Fenollosa and Pound", *Harvard Journal of Asiatic Studies*, Vol.5, No.5(October 1957), pp.213-238.

③ 转引自赵毅衡:《诗神远游》,上海译文出版社2003年版,第223—224页。

sing/ Man's life,how long? / 'Just like morning dew'/ Gone by days,regret-ting many"。自视为专业翻译家的拉迪摩尔(David Lattimore),在翻译唐朝诗人张若虚的《春江花月夜》时,也是采用汉语式英语:"Spring, River, Flowers,Moon,Night"……真是让人惊叹不已。更有甚者,有译者在美国大学的课本中也使用中国式英语,把王维《送元二使安西》中的诗句"渭城朝雨浥轻尘,客舍青青柳色新"译为:"City on Wei/ the morning rain/ wet/ on light dust/ Around the inn/ green willows/ fresh"。不过这种"离经叛道式的"翻译方法,倒是跟意象派的诗歌原则相吻合①。

(四)戏仿中国式思维和呈现方式

评论家辛克莱(May Sinclair,1863—1946)认为诗歌语言不是神秘观念的载体,而是借助意象表现物象本身。"意象不是替代物:它不代替除自己以外的任何东西,呈现(presentation)而非再现(representation)。"②赵毅衡先生补充说,"呈现而非'再现'的意象,第一个特征是其具体性,这也是美国诗人所理解的中国诗的根本性质。"③这种认为具体性是中国诗最主要特征的看法,成为美国新诗运动过程中新诗诗人们的普遍观点。他们不仅认同该观点,而且还把"中国式的对细节的热情"积极付诸实践。弗莱契在评述美国现代派三个代表人物,即莫尔(Marianne Moore,1887—1972)、斯蒂文斯和威廉姆斯时,指出他们都曾经受到中国古诗的影响,但是其"共同点不在于题材上的相似,不在于形式上的直接模仿,而在于与事物的完全认同合一",即"total identification with things"。这与辛克莱所说的"意象即事物本身"的提法非常吻合④。这样看来,似乎美国新诗诗人已经领悟到中国诗歌语言的具象性,使他们自己的诗歌语言"暂时逃离了语言武断(arbitrary)的符号性质,而有了'汉字的呈现能力'"。但是,这种观点同时也遭到美国学院派的批判,被认为是"纯意象谬见"(Heresy of pure image)⑤。尽管如此,

---

① E.B.Stephens,*John Gould Fletcher*,New York:Irvington Publishers,1967,pp.35-38.另参见赵毅衡:《诗神远游》,上海译文出版社2003年版,第236—239页。

② M.Sinclair,"Two Notes",*The Egoist*,Vol.5,No.2(April 1915),pp.88-89.

③ 赵毅衡:《诗神远游》,上海译文出版社2003年版,第262页。

④ 参见赵毅衡:《诗神远游》,上海译文出版社2003年版,第263页。

⑤ 赵毅衡:《诗神远游》,上海译文出版社2003年版,第263—264页。

这种"谬见"在美国新诗发展过程中"反复出现,已成为美国诗的固有传统。"①不过,这确实使一部分不明真相的美国新诗诗人走向另一个极端,他们会把一些经典的诗歌创作视为"一种图画式印象主义"。比如,休姆(Thomas Ernest Hulme)的诗,被幽默地称作"明信片诗"(picture-postcard verse);弗莱契的诗,被认为是"印象主义"(Impressionism);《诗刊》原副主编汉德森(Alice Corbin Henderson)干脆把庞德以外的意象派诗人的早期诗歌,称为"图画式印象主义";等等②。

二、中国艺术在美国新诗中的贡献

法语中有一个词"Chinoiserie",是指"在中国艺术影响下,主要是中国丝绸图案、园林布局、瓷器饰画等实用艺术影响下形成的一种独特的欧洲装饰艺术风格"。目前学界把它译为"汉风"③。长期以来,"汉风"在欧洲有着异乎寻常的影响力。其极盛期在 17 世纪末、18 世纪初的法国和 18 世纪中后期的英国,20 世纪初由于大量中国艺术品流入美国,其中心发生位移。美国的纽约、波士顿、芝加哥后来都是中国艺术品云集的地方,也是中国艺术在美国新诗中发挥积极作用的地方。诗人弗莱契回忆说,"当我还是哈佛大学的学生时,第一次走进波士顿博物馆的东方部,看到了那里聚集的宝藏,我惊呆了。从那时起,我开始热爱中国绘画和雕塑艺术",并且喜欢上中国诗歌④。意象派诗歌运动期间,弗莱契故地重游,他再次惊叹:"我在(波士顿博物馆的)东方部度过一些时光。我尝试用新的视角审视那些宋代画卷和镰仓时代的佳作,感到(中国的)绘画艺术与我的诗歌精神如此相通。于是,我重新受到教化。"⑤东方汉学家费诺罗萨,对中国文化和诗歌的热爱,就是从欣赏中国精美绝伦的艺术品开始的。他曾经是波士顿博物馆东方部的核心成员和芝加哥世界艺术博览会的艺术评审兼顾问,也是庞德

---

① H.N.Schneidau, *Ezra Pound: The Image and the Real*, Baton Rouge: Louisiana State University Press, 1969, pp.44—45.

② J.B.Harmer, *Victory in Limbo: Imagism*, 1908—1917, London: St. Martin's Press, 1975, p.98.另参见赵毅衡:《诗神远游》,上海译文出版社 2003 年版,第 263 页。

③ 赵毅衡:《诗神远游》,上海译文出版社 2003 年版,第 127 页。

④ 赵毅衡:《诗神远游》,上海译文出版社 2003 年版,第 127—128 页。

⑤ E.B.Stephens, *John Gould Fletcher*, New York: Irvington Publishers, 1967, pp.35—38;另参见赵毅衡:《诗神远游》,上海译文出版社 2003 年版,第 185—186 页。

在美国掀起"神州风"时最初的动力和源泉。受"汉风"影响,意气风发的威利曾经发表多篇有关中国艺术(Chinese Art)的论文,说他读到的第一批中国诗,是那些"中国画上的题诗"。他非常迷恋中国画和中国诗,其独特的魅力让他着迷,尤其是东晋时期水墨画鼻祖顾恺之(348—409)的精湛画法,让他叹服①。他因为喜欢中国画和中国诗,开始接触、模仿并尝试翻译中国诗。著名美学家、"有意味的(美学)形式"的倡导者福莱尔(Roger Frye,1886—1958),是威利翻译中国古典诗歌的最早赞助商。福莱尔本人也因为喜欢中国艺术,曾经出版《中国艺术导言》(*Chinese Art: An Introductory Review*)一书,在 20 世纪上半叶有较大的社会影响力。此外,该时期通过中国艺术激发新诗创作的美国诗人还包括蒙罗,她不仅是中国艺术品的购买者、收藏家,还是中国建筑艺术的欣赏者,她曾经称赞北京的天坛是"东方理想的至善至美的表现"。当她有机会再度访问中国,情感又有了升华,禁不住感叹道:"我与庞德有了同感:我在中国色彩中获得了安宁!"②费克对中国康熙、乾隆年间的艺术品非常着迷,曾经到浙江小镇上购买中国瓷器、玉器、青铜器等,这些艺术品后来成为他诗歌创作的灵感和源泉;斯蒂文斯没有去过中国,但是曾经特意委托蒙罗在中国的姐姐帮他购买中国古玩、瓷具、茶叶等,中国艺术品成为他发挥想象力的媒介;桑德堡见到中国的青铜器感到震撼不已,在诗集《烟与钢》(*Smoke and Steel*)中写下中国题材诗《咏青铜器》;罗厄尔迷恋中国景德镇的瓷器,有一首赞美景德镇瓷工的诗,收在她那本耽于幻想的《传奇》(*Legends*)诗集中③;朗费罗也狂热地喜欢过中国瓷器,赞叹其精致和美丽,他的《中国古玩》(*China Ware*)就是最明显的例证;玛丽安·莫尔(Marianne Moore,1887—1972)也围绕中国艺术品写诗,诗作《评论家与鉴赏家》(*Critics and Connoisseurs*)涉及中国明代艺术品,《书》(*Books*)涉及中国漆雕,《人文环境》(*People's Surroundings*)

① 参见赵毅衡:《诗神远游》,上海译文出版社 2003 年版,第 128 页。

② H.Monroe, *A Poet's Life: Seventy Years in a Changing World*, New York: AMS Press, 1969,p.237.又参见赵毅衡:《诗神远游》,上海译文出版社 2003 年版,第 129—130 页。

③ 赵毅衡:《诗神远游》,上海译文出版社 2003 年版,第 178 页。

涉及中国园林以及雕花玻璃;等等①。更有借助中国现代艺术画,展示中国文化以使美国诗人得以熏陶与感染的。这里既有美国本土画家以及作家的探索和努力,还有美籍华人寻根问祖式的艺术反思。比如,美国画家卡特(D.O.Carter)出版的精美画册《魅力中国:5000 年中国艺术史》(China Magnificent:5000 years of Chinese Art),以西方人的独特视角审视古老中国的辉煌艺术,轰动一时;定居美国的中国女作家兼画家施蕴珍(Mai-Mai Sze),曾经出版两卷本的《画中之道:中国绘画中的礼仪》(The Tao of Painting:A Study of the Ritual Disposition of Chinese Painting),以中国道家思想解读中国绘画中的玄妙与幽思,颇具震撼力,给美国艺术及其诗歌发展增添无限生机②。

该时期,中国艺术对美国新诗诗人的创作到底产生怎样的影响? 评论家格林莱特(Feris Greenlet)评述弗莱契诗歌的话,或许会给予我们许多启示:"当他把想象、音乐性、词汇美和一种中国画的奇特感交织在一起,写成一个个迷人、美丽的抒情组诗时,他的诗作显得最出色。"③

三、中国诗人及"诗话"对美国新诗的贡献

美国新诗诗人很注意译介中国古典诗人及其作品,这使翻译成为中美诗歌互文与戏仿的重要媒介。不仅如此,他们还十分注意译介中国"诗话"和诗学理论。早在 18、19 世纪,欧美诗人关注并且译介过非常有限的几个中国古典诗人,比如屈原、李白等。到 1918 年前后,更多的中国古典诗人受到欧美诗人的青睐,包括白居易、杜甫、王维、寒山、元稹、陆游(1125—1210)、林和靖、王安石、苏轼等④。英国著名汉学家、文学翻译家阿瑟·威利,有一部题为《中诗英译》(Translations from the Chinese)的译著,该译著中有 150 页是译白居易的诗歌,这似乎比庞德当年译李白还要痴心。不过,"最早写白居易的诗作"不是威利所为。根据赵毅衡先生的研究,"最早写白居易的诗作在芭比特·道依彻……的集子《岩石中的蜜》中,诗题为《再

---

① 赵毅衡:《诗神远游》,上海译文出版社 2003 年版,第 129—130 页。

② 参见赵毅衡:《诗神远游》,上海译文出版社 2003 年版,第 140 页。

③ 参见赵毅衡:《诗神远游》,上海译文出版社 2003 年版,第 131 页。

④ 参见赵毅衡:《诗神远游》,上海译文出版社 2003 年版,第 48、163 页。

致白居易》"①。尽管如此，威利后来取代道依彻，成为美国白居易诗学研究的权威，因为他在多年后又意气风发地出版了 246 页的《白居易传记》(*The Life and Times of Po Chü-i*)，不仅对白居易的生平及创作予以详细阐释，还对其文学风格以及跌宕起伏的政治生涯予以客观描述，同时选择白居易的百余首诗予以重新翻译和介绍②。杜甫也是美国汉学家当中非常受欢迎的一位。最早关于杜甫传记的研究，是艾思柯(Florence Ayscough，1878—1942)完成的③。艾思柯在出版的《杜甫：一位中国诗人传记》(*Tu Fu：the Autobiography of a Chinese Poet*)一书中，讲述了杜甫的出生背景及其诗歌创作的不寻常经历，尽管里面对杜甫诗歌的漏译、误译比较多，但是作为最早介绍杜甫的英文本子还是很有学术参考价值的。在此之后，诗人雷克斯洛思在其诗集《凤与龟》(*Phoenix and Tortoise*)中，收录了一首风格隽永的《又一春》(*Another Spring*)。该诗通过诗人奇特的想象，把白居易的《琵琶行》以及杜甫的《大云寺赞公房》《月园》等诗歌杂糅在一起，形成一幅幅场面恢宏的、中西文本互文与戏仿的生动画面④。在宋代诗人当中，苏轼在美国的译介算是比较早的一位。这当然要得益于中国国学大师林语堂先生(1895—1976)的介绍。林语堂曾经创作《快乐天才》(*Gay Genius*)，对苏轼的才情和诗性进行聚焦和书写，说他集"布衣诗人"与"旷世奇才"于一身；其诗优美飘逸、细腻自然。为了体现苏轼诗歌的浪漫主义色彩，林语堂还翻译了多首名诗名句加以佐证。

　　在西方，中国"诗话"的译介跟中国古诗的译介一样受到重视。赵毅衡先生研究发现，虽然"中国诗话最早英译是 1922 年张朋淳(Chang Peng Chun)发表在九月号《日晷》上的《沧浪诗话》(*Tsang Lang Discourse*)中的'诗辩'、'诗法'两章"⑤，但是根据美国文论家斯宾伽恩(J.E.Spingarn)给该译文作的序言，中国的《沧浪诗话》"早在八个世纪之前就预示了西方世

① 参见赵毅衡：《诗神远游》，上海译文出版社 2003 年版，第 152 页。
② A.Waley, *The Life and Times of Po Chü-I*, London：George Allen & Unwin, 1949, pp. 25-28.
③ 朱徽：《唐诗在美国的翻译与接受》，《四川大学学报》2004 年第 4 期。
④ 参见赵毅衡：《诗神远游》，上海译文出版社 2003 年版，第 155—156 页。
⑤ 参见赵毅衡：《诗神远游》，上海译文出版社 2003 年版，第 146 页。

界关于艺术的现代概念",而且,还把《沧浪诗话》中的"别趣""别材"观念与克罗齐直觉论相比较,其"独立于哲学、伦理、宗教的思想比西方早得多"。《沧浪诗话》无疑将在一个很长的历史时期内会给美国新诗发展"提供借鉴和参考"①。该评价是比较中肯的。但是客观地说,这时期西方学者对严羽《沧浪诗话》的关注还远远不够,仅停留在肤浅的了解、认识和讨论层面。不仅如此,中国类似的经典"诗话"及其诗学理论著作,如陆机的《文赋》、刘勰(465—520)的《文心雕龙》、皎然(730—799)的《诗式》、钟嵘(468—518)的《诗品》、司空图(837—908)的《二十四诗品》等等,还没有被系统和全面地译介到国外,欧美学界对中国这些经典的诗学思想知之甚少,所以不可能全面认识中国"诗话"的潜在魅力和价值。这不能不说是中国诗学乃至世界诗学领域的一件憾事。

四、中国学者及留学生代表对美国新诗的贡献

18、19世纪,由于中国长期闭关锁国,到欧美留学以求域外新知的学者很少,"似乎没有在美国文学中留下任何痕迹。"②到了20世纪初,由于历史的惨痛教训,中国政府开始"师夷长技以制夷",知道了走出国门学习西方文化的重要性。这期间到美国的学者及留学生代表东西兼顾、真正"开眼看世界",对转型时期的中国历史变革产生了深远的影响。与此同时,这些中国学者及留学生代表由于独特的文化身份,对美国新诗的建设和发展也起到潜移默化的促进作用。

新诗运动期间,国学大师赵元任被聘任到美国哈佛教授汉语,宣传中国文化。同时,他得以有机会与艾米·罗厄尔相识。罗厄尔那时正处于情绪的低谷期,因为她翻译中国古诗的方法和在《松花笺》中实践的所谓"拆字法",受到欧美评论界的质疑。她找赵元任先生是想为自己开脱。赵先生婉转地批评了她的译诗风格,罗厄尔却自负地认为"赵元任同意她的'拆字'译法":"赵博士说中国人读诗时,念得很慢,让每个词的意义和图景深深沉入思想。我听了尖叫一声,跳起来,拿给他看信的《引言》中分解中国

---

① J.E.Spingarn, "Foreword to Tsang Lang Discourse on Poetry", *Dial*, Vol.9, No.3 (June 1922), pp.271–272.

② 赵毅衡:《诗神远游》,上海译文出版社2003年版,第111页。

文字的那一页。他很感兴趣,没有对这方法提出反对意见。"①十天后,赵先生给罗厄尔写信,非常诚恳地指出她在《松花笺》中由"拆字"产生的种种错误,一方面给盲目自信的罗厄尔补了一课,另一方面也给美国诗歌翻译方法提供了案例参考。与宾纳合作时间最长的中国学者,是中华民国时期著名文化学者和政治人物江亢虎(1883—1954)②。江亢虎在美国居住过七年,熟悉中西文化,后来担任美国伯克利加州大学教授。就在美国任职期间,江亢虎帮助宾纳校译《诗经》六首,这些诗被宾纳收录在诗集《潘神之曲》(A Canticle of Pan)中。从此,二人约定共同翻译中国古诗。著名《唐诗三百首》的英译稿《群玉山头》就是他们从那个时候开始合作进行的。不过由于江亢虎飘忽不定的政治生活,主要翻译工作还是由宾纳自己完成。不管怎样,这个本子的翻译质量还是很高的,极具批判精神的威利对该译本都有很高的评价③。被美国诗界称为"海军上将"(The Admiral)的蔡廷干(1861—1935)④,在华盛顿会议⑤担任中国代表期间,与美国新诗诗人接触频繁。他曾经受邀在纽约等地做有关中国文化以及诗学的演讲,引起不小的轰动。而且,他翻译的诗集《唐诗英韵》(Chinese Poems in English Rythme),还由芝加哥大学出版社出版发行。在此之后,对中国文化以及诗学思想起到积极宣传作用的中国学者还包括在美国伯克利大学任教的陈世骧先生(1912—1971)、在美国斯坦福大学任教的刘若愚先生(1922—)等。

美国新诗运动期间,中国留学生代表的作用也非常独特。从文学交流与诗歌写作方面来看,在美国"用英语写诗并在新诗运动刊物上发表诗歌的……唯一的(中国留学生代表)是关文清"⑥。他在美国读书期间出版英

---

① S.F.Damon, *Amy Lowell：A Chronicle*, with *Extracts from Her Correspondence*, New York：Houghton Mifflin Co., 1935, pp.187–189.

② 江亢虎在美国的英文名是 Kiang Kang-fu。

③ 赵毅衡：《诗神远游》,上海译文出版社 2003 年版,第 113—114 页。

④ 蔡廷干在美国的英文名是 T' sai T' ing-Kan。

⑤ 1918 年 11 月,一战结束后,美、英、日等帝国为重新瓜分远东和太平洋地区的殖民地和势力范围,由美国建议召开国际会议。1921 年 11 月 12 日至 1922 年 2 月 6 日,该会议在华盛顿举行,故称华盛顿会议(Conference of Washington)。当时,有美、英、法、意、日、比、荷、葡以及中国北洋政府的代表团参加。

⑥ 赵毅衡：《诗神远游》,上海译文出版社 2003 年版,第 111 页。

文诗集《宝塔》(*A Pagoda of Jewels*),表现出相当大的魄力和才情。该诗集后来由约瑟夫·A.埃里森(Joseph A.Elison)公司出版。随后几年,他还在《诗刊》发表他自己翻译的中国古典诗歌,为中国诗在美国能够得到更广泛地传播,起到了桥梁作用。不仅如此,才华横溢的关文清还于二三十年代出版诗集《一面中国镜子》(*A Chinese Mirror*),一方面以中国人的视角,表达对美国文化及生活的复杂情感,展现中国新时代诗人的卓越才华和诗情;另一方面代表中国新时代诗人,希望美国重视中国新诗歌,最终实现中西现代文明的荟萃和交融。可见,该诗集的价值不言而喻。胡适和朱湘(1904—1933)①也在美国发表过译诗或者个人创作,不过数量不多。闻一多在美国留学期间勤学好问、大量阅读,且广泛交际,他不仅熟悉意象派诗歌作品,还主动与意象派主要代表人物如罗厄尔等应酬往来,给美国新诗诗人了解中国诗歌搭建了平台……这些留学生代表,为中国诗学及文化在美国的传播和影响,起到了彪炳史册的作用②。

五、欧洲的中国诗译本对美国新诗的贡献

19世纪中后期,欧洲大陆出现了一批较有影响力的中国诗译本,这些译本对美国新诗的发展起到积极作用。尤其是法国的中国诗译本最引人注目。根据赵毅衡先生搜集到的第一手材料看,对美国新诗产生直接作用的法语译本包括1862年德理文(d'Hervey Saint-Denys)的《唐代诗歌》(*Poésies de l'époque des Thang*);1867年柔迪特·戈蒂叶(Judith Gautier)译的《玉书》(*Le Livre de Jade*);1886年恩鲍尔·西阿尔译的《十四至十九世纪中国诗选粹》(*La poésie chinoise du XIVe au XIXe siècle:extraits des poètes chinois*);等等。其中,戈蒂叶的《玉书》产生的影响特别大,甚至波及欧美的音乐、美术、雕塑等艺术领域③。著名作曲家古斯塔夫·马勒(Gustav Mahler,1860—1911)的合唱交响曲《大地之歌》(Das Lied von der Erde),即"马勒第九部交响曲",就是选取《玉书》的德译本《中国笛》(*China Flöte*)中"李白、孟浩然、王维的八首诗作为歌词写成的"。弗莱契于1914年在伦敦听到该

---

① 朱湘于1927—1929年留学美国。曾经出版诗集《夏天》(1925)、《草莽》(1927)等。
② 参见赵毅衡:《诗神远游》,上海译文出版社2003年版,第111—112页。
③ 参见赵毅衡:《诗神远游》,上海译文出版社2003年版,第141—142页。

曲的现场演奏时，激动地说："我感到我正在写的诗与这些中国古代诗人早就写出来的诗多么相似，我的现代的孤独感、漂泊感、失落感，穿过许多世纪的时光，数千英里的距离，与他们得以会和了。"①的确，在那段历史时期，这是中美诗人情感交融和艺术互文的佳例；《玉书》后来也逐渐成为美国诗人和普通民众非常喜爱的读物之一。新诗运动期间，诸多美国新诗诗人都从该译本中寻找创作的灵感。除了詹姆斯·惠塔尔（James Whitall）的《中国抒情诗》（*Chinese Lyrics*）和马瑟斯（E.P.Mathers）的《彩星》《清水园》，还有一些诗人或者翻译家对中国古诗保持了高度的热情。约旦·H.斯塔布勒（Jordan H.Stabler）完成选译本《李太白之歌》（*Songs of Li Tai Po*），邹尔利桑（Joerissen）完成转译本《遗失的风笛》（*Lost Flute*），依安·寇勒温（Ian Colvin）完成重译本《中国人之后》（*After the Chinese*），等等，不胜枚举②。

　　欧洲的中国诗译本能够及时对美国新诗产生作用，客观上还要感谢欧美出版业对中国诗歌以及美国新诗诗人态度的"随机应变"。一方面，中国诗歌在欧美的大量译介和传播使欧美出版业认识到中国诗歌存在巨大的市场潜力，这使它们抛弃了以前对中国古诗的保守和偏见；另一方面，美国新诗诗人在中国古诗译介方面的种种成就，使许多保守的欧美传统杂志以及出版社不得不转变思维，灵活应对，开始对新诗诗人们刮目相看。不过，从整体来看，它们对中国古诗和美国新诗诗人的态度还是比较谨慎。以威利和宾纳的译文出版经历为例。威利于 1917 年第一次发表他的中国译诗是在小杂志《小评论》（*The Little Review*）上，当时发表了《白居易诗八首》，待他成名并得到读者认可以后，英国大杂志《新政治家》（*The New Statesman*）才开始接受他的译诗并与他保持密切联系。宾纳步威利的后尘，也是先在《小评论》上发表《唐诗三百首》的部分译诗，待有了一定的名气之后，大杂志《读书人》（*Bookman*）和《文学文摘》（*Literary Digest*）才开始热情地接受他的其他翻译作品，并使之成为经典。对此，曾经担任《小评论》主编的玛格丽特·安德森（Margaret Anderson），在 1971 年发表的回忆录《我三十年

---

① E.B.Stephens，*John Gould Fletcher*，New York：Irvington Publishers，1967，p.36.另参见赵毅衡：《诗神远游》，上海译文出版社 2003 年版，第 142—143 页。

② 参见赵毅衡：《诗神远游》，上海译文出版社 2003 年版，第 143—144 页。

的奋斗》(*My Thirty Years' War*)当中,以亲身经历叙述了当时的事情真相:"《小评论》开头几年刊登的全部内容,实际上是那时全世界没有一家杂志肯刊登的。到后来,他们就抢着刊登我们这些作者的作品,并且付高稿酬。"①此外,大诗人庞德在成名之前,也曾经经历过欧美出版社戏剧性的态度变化。不过,幸运的是,当庞德的《神州集》在美国刮起"中国风"以后,不管是美国小杂志还是大杂志,都在竞相"发现中国诗的荣誉"②。随后,美国纽约新东方出版公司(New Directions Publishing Co.,New York)和英国伦敦费伯·费伯出版公司(Faber & Faber,London),为庞德在世界范围内的诗学影响以及文学地位的取得,起到了至关重要的作用。鉴于上述情况,美国新诗诗人自己也尝试着办起各种杂志,以迎合新诗发展的需要。不仅方便诸多新诗诗人彰显个性抒发情感,把他们的仿中国诗或译诗与大家共享,而且实现了欧美大杂志与小杂志交相呼应的局面。这就为美国高质量、高级别、高层次的中国古诗译本的涌现,以及美国新诗的持续蓬勃发展,准备了必要条件。

综上所述,19世纪末至1918年间的中美诗歌互文与戏仿有着独特的内容和特点,就美国新诗中的中国主题与风格呈现而言,美国诗歌不仅戏仿中国诗歌主题和形式,还戏仿中国诗歌语言、思维和呈现方式;中国艺术在美国新诗当中发挥了媒介作用;美国新诗诗人通过译介中国古典诗人和作品以及中国"诗话"和诗学理论,获得诗性熏陶;这期间到美国求知的中国学者以及留学生代表,"开眼看世界",其思想与作品对美国新诗的建设和发展起到重要作用;欧洲大陆出现较有影响力的中国诗译本,为美国新诗继续蓬勃发展带来福音。当然,还应该认识到,美国新诗运动中的中国元素是多元且丰富多彩的。19世纪末至1918年之间的中美诗歌互文与戏仿,还只是一个不寻常的开始,更加个性化的、错综复杂的互文与戏仿现象还在后面。

---

① N.V.Gessel,"Margaret Anderson's last laugh:The victory of 'My Thirty Years' War'", *English Studies in Canada*,Vol.25,No.4(August 1999),pp.67-88.译文转引自赵毅衡:《诗神远游》,上海译文出版社2003年版,第188页。

② 赵毅衡:《诗神远游》,上海译文出版社2003年版,第190页。

第三章 1919—1948年:美国诗歌

——中国民族诗歌的佐料

1919—1948年的中美诗歌随着历史潮流滚滚向前,发展到了另一个特殊的阶段。在该阶段,美国诗歌对中国诗歌的互文与戏仿仍然在如火如荼地展开,中国诗歌和中国主题已成为美国诗人张扬个性、表达自我的重要媒介。与此同时,中国诗歌对美国诗歌的互文与戏仿也在进行和拓展,虽然在程度、规模、方式和手段等方面与美国诗人有显著差异,但是从美国诗人那里寻求新思想,从美国诗歌那里获得新动力,成为一个不容忽视的文学事实。

第一节 中国新文化运动与美国新诗

在世界文学史上,可以与美国新诗运动相媲美的诗歌运动中,中国的"五四新诗运动"绝对是一个典型代表。而且,具有互文与戏仿特点的是,在美国大肆宣扬中国古典文化和诗学作为他们除旧布新的良药和武器的时候,中国却发现自己被传统所束缚,需要从美国新诗改革中吸取经验和教训。这既具有历史的偶然性,也具有历史的必然性。不管怎样,中国诗歌"以诗经三百为源头,流经汉唐,穿越宋元,在明清之际徘徊凝望,最终在二十世纪彻底改道"。① 当然,这种重大变革与欧美,尤其是美国,有着密不可

---

① 李芬:《试论新月派在中国新诗歌史上的地位》,《漳州职业技术学院学报》2005年第1期。

分的关系。纵观历史,这项在 20 世纪使中国诗歌彻底改道的艰巨任务,主要落在了早期出国留学欧美的知识分子身上。

一、中国新文化运动的历史背景

辛亥革命之后,中国国内的整体局势越来越混乱,一批思想先进的知识分子以"天下兴亡,匹夫有责"为历史担当和己任,积极寻求救国救民的新出路。这使得新文化运动成为中国历史发展的必然。

第一,新文化运动兴起的原因。谈到新文化运动兴起的原因,必须要涉及当时特定历史环境下所具有的政治因素、经济因素和思想文化因素等方面。首先在政治方面,由于辛亥革命失败,西方列强支持袁世凯称帝,纵容其改中国国号为中华帝国——建元洪宪,史称"洪宪帝制",目的是借助袁世凯的军事影响力和政治权利控制中国,以加速侵略中国的步伐;与此同时,中国国内军阀之间混战不断,军阀统治日趋黑暗,迫使下层阶级民众必须坚持不懈地进行反帝、反封建的斗争。其次,在经济方面,由于西方列强忙于第一次世界大战,给中国资本主义的发展赢得了机会和时间。尤其是在 1914—1918 年的四年里,中国资产阶级强烈要求实行民主政治,以更好地发展民族资本主义,这成为新文化运动发生、发展的内在驱动力。最后,在思想文化方面,随着新式学堂的建立和留学风气日盛,西方启蒙思想(ideological enlightenment)在中国国内得到进一步传播,民主共和的观念深入人心,这使得中国国内各个阶层尤其是知识分子充分认识到:北洋军阀推行尊孔复古的逆流是违背时代潮流的,在新的历史时期,应该有新的思想、新的自由和新的作为。更为重要的是,当时的爱国人士经过对辛亥革命失败的反思,认识到:革命失败的根源在于"国民头脑中缺乏民主共和意识",必须从文化思想上冲击封建思想和封建意识,通过普及共和思想来实现真正的共和政体①。因此,新文化运动的出现既是当时特定历史时期经济、政治、思想、文化等诸多因素综合作用的产物,也是近代中国经历长期的物质、思想变革之后,所作出的顺应时代发展要求的不懈努力。

第二,新文化运动兴起的标志。新文化运动兴起的重要标志是革命家、

---

① 参见王爱荣:《论辛亥革命与中国近代文学的关系》,博士学位论文,南京师范大学中文系,2011 年,第 56—58 页。

改革家、启蒙思想家陈独秀于 1915 年在上海创办《新青年》。《新青年》的历史地位和社会价值彪炳史册,它是一份在 20 世纪 20 年代中国社会当中有着广泛影响力的革命杂志,曾经在五四运动期间发挥重要作用。《新青年》自 1915 年 9 月 15 日创刊号至 1926 年 7 月终刊共出 9 卷 54 号。自从陈独秀在上海创办之后,便由群益书社发行。该杂志以雄壮的气魄和敢于破旧立新的革命精神倡导新文化运动,并且积极宣传科学即"赛先生"(Science)、民主即"德先生"(Democracy)以及新文学。这期间诞生的代表人物除了领袖陈独秀,还包括鲁迅、胡适、李大钊(1889—1927)、钱玄同(1887—1939)、刘半农(1891—1934)等精英分子。新文化运动的前期思想,主要反映在争取民权和自由平等、宣扬民主和进步,同时传播达尔文的进化论。除了《新青年》作为新文化运动思想宣传和理论建构的阵地和舞台,北京大学等著名高校积极"发出救亡图存的呼喊",使得一大批知识分子自觉成为新文化运动的主力,这在一定程度上也促使北京大学等高等学府成为新文化运动"把思想变成行动"的中心场所。

第三,新文化运动的内容。新文化运动的内容包括诸多方面,从历史时期划分来看,主要概括为前期、中期和后期。从前期而言,新文化运动的知识分子希望通过发展民族资产阶级文化来对抗延续几千年的封建旧文化,从某种意义上讲,它是辛亥革命在思想文化领域的现实表现和延续;从中期而言,新文化运动积极倡导民主和科学,通过融合西方先进的思想理念和借鉴西方的政治制度,来达到改造中国旧有社会制度的目的,使中华民族摆脱被列强奴役、欺凌的命运,从而走向民主和富强,实现富国强民之路;从后期而言,新文化运动积极宣传俄国十月革命的成功经验,主动接受马克思主义和列宁主义,希望在中国建立社会主义制度,并最终实现共产主义理想。尤其是在五四运动以后,马克思主义在中国的传播成为社会发展的主流。

第四,新文化运动的影响。新文化运动出现在中国即将亡国灭种的危难关头,从某种意义上讲,如果没有新文化运动,中国后来的发展历史将不堪设想。基于该认识,新文化运动对中国的整体发展走向产生了全面和深刻的影响。主要表现在五个大的方面:一是它动摇了封建思想的统治地位。新文化运动以前,资产阶级改良派和革命派在宣传各自的政治主张和观点时,都没有彻底地批判封建思想。经过新文化运动,封建思想遭到前所未有的冲击和批判,国民思想也得到空前的解放。二是民主和科学思想得到弘扬。中国知识分子在新文化运动中,受到西方民主和科学思想的全面洗礼,这为新思潮在中国的传播开辟了道路,也推动了中国自然科学事业的发展。三是为五四运动的爆发做了思想准备。新文化运动启发了民众的民主主义觉悟,对五四爱国运动起到了宣传和动员的作用。四是后期传播的社会主义思想,启发了中国先进的知识分子,使他们选择和接受了马克思主义,作为拯救国家、改造社会和推进革命的思想武器。这是新文化运动在那个历史阶段最重要的成果。五是有利于文化的普及和繁荣。新文化运动提倡白话文,主张中国语言与文字更好地为社会发展服务,为广大人民群众所接受,从而促进中国文化在国际上的广泛传播以及在国内的全面进步。不过,新文化运动当中的先进分子,有一些存在偏激情绪,比如在对东西方文化的态度问题上,有绝对肯定或者绝对否定的倾向,而该倾向一直以某种无形的力量,影响到后来中国文学与中国文化的发展走向①。

二、中国新文化运动需要美国诗歌理念的参与

众所周知,在中国文明和中国文化的发展史上,新文化运动的价值和意义非同小可。而且,需要提到的一个重要事实就是,新文化运动在它向前推进的过程中,鉴于当时时代发展和社会变革,急需美国诗歌理念的参与。其主要原因概述为三个方面:第一,像胡适这样的新文化运动的主将,曾经在美国留学深造,其思想不可避免带有欧美文化的印记,回国后要对中国文化和中国文学进行彻底的"革命",其西方思想和理念会起到潜移默化的导向作用。而且,同样到美国"获得新知"的徐志摩、闻一多等诗人,因为也受到欧美文化的影响,在后来进行诗歌创作和对中国传统诗歌进行突破和革新的过程中,也不可避免地会把一些他们认为"合理的西方诗歌理念"贯彻到具体而微的诗歌文字当中,反过来再去影响国人。第二,美国诗歌在19世纪末到1918年这段历史时期,已经开始在世界诗坛发出响亮的声音,尤其是以庞德、罗厄尔为代表的意象派诗人,使美国意象派诗歌运动(Imagist Movement)轰轰烈烈地展开,其影响已不再仅限于美国本土,而是辐射到英

---

① 参见穆允军:《文化比较视域下"五四"新文化运动再思考》,博士学位论文,山东大学,2010年。

国、法国、意大利等欧洲列国，以及包括中国在内的东方诸国。第三，中国新诗要破茧而出，只靠内在的"爆发力"和"激荡的勇气"不行，还必须要"借镜于西洋"，从中"获得感触"，然后"有所为"和"有所不为"，该过程不能没有美国诗歌的参与和建构①。

　　其实，早在 1891 年，在伦敦使署任职的黄遵宪②在《人境庐诗草》自序中，就以诗体革新为目标，提出"不名一格，不专一体，要不失为我之诗"③，目的是要"我手写我口"。八年后，梁启超以前无古人的气概提出"诗界革命"，指出："余虽不能诗，然尝好论诗……故今日不作诗则已，若作诗，必为诗界之哥伦布、玛赛郎然后可……欲为诗界之哥伦布、玛赛郎，不可不备三长：第一要新意境，第二要新语句，又需以古人之风格人之，然后成其为诗。"④黄遵宪和梁启超的意图，是"以旧风格表现新内容"，是想在旧的框架中"镶嵌"新意境、新词语，因此是改良式的。真正提出"诗体大解放"，认为"旧皮囊装不了新酒酿"，尔后身体力行，推进新诗革命的是胡适。

　　谈起 20 世纪初期中国的诗歌变革，胡适绝对是旗手，是先锋，是新文化运动的主将。他不仅有深厚的国学根底，也是最早接触美国文化的中国留学生之一。他在中国新诗运动中发挥的积极作用，可以与庞德在美国新诗运动中发挥的作用相媲美。胡适在美国不是机械地学习，他取其精华，去其糟粕，以自己的兴趣和知识建构为导向。他于 1910 年考取庚款留美官费后，先是在美国康奈尔大学农学院就读，后根据个人爱好转入文学院。1915 年又转入哥伦比亚大学哲学系。受到当时美国新诗运动的影响，他认为在国内实施文学革命已是当务之急。他在《逼上梁山》一文中说："诗国革命何自始？要需作诗如作文。"⑤1916 年写成《文学改良刍议》，觉得"（中国）诗界革命当从三事入手：第一，需言之有物；第二，须讲求文法；第三，当用

① 刘保安：《美国新诗对中国五四诗歌的影响》，《信阳师范学院学报》1998 年第 1 期，第 83—85 页。

② 黄遵宪是清朝著名诗人、外交家、政治家、教育家，曾经担任旧金山总领事、驻英参赞、新加坡总领事等职。有"诗界革新导师""近代中国走向世界第一人"之称。

③ 黄遵宪：《自序》，载《人境庐诗草》，古典文学出版社 1957 年版，第 1 页。

④ 梁启超：《夏威夷游记》，载《饮冰室合集文集之二十二》，中华书局 1936 年版。

⑤ 胡适：《逼上梁山》，载《胡适文集（第 1 卷）》，北京大学出版社 1998 年版，第 155 页。

'文之文字'时,不可故意避之。"文中所谓"八事",有不模仿古人、勿去烂调套语、不用典、不讲对仗、不避俗字俗语等内容,其实质是要提倡白话。同年,胡适以实际行动表明,应该以"活的文字写诗"。他书写的《答梅觐庄——白话诗》,被认为是中国新文学史上第一首白话诗。1917年1月,《文学改良刍议》发表于《新青年》杂志,在国内引起强烈反响。该年7月,胡适发表了《建设的文学革命论》,涉及文论、诗歌等内容在内,主张"国语的文学,文学的国语"。基于此,1918年,胡适、刘半农、沈尹默(1883—1971)①三人写的九首白话诗在《新青年》杂志发表,并且在国人中间产生新一轮的小高潮。1919年,胡适发表《谈新诗》,总结了他最近四五年间对新文学和新诗写法的主张,提出"新文学的语言是白话的,新文学的文体是自由的,是不拘格律的"。"我说,做新诗的方法根本上就是做一切诗的方法;新诗除了'诗体的解放'一项之外,别无他种特别的方法。"②胡适认为,古今中外所有的文学革命,当然包括美国文学革命在内,"大概都是从文的形式的方面入手","这一次中国文学的革命运动,也是先要求语言文字和文体的解放"。他同时补充说,"我也知道光有白话算不得新文学,我也知道新文学必须有新思想和新精神。但是我认定了:无论如何,死文字决不能产生活文学。若要造一种活的文学,必须有活的工具。"胡适这些观点的影响,按照朱自清的话说,"差不多成为诗的创造和批评的金科玉律了"。1916年12月,《纽约时报》转载了《意象派宣言》的六大信条。胡适在那个月的日记里,剪贴了此六大信条,同时附上注解:"此派所主张,与我所主张多相似之处。"但是后来不知什么原因,胡适却否认自己曾经受到欧美文学之影响。1919年,他为《尝试集》写序时说,"我主张的文学革命,只是就中国今日文学的现状立论,和欧美的文学新潮流并没有关系"。换言之,胡适想说他的文学革命思想具有独立性,如果他的文学革命思想与美国新诗运动主张有雷同的地方,应该是个巧合。但是从现实的人生经历考察,胡适又承认说,他有时难免会"借镜于西洋文学史",虽然不过是"三四百年前欧洲

---

① 作为近代中国著名学者、书法家、教育家,沈尹默还是优秀的新诗诗人。沈尹默的出生地是陕西兴安府汉阴厅(今陕西安康市汉阴县城关镇民主街),是陕西文化名人。
② 胡适:《谈新诗》,载《胡适文集(第2卷)》,北京大学出版社1998年版,第98页。

各国产生'国语的文学'的历史……"此外，胡适在《尝试集》中还曾自述，在康奈尔大学所在地"绮色佳"（Ithaca）①，"我虽不专治文学，但也颇读了一些西方文学书籍，无形之中，总受了不少的影响"。② 这些话还是很公允的。胡适在美国那个特殊的氛围，不可能对美国新兴的诗歌运动视而不见、听而不闻，美国诗坛里涌现出来的诗歌巨匠庞德、罗厄尔、蒙罗、桑德堡等人的诗歌思想，不可能对胡适不产生潜移默化的内外影响。事实情况是，胡适不仅接受了欧美诗歌运动的影响，而且将该影响逐渐内化为自己的潜意识或者无意识，成为他的特立独行思想的一个重要组成部分。黄维樑对此评述说："胡适的新诗、新文学主张，受过意象派的影响，这个说法应该可以成立。他的'八事'固有意象派宣言的影子，其《谈新诗》一文所强调的自由形式和用具体手法，意见更和意象派宣言'相似'。"③正是在意象派的启发下，胡适写了《文学改良刍议》，提出了"文学八事"；著名的《谈新诗》一文，则是引用了意象派宣言，提出"写具体性"，"能引起鲜明仆人的影像"以及形式自由的新诗，最终倡导一种民主、活泼的文学革命运动。总之，"意象派对中国现代诗歌的影响是多元和复杂的，在新文学发展的不同时期表现在不同的层面和意义。五四新文学运动初期，其影响主要不在诗意和诗歌意象艺术创新方面，而是意象派创造新韵律，以平易口语写诗，强调自由诗体的主张和反传统精神，可以说理论的影响大于艺术的启发。"④胡适在美国曾于 1914 年初和 1915 年元旦前后，用十四行诗体写下两首诗——《康奈尔世界学生俱乐部成立十周年诗》（*On the Tenth Anniversary of the Cornell Cosmopolitan Club*）和《致马斯诗》（*To Mars*），这无疑是中西思想在胡适那里互文与荟萃的结果。另外，胡适一定读过蒙罗主编的《诗刊》，因为萨拉·蒂丝黛尔（Sara Teasdale）在《诗刊》第三卷第四期上刊登过"Over the Roofs"一诗，被他译成中文，重新立题为《关不住了》，后来收录在他的白话诗代表作《尝试集》里。

---

① Ithaca 系美国纽约州的一个小城镇，是美国著名常春藤大学康奈尔大学所在地。胡适在此处将其译为"绮色佳"。
② 胡适：《谈新诗》，载《胡适文集（第 2 卷）》，北京大学出版社 1998 年版，第 98—99 页。
③ 黄维樑：《五四新诗所受的英美影响》，《北京大学学报》1988 年第 5 期。
④ 陈希：《意象派与现代派》，《鄂州大学学报》1995 年第 2 期。

　　与胡适有类似经历的,是我国新诗运动的另一名干将、后来成为新月派主将之一的徐志摩。徐志摩于 1918 年 8 月赴美留学,最初读的不是使他后来名闻海内外的文学专业,而是经济学和社会学。其父送他出国留学的原因是希望他将来能够进入金融业,但是他"最高的野心是做一个中国的 Hamilton①"。他先在克拉克大学读了一年,毕业后转入哥伦比亚大学读经济系硕士。随后,由于崇拜英国哲学家伯特兰·罗素(Bertrand Russell, 1872—1970)②,干脆"摆脱哥伦比亚大学博士的引诱",径直到了英国剑桥大学做了"特别生"(special student),奇异地写起诗来。他那时候的诗情, "真有些像是山洪暴发,不分方向的乱冲"。③ 不过,不管是在美国还是在英国,徐志摩读诗是随意、随缘的,但是徐志摩绝对是诗歌天才,他可以从读到的欧美名篇当中迅速领悟到其内蕴和精神,然后变成自己的风格,使自己的诗作既具有西方的浪漫又充溢着东方的神韵,使中西诗情互文式地和谐建构在一起。

　　另一位极具代表性的新诗运动的主将是新月派核心人物闻一多。闻一多从小饱读古典诗书,国学功底深厚。他于 1912 年考入清华学校,当时才 13 岁。清华当时是中国留学生的留美预备学校,学习氛围非常美国化。也就是从那时候起,闻一多在西式的清华校园浸润了近十年,"在 18 世纪、19 世纪初英国浪漫主义和唯美主义诗人的激发下步入新文学诗坛",并且"在接纳西方文化中一些社会科学知识的同时,接触到了一个与唐诗宋词截然不同的英美诗歌天地"④,为他后来提出"(诗歌艺术)技术无妨西化,甚至可以尽量西化,但本质和精神要自己的"的诗歌主张奠定了坚实的基础。后来的事实也证明,他在清华留美预备学校学习的英美文学方面的知识,对他日后留学美国、筹建新月派等,均产生深刻的影响。闻一多虽然于 1922

---

① 即 Alexander Hamilton(亚历山大·汉密尔顿)。汉密尔顿(1755—1804)是美国开国元勋之一、宪法的起草人之一、美国政党制度的创建者,也是美国财经专家、美国的第一任财政部长。
② 罗素是 20 世纪英国哲学家、数理逻辑学家、历史学家,无神论者,也是 20 世纪西方最著名、影响最大的学者和和平主义社会活动家之一,曾参与创建分析哲学。
③ 黄维樑:《五四新诗所受的英美影响》,《北京大学学报》1988 年第 5 期。
④ 胡绍华:《闻一多诗歌与英美近现代诗》,《外国文学研究》2006 年第 3 期。

年才正式留美,但是实际上,早在 1919 年前,他就极为喜好"济慈的《夜莺歌》和科律己的《忽必烈汗》",还"喜欢白朗宁",并于 1919 年夏天试译阿诺德的《多佛海滩》(*Dover Beach*),初用五言诗体,后改用白话文①。因此,闻一多留美以前就已经对英美诗歌有了自己独到的见解,并对某些特定的诗人产生强烈的个人喜好了。此外,有学者认为意象派对中国诗歌的影响只是一个方面,惠特曼等诗人对中国新诗的影响也是很巨大的。比如,曾自署为"中国未来的易卜生"的田汉,于 1919 年 7 月在上海出版的《少年中国》创刊号上,就发表了《平民诗人惠特曼的百年祭》一文,提出"惠特曼的自由诗与中国文艺复兴"有密切关系,并认为"当时在中国兴起的新诗体溯本求源是受了惠特曼的影响"②。

实事求是地讲,胡适、徐志摩、闻一多只是中国新文化运动在发动之初以及在逐渐展开和深刻影响中国诗歌的过程中,具有代表性的典型人物而已。除了他们不可磨灭的历史贡献之外,还有陈独秀、鲁迅、周作人、李大钊、严复(1854—1921)等敢于破旧立新、为中华民族的发展和未来殚精竭虑甚至不惜抛头颅洒热血的"有志气的知识分子"。正是他们,通过"有所为有所不为"以及"有所不为而后可以有为"的"大丈夫"精神,使得中国诗歌在风雨飘摇的历史时期,以"前无古人后无来者"的宏伟气魄经受住了形形色色的风险和考验③。不仅如此,这里还需要特别指出的是,在 19 世纪末到 1919 年的这段历史时期里,中国新诗诗人带着高度自觉的民族使命感和历史责任感,像"给人类带来火种"的普罗米修斯(Prometheus)④一样,冲锋在前。他们忘却自我,硬是凭借"匹夫之力"去"造福天下"和"泽被后世"⑤;在新文化运动开展的过程中,使"天下兴亡,匹夫有责"成为一种实实在在的"个人担当"。这其中当然不乏中国新文化运动内在的精神品质,

① 黄维樑:《五四新诗所受的英美影响》,《北京大学学报》1988 年第 5 期。

② 王光和:《论惠特曼自由诗对胡适白话诗的影响》,《安徽大学学报》2009 年第 1 期。

③ 参见栾慧:《中国现代新诗接受研究》,博士学位论文,四川大学,2007 年。

④ 普罗米修斯在希腊神话中,被视为最具智慧的神明之一,名字有"先见之明"(Forethought)之意。普罗米修斯不仅创造了人类,给人类带来了火,还教会人类许多知识。

⑤ 刘保安:《美国新诗对中国五四诗歌的影响》,《信阳师范学院学报》1998 年第 1 期。

更不乏美国新诗自由民主的精神带给中国诗人的种种启示。

第二节 自由之精神与中国新诗的开拓

这里的自由之精神涉及三个方面:第一,是指中国学者从美国习得的异于中国传统文化的、具有美国特性的自由独立的精神;第二,是指基于中国特殊的国情,延续中国几千年文化传统、具有中国民族个性特点的自由之精神;第三,是指前两者的融会贯通——中国学者从美国接受自由之精神的熏陶,回国后自觉将美国自由之精神与中国自由之精神结合,形成新的符合时代特点的自由之精神。上述自由之精神对中国新诗的开拓都有直接或者间接的影响。

一、美国自由之精神与中国新诗的开拓

从外因与内因的相互作用来看,美国自由独立的精神,不仅对美国本国而且对世界各国,都产生重要影响,对 1919—1948 年中国新诗的影响也是显而易见。但是,谈起美国自由独立的精神为何能够成为一种民族意识,既成功地作用于美国本国,又不同程度地作用于他国,这与美国历史的发展演进密切相关。

美国自由之精神的形成在美国建立之初就已经初露锋芒,并以一种契约或者"法"的形式得以确立。早在 1620 年 11 月,当载着 102 名新移民的"五月花号"到达北美新大陆,怀揣着无限梦想的他们就渴望建立一种自由、民主的社会体系,并积极地促使它成为一种符合民众意愿的"存在物"(Being)。虽然他们当时对自由和民主的理解还很朦胧并处于"无意识"阶段,但是至少他们希望自己在新大陆能够过着一种崭新的生活,一种无拘无束、不受旧大陆神权的宗教压迫和英国王权的政治迫害,能够自己主宰自己命运的自由生活(free life)。那份由 41 名成年男子组成"议会"签署的《五月花号公约》(The Mayflower Compact),成为彪炳史册的自治公约,被誉为"美国历史上第一份重要的政治文献"。该文献写到,"吾等签约之人,信仰之捍卫者""在上帝面前共同庄严立誓签约,自愿结为一个公民团体",一方面"为使上述目的得以顺利进行、维持并发展",另一方面,"亦为将来能随时制定和实施有益于本殖民地总体利益的一应公正和平等法律、法规、条

令、宪章与公职",为此"吾等全体保证遵守与服从"①。这是一种充满自由之精神的、有着浓厚时代气息的、希望自治管理(self-governing)的模式。在该模式中,有自由意志的人群可以自愿结为团体,自主决定自治管理的方式和方法,而不用再听命和受制于某种强权政治和宗教派别。这种自由、民主的思想以"美国历史上第一份政治性契约"的形式,最终开创了美国政治领域的自治管理模式,并且深深影响了美国的经济发展、艺术创作和生活方式。从某种意义上讲,这是美国建立和发展的根基,并且从一开始就与"信仰"(faith)、"荣耀"(glory)、"正义与平等"(just and equal)、"法律"(laws)、"公共利益"(general good)等概念结合在一起,最重要的是它植根于被管理者的意愿,并在他们"同意"的前提下生效和实施,实现依法而治。意义当然不言而喻。

美国自由之精神以政治文本的形式正式得以确立,是以 1776 年《独立宣言》(*The Declaration of Independence*)的诞生为标志。从某种意义上讲,基于《五月花号公约》形成的美国自由之精神经过不断发展和壮大,再结合欧洲的启蒙思想影响和人文主义精神以及美国本土的清教主义(Puritanism)积极倡导的"勤勉工作"(hard work)、"节俭"(thrift)、"虔诚"(piety)、"节制"(sobriety)等内容,使美国的自由、民主、博爱思想深入人心。1775—1783 年以争取美国的独立、自由、平等为重要目标的独立战争,使美国民众面对大英帝国的政治压迫和经济控制时,表现出不屈不挠的优秀品质。历史不会忘记托马斯·杰弗逊、本杰明·富兰克林、约翰·亚当斯、罗杰·谢尔曼、罗伯特·R.利文斯顿代表美国当时 13 个殖民地、代表美国民众共同起草的《独立宣言》里的内容:"在人类事务发展的过程中,当一个民族必须解除同另一个民族的联系,并按照自然法则和上帝的旨意,以独立平等的身份立于世界列国之林时,出于对人类舆论的尊重,必须把驱使他们独立的原因予以宣布"②,最重要的是"我们认为下述真理是不言而喻的:人人生而平等,造物主赋予他们若干不可让与的权利,其中包括生存权、自

①《五月花号公约》(*The Mayflower Compact*)的英文全文,参见 Wikipedia, *Mayflower Compact*, August 26, 2013, https://en.wikipedia.org/wiki/Mayflower_Compact。

② 相关内容的原文参见吴伟仁编:《美国文学史及选读》,外语教学与研究出版社 2014 年版,第 35 页。

由权和追求幸福的权利"。① 作为美国最重要的立国文书之一,《独立宣言》同时还宣称:"我们这些联合起来的殖民地现在是,而且按公理也应该是,独立自由的国家;我们对英国王室效忠的全部义务,我们与大不列颠王国之间的一切政治联系全部断绝,而且必须断绝。作为一个独立自由的国家,我们完全有权宣战、缔和、结盟、通商和采取独立国家有权采取的一切行动。我们坚定地信赖神明上帝的保佑,同时以我们的生命、财产和神圣的名誉彼此宣誓来支持这一宣言。"②由此可见,在人类文明史上,尤其是在争取民族权益方面,美国《独立宣言》的存在价值和意义完全可以跟英国的《大宪章》(Great Charter)、法国的《人权宣言》(Déclaration des Droits de l'Homme et du Citoyen)等文献相媲美。而且,美国独立战争的精神就建立在诸如"自由"(liberty)、"平等"(equality)、"幸福"(happiness)、"权利"(rights)、"法律"(laws)、"正义"(justice)、"和平"(peace)、"文明国度"(civilized nation)等这些关键词之上。这使美国民众对当时的政治体制充满憧憬和期待,并愿意共同努力,把美利坚变成一个政治民主自由、经济独立发展、法律开明公正、人人可以实现梦想的国家。当然,《独立宣言》当中倡导的自由之精神、人人生而平等的观念、"生存权、自由权和追求幸福的权利"等内容,后来都变成美国宪法的重要条款,以保障美国公民享受法律层面的个人权利及其自由等。

如果《独立宣言》及美国宪法从政治方面确保美国公民享有自由权利,那么在哲学、思想和精神层面的自由和独立则由超验主义精神领袖爱默生为典型代表。爱默生在题为"美国学者"(The American Scholar)的演讲中③,用充

---

① 吴伟仁编:《美国文学史及选读》,外语教学与研究出版社 2014 年版,第 35—36 页。
② 吴伟仁编:《美国文学史及选读》,外语教学与研究出版社 2014 年版,第 36—38 页。
③ 1837 年 8 月 31 日,爱默生对着哈佛学院全体荣誉毕业生发表了题为"美国学者"的演讲。这篇演讲,曾经被美国学者霍姆斯誉为"我们思想史上的独立宣言";爱默生的朋友洛威尔则以诗化的语言颂扬了它的历史功绩:"清教徒的反抗使我们在教会上独立了,(独立)革命使我们在政治上独立了;但我们在社会思想上仍然受到英国思潮的牵制,直到爱默生割断这根巨缆,而让我们在碧海的险恶和荣耀间驰骋。"参见 K.Sacks, *Understanding Emerson*: "*The American Scholar" and His Struggle For Self-Reliance*, Princeton, New Jersey: Princeton University Press, 2003, pp.22-24。另参见杨靖:《〈美国学者〉与文化自信》,中国社会科学网,2016 年 3 月 16 日。

满智慧的语言说:"我们依赖于人的日子,我们向其他大陆习得智慧的学徒期,这一切就要结束了。成百万簇拥着我们涌向生活的同胞,他们不可能永远的满足于食用异国智慧收获的陈粮。全新的事件和行动正在发生,这一切需要被歌唱,它们也要歌唱自己。"①"难道人人可为学子? 难道周围一切皆有益于学? 难道每一个学者都是货真价实的大师? 但请记得那古老的智慧:'所有事物皆有两面,警惕那谬误的'。"②不仅如此,爱默生还特别强调,"人在求知期间,某一天会突然顿悟:嫉妒等同于无知;模仿无异于自杀;不管结果好坏,一个人应该全力以赴扮演好自己的角色"③。在《论自助》(Self-Reliance)一文中,爱默生语重心长地告诉美国民众:"相信你自己的思想,相信你内心深处认为对你适用的东西对一切人都适用——这就是天才。如果把你隐藏的信念说出来,它一定会成为普遍的感受;因为最内在的在适当的时候就变成了最外在的——我们最初的思想会被'最后的审判'的号角吹送到我们耳边。"④"信赖你自己吧:每一颗心灵都随着造化的琴弦而颤动,顺从天意,在自己的位置上思考、劳作。接受由你的同代人所构成的社会,接受种种事件之中的关联。"⑤此外,爱默生在《论自然》(Nature,1836)、《论超灵》(The Over-Soul,1841)、《论诗人》(The Poet,1841)等作品里面,也都渗透着自由和理性之光。从本质上讲,爱默生的思想主旨,是想启蒙和激励美国民众,"彰显个性"(Individualism)、"思想独立"(Independence of Mind)、"自食其力"(Self-Reliance),并使之贯穿在美国哲学、艺术、思想、文化、文学等知识体系之中,成为国家繁荣富强、人民安居乐

---

① 该部分原文参见 K. Sacks, *Understanding Emerson*: *"The American Scholar" and His Struggle For Self-Reliance*, Princeton, New Jersey: Princeton University Press, 2003, pp. 26-28。

② 该部分原文参见 K. Sacks, *Understanding Emerson*: *"The American Scholar" and His Struggle For Self-Reliance*, Princeton, New Jersey: Princeton University Press, 2003, p.3。

③ K. Sacks, *Understanding Emerson*: *"The American Scholar" and His Struggle For Self-Reliance*, Princeton, New Jersey: Princeton University Press, 2003, pp.3-4.

④ 该部分原文参见 R.W. Emerson, *Essays*: *First and Second Series*, New York: Houghton Mifflin Company, 2010, pp.119-120。

⑤ 该部分原文参见 R.W. Emerson, *Essays*: *First and Second Series*, New York: Houghton Mifflin Company, 2010, pp.121-122。

业、走向文化真正独立和自强的法宝。

总之,无论是《五月花号公约》,还是《独立宣言》,亦或是爱默生的《美国学者》和《论自助》,甚至是后来亚伯拉罕·林肯颁布的《解放黑人奴隶的宣言》(Emancipation Proclamation,1863)等,都构成关于美国自由之精神生存和发展的"宇宙"(universe)①。最重要的是,这些文献尊重人的价值,相信人的潜能,维护人的权利,把人变成人,同时赋予人崇高的使命。爱默生说:"人不是在自然里,而是在自身中看到一切都是美好而有价值的。"②正是这种自立自强的精神,正是这种自由之民族精神,创造了美国政治、经济、艺术等领域的奇迹,也激励了包括中国在内的其他民族国家,开创文明发展的新时代。美国自由之精神激励了美国人,也激励了那些到美国学习、深造的中华儿女。早年到美国求学并学成归来报效国家的人群当中,胡适、陈寅恪、汤用彤、吴宓、朱自清、梁实秋、康白情等都是典型代表。他们通过自己的不懈努力在经济学、农学、哲学、历史、比较文学、诗歌等领域习得知识,并内化为自己的品格,使美国的文化精神和自由之精神与中国传统文化的精神融合在一起,相得益彰。同时,与留学他国的学者如鲁迅、周作人、李大钊、徐志摩等,以及扎根国内的国学大师,如刘半农、俞平伯、傅斯年、罗家伦等,交流思想,相互唱和,期间也不乏各种"口诛笔伐"。这不正是自由之精神的体现和实践吗?

二、中国传统自由之精神对新诗发展的影响

从中国几千年的文明发展史来看,中国古人对自由的渴望和向往、对自由的追求和期待,绝不逊色于西方。从某种意义上讲,由于中国历史悠久、渊源厚重,在自由之精神的内容建构和表现形式等方面具有其他民族所无法复制的特点,这些特点使中国自由之精神曾经焕发勃勃生机,并且充满异质性和生命力,随后一代代地延续、更迭和升华,逐渐作用于国内的政治、经济、社会、艺术、科学、信仰等各个方面。这对中国民族诗歌的生成和对中国新诗的发展都产生深远且持久的影响。

---

① M.A.Noll,*America's God:from Jonathan Edwards to Abraham Lincoln*,Oxford:Oxford University Press,2002.

② R.W.Emerson,*Essays:First and Second Series*,New York:Houghton Mifflin Company,2010,p.143.

中国最早的一部诗歌总集、中国古代诗歌的开端《诗经》,收录了自西周初年至春秋中叶(公元前 11 世纪至公元前 6 世纪)五百多年的诗歌 305 篇①,分《风》《雅》《颂》三部分。这三部分诗歌以别具一格的形式,彰显了中国古代劳动人民对自由之精神的理解和诠释。当然,这种通过文学再现中国古代劳动人民自由之精神的做法,有时代和历史的双重背景,也有鲜明的地域性和民族个性。《风》包括十五个地方的民歌,包括今天陕西、山西、河南、河北、山东等地,大部分是黄河流域的民间乐歌,共 160 篇,又称"十五国风"②,涵盖周南、召南、邶风、鄘风、卫风、王风、郑风、齐风、魏风、唐风、秦风、陈风、桧风、曹风、豳风等内容。《风》为当时各地流传民间的民谣、歌谣,被认为是《诗经》中的精华。从内容方面来看,《风》有对爱情、劳动等美好事物的吟唱,也有怀故土、思征人以及反压迫、反欺凌的怨叹与愤怒;风格上常用复沓的手法来反复咏叹,一首诗中的各章,往往只有几个字不同,表现民歌特色。《雅》有 105 篇(《小雅》中有 6 篇有目无诗,不计算在内),包括鹿鸣之什、南有嘉鱼之什、鸿雁之什、节南山之什、谷风之什、甫田之什、鱼藻之什、文王之什、生民之什、荡之什等内容。《雅》分《大雅》《小雅》,多为贵族祭祀之诗歌,祈丰年、颂祖德。《大雅》的作者是贵族文人,但对现实政治有所不满,除了宴会乐歌、祭祀乐歌和史诗而外,也写出了一些反映人民愿望的讽刺诗;《小雅》中也有部分民歌。《颂》有 40 篇,包括周颂·清庙之什、周颂·臣工之什、周颂·闵予小子之什、鲁颂·駉之什、商颂等内容。相比较而言,《颂》为宗庙祭祀之诗歌,但是与《雅》中的诗歌一起,对于考察中国早期历史、宗教与社会有很大的参考价值。《诗经》里的《风》《雅》《颂》充满中国古人对人生、人性的思考和对美好生活的向往,有对自由爱情的描写,如《国风·关雎》:"关关雎鸠,在河之洲。窈窕淑女,君子好逑。参差荇

---

① 还有一说认为《诗经》有 311 篇,除了传统意义上 305 篇《风》《雅》《颂》里的内容,还有 6 篇为笙诗。但是这些笙诗只有标题,没有具体内容,也称为笙诗六篇,包括南陔、白华、华黍、由庚、崇伍、由仪。

② "风"此处的意思是"土风、风谣"。十五国风分别是:周南 11 篇、召南 14 篇、邶(bèi)风 19 篇、鄘(yōng)风 10 篇、卫风 10 篇、王风 10 篇、郑风 21 篇、齐风 11 篇、魏风 7 篇、唐风 10 篇、秦风 10 篇、陈风 10 篇、桧风 4 篇(桧即"郐"kuài)、曹风 4 篇、豳(bīn)风 7 篇。周南中的《关雎》《桃夭》,魏风中的《伐檀》《硕鼠》,秦风中的《蒹葭》等都是脍炙人口的名篇。

菜,左右流之。窈窕淑女,寤寐求之。求之不得,寤寐思服。悠哉悠哉,辗转反侧。"有对自然事物的描述,如《卫风·硕人》写庄姜的美貌:"手如柔荑,肤如凝脂,领如蝤蛴,齿如瓠犀,螓首蛾眉。巧笑倩兮,美目盼兮。"有对自由人性和幸福婚姻的描写,如《国风·桃夭》:"桃之夭夭,灼灼其华。之子于归,宜其室家。/桃之夭夭,有蕡其实。之子于归,宜其家室。/桃之夭夭,其叶蓁蓁。之子于归,宜其家人。"有对自然秉性和自由生活状态的描写,如《小雅·鹤鸣》:"鹤鸣于九皋,声闻于野。鱼潜在渊,或在于渚。乐彼之园,爰有树檀,其下维萚。它山之石,可以为错。/鹤鸣于九皋,声闻于天。鱼在于渚,或潜在渊。乐彼之园,爰有树檀,其下维榖。它山之石,可以攻玉。"有对自由、畅快地享用美食的描述,如《小雅·鱼丽》:"鱼丽于罶,鲿鲨。君子有酒,旨且多。/鱼丽于罶,鲂鳢。君子有酒,多且旨。/鱼丽于罶,鰋鲤。君子有酒,旨且有",等等。

老子《道德经》里倡导的自由之精神是一种思辨的精神,该精神成为中国道家哲学思想的来源和发端。在《道德经》中,老子阐述人、地、天、道、自然之间的密切关系,并使这种关系充满理性和辩证性:"人法地,地法天,天法道,道法自然"。在人伦方面的自由之精神,老子曰:"知人者智,自知者明。胜人者有力,自胜者强。知足者富。强行者有志。不失其所者久。死而不亡者,寿"。对于无所不在其中的"道"及其自由之精神,老子云:"道常无为,而无不为","天下万物生于有,有生于无","道生一,一生二,二生三,三生万物。万物负阴而抱阳,冲气以为和"。因为自然法则、客观规律与自由之精神相互作用,老子阐释说:"天下有始,以为天下母。既得其母,以知其子。既知其子,复守其母,没身不殆","合抱之木生于毫末。九层之台起于累土。千里之行始于足下……慎终如始则无败事。是以圣人欲不欲,不贵难得之货。学不学,复众人之所过,以辅万物之自然而不敢为"。对于社会交往、人际关系等方面的自由之精神及其实践,老子认为"信言不美。美言不信。善者不辩。辩者不善。知者不博。博者不知。圣人不积。既以为人己愈有。既以与人己愈多。天之道利而不害。圣人之道为而不争"。

充满生命智慧的思想宝典、在中国历史多个发展阶段成为中国传统文化主导的儒学代表作《论语》,强调人在追求本性的过程中,自由之精神至关重要。比如,如何实现自由之精神,孔子认为"兴于诗,立于礼,成于乐";

为了培养人追求自由之精神的品性,孔子主张要在四个方面教育人:"文、行、忠、信";在追求自由梦想的道路上,孔子倡导要做君子勿做小人:"君子坦荡荡,小人长戚戚";为了自由之精神有所成效,孔子指出要"多闻,择其善者而从之",而且要"博学于文,约之于礼";要真正养成自由之精神,孔子认为要"思无邪",具体来说就是"乐而不淫,哀而不伤",否则"过犹不及";在为人处事方面,孔子赞同"泛爱众,而亲仁";在追求自由之精神的道路上,孔子说:"三军可夺帅也,匹夫不可夺志也";如何保持独立自由的品格,孔子又说:"智者不惑,仁者不忧,勇者不惧";为了保证自由之精神的实施效果,孔子强调:"非礼勿视,非礼勿听,非礼勿言,非礼勿动";等等。

此外,西汉著名史学家司马迁(公元前 145—公元前 90?)撰写的《史记》①作为中国历史上第一部纪传体通史,记载了上至上古传说中的黄帝时代,下至汉武帝太初四年间共三千多年的历史。这些珍贵的史料书写了三千多年以来,中国帝王将相在政治、经济、军事等方面的丰功伟绩和历史缺陷,展现了中国古代自由之精神的来之不易。西晋时期著名文学家陆机由于"遵四时以叹逝,瞻万物而思纷;悲落叶于劲秋,喜柔条于芳春",在《文赋》中憧憬和歌颂一种超凡脱俗的自由之精神,尤其喜欢在文学创作时"精骛八级,心游万仞","倾群言之沥液,漱六艺之芳润","浮天渊以安流,濯下泉而潜浸","收百世之阙文,采千载之遗韵,谢朝华于已披,启夕秀于未振,观古今于须臾,抚四海于一瞬。然后选义按部,考辞就班。抱景者咸叩,怀响者皆弹",而且"笼天地于形内,挫万物于笔端","理扶质以立干,文垂条而结繁"。陆机试图解决艺术创作中困扰自由之精神的难题,如"意不称物,文不逮意"等问题,因此成为"我国批评史上第一篇完整而系统的文学理论作品"②。南朝齐、梁时代的刘勰,在其经典之作《文心雕龙》中,讨论了文学创作自由之精神的价值和作用,其言论对修养心性、提升思想境界有着重要的参考价值。比如,刘勰接受古人"形在江海之上,心存魏阙之下"的观念,认为神思凸显了一种"文之思"的自由之精神,"文之思也,其神远

---

① 《史记》被列为"二十四史"之首,与后来的《汉书》《后汉书》《三国志》合称"前四史"。

② 霍松林:《古代文论名篇详注》,上海古籍出版社 1988 年版,第 114 页。

矣"，"故寂然凝虑，思接千载"，"悄焉动容，视通万里；吟咏之间，吐纳珠玉之声；眉睫之前，卷舒风云之色"，"神与物游"，"窥意象而运斤"，"登山则情满于山，观海则意溢于海"，由此观之，情景合一才能使自由之精神发挥真正的作用，也就是说"神用象通，情变所孕。物以貌求，心以理应"，等等。

当然，中国几千年的文明史上蕴含自由之精神的古典文献还有很多，这些文献不只是文学艺术的，还包括政论、哲学、历史、绘画、音乐、雕刻、建筑等各个方面。不管怎样，这些文献都彰显人在社会生活当中的能力，尤其是能够显示人的自由之精神带来的好处。基于这一点，随着中国古典文献的代代传承，也随之中国文化的历史延续，中国自由之精神被溶解在后代子孙的血脉之中，成为一种品质，也成为华夏儿女引以为傲的资本。反映在20世纪的中华儿女身上，不管社会境况如何纷繁复杂，这种自由之精神都会潜在地发挥作用；反映在20世纪中国新诗的开拓方面，不管文化语境如何变迁，这种自由之精神都会影射在中国新诗诗人的字里行间。总而言之，中国自由之精神对中国新诗的影响是根深蒂固的，是中国历史延续和中国人文精神在新的历史时期潜移默化的结果。

三、融会贯通的自由之精神与中国新诗的开拓

两种不同质的自由之精神如何能够在20世纪的中国融会贯通？这要得益于"五四运动"时期的那些掀起新文化运动，继而又开创中国二十世纪文学新格局的知识分子，包括提倡"诗界革命"和"中国文艺复兴"的胡适以及受德法文化影响、开"学术"与"自由"之风的蔡元培（1868—1940），受英美文化影响的徐志摩、康白情等，受日本文化影响的陈独秀、鲁迅、周作人、郭沫若、田汉、郁达夫（1896—1945）等人。"他们生活在两个世纪之交，一方面看到了旧制度以及传统经济方式的式微，另一方面又接受了外来文化的影响，能够比较理性地看待社会转型期所发生的各种变化，并及时地采取相应对策。"①

由于特殊的时代背景以及对待西学与国学的态度倾向，国内对自由之精神的认同和理解出现三种不同的声音。

第一种声音要固守中国自由之精神，认为中国几千年的传统儒家文化

---

① 陈思和：《中国文学中的世界性因素》，复旦大学出版社2011年版，第2—3页。

是中华民族的立命之本,需要坚持和发扬;"老祖宗的东西不能丢",尤其是中国古人做人、做事的精神与中国文化要义一样弥足珍贵,需要沿袭和传承。持该观点的代表人物如国学大师、思想家、哲学家梁漱溟。梁漱溟曾经于 20 世纪二三十年代在北京大学专门开设"孔子哲学""孔家思想史"等课程,宣传他的思想和主张。而且,作为"一个有思想,又且本着他的思想而行动的人",梁漱溟把孔子、孟子、王阳明的儒家思想与佛教哲学和西方柏格森的"生命哲学"糅合在一起,把整个宇宙看成是人的生活、意欲不断得到满足的过程,提出以"意欲"为根本,又赋予中国传统哲学中"生生"概念以本体论和近代生物进化论的意义,认为"宇宙实成于生活之上,托乎生活而存者也","生活就是没尽的意欲和那不断的满足与不满足罢了",等等。他的这些思想反映在《东西文化及其哲学》(1920/1921)、《中国文化要义》(1949)、《人心与人生》(1975)等作品中[①]。

第二种声音主张自由之精神的全盘西化,一方面在价值观层面吸收和借鉴西方的自由(freedom)和民主(democracy)思想,并使之成为行动原则,另一方面反映在文学创作——尤其是诗歌创作层面——要坚持打破传统,"另起炉灶","革文学的命"。该派人物以胡适为代表。胡适曾经宣称,"诗国革命何自始? 要需作诗如作文"。[②] 胡适对中国新诗的开拓性贡献,在于他大胆提出"诗体的大解放",因为他根据在中美两国习得的各种知识,认识到"古今中外的所有文学革命,大概都是从文的形式的方面入手","这一次中国文学的革命运动,也是先要求语言文字和文体的解放"[③]。胡适曾经在《尝试集·自序》中阐释他的"诗体大解放"思想,即"诗体大解放就是把从前一切束缚自由的枷锁镣铐,一切打破:有甚么话,说甚么话;话怎么说,

① 参见梁漱溟:《东西方文化及其哲学》,商务印书馆 2009 年版;梁漱溟:《中国文化要义》,上海人民出版社 2011 年版;梁漱溟:《人心与人生》,上海人民出版社 2011 年版。

② 胡适:《逼上梁山》,《东方杂志》1934 年第 1 期;胡适:《胡诗文集(第 1 卷)》,北京大学出版社 1998 年版,第 155 页。

③ 转引自谢冕:《总序:论中国新诗》,载洪子诚主编:《百年中国新诗史略》,北京大学出版社 1998 年版,第 13 页。

就怎么说。这样方才可有真正白话诗,方才可以表现白话的文学可能性"。①　而且胡适坚持一种"实验的精神"和"科学家的试验方法",认定新诗需要"大解放","第一步就是文字问题的解决",而且由于"死文字定不能产生活文学","必须用白话来做文学的工具"。胡适还认为:"单有白话未必就能造出新文学",加上"新文学必须要有新思想做里子",所以他"认定文学革命须有先后的程序:先要做到文字体裁的大解放,方才可以用来做新思想新精神的运输品"②。胡适这种习自美国的杜威式的实用主义哲学思想和敢于把自由之精神试验到底的大丈夫精神,在某种意义上的确对中国新诗的开拓和发展起到引领和示范作用。他坚信"自古成功在尝试",并把他的《尝试集》作为一个绝好的例证。当然,胡适认为,除了他自己,"白话诗的试验室里的试验家"还包含沈尹默、刘半农、傅斯年、俞平伯、康白情以及美国的陈衡哲(1890—1976)③女士等,他们都具有"实验的精神"④。

　　第三种声音主张要使美国自由之精神变得中国化。众所周知,1916—1927年蔡元培任北京大学校长期间,曾经旗帜鲜明地提出"兼容并包"的学术思想,希望通过教育革新,开创"学术"与"自由"之风。该思想后来不仅成为他主持北京大学教育工作的重要指导思想,也成为他孜孜以求的办学原则。由于"兼容并包"理念的提出,一批具有新文化、新思想的知识青年进入北京大学,北京大学因此而成为中国学习氛围最活跃、思想最进步的高等学府之一。因此,"兼容并包"思想在接纳新文化、反对封建文化方面起到了积极作用。与北京大学蔡元培思想有许多相似之处并发挥过积极作用的,当属清华大学国学院吴宓主持并倡导的"博雅之士"的教育理念和实

---

① 胡适:《尝试集·自序》,载胡适:《尝试集(附去国集)》,安徽教育出版社2006年版,第24页。

② 胡适:《尝试集·自序》,载胡适:《尝试集(附去国集)》,安徽教育出版社2006年版,第25页。

③ 陈衡哲祖籍湖南衡山,1914年考取清华留美学额后赴美,英文名Sophia H.Z.Chen,曾经在美国沙瓦女子大学、芝加哥大学学习西洋史、西洋文学。1920年回国,被聘为北京大学教授。她是我国新文化运动中最早的女学者、作家、诗人,也是我国第一位女教授,有"一代才女"之称。

④ 胡适:《尝试集·自序》,载胡适:《尝试集(附去国集)》,安徽教育出版社2006年版,第26页。

践。吴宓积极贯彻执行的,是他在《学衡》杂志中提出的"昌明国粹,融化新知"的思想。学衡派因于 1922 年 1 月在南京创办《学衡》杂志而得名,代表人物除了吴宓,还有国学大师梅光迪(1890—1945)、胡先骕、刘伯明(1887—1923)、柳诒徵(1880—1956)等人。该学派坚持认为"昌明国粹"至关重要,同时不忘"融化新知"。而且,在学术实践当中,为了突显几千年熠熠生辉的国学作用及其价值,他们有意识地把"昌明国粹"放在前,把"融化新知"放在后①。由于吴宓及其"战友"梅光迪、胡先骕等人肯定国学的根基性和内在价值,他们曾经就胡适发动的"新文化运动"表达出强烈的不满,并因此展开过激烈的论战。学衡派主将梅光迪早在美国留学时,就以朋友的身份与胡适就文学变革以及"作诗如作文"等论题展开过争论,认为胡适所谓的新文化运动"不仅激进而且有失偏颇"。不过,正是由于学衡派和胡适等人的论战,使当时的思想文化界衍生出一种观点,认为学衡派就是"文化复古派"和"文化守旧派"。支持胡适新文化运动的学者更是秉持该看法。其实,这有失公允。学衡派虽然反对新文化运动,认为文言优于白话,觉得白话是"以叙说高深之理想,最难剀切简明",极力主张言文不能合一,但是在对待中西文化的立场上,学衡派崇尚一种"中正之眼光","无偏无党,不激不随"的态度,这在当时复杂的国际、国内背景下极其难能可贵。吴宓说:"今欲造成中国之新文化,自当兼取中西文明之精华,而熔铸之,贯通之。"以此为标准,他们认为新文化运动不遗余力"模仿西人,仅得糟粕";加上不做甄别,不以中国国情为立足点,有很多"值得商榷之处"。比如,吴宓从胡适所谓新诗的外来影响入手,认为"中国之新体白话诗,实暗效美国之 free verse(自由诗体)";梅光迪说:"吾国所谓学者,徒以剽袭贩卖能,略涉外国时行书报,于其一学之名著及各派之实在价值,皆未之深究","甚或道听途说",不辩"是非真伪,只问其趋时与否";胡先骕以一位植物学家特有的科学敏锐度,认为新文学运动没有批评标准和责任意识,许多新文化倡导者对中西文化不过略知一二,"便欲率尔下笔,信口雌黄"②。不仅如此,

---

① 参见陈会力:《重论学衡派与新文化运动之关系》,硕士学位论文,暨南大学中文系,2009 年。

② 邓云涛:《国故与新知的不同抉择——论学衡派与五四新文化运动》,硕士学位论文,华中科技大学,2004 年。

学衡派对时人注重功利与物质利益,轻视精神与道德品行深感忧虑。他们强调理想人格与学术系统互为表里,认为"客观的道德理想主义"需要有坚固的"文化家园",而"挚爱中国传统"与"中国传统文化"当然是"情理之中的事"。学衡派将人伦精神和理想人格作为中国文化传统中具有永恒价值的东西,认为它构成了"民族文化的基石"。学衡派认为唯有弘扬民族精神,"以人格而升国格",才能使灾难深重的中华民族得以"重建民族的自尊"①。实际上,这是在新文化运动积极倡导科学与民主的基础上,提出的一个更加现实而具体的问题:中国民族的伟大复兴,需要建立在民族传统文化的基石之上。学衡派是否像有些学者所说的"反动""守旧"呢? 结论是否定的。这可以从学衡派与新文化运动的倡导者,就以下三个重大问题的分歧可以看出来:其一,新旧文化的关系问题。学衡派与新文化运动倡导者们一样主张发展新文化,但是二者在学理上产生分歧,后者强调超越传统,破旧立新;前者则强调继承传统,推陈出新。也因此之故,二者互有得失。其二,中国的礼教问题。学衡派对新文化运动抨击"礼教吃人"持强烈的批判态度,他们强调"礼"是中国社会发展的必然产物,"礼教"是中国传统文化的一个重要表现形式。其三,关于孔子在中国文化中的地位和重要角色。新文化运动的倡导者认为,若要革故鼎新,"打倒孔家店"是"必然的举措";学衡派坚持孔子的历史地位及其影响不动摇,强调孔子不仅是中国古代文化的集大成者,而且是世界文化伟人;同时,他们又反对神化孔子和尊孔教,因为这将是另一个极端。学衡派与胡适等人的论战,客观上讲都有得有失。就学衡派自身而言,其缺憾在于"未能意识到新文化运动之所以激烈反孔,意在推倒成为千年封建专制统治护身符的孔子偶像,以促进国人的思想解放"。从这一点上来看,学衡派在政治上"失之幼稚"②。

　　总之,在对待自由之精神的"融会贯通"和"兼收并蓄"问题上,学衡派文化思想不仅是中国近代文化史研究的重要课题,而且是20世纪二三十年代中国社会思想史需要研究的重要课题。一方面,它丰富和推动了中国社

---

① 孙尚扬:《国故新知论:学衡派文化论著辑要》,中国广播电视出版社1995年版,第34—35页。

② 陈会力:《重论学衡派与新文化运动之关系》,硕士学位论文,暨南大学中文系,2009年。

会文化思潮的发展,以先锋者的姿态开拓了当时特殊语境下中国人对欧美世界的认知;另一方面,学衡派所反复强调的,在人类社会追求进步与发展的过程中不能轻视和忽视中国人文主义传统的重要思想,无疑又具有可贵的前瞻性。尤其是在弘扬中国优秀传统文化、实现中华民族伟大复兴梦的今天,学衡派当年曾经固守的一些文化精神,仍然需要现代人重新反思和批判继承。

第三节 民族独立与诗歌独立

20 世纪中国新诗的发展与中华民族的独立和自强分不开,这正如美国诗歌的发展与美国的国家独立和民族自强息息相关一样。以互文与戏仿视角关照 1919—1948 年中国新诗的拓展及其前进,会发现民族独立与诗歌独立有着千丝万缕的联系。从某种意义上讲,如果民族不独立,诗歌独立不过是海市蜃楼;只有民族独立和自强了,诗歌独立和自强才能变得顺理成章。

一、五四运动之前中国主权的沦丧和各阶级的救国之路

中国延续几千年的封建制度,在人类历史上堪称奇迹。如果世界各国在政治、经济、军事等方面发展比较均衡,如果欧美资本主义列强以及中国周边诸多列强对中国不虎视眈眈,如果当时的中国政府不实行闭关锁国政策而是"开眼看世界",中华民族在 19 世纪末不会遭受史无前例的重创,也不会迅速面临亡国灭种和几近崩溃的边缘。当欧美各国通过工业革命和科技发展富国强民,当中国的四大发明被西方熟知并被充分利用,中国最后一个封建王朝还在做着"天朝上国"的美梦。1840—1842 年第一次中英鸦片战争(First Anglo-Chinese Opium War)中的坚船利炮使中国丧失独立自主的地位,从此沦为半殖民地半封建社会,不仅割地赔款,而且签署丧权辱国的《南京条约》①,香港也被无条件割让给英国。中国领土、海洋、司法、关税、

——————————

① 作为中国近代史上与外国签订的第一个丧权辱国的不平等条约,《南京条约》(又称《江宁条约》)标志着中国开始逐步沦为半殖民地半封建社会。相关细节参见郭卫东:《转折:以早期中英关系和〈南京条约〉为考察中心》,河北人民出版社 2003 年版。

贸易等主权开始遭到肆意破坏——第一次鸦片战争验证了"不管哪个民族还是国家,只要落后就要挨打"的道理。1856—1860 年,由于不满足已经取得的政治特权和经济利益,也为了蓄意侵犯中国主权并继续进行经济掠夺,英法两国政府在俄国和美国支持下联合发动惨无人道的侵华战争,史称"第二次中英鸦片战争"(Second Anglo-Chinese Opium War)。第二次鸦片战争迫使腐朽无能的清政府签署了《天津条约》《北京条约》、中俄《瑷珲条约》等不平等条约,西方列强侵略中国更加深入和肆无忌惮,中国也因此丧失东北及西北共计 150 多万平方公里的领土,震惊中外的火烧圆明园事件也发生在此期间。第二次鸦片战争通过血与泪的事实证明:"弱国无政治,弱国无外交"。西方列强在中国轻而易举地获得诸多特权和利益,这在客观上激发了更多东、西方列强来犯并起贪欲之心。1894 年,经过明治维新的日本政府对中国发动甲午中日战争,史称"第一次中日战争"(First Sino-Japanese War)。这场战争以中国战败、北洋水师全军覆没告终。迫于日本军国主义的军事压力,中国清朝政府签署了丧权辱国的不平等条约《马关条约》①。甲午战争的结果给中华民族带来空前严重的民族危机,大大加深了中国社会半殖民地化(semi-colonized)的程度,却促使日本军国势力空前强大,迅速跻身列强。甲午中日战争中中国的失利,充分证明:"一个民族的强大除了思想意识的强大,还需要军事和科技的强大,需要政治和经济实力的强大,需要民族间的精诚团结"②。1900 年,处于水深火热之中的中华儿女遭受又一次重创。大英帝国、美利坚合众国、法兰西第三共和国、德意志帝国、俄罗斯帝国、日本帝国、奥匈帝国、意大利王国为首的八个帝国主义国家,组成八国联军对中国发动侵华战争,史称八国联军侵华战争(Siege of the International Legations)。八国联军侵华的结果是:北京城彻底沦陷,慈禧及光绪皇帝逃亡陕西西安;1901 年,清政府被迫签署《辛丑

---

① 《马关条约》是中国清朝政府和日本明治政府,于 1895 年 4 月 17 日在日本马关签订的不平等条约,原名《马关新约》。该条约使日本获得巨大利益,使中国半殖民地化程度大大加深。相关细节参见关捷、张惠苓等:《海峡两岸〈马关条约〉百周年学术研讨会论文集》,大连海事大学出版社 1997 年版。

② 孙克复:《甲午中日战争外交史》,辽宁大学出版社 1989 年版,第 112—113 页。

条约》①,中国自此彻底沦为半殖民地半封建社会。八国联军所到之处,杀人纵火、奸淫抢掠,中华民族遭受旷世奇辱,深陷史无前例之灾难! 著名的万园之园"圆明园"继英法联军之后再遭劫掠,终成废墟。从紫禁城、中南海、颐和园中被掠夺、被偷窃的珍宝更是不计其数……连八国联军总司令瓦德西在后来也承认,"所有中国此次所受毁损及抢劫之损失,其详数将永远不能查出,但为数必极重大无疑"。②

中华民族——这个在世界上曾经扬眉吐气、傲视群雄的民族,这个曾经因为智慧和自信屹立于世界民族之林的民族,这个曾经因为勤劳和聪慧给世界各国人民作出无私贡献的民族——在 19 世纪和 20 世纪更迭的特殊年代,成为被践踏、被蚕食、被鱼肉的对象! 中华民族失去了延续几千年的民族尊严,失去了"一统天下"的国家主权,失去了独立自主的政治和经济地位,沦落为被蔑视、被愚弄、被凌辱、被嘲笑的一个民族,遭受奇耻大辱! 情何以堪?! 在此背景下,如果我们还非要谈民族诗歌的突破和创新,这将是一种无理的苛求,因为那时候的主要矛盾是民族矛盾,是如何让国家摆脱列强的压迫,如何让国民摆脱水深火热。

拥有民族自尊心和独立精神的中华儿女,不堪忍受凌辱决意奋力反抗,虽然知道是"螳臂挡车",但是依然义无反顾。这些可歌可泣的英雄事迹当中,有 1839 年展现民族反抗精神的林则徐虎门销烟——虎门销烟唤醒了沉睡当中的中国人:要敢于发出自己的声音,要敢于表明自己的态度。有

---

① 《辛丑条约》是清朝与大英帝国、美利坚合众国、大日本帝国、俄罗斯帝国、法兰西第三共和国、德意志帝国、意大利王国、奥匈帝国、比利时王国、西班牙王国和尼德兰王国(荷兰)在义和团运动失败、八国联军攻入北京后签订的不平等条约。因其签订于 1901 年辛丑年,故名《辛丑条约》。该条约的签订标志着中国已完全沦为半殖民地半封建社会。相关细节参见余顺荣:《试论美国与〈辛丑条约〉的谈判》,硕士学位论文,中山大学中文系,2006 年;廖一中:《袁世凯与〈辛丑条约〉的签定》,《贵州社会科学》1991 年第 4 期;边文锋:《萨道义与〈辛丑条约〉谈判中取消北京会试的问题》,《北京社会科学》2012 年第 3 期。

② 李侃:《中国近代史(第四版)》,中华书局 1994 年版;另参见李爱华:《20 世纪二三十年代中国社会性质论战——以"马克思主义中国化"为视角,博士学位论文,南开大学,2014 年。

1842 年受林则徐嘱托、由魏源负责编著的《海国图志》①——那是一部有关世界地理及历史知识的综合性图书,旨在"师夷长技以制夷"。魏源认为"夷之长技"主要包括三项:"一是战舰,二是火器,三是养兵练兵之法"。基于这种认识,魏源提出有针对性的改革法案:自己建设工厂,制造轮船和枪炮,兴办民用工业;学习西方练兵方法,用新式武器装备军队,增设水师科;改革考试制度等。"师夷"是为了学习西方资本主义各国在军事上的长处,"制夷"是为了抵抗侵略,克敌制胜。"师夷长技以制夷"概括了魏源旨在向西方列强学习的目的和内容。除了直接对外抗击侵略的措施,还有对内进行自救和自强的运动。比如,19 世纪 60 至 90 年代,国内掀起以曾国藩、李鸿章等人为核心的"洋务运动"——洋务运动在中国历史上亦称晚清"自救运动"和"自强运动"。该运动是洋务派所进行的一场引进西方军事装备、机器生产和科学技术,以维护封建统治的"自强""求富"运动。前期口号为"自强",后期口号为"求富"。洋务运动进行三十多年虽然没有真正地使中国"富"且"强"起来,但是它的确引进了西方先进的科学技术,使中国出现了第一批近代企业,在客观上为中国民族资本主义的产生和发展起到促进作用。其根本导向是"自强""求富",表现为"师夷制夷""中体西用"。前四个字"师夷制夷"表明洋务运动与外国资本主义侵略者的关系,即学习西方的长技用以抵制西方的侵略,进而发展和壮大自己。"中体西用"不仅在军事上成为最直接、最有力的救国方略,而且在中华民族继承包括诗歌在内的传统文化和文明方面,都有着重要的指导意义。另外,还有 1898 年以康有为、梁启超为代表的维新派人士,通过上书光绪帝请求变法,旨在改革政治、教育制度,凸显科学文化的价值,发展农、工、商业等政治改良运动的戊戌变法——这是一次自内而外、自上而下,旨在解决内忧外患,希望变法图强的维新运动,历史上亦称"百日维新"或者"维新变法"②。变法的具体内容包括:改革政府机构,裁撤冗官,任用维新人士;鼓励私人兴办工矿企业;开办新式学堂吸引人才;翻译西方书籍,传播新思想;创办报刊,开放言论;

---

① 遵从林则徐的嘱托,魏源不仅"经世致用""睁眼看世界",而且提出"师夷长技以制夷",影响深远。
② 茅海建:《戊戌变法史事考》,生活·读书·新知三联书店 2005 年版,第 89—90 页。

训练新式陆军海军。同时规定,今后科举考试废除八股文,取消多余的衙门和无用的官职。戊戌变法是中国近代史上一次重要的政治改革,也是一次思想启蒙运动,促进了国民思想解放,对社会进步和国家文化发展,促进中国近代社会的进步等方面,都有着重要意义。但是,戊戌变法因为损害到以慈禧太后(1835—1908)①为首的守旧派和顽固派的根本利益,所以遭到强烈抵制与镇压。光绪帝最后被囚禁在中南海瀛台,维新派主力康有为、梁启超分别逃往法国和日本,"戊戌六君子"谭嗣同、康广仁、林旭、杨深秀、杨锐、刘光第等被杀,历时 103 天的变法失败。戊戌变法虽然失败,但却是中国第一次由皇帝带领的变法运动。此后,又爆发了震惊中外的辛亥革命。

1911 年的辛亥革命,是指发生于中国农历辛亥年(清宣统三年)即公元1911 年至 1912 年初,旨在推翻清朝专制帝制、建立共和政体的全国性革命。狭义的辛亥革命,是指自 1911 年 10 月 10 日(农历八月十九)夜武昌起义爆发,至 1912 年元旦孙中山(1866—1925)就任中华民国临时大总统前后,这一段时间中国所发生的革命事件;广义的辛亥革命,是指自十九世纪末(一般从 1894 年兴中会成立开始,但也有学者认为从 1905 年同盟会成立算起)迄辛亥年成功推翻清朝统治,在中国出现的多次革命运动②。辛亥革命是近代中国比较完全意义上的资产阶级民主革命,它彻底推翻延续了两千多年的封建帝制,在政治、思想等方面使当时的中国民众获得真正的解脱。由于革命使民主共和的观念深入人心,所以反帝、反封建的斗争以辛亥革命为新的起点,更加深入、更大规模地开展起来。不过,由于共和民主思想在辛亥革命之后并没有得到广泛的、真正的实施,辛亥革命实际上是"既成功,又失败了"③。换言之,前期有保守势力和外国侵略者联合武力镇压,未能触及实质;后期辛亥革命果实被袁世凯窃取,未能真正拯救中国。不过,辛亥革命还是具有非常伟大的历史价值和贡献,表现在:它推翻了清王朝的统治,沉重打击了中外势力,结束了统治中国两千多年的封建君主专制制度,也给华夏儿女带来了一次思想上的、较为彻底的解放。随后,在 1919

---

① 史称孝钦显皇后,叶赫那拉氏。晚清重要政治人物、清朝晚期的实际统治者。

② 参见章开沅、罗福惠、严昌洪主编:《辛亥革命史资料新编》,湖北人民出版社 2006 年版,第 153 页。

③ 徐立亭:《辛亥革命与"多党政治"》,《史学集刊》1993 年第 2 期。

年 5 月 4 日,首府北京爆发了彪炳史册的五四运动(May 4th Movement),该运动以青年学生为主,广大群众、市民、工商人士等中下阶层广泛参与,通过示威游行、请愿、罢工、暴力对抗政府等多种形式展现爱国精神,是中国人民彻底的反帝、反封建的爱国运动①。

　　纵观五四运动之前中国主权的沦丧和各阶级的救国之路,我们不难看出:中国文学的发展和中国文化的传承,在那个恶浪滔天的年代是多么举步维艰!中国诗歌要有新的突破得需要多么大的勇气和魄力!这正如美国文学成为独立的民族文学之前所遭受的苦难和创伤一样,在发展历程和民族精神方面有很多互文和雷同的地方。不过,比起美国诗歌成为独立民族诗歌的背景以及中美两国之间的发展轨迹,中国的民族诗歌,尤其是新诗歌的发展道路要显得更加曲折,背景及其过程要更加惨烈。这也是中美诗人个人气质和民族情怀,表现得十分迥异的原因所在。回顾中国的作家群体,那些接受了五四新文化的教育,被称为"'五四'运动的产儿"的作家们,如艾青、老舍(1899—1966)、巴金、丁玲(1904—1986)、胡风(1902—1985)、冯雪峰(1903—1976)、沈从文(1902—1988)、曹禺(1910—1996)、夏衍(1900—1995)、钱锺书(1910—1998)等,都成为五四运动之后中国文坛奋力拼杀的勇士,是中国三四十年代展现民族精神、体现民族气魄和胸怀的典型代表性人物②。这里以诗人艾青为例。

　　艾青在三十年代初走上诗坛,他在作品中表现出来的那种深沉和忧郁的抒情风格,逐渐被中国文坛发现并注意。抗战爆发后,艾青事实上已成为最具代表性的诗人之一,30 年代末到 40 年代中期,可以称之为"艾青的时代"③——他的诗歌创作不仅开创了一代诗风,而且深刻影响了这一时期乃至 40 年代后期的诗界。比如,艾青于 1933 年 1 月 14 日书写的那首充满深情的《大堰河——我的保姆》:"大堰河,是我的保姆。/她的名字就是生她的村庄的名字,/她是童养媳,/大堰河,是我的保姆。/我是地主的儿子;/也是吃了大堰河的奶而长大了的/大堰河的儿子。/大堰河以养育我而养育她

---

① 参见周策纵:《五四运动:现代中国的思想革命》,江苏人民出版社 1996 年版,第 17—18 页。

② 参见陈思和:《中国文学中的世界性因素》,复旦大学出版社 2011 年版,第 3 页。

③ 参见陈思和:《中国文学中的世界性因素》,复旦大学出版社 2011 年版,第 3—5 页。

的家,/而我,是吃了你的奶而被养育了的,/大堰河啊,我的保姆。/……/我是地主的儿子,/在我吃光了你大堰河的奶之后,/我被生我的父母领回到自己的家里。/啊,大堰河,你为什么要哭? /……/大堰河,含泪的去了! /同着四十几年的人世生活的凌侮,/同着数不尽的奴隶的凄苦,/同着四块钱的棺材和几束稻草,/同着几尺长方的埋棺材的土地,/同着一手把的纸钱的灰,/……/大堰河,/我是吃了你的奶而长大了的/你的儿子/我敬你/爱你!"[1]在这首诗中,艾青通过对自己的乳母的回忆与追思,抒发了对贫苦农妇大堰河的怀念之情、感激之情和赞美之情,从而激发人们对旧中国广大劳动妇女悲惨命运的同情,对人们所生存的"不公道的世界"产生强烈憎恨。同时,该诗也以高超的艺术形式告诉读者:文艺作品中的人物和事件不是随手从生活中拈来的,也不是机械地照搬生活中的现象,而是需要经过作者细致的构思和精心的酝酿,从丰富的生活中加以概括和提炼,方才可能创造出高于现实生活的艺术形象[2]。除了《大堰河——我的保姆》,艾青还有一首脍炙人口的诗——那首写于1937年7月6日的《复活的土地》:"腐朽的日子/早已沉到河底,/让流水冲洗得/快要不留痕迹了;/河岸上/春天的脚步所经过的地方,/到处是繁花与茂草;/而从那边的丛林里/也传出了/忠心于季节的百鸟之/高亢的歌唱。/播种者呵/是应该播种的时候了,/为了我们肯辛勤地劳作/大地将孕育/金色的颗粒。/就在此刻,/你——悲哀的诗人呀,/也应该拂去往日的忧郁,/让希望苏醒在你自己的/……/——苦难也已成为记忆,/在它温热的胸膛里/重新漩流着的/将是战斗者的血液。"[3]这首诗虽然不足三十行,却是一首非常典型和具有代表性的作品。诗人以浑朴如橡的大笔,纯净而庄重的语言,将一个受尽凌辱的伟大民族正在觉醒奋起的姿态和精神,以及诗人自己"拂去往日的忧郁",准备信心满怀地与"苏醒的大地"一起"迎接战争"的欢欣和誓言,酣畅淋漓地勾勒了出来。诗人预言"伟大的抗日民族解放战争"即将来临。他的预言得到了证实,因为就在该诗完成的第二天,古老的芦沟桥响起了划破历史长空的枪声。诗人真切

---

[1]　艾青:《艾青》,人民文学出版社2006年版,第8—12页。
[2]　参见李夫泽:《直觉·情感·意象——对艾青诗歌独创性和审美价值根源的探索》,《中国文学研究》2013年第3期。
[3]　艾青:《艾青》,人民文学出版社2006年版,第55—56页。

的预感,源自他心中深处关注民族命运的激情。多年积郁在胸中的伤痛、忧患和期待,使他全身心地感觉到"历史风云变幻"的"最细致而敏感的神经"。他发现了曙光,发现了曙光前的预兆。这是那个时代中国的爱国诗人最原始的"呐喊"以及最真实的"预言式的念想"①。

二、第一次世界大战和第二次世界大战对中国民族独立与诗歌独立的影响

除了上面讨论的内容,1914—1918 年爆发的第一次世界大战(World War I)和 1939—1945 年爆发的第二次世界大战(World War II),对中国的民族独立与诗歌独立也产生重要影响。

第一次世界大战(下文简称"一战")期间,西方列强由于国际间矛盾冲突的升级,对中国关注的程度相对减少,对中国掠夺的步骤相对减缓。在此条件下,中国的民族资本主义获得发展,特别是民族轻工业得到发展。1918年 11 月,进行了四年的一战终于等来了"公理战胜强权"的庆典②。到了1919 年 1 月,包括中国在内的以英、法、俄、意为主导的协约国(战胜国)对以德意志第二帝国、奥匈帝国、奥斯曼帝国(土耳其)为主导的同盟国(战败国)的和约,在巴黎凡尔赛宫签署条约,标志着第一次世界大战正式宣告结束。凡尔赛和约的主要目的,旨在严惩德国。但是,该和约在处理中国的问题上却表现得既蛮横又无礼——凡尔赛和约非但没有给中国带来任何好处,还一意孤行地把德国在中国山东的权益转让给日本,该低劣行径除了再次证明"自古弱国无外交"的说法,还证实了所谓"公理战胜强权"不过是一个虚假的神话。对于中国来说,该裁决成为国内五四运动爆发的导火线。面对这种屈辱和不公平,从首都北京开始,学生们纷纷罢课,工人们也给予大力支持,随后蔓延到天津、上海、广州,继而到南京、杭州、武汉、济南等地,所到之处学生与工人充当了运动的主力。救亡图存的爱国情绪激荡着大江南北、举国上下。在此过程中,对传统文化的坚守、对民族精神的传承、对观念意识的反思等,都通过不同途径和方式得到展示或者表达。必须承认,五

---

① 艾青:《艾青诗全编》,人民文学出版社 2003 年版,第 211—214 页。
② 参见马勇:《纪念五四:让公理战胜强权成为中国人的基本信念》,2014 年 5 月 4 日,http://blog.sina.com.cn/s/blog_5097de870101qt2a.html。

四运动是一场规模宏大、影响深远的政治思想文化运动,尤其是对中国近代之历史、文化、社会等影响巨大。其中一个重要方面,就是五四运动使中国共产党的诞生和发展壮大成为不可争辩的历史事实——在中国共产党党史研究领域,五四运动被界定为"反帝反封建的爱国运动",而且是旧民主主义革命和新民主主义革命的分水岭。

　　1939—1945 年爆发的第二次世界大战(下文简称"二战"),也被称为"20 世纪世界反法西斯战争"。由法西斯国家和反法西斯国家组成对立的两大阵营。法西斯国家包括以德意志第三帝国、意大利王国、日本帝国为代表的法西斯轴心国和以匈牙利王国、罗马尼亚王国、保加利亚王国等为代表的仆从国;反法西斯国家包括以苏联、中国、美国、英国等为代表的世界反法西斯国家同盟,旨在抗争法西斯国家的倒行逆施。二战对中国民族独立与诗歌独立产生深刻且全面的影响。其中一个重要表现就是,除了军事和武力的抗争,中国诗人还拿起沉重的笔,抗击帝国主义,抗击帝国主义各种残暴的法西斯行径①。

　　抗日战争是世界反法西战争的重要组成部分,也是开始时间最早、持续时间最长、人口数量牺牲最大的一次民族战争。中国作为世界反法西斯战争的重要力量,作为第二次世界大战的亚洲主战场,扮演了非常重要的角色。中国抗日战争以极其惨痛的代价牵制了日本军国主义的扩张,打击了日本的嚣张气焰,终于在美国给日本的广岛和长崎投放了两颗原子弹之后,看到了日本军国主义及其法西斯政权的灭亡。二战以包括中国在内的反法西斯国家和世界人民战胜法西斯侵略者,赢得世界和平与进步而告终。就中国自身而言,中国从始至终为世界反法西斯战争的最后胜利作出了不可磨灭的贡献,彪炳史册。

　　中国反对日本法西斯的战争因为旷日持久,耗费的人力、物力、财力又异常巨大,在很大程度上影响了中国新诗发展的进程和轨迹。不过,即便如此,形成于敌后抗日根据地的作家群体,包括《荷花淀》的作者孙犁(1913—2002)、《小二黑结婚》的作者赵树理(1906—1970)、《暴风骤雨》的作者周立波(1908—1979)、《创业史》的作者柳青(1916—1978)、《平原老人》的作

① 参见赵文亮:《二战研究在中国》,武汉大学出版社 2006 年版,第 135—136 页。

者郭小川以及文艺理论界的代表人物周扬(1908—1989)等,不遗余力地发挥着他们的潜能和智慧,为中国抗日战争的最后胜利,作出了积极且伟大的贡献①。比如,革命诗人郭小川除了前期用火一般的激情写出许多诗歌之外,还在该时期继续保持高昂的斗志完成了《投入火热的斗争》《雪与山谷》《将军三部曲》等脍炙人口的诗集。在这些诗集当中,郭小川有反映抗日战争期间敌后抗日根据地人民斗志和豪情的诗篇:"公民们! / 你们/ 在祖国的热烘烘的胸脯上长大/ 会不会/ 在困难面前低下了头? / 不会的,/ 我信任你们/ 甚至超过我自己,/ 不过/ 我要问一问/ 你们做好了准备没有? /……/ 那么,同志们! / 让我们/ 以百倍的勇气和毅力/ 向困难进军!"②以该诗为代表,郭小川展现了他作为"战士诗人"所起到的重要作用。他主张在特殊的时代和历史阶段,诗歌应该与特殊时代的人民"同呼吸、共患难"。他曾经豪情满怀地说,诗歌就是"战斗着的武器",从中可以"看到时代前进的脚步,听到时代前进的声音"③。不仅如此,郭小川还善于把强烈的时代精神与自身日益成熟的诗歌艺术结合起来,借助浓郁的抒情、鲜明的形象和巧妙的构思,以触动读者的心灵并引起长久的思索。他善于采用阶梯式、民歌体、自由诗、新辞赋体等多种诗体形式进行创作,尤其是在学习我国民歌和古代诗歌、词赋的表现手法,以及倡导与实践新格律体诗歌创作方面,作出了应有的贡献④。起到示范作用的"人民诗人"艾青,于1942 年写下具有革命预言性质的《黎明的通知》,呼唤新时代的到来:"为了我的祈愿/诗人啊,你起来吧/而且请你告诉他们/说他们所等待的已经要来/ ……/ 请歌唱者唱着歌来欢迎/用草与露水所掺合的声音/ 请舞蹈者跳着舞来欢迎/ 披上她们白雾的晨衣/请叫那些健康而美丽的醒来/ 说我马上要来叩打她们的窗门/ 请你忠实于时间的诗人/ 带给人类以慰安的消息/ 请他们准备欢迎,请所有的人准备欢迎/ 当雄鸡最后一次鸣叫的时候

---

① 参见陈思和:《中国文学中的世界性因素》,复旦大学出版社 2011 年版,第 3 页。

② 郭小川:《郭小川诗选》,人民文学出版社 1979 年版,第 26—32 页。

③ 李元洛:《诗卷长留天地间:论郭小川的诗》,人民文学出版社 1982 年版,第 131—132 页。

④ 参见杨景春:《吹芦笛的诗人与吹号角的诗人——艾青、郭小川诗歌创作比较论》,《北京联合大学学报》2002 年第 2 期。

我就到来/ 请他们用虔诚的眼睛凝视天边/ 我将给所有期待我的以最慈惠的光辉/ 趁这夜已快完了,请告诉他们/ 说他们所等待的就要来了"①。这首诗始终以"黎明的自由"而着笔渲染,诗人成了"传达黎明的祈愿的使者"。当"黎明到来"的时候,人们是无比欢悦的,他们必然抑止不住这种喜悦,要借助"各种行动"去"迎接黎明"。诗人在该诗中,写了许多生动的生活细节,而这些细节却是通过"黎明的口"说出来的。诗人的奇特想象在这首诗里发挥了重要作用,因为诗人的心感觉到了"中华民族的黎明"就要到来。然而,诗人在写这首诗的时候,并不是从惯常的思维逻辑着眼,即写人们怎样祈盼着或者迎接黎明到来,而是从相反的角度,即从"黎明就要到来"着笔,以"黎明的眼光和心绪"来写。诗人把"黎明"拟人化,以"黎明"的口气把"人们的祈盼"道出。这样的视角、这样的构思,使这首诗充满了生机和活力,使诗人心中的那种欢悦之情,更明白晓畅地流溢出来。从诗歌与诗人之间的关系建构而言,这些生动的细节都是诗人自己的感受,只不过是"赋予了黎明"罢了。这样由"黎明"说出,显得十分自然、贴切和生动,让人如临其境。一方面,整首诗读起来朗朗上口且气势磅礴,一个画面接着一个画面"不断涌现",充满诗情画意;另一方面,整首诗别具匠心地运用到美国诗人艾略特式的象征手法——"黎明"本身就是一个出色的象征,即象征革命的胜利和全国的解放。而且,诗中的许多细节,也都运用到象征,比如"起来""草与露水""晨衣""窗门""雄鸡最后一次鸣叫""最慈惠的光辉"等,即象征革命胜利、全国解放的时候,人们将进入一个新的天地。人们热烈欢迎这一新天地,并为之欢欣雀跃。总之,这首诗之所以亲切感人,不仅在于诗歌细节的真实生动,更在于通过这些细节,诗人在字里行间所传达出的革命的意义。这与同时期欧美诗人的写诗法有很大的不同——同时期欧美诗人在诗歌写作中也会运用到象征、隐喻等手法,但是他们着力于凸显个人感受,并通过大肆渲染个人感受来达到情感升华的目的;而且,欧美诗人的情感往往带有明显的"个人英雄主义"的色彩,这与中国诗人将自己的个人感受自觉融入到群体感受之中,发出群体性的"呐喊"和"呼号",有着本质的区别。

---

① 艾青:《艾青》,人民文学出版社 2006 年版,第 211—214 页。

这里,还需要说明的一点是,郭小川、艾青等诗人还只是中国那个特殊时代,面对社会现实所作出积极反应的诗人群体中的代表而已,还有许多与他们一样具有"血性"的中华儿女,在为祖国的前途命运鞠躬尽瘁,死而后已。而且,具有中国诗歌自身特色又彰显互文与戏仿价值的是,那个时代的中国诗歌与国家命运、民族命运紧密联系在一起,无法剥离——那个时代的中国诗歌不仅是那个时代社会政治、经济、军事等直接作用下的产物,而且是对当时社会现实最真实、最具体、最直接的写照。

第四节　美国新诗变革与中国新诗借鉴

1919—1948 年期间的美国新诗发生了翻天覆地的变化,其诗歌变革轰轰烈烈,不仅涉及面广,而且影响深刻,从诗歌理论到诗歌形式都有大胆的创新和试验。这也使美国新诗逐渐从草创期随声附和式地被动模仿欧洲传统,过渡到独立自主地彰显民族特色,并在这一段历史时期成为引领世界诗歌发展与潮流的重要的民族诗歌力量。而中国由于特殊的国际及国内局势,新诗发展及其变革道路曲折。尽管如此,中国新诗诗人对美国新诗变革的理念、做法、精神等方面还是有很多参考和借鉴之处。只不过在形式、风格等方面与美国新诗诗人有很大的不同。

一、美国新诗变革及其表现

如果说曾经称雄世界的欧洲强国——尤其以英国为代表——在第一次和第二次世界大战当中遭受重创,如果说像中国这样本应该可以得到许多利益和好处的战胜国,因为没有政治发言权而蒙受了历史性的屈辱,那么在两次世界大战当中非但没有遭遇多少损失,反倒因此获得巨大的政治利益、经济利益和军事利益的国家,就只有美国了。美国因为在两次世界大战当中发了战争财,一跃成为世界顶尖级强国①,成为继大英帝国之后资本主义社会当中的佼佼者,成为能够与当时社会主义阵营当中最强大的国家苏联

---

① 在两次世界大战中,美国都不是正面战场,当英、法、德、意等国因战争耗费大量财力、人力、物力,两败俱伤,美国却从中大发战争财。请参见[美] R.H.布朗、秦士勉:《美国历史地理》,商务印书馆 1973 年版;王加丰、周旭东:《美国历史与文化》,浙江大学出版社 2005 年版。

相抗衡的中坚力量。因为美国的政治、经济、军事等成为世界最强悍的国家,其文学、文化、艺术、思想等方面随之迅速成为世界瞩目的焦点。先是1930 年辛克莱·刘易斯(Sinclair Lewis,1885—1951)因出版《巴比特》获得美国首位诺贝尔文学奖,紧接着尤金·奥尼尔(Eugene O'Neil,1888—1953)、赛珍珠(Pearl S. Buck,1892—1973)、艾略特、福克纳(William Faulkner,1897—1962)等,相继于 1936 年、1938 年、1948 年、1949 年在戏剧、小说、诗歌等领域获得诺贝尔文学奖①,从此使世界各国对美国文学刮目相看。诗歌作为美国文学当中非常闪耀的、不可或缺的组成部分,当然成为美国文学最受人瞩目、也最让美国人民引以为傲的文学表现形式之一。

美国诗歌自诞生之日起,就具有一种潜滋暗长的革新力量。经过 18 和19 世纪的发展和演进,到了 20 世纪,就已经形成特色鲜明、极具美国本土特色的诗歌形式。这当然要感谢爱默生等启蒙思想家,给美国文学注入新的活力和精神力量。受到爱默生超验主义学说(transcendentalism)以及《论美国学者》(*The American Scholar*)、《论自助》(*Self-Reliance*)等文论和思想的影响,美国作家及诗人都以美国主人翁和开拓者的姿态,为美国文学增光添彩。除了出现像华尔特·惠特曼、艾米莉·狄金森等诗歌领袖以及美国现代诗的先驱,以庞德、H.D.(Hilda Doolittle,1886—1961)、理查德·奥尔丁顿(Richard Aldington,1892—1962)等为代表的意象派诗人掀起的意象派诗歌运动,后来演变成轰轰烈烈的诗歌改革风暴,不仅在英国造成广泛影响,而且在美国形成重要的流派,并成为引领美国现代诗歌发展的重要力量②。美国新诗诗人往往带着自由、民主、独立的精神,在自己的诗歌领域开拓进取,大胆改革试验,因此成绩显著。

除了以庞德为代表的美国意象派诗歌,美国新诗诗人还特立独行地形成诸多流派。比如,个性十足的芝加哥诗派,代表人物包括卡尔·桑德堡、埃德加·李·玛斯特斯、维切尔·林赛等人。他们的诗歌特点是:以芝加哥

① 奥尼尔因发表《悲悼》(又译《悲悼三部曲》),1936 年获得诺贝尔文学奖;赛珍珠因发表《大地》,1938 年获得诺贝尔文学奖;艾略特因结集出版《四个四重奏》,1948 年获得诺贝尔文学奖;福克纳因出版《喧哗与骚动》,1949 年获得诺贝尔文学奖。
② 参见刘海平、王守仁主编,杨金才主撰:《新编美国文学史(第 3 卷)》,上海外语教育出版社 2002 年版。

为诗歌中心,以哈丽特·蒙罗(Harriet Monroe,1860—1936)于1912年创办的《诗刊》(*Poetry*)为平台,反对传统的诗歌写作技巧,反对矫揉造作的诗歌形式,主张在诗歌题材上反映普通劳动人民的感情,表达他们对土地、乡民、习俗、文化以及社会的无限热爱①。20世纪二三十年代初,以纽约黑人聚居区哈莱姆(Harlem)为中心,出现了美国黑人文学史上具有划时代意义的"哈莱姆诗派"。该诗派与"哈莱姆文艺复兴"(Harlem Renaissance),有着直接的渊源关系。该文艺复兴以1925年美国黑人社会学家阿兰·洛克(Alan Locker)发表的《新黑人文艺复兴》为重要开始标志,随后出现了克劳德·麦克凯(Claude McKay,1889—1948)、简·吐默(Jean Toomer,1894—1967)、康蒂·卡伦(Countee Cullen,1903—1946)、兰斯顿·休斯(Langston Hughes,1902—1967)等代表性诗人。他们当中,休斯最为出名。他创作的《疲倦的布鲁斯》(*The Weary Blues*)、《黑人谈河流》(*The Negro Speaks of Rivers*)、《哈莱姆》(*Harlem*)等,都是脍炙人口的名篇,代表了当时黑人诗歌艺术的最高成就。这些黑人诗人具有很强的民族意识,对美国历史上形成的种族偏见和歧视非常愤慨,决心以诗歌为媒介和武器唤醒美国普通黑人民众,为了自己的人身自由努力奋斗,为了平等、正义的个人权利不懈斗争②。该期间还有一些美国诗人,比如威特·宾纳、埃莉诺·莫顿·怀利(Elinor Morton Wylie,1885—1928)、萨拉·蒂斯黛尔(Sara Teasdale,1884—1933)等人,与"文艺复兴"后的新诗诗人有所不同,他们既不反对传统诗歌形式,也不盲目否定它,而是习惯于"旧瓶装新酒",将他们自己的生活经历、人生体验、哲学思考等,融入到他们习得的传统诗行当中,既有古典主义的味道,又充满现代主义气息,可以说是传统诗歌形式与现代诗歌内容的杂糅与合成。他们当中,具有广泛知名度和认可度的诗人是埃德温·阿林顿·罗宾逊(Edwin Arlington Robinson,1869—1935)和罗伯特·弗罗斯特(Robert Frost,1874—1963)。他们的诗歌具有典型的感伤主义和乡土特色。曾经红极一时的意象派诗歌运动,在该历史时期开始逐渐式微。意象派诗歌运动的第

① 参见王文:《美国现代诗歌》,陕西师范大学出版社2002年版,第28—40页。
② A.Allison, H.Barrows, et al., *The Norton Anthology of Poetry* (3rd edition, Shorter), New York & London:W.W.Norton & Company,1983,pp.647-648.

二位旗手艾米·罗厄尔继庞德之后，虽然获得"精力过人的女诗歌推销员"的光荣称号，但是也未能力挽狂澜，终使意象派遭受搁浅的命运。尽管如此，客观地说，意象派虽然存在时间短暂，但是影响力之广、辐射面之大，超乎人们的想象。20 世纪 20 年代的诗人在诗歌创作时，都会情不自禁地凸显某些意象，把真情实感投射在他们内心聚焦的某个或者某些事物身上，作为客观对应物来表情达意，即使这些事物极为普通，或者就是人们司空见惯的东西。还有一些诗人希望另辟蹊径，把现代人的困惑和迷茫与"历史的分崩离析"结合起来，意欲在"一个巨大的混乱"中，寻找出"一种秩序"（an order）。这类诗人，以华莱士·史蒂文斯（Wallace Stevens, 1879—1955）为典型代表。华莱士不仅关注关于"我"（I）的想象世界，而且深刻反思关于"它"（it）的物质世界，探讨"艺术家的使命"和"艺术的价值问题"，并且认为"现实是一种我们通过隐喻来逃避的陈腐的东西"，"诗人就是一位出色的牧师，他能够从每天的生活体验中提取精华，以创造出一种人们乐于接受的新生活"。而艺术呢？"艺术对生命的关系在怀疑主义时代极为重要，因为由于失去了对上帝的信仰，思想转向了自己的创造，并且要对这些创造进行检验，不仅是从美学的角度，而且要看它们所展现的东西，它们所证实的东西，以及它们所给予的支持"①。当然，还有非常著名的新批评派诗歌，代表人物是闻名欧美文坛的艾略特。新批评派在诗歌理论层面，不仅认为诗歌具有完整的内部结构，而且认为诗歌是一个自给自足的有机整体，人们可以在诗歌内部去细读和分析诗歌所承载的内涵和外延，"诗歌是一种特殊的交流方式，一种传达任何其他语言都无法传达的感情和思想的手段。它与科学或哲学的语言有着本质上的区别，但仍传达同样有效的意思"。在具体的诗歌写作层面，新批评派有意识地走出"传统传记历史研究方法"的局限，通过仔细研读和分析讨论的方式，强调诗歌语境中具体词汇的"含蓄意义"和"联想意义"，同时充分发挥象征、隐喻、意象等修辞功能。新批评派从发生到结束持续了四十多年，在 20 世纪 50 年代开始逐渐衰落②。

----

① ［美］丹尼尔·霍夫曼主编：《美国当代文学（下）》，《世界文学》编辑部译，中国文联出版社 1985 年版，第 627—629 页；另参见［美］威勒德·索普：《二十世纪美国文学》，濮阳翔、李成秀译，北京师范大学出版社 1984 年版，第 245—246 页。

② 参见王文：《美国现代诗歌》，陕西师范大学出版社 2002 年版，第 113—114 页。

旨在"打破旧世界,创造新世界"的美国新诗运动,发展到20世纪20年代,已经取得举世瞩目的成就。这时期孕育了另外一批诗人。他们既有别于以庞德为代表的意象派诗人,又有别于以弗罗斯特为代表的"二十世纪传统诗人",更有别于以艾略特为代表的新批评派诗人,他们不仅大胆改革诗歌传统形式,而且故意破坏诗歌语法,甚至颠覆诗歌语言和拼写规则,就连"I"(我)也被写作"i","America"被写作"america","grasshopper"被写成"r-p-o-p-h-e-s-s-a-g-r",等等。这类诗人以爱德华·埃斯特林·卡明斯和玛丽安·摩尔(Marianne Moore,1887—1972)为典型代表。他们的诗作另类独特,别具一格,不仅打破常规用新形式、新手法反映主题思想和内容,而且用"诗就是画,画就是诗"的立体主义艺术形式再现社会万象,把自然世界和想象世界有机结合和关联在一起,达到一种陌生化的写作效果。被誉为"二十世纪的惠特曼"的哈特·克莱恩(Hart Crane,1899—1932)和罗宾逊·杰弗斯(Robinson Jeffers,1887—1962),借助素材互文、风格互文、内容互文等多种形式,对"I"(我)进行热情奔放的歌颂,同时借助醒目的意象和高昂的旋律,凸显一种"狂热的目标"。这是一种创造性地沿袭和突出惠特曼自由体风格(free verse)的做法。这类诗人相信前辈诗人比如艾略特,"忽略了精神方面的事件及可能性",迫使他们要选择一条与众不同的路径,为了"一个更加积极的目标,或是一个(如果在这个怀疑时代一定要这样说的话)更加狂热的目标"[①]。"逃亡者"诗派是一个非常有鲜明个性特色的诗歌流派,以自己的文学杂志《流亡者》为阵地,宣传他们的诗歌主张和文学思想,是学院派精神和美国南方传统农业精神的再造和聚合。这类诗人以约翰·克娄·兰色姆(John Crowe Ransom,1888—1974)和他的学生艾伦·塔特(Allen Tate,1899—1979)、克林斯·布鲁克斯(Cleanth Brooks,1906—1994)、罗伯特·潘·沃伦(Robert Penn Warren,1905—1989)等为代表,通过"醒目的"诗歌写作反对"泯灭人性的"工业化和"教人堕落的"商业化,倡导南方传统的农业精神和文化精神,竭力想挽救"南方的文化之根"。一方面,他们深刻地认识到:"南方在这块大陆上是块独特的地方,因

---

① 参见[美]马库斯·艾利夫:《美国的文学》,方杰译,中国对外翻译出版公司1985年版,第43—45页。

为它建立和维护的文化依据是欧洲文化的原则",但是另一方面他们又自相矛盾地反省说:"衰微从我们的土地上望不到边际,它老了"①。还有一个非常典型的美国新诗变革的产物就是"黑山派"诗歌。"黑山派"诗歌以查尔斯·奥尔森(Charles Olson,1910—1970)和罗伯特·克里利(Robert Creeley,1926—2005)为代表,他们反对艾略特倡导的新批评派诗歌观点和作诗法,在他们的诗歌刊物《黑山派评论》上大张旗鼓地声称:要"抑制艾略特之拘谨,发扬威廉斯之自由"②。"黑山派"还有别名"抛射派"——该派诗歌领袖奥尔森曾经撰文《抛射派诗》,一方面展示立场,使之成为该派成立的宣言书;另一方面表明态度,使之成为美国新诗的另一朵"傲然绽放的奇葩"。在他们看来,真正的诗歌是开放的,不是封闭自足的,因为"一首诗是从诗人那里得到能量转化而来的……靠着诗的本身和其他的方式又给予读者。好吧,那么诗本身必须在任何一点上都是高度的能量构成,而且又在任何一点上是能量的发泄"。在该思想体系中,诗不是一个意义独立于外的"存在物"(being),因为诗的"形式只是内容的展开",还有很多秘密等待探究。这正如某种变化莫测的"抛射性"那样——

抛射性　震动性　透视性

对

非抛射性③

此外,还有一个重要的诗歌流派就是"垮掉派"诗歌,艾伦·金斯堡(Allen Ginsberg,1926—1997)是该流派最重要的代表人物之一。"垮掉派"诗歌产生于二战之后,是当时美国社会生活在意识形态和文化领域的直接反映。从美国文学史的纵向发展历程来看,它以反"学院派"为导向,反对所谓的"高雅别致"和"阳春白雪";从美国文学史的横向发展历程来看,它不仅是一个文学流派,也是一种文化现象和社会现象,以反正统文化体制为

① 参见王文:《美国现代诗歌》,陕西师范大学出版社 2002 年版,第 181—196 页。

② [美]威勒德·索普:《二十世纪美国文学》,濮阳翔、李成秀译,北京师范大学出版社 1984 年版,第 250 页。

③ [美]丹尼尔·霍夫曼主编:《美国当代文学(下)》,《世界文学》编辑部译,中国文联出版社 1985 年版,第 766—767 页;另参见王文:《美国现代诗歌》,陕西师范大学出版社 2002 年版,第 197—198 页。

宗旨,主张文学作品以"自由的文体风格、大众化的语言,如实地将个人的经验和情感以及放任的、不受理性控制和艺术规律束缚的思想记录在纸上"①。

总之,美国的新诗变革由于受到政治和经济的负面影响较小,发展呈现出自由奔放、特色鲜明、百花争妍的局面,这也是美国诗歌之所以在这段历史时期成为世人瞩目的一个重要原因。

二、中国新诗借鉴及其措施

1919—1948 年的中国新诗由于受到国内外政治格局和形势政策的影响,表现出不一样的发展态势。除了两次世界大战对中国民族诗歌造成直接影响,中国国内爆发的一系列重大政治事件以及政治运动对中国诗歌的发展走向、新诗变革、风格内容等方面也产生不容忽视的作用。在这些政治事件当中,除了 1919 年爆发的"五四运动"旨在唤醒沉睡的中国人民要"振兴中华",还包括 1924—1927 年由中国共产党和中国国民党合作领导下进行的反帝反封建的革命斗争②,1927—1937 年由中国共产党领导下进行的针对蒋介石政府法西斯统治的国内革命战争③,1931—1945 年持续了十四年、使中国人民几乎遭受灭顶之灾的抗日战争④,1945 年 8 月至 1949 年 9 月进行的解放战争⑤,等等。国内外战争对中国作家及诗人造成的影响,是巨大和难以估量的,不仅影响当时中国诗人的身心发展,还影响到其创作动机、写作内容、气质养成、风格特点、产品数量、语言流派等。从地域方面来看,从刚开始以北京为中心,迅速辐射全国,发展到天津、上海,形成华北—华东诗人群体,再到华中武汉、西南重庆以及广西和广东等地。抗日战争期间,又分沦陷区诗人群和抗日根据地诗人群;十年内战期间,分延安红色革命根据地作家群和大西南作家群;解放战争期间,分解放区作家群和国统区

---

① [美]威勒德·索普:《二十世纪美国文学》,濮阳翔、李成秀译,北京师范大学出版社 1984 年版,第 265—267 页;另参见王文:《美国现代诗歌》,陕西师范大学出版社 2002 年版,第 209—220 页。

② 史称第一次国内革命战争。

③ 史称第二次国内革命战争,亦称"十年内战"或"土地革命战争"。

④ 参见肖效钦:《抗日战争文化史》,中共党史出版社 1992 年版。

⑤ 史称第三次国内革命战争。

作家群；等等。该时期的新诗写作有明显的内在特点，主要表现在以下几个方面：

　　新诗写作就其本质来说，不是纯粹的个体性的语言享乐，而是一种社会交往行为，旨在起到沟通作者与读者的桥梁作用。新诗的美学、语言、形式与技巧问题，被严重地政治化和意识形态化，人们对诗歌的惯常意义上的理解（优雅的语言游戏、美的创造、想象力的结晶）至此遭到彻底的颠覆。诗歌的写作和阅读被有意识地规划为一种"组织行为学"，试图获得最大程度地唤起读者的情感反应与意识行动，从而成为"改造外在世界的力量"①。在抗日战争期间，新诗写作的目标和任务被压倒一切地规约为阶级整合、民族认同和政治动员；在随后的国共内战阶段，这个任务被稍加改头换面，再次镶嵌在"现代的民族—国家的文化蓝图"之上②。所以，那个时期的中国新诗诗人，"肩上有很多重担"，"内外在焦虑"交织在一起，使他们不得不抛弃自我，追求一种共性的东西。一方面，"诗人要改造自己的世界观和生活态度，抛弃纯诗信条、艺术至上主义与知识分子习气，真正在思想情感上与工农大众打成一片，超越个人经验的有限性而从时事问题中获取'积极'的题材，对历史进程的理解抵达某种毫不含糊的'真理'"③；另一方面，这些诗人必须作出诗歌艺术与现实使命的抉择，对"主题、观念、效果的考虑凌驾于语言、形式和审美的经营，甚至在必要时还可以牺牲后者而无需惋惜"，即使有很多时候他们非常违心和极不情愿④。但是，这些诗人却是民族性很强的群体，为了表达爱国情怀，他们会以集体利益为重、以家国的命运为重，会在国难当头的危难时刻，抛头颅、洒热血，为社稷"舍生取义、杀身成仁"。

　　当然，从现实性角度而言，中国新诗诗人也不是一味地对国外诗歌形式置若罔闻或者充耳不闻——以对美国新诗的借鉴为例——中国诗人对美国的新诗，包括诗歌理论及写作实践方面，都秉着积极的态度吸收其精华。只不过，借鉴和吸收的路径与美国本土诗人有很大不同。

　　通过前面的讨论可知，新文化运动的旗手胡适，从美国意象派诗歌前期

---

① 洪子诚、刘登翰：《中国当代新诗史（修订版）》，北京大学出版社 2005 年版。
② 张松建：《现代诗的再出发》，北京大学出版社 2009 年版，第 130 页。
③ 张松建：《现代诗的再出发》，北京大学出版社 2009 年版，第 129—130 页。
④ 参见张松建：《现代诗的再出发》，北京大学出版社 2009 年版，第 130—131 页。

领袖庞德和后期领袖罗厄尔那里借鉴作诗的原则①,形成他的"新文学之要点,约有八事":"一、不用典,二、不用陈套语,三、不讲对仗,四、不避俗字俗话,五、须讲求文法。以上为形式的一方面。六、不作无病之呻吟,七、不摹仿古人,须语语有个我在,八、须言之有物。以上为精神(内容)的一方面。"②这是中国诗人借鉴和吸收美国诗歌作诗方案,然后内化为自己的诗学品格,形成适合国情同时又彰显个人风格特色的最典型的一个案例,也是中国倡导新诗和新文学的诗人互文性地消化和吸收美国新诗改革方案的一个典型案例。虽然胡适在《尝试集(附〈去国集〉)·自序》中说:"我主张的文学革命,只是就中国今日文学的现状立论;和欧美的文学新潮流并没有关系",但是他随后笔锋一转,坦然承认那种互文性地借鉴和吸收"西洋"作诗法的经历:"有时借镜于西洋文学史也不过举出三四百年前欧洲各国产生'国语的文学'的历史,因为中国今日国语文学的需要很像欧洲当日的情形,我们研究他们的成绩,也许使我们减少一点守旧性,增添一点勇气。"③必须承认,胡适在为中国新诗的发展和革新方面所做的贡献是大胆且具有开拓精神的,虽然他在"美洲做的《尝试集》,实在不过是能勉强实行了《文学改良刍议》里面的八个条件",但是依然具有划时代的意义。正如胡适好友钱玄同所指出的那样:"适之(即胡适)是中国现代第一个提倡白话文学——新文学——的人。我以前看见适之作的一篇《文学改良刍议》,主张作诗文不避俗语俗字;现在又看见这本《尝试集》,居然就实行用白话来作诗。我对于适之这样'知'了就'行'的举动,是非常佩服的"④。

　　郭沫若是那种在日本读书,却意外发现美国大诗人惠特曼的诗作,"立

---

① 相关讨论参见[美]庞德:《回顾》,黄运特译,载[美]伊兹拉·庞德:《庞德诗选·比萨诗章》,黄运特译,张子清校,漓江出版社1998年版,第221—222页;王文:《美国现代诗歌》,陕西师范大学出版社2002年版,第75页。

② 该"八事"后来成为《文学改良刍议》的重要内容,发表在《新青年》1916年第2卷第5期。参见胡适:《自序》,载胡适:《尝试集(附《去国集》)》,安徽教育出版社2006年版,第22—23页。

③ 胡适:《自序》,载胡适:《尝试集(附《去国集》)》,安徽教育出版社2006年版,第20页。

④ 钱玄同:《〈尝试集〉序》,载胡适:《尝试集(附《去国集》)》,安徽教育出版社2006年版,第1页。

刻受他的启发而燃烧了自己的革新精神",然后激情澎湃地去抒发内心深处"火山喷发一样的情感"的浪漫主义诗人①。郭沫若在日本与惠特曼邂逅的"传奇经历",早已成为佳话:郭沫若大概是在《学灯》上刚开始发表诗作的时候,偶然在书店买到一本名为《叛逆者》的日语书,作者是有岛武郎。该作品以生动的语言介绍了罗丹·米勒和惠特曼。虽然这是郭沫若第一次真正接触到惠特曼,但是完全被他迷住了。郭沫若开始如痴如醉地捧读《草叶集》,而且整个 1919 年仲秋都被这本神奇的书所吸引。随后,郭沫若释放惠特曼一样"粗野豪放的激情",接连创作了一系列"自我任性"的诗篇——《地球,我的母亲!》《立在地球边上放号》《凤凰涅槃》《晨安》《炉中煤》《天狗》《心灯》《匪徒颂》《巨炮之教训》等。这些诗作很快在国内引起轰动,并成为他的诗歌代表作《女神》的重要组成部分。郭沫若书写这些热情似火的文字,完全是受到惠特曼自由体诗风(free verse)的启发,通过燃烧自己酝酿已久的内在激情完成的诗作。所以,郭沫若的诗作与惠特曼的诗作,有许多情感的交集和互文。这也是那个时候,中国新诗诗人以风格互文的方式借鉴和吸收美国浪漫主义诗人,积极有效地转化为自己的创作风格和热情,继而有经典作品问世的一个典型案例。美国诗歌评论家阿吉利斯·芳对此曾经发表过这样的评述:"他的(即郭沫若)诗在中国诗歌史上明确地构成一种新的旋律。它既非华兹华斯的'平静中回忆起来的情感',也不是柯勒律治的'最好的文字的最好的排列'。这两种定义适用于大部分中国的正统诗歌。对于他还有惠特曼来说,诗是慰藉抑制不住的自我任性与自由的宣泄口。而这两者是墨守传统者所极力压抑的。……郭沫若在中国诗坛的出现几乎是一个奇迹。它标志着传统的结束。……没有惠特曼的促进,过去三十年间中国的诗歌几乎就得不到本来也不多的活力。"②虽然该说法有不少夸张和值得商榷的地方,但是总体来看,还是有其合理性的方面。

　　庞德对中国诗人创作的影响以及对中国传统诗学现代化构建方面的影

---

① 参见[美]戴维·罗伊:《郭沫若与惠特曼》,晨雨译,《郭沫若学刊》1989 年第 4 期。
② 转引自[美]戴维·罗伊:《郭沫若与惠特曼》,晨雨译,《郭沫若学刊》1989 年第 4 期。

响,已成为不争的事实①。根据目前掌握的资料看,《水手》《竹》等作品的作者刘延陵(1894—1988),应该是在国内最早介绍庞德及庞德在美国意象派诗歌中的作用的学者。他于 1922 年 2 月在《诗》上发表《美国的新诗运动》一文。文章指出:美国意象派(刘译为"幻象派")积极促成美国现代诗歌的兴起和繁荣,而"埃若潘(Ezra Pound)首先把这些革命家②聚成一群"。以此为开端,庞德在中国的影响逐渐蔓延开来。1933 年 2 月,高明在《现代》发表译自日本学者阿布知二的《英美新兴诗派》一文,文章对庞德进行过简要的描述。诗集《二十岁人》的作者徐迟(1914—1996),应该是最早较为详细地介绍庞德及其创作的国内学者,他于 1934 年 4 月发表具有划时代意义的《意象派的七个诗人》,之后发表《哀兹拉·邦德及其同人》。这两篇重量级的文章对国人认识庞德以及界定他的诗学特色,起到了潜移默化的作用。国内关于庞德诗歌的译文,最早于 1934 年 10 月出现在《现代》的"现代美国文学专号"中,"新感觉诗派"的代表人物之一施蛰存(1905—2003),在该期中翻译发表了庞德、罗威尔等意象派诗人的诗歌,其中包括庞德的《一个少女》《默想》以及《黑拖鞋裴洛谛小景》。该文为庞德诗歌在国内的宣传,作出了积极的贡献。不过,实事求是地说,庞德的诗歌翻译在当时并不被重视:1925—1937 年这十二年期间,庞德的诗作只有六首被翻译到国内,很多具有代表性的诗歌没有被译介过来③。同样是在 1934 年 10 月《现代》第五卷第六期上,诗集《天堂与五月》的作者邵洵美(1906—1968),发表了《现代美国诗坛概观》,认为意象诗是美国现代诗的六大门类之一,而庞德作为意象派的代表人物,在创作中流露出一种"文学国际化"(literary internationalization)倾向。钱锺书于 1945 年在《中国年鉴》上发表英文文章"Chinese Literature",论述中国文字和中国文学风格的关系,同时

---

① 相关论述参见赵毅衡:《意象派与中国古典诗歌》,《外国文学研究》1979 年第 4 期;张子清:《中国文学和哲学对美国现当代诗歌的影响》,《国外文学》1993 年第 1 期;蒋洪新、郑燕虹:《庞德与中国的情缘以及华人学者的庞德研究》,《东吴学术》2011年第 3 期;董洪川:《接受的另一个纬度:我国新时期庞德研究的回顾与反思》,《外国文学》2007 年第 5 期。

② 此处是指当时的意象派诗人。

③ 参见耿纪永:《〈现代〉、翻译与文学现代性》,《同济大学学报》2009 年第 2 期。

谈到庞德,认为庞德对中国诗和中国文字的认识是一知半解的,尤其是他的表意法写作存在历史性的缺陷。此外,钱锺书还在代表作《谈艺录》中涉及庞德和他的诗学,并且把刘勰的《文心雕龙》和庞德诗论做比较①。新中国成立后,由于国际、国内特殊的政治局势,有关庞德的翻译和研究工作进行得不够顺畅。但是,翻译成为国内新诗诗人和学者们学习庞德以及其他外国诗人的写作风格的重要手段,这是一个基本事实。而"促成翻译事业比较兴盛的一个原因据说是'翻译书籍容易获得审查机构通过',因此在萎缩困顿的出版市场里获得了暂时'景气'的机会"②——从国内诗人与学者对庞德的译介工作,可以管中窥豹,中美诗人之间的相互唱和在那段历史时期,并不自由,而是受到许多客观条件的限制。

　　与庞德一样,艾略特在中国的传播以及对中国新诗诗人产生影响,刚开始也是通过翻译这个媒介。有学者认为,"在英美谱系中,中国诗人首先取法的是艾略特"。而且,"早在 20 年代,艾略特的名字就出现在中国的文艺刊物上,此后,其作品的中译本层出不穷,截至 1949 年,已经形成了一个不容忽视的潮流"③。在艾略特的诗作翻译当中,《荒原》(The Waste Land)、《普鲁弗洛克的情歌》(The Love Song of Jr. Alfred Prufrock)、《四个四重奏》(Four Quartets)等,最先引起国内诗人的兴趣和关注。不过,刚开始只是片段和节译,为此作出贡献的中国著名学者和诗人包括杨宪益(1915—2009)、刘荣恩(1908—2001)、唐祈(1920—1990)等。其中,"俞铭传译《溺水》和《海伦姑娘》,前者属于《荒原》的一节,后者与《荒原》有互文关系";诗人卞之琳译《四面之歌》,"后有《圣经》典故注释",亦是对《荒原》的互文性解读④。除了对艾略特诗歌的译介和宣传,国内学者和诗人还对他的诗歌理论进行介绍,柳无忌(1907—2002)译《维多利亚时期文学传统的支持者》、沈济译《艾略忒论诗》、朱光潜(1897—1986)译《传统与个人底资禀》、

---

① 该部分论述详见钱锺书:《钱锺书英文文集》,外语教学与研究出版社 2006 年版,第 282—284 页;钱锺书:《谈艺录》,中华书局 1993 年版,第 42—43 页。

② 张松建:《现代诗的再出发》,北京大学出版社 2009 年版,第 34 页。

③ 张松建:《现代诗的再出发》,北京大学出版社 2009 年版,第 35 页。

④ 参见张松建:《现代诗的再出发》,北京大学出版社 2009 年版,第 35—37 页;另参见洪子诚、刘登翰:《中国当代新诗史(修订版)》,北京大学出版社 2005 年版。

周珏良(1916—1992)译《怎样读现代诗》等。从这些译论当中,国内新诗诗人认识到:"阅读现代诗,应着眼于诗本身的真实(genuine)与否,不应根据主要或次要来判断,尤其关怀古诗的悠久传统。"①此外,中国新诗诗人及学者们还书写关于艾略特及其诗论和作品的随笔、书评、传记等,甚至讨论艾略特诗学与中国新诗之间的关系,这方面比较有代表性的作品是徐迟的《〈荒原〉评》。此外,翻译家兼诗歌评论家邢光祖,还于 1940 年在上海《西洋文学》第四期上发表关于《荒原》的评论,里面除了肯定艾略特诗文的独特性,赞扬赵萝蕤(1912—1998)译文对中国新诗的贡献②,还非常客观地指出:"我们要理解艾略特的艺术作品,应该如叶公超先生所说的,要把他的诗篇和他的诗论互相印证的",恰如其分地道出了艾略特诗论及其诗作之间存在互文关系③。这在当时是难能可贵的。受艾略特诗歌及诗论影响的中国新诗诗人卞之琳、艾青、穆旦等,还积极把艾略特的诗歌风格转化为自己的表达方式,流露在他们的诗集或者诗作当中。尤其是在卞之琳的《慰劳信集》中,他有意放逐了"牧歌情调加自然风景"的浪漫主义,继而求助于"脑神经的运用"以获得机智的诗风,这明显是"艾略特带来的";而艾青则从艾略特深沉、磅礴、恣肆的诗风中获得启示,创作了别具一格的诗歌,字里行间充满"强烈的律动"和"宏大的节奏"。至于"九叶诗派"的代表性诗人穆旦,他于 20 世纪 40 年代出版了《探险者》《旗》和《穆旦诗集(1939—1945)》三部诗集,里面巧妙、娴熟地将欧美现代主义诗风与中国诗歌传统有机结合,创造出一种充满象征寓意和理性思辨的诗,则明显是受到艾略特在《荒原》《四个四重奏》中运用的象征主义手法,是对艾略特诗风互文与戏仿的结果。此外,"九叶诗人"中的杰出代表袁可嘉(1921—2008),也从艾略特的诗风中获益匪浅,他不仅积极翻译和评论艾略特的诗歌,而且大胆模仿和创造性地书写艾略特式的诗句。他曾经有感于当时中国诗坛"泛滥已久的浅薄感伤",认为中国新诗诗人应该理直气壮地"接受以艾略特为核心

---

① 张松建:《现代诗的再出发》,北京大学出版社 2009 年版,第 37 页。

② 赵萝蕤作为近现代中国著名的翻译家,曾经翻译过艾略特的《荒原》、惠特曼的《草叶集》、朗弗罗的《哈依瓦撒之歌》、詹姆斯的《黛茜·密勒》等作品。

③ 参见上海《西洋文学》1940 年第 2 期,第 486—489 页;另参见张松建:《现代诗的再出发》,北京大学出版社 2009 年版,第 38 页。

的现代西洋诗的影响",创造出符合时代潮流的"新诗现代化",同时在现代主义风格方面还应该借鉴和参考艾略特的做法①。

除了前面提到的惠特曼、庞德、罗厄尔、艾略特等杰出的美国诗人对中国新诗和新诗诗人及其诗歌创作的影响,弗罗斯特、威廉姆斯、史蒂文斯、卡明斯、金斯堡等诗人对中国新诗和新诗诗人也有不同程度的影响,这里限于篇幅不做详细讨论。另外,除了美国诗歌和美国新诗诗人,爱尔兰大诗人叶芝(William Butler Yeats,1865—1939),英国诗人奥登(Wystan Hugh Auden,1907—1973)、史本德(Stephen Spender,1905—1995)、燕卜逊(William Empson,1906—1984)等,法国诗人波德莱尔(Charles Baudelaire,1821—1867)、瓦莱里(Paul Valéry,1871—1945)、魏尔伦(Paul Verlaine,1844—1896)、马拉美(Stephane Mallarme,1842—1898)、兰波(Arthur Rimbaud,1854—1891)、克洛代尔(Paul Claudel,1868—1955)等,奥地利德语诗人里尔克(Rainer Maria Rilke,1875—1926)等,都对中国新诗及新诗诗人群体,产生过积极和广泛的互文式影响,这里因为不属专章探讨的范围,留待以后研究。

---

① 参见袁可嘉:《论新诗现代化》,人民文学出版社 1988 年版,第 155—157 页。

第四章 1949—1977:中美诗歌
互文与戏仿的屏蔽期

1949—1977 年这段历史时期对于中国诗人来说,既欢欣鼓舞、充满振奋,但有的遭受不公正待遇——"从新中国建立初期的农村土地改革、肃反、'三反五反'、抗美援朝、城市资本主义工商业的社会主义改造和国民经济恢复,到声势浩大的反右派运动、大跃进运动乃至历时十年的'无产阶级文化大革命'"①——他们一方面享受着新中国建立之后,社会主义制度带来的那种激动和喜悦,但另一方面又受到各种政治运动的精神"洗礼"。有些诗人甚至因此精神崩溃,遭受着"寒冷的冬天"。直到 1978 年改革开放的春风唤醒了他们,使那些埋没已久的几乎要枯萎的诗情,重新又焕发出生机。实际上,在 1949—1977 年间,由于冷战思维在国际层面发挥着重要作用,加上以"阶级斗争"为纲的政治运动在国内持续不断,中国诗人不可能大张旗鼓地学习美国新诗,更不可能到美国去学习和交流。而美国诗歌则是另一番景象。在该期间,美国诗人依然热情似火,他们一方面从欧洲旧大陆继续吸收养分充实和壮大自己,另一方面仍旧注重借鉴东方诗歌尤其是中国古典诗歌里的各种优秀传统文风,并及时、有效地转化为美国本土特色,真正做到了"为我所用""它山之石,可以攻玉"。从现实层面讲,此期间的美国诗歌与中国新诗没有什么交集,其互文与戏仿中国诗歌的成分主要还是充满神秘主义色彩的中国古代诗歌。

---

① 朱栋霖、朱晓进、龙泉明主编:《中国现代文学史(1917—2000)》(下),北京大学出版社 2012 年版,第 1 页。

第一节　冷战思维与中美诗歌发展

冷战对中美两国政治、经济、军事、文化等方面的影响是巨大的。无论是直接因素还是间接因素，冷战对中美两国的政治策略、经济发展、军事布局、文化艺术等领域都产生重大影响。反映在诗歌方面，冷战期间的中美诗歌直接交流并不顺畅。一方面，中国新诗因为国内外政治环境影响不能一如既往地向美国新诗学习；而另一方面，美国新诗对同时期中国新诗缺乏了解，甚至有时还会产生误解。美国诗人对中国诗歌的兴趣主要表现在中国古典诗歌方面，而不是中国新诗。从某种意义上讲，美国诗人更愿意学习中国古典诗歌的唯美典雅、用词简洁、超凡脱俗、寓意深刻等方面；他们会想当然地认为中国新诗太政治化，这明显是受到了冷战思维的外在影响。

一、冷战背景下美国诗歌中的中国元素

"冷战"在英语中写作"Cold War"，在俄语中写作"ХолоднаяВойна"①。在人类文化发展史上，它是指从1947年至1991年以美国和北大西洋公约组织为主的阵营，与以苏联和华沙条约组织为主的阵营之间，在政治、经济、军事、文化等领域进行的竞赛和斗争。本质上看，冷战是世界范围内资本主义阵营和社会主义阵营之间，在政治制度以及民族文化优势等层面的角逐和较量②。

回顾冷战发生的过程，1946年英国首相温斯顿·丘吉尔在美国富尔顿发表"铁幕演说"，正式拉开冷战的序幕。1947年，为了遏制苏联、实现称霸世界的目标，美国推行"杜鲁门主义"（Truman Doctrines）③。这成为冷战开始的标志，并逐渐发展成为冷战政策的核心。"杜鲁门主义"原本只是为了代替英国解决希腊和土耳其的国内危机，打击并镇压这两个国家存在的共

---

① B.Russett, *Grasping the Democratic Peace：Principles for a Post-Cold War World*, Princeton：Princeton University Press, 1993, p.232.

② M.Seeberg, "Competitive Authoritarianism：Hybrid Regimes after the Cold War", *Democratization*, Vol.19, No.1（Spring 2012）, pp.141-143.

③ "杜鲁门主义"被认为是以美国、北约为主的资本主义阵营，与苏联、华约为主的社会主义阵营之间的"冷战"正式开始的重要标志。参见［美］托马斯·佩特森、徐国琦：《杜鲁门主义与遏制战略》，《历史教学》1988年第4期。

产党组织。以此为先例,美国开始奉行"共产主义威胁论",声称只要哪个国家有"极端共产主义运动",美国就会提供"道义上的援助",必要时"不惜发动武力"。"杜鲁门主义"随后改变初衷,成为对世界的"粗暴干涉主义"①。1949 年,美国实施所谓"欧洲复兴计划",即"马歇尔计划"(The Marshall Plan)②,表面上看是要给欧洲提供"纯经济援助",实际上是"挂羊头卖狗肉",为了从根本上遏制欧洲共产主义的发展,同时借助政治和经济手段"获得控制欧洲的主导权"。同年 8 月,美、英、法、德等军事强国组建了北大西洋公约组织(North Atlantic Treaty Organization)③。随后到了 1955 年,为了应对北约组织带来的潜在威胁,以苏联为首的华沙条约组织(Warsaw Treaty Organization)④成立。这两个组织实际上就是两个超级政治军事同盟,标志着"世界两极格局"最终形成。1991 年,华沙条约组织因"内忧外患"被迫解散,苏联解体。苏联的解体,意味着持续 44 年之久的美苏争霸"两极格局"终结,冷战因此结束,美国成为世界上唯一的超级大国(super nation)。这也意味着世界格局再次发生变化,由原来的"两极多强"变为"世界多元化进程中的一级多强"⑤。

美国诗歌在冷战时期,不能被视为美国文学的主流,但是它特殊的表现形式和强烈的情感表达,是小说、散文、政论文等无法替代或者无法比拟的。冷战背景下的美国诗歌,不只描绘美国本土的风土人情、地缘政治、社会状况、历史沿革等情况,它也蕴含其他国家的人文精神、社会动态、价值观念等,以充分体现美国诗歌在特定历史时期所具有的开放性和包容性。冷战背景下美国诗歌中的中国元素是不可或缺的,这里存在至少三个主要原因:第一,美国诗歌有参考和借鉴中国古典诗歌以及学习中国优秀文化的传统,

---

① S.Levitsky & L.A.Way, *Competitive Authoritarianism: Hybrid Regimes after the Cold War*, Cambridge: Cambridge University Press, 2010, p.78.

② 马歇尔计划,亦称欧洲复兴计划(European Recovery Program),是二战结束后美国对被战争破坏的西欧各国进行经济援助、协助重建的计划。参见 S.E.Harris, *The European Recovery Program*, Harvard: Harvard University Press, 1948, pp.91-96。

③ 缩写为 NATO,也译为"北约"或者"北约组织"。

④ 或写作 Warsaw Pact,可译为"华沙"或者"华沙组织"。

⑤ M.Seeberg, *Competitive Authoritarianism: Hybrid Regimes After the Cold War*, Cambridge: Cambridge University Press, 2010, pp.122-123.

该传统其实从老牌资本主义的根据地——欧洲发展早期已经开始，到了美国崛起的时代，这种传统仍然在延续。第二，中国曾经是世界上闻名遐迩的"四大文明古国"之一，但是后来在民族发展的道路上落伍了，尤其是在近代史上遭受屈辱，被瓜分、被侵略、被蹂躏；冷战期间作为社会主义阵营中的一员，实施一种与美国不一样的社会制度，人民生活、精神面貌等情况自然会引起一些有正义感和国际主义情怀的美国诗人进行关注和书写。第三，美国国内有不少华裔，他们分散在美国各个大中型城市的唐人街区，他们的生活正与美国其他人种，比如美国白人、黑人、土著人等融合在一起，他们的社会活动也与蒸蒸日上的美国发展紧密联系在一起，而这些对于那些关注美国社会、民族、历史、多元文化等的诗人来说，正是他们诗歌获得灵感、拥有全新生命力的渊源，"中国人"（Chinaman 或者 Chinese）成为他们诗歌的素材或者内容，当然是自然而然之事①。此外，还有一些美国诗人因为关注和了解美国国内的中国人，转而放眼世界，关注中国本土的中国人，并通过旅游、阅读或者"道听途说"，把他们所了解到的某些"真实情况"写进自己的诗行，留作纪念或者表达一种"人道主义情怀"。不过，实事求是地讲，在美国冷战思维的影响之下，因为社会制度和民族文化的差异，并不是所有美国诗人都喜欢中国和中国人，也不是所有美国人都欣赏中国文化，尽管他们对中国历史都肃然起敬。②

1949—1977 年间，仍然对美国新诗发展产生积极影响的诗人当中，意象派诗歌领袖庞德以及接替庞德成为意象派新领袖的艾米·罗厄尔，依然在一些年轻的追随者那里被奉为楷模。他们早年发表的作品，包括《神州集》《松花笺》等，还是具有相当广泛的影响力③。"艾米·罗厄尔的仿中国诗"，比如她在"1919 年出版的诗集《浮世绘》"和"汉风集组诗"

---

① K.Rexroth,*American Poetry in the Twentieth Century*,New York：Herder and Herder,1971,p.136.

② M.W.Morris,K.Peng,M.W.Morris,et al."Culture and Cause：American and Chinese Attributions for Social and Physical Events",*Journal of Personality & Social Psychology*,Vol.67,No.6（December 1994）,pp.949-971.

③ K.Rexroth,*American Poetry in the Twentieth Century*,New York：Herder and Herder,1971,pp.136-138.

(Chinoiseries)在 20 世纪五六十年代仍然"值得一读"①。相比之下,庞德的名气更大。1949 年,美国国会图书馆鉴于《比萨诗章》的成就,把首届"博林根诗歌奖"(Bollingen Prize for Poetry)颁发给庞德。虽然引起轩然大波②,但是庞德在《比萨诗章》中以互文与戏仿手法引用、模仿、改写、摘录的中国儒家经典《大学》《中庸》《论语》《孟子》等,还是给美国及欧洲的读者留下难以磨灭的印象。比如,庞德戏仿《大学》写下了这样的诗句:"朝着奥尼桑蒂与圣特罗瓦索/ 汇合处的船坞/ 万事皆有始有终"(74)③、"凡事有始有终(末),知/ 先　后/则有助悟道"(78)、"同样的情况也发生在达尔马提亚/ 不以义为利/ 而义为国之利也/ 该死的意大利鬼"(89—90)等。庞德戏仿《中庸》写下了:"'唯天下至诚,方能尽其性。'/ 绣包里不会有猪耳/ 即便如此……"(86)、"'独此,皮与骨在你与整体之间,'/ [整体,整体]/(朱熹的评注)"(166)、"洁白无瑕地,我将(从罗马天主教的弥撒准备之中)走进/ 不同时代/ 让其安息/ 不以之为"(168—169)等。庞德戏仿《论语》写下了:"Chung 中/ 居于中/ ……/ 您忠实的　孔夫子"(77)、"雾绕山岗/ 何远/ '未之思也,夫何远之有?'/ 北风与它的麒麟同来/ 令下士心碎"(79)、"非其鬼而祭之,谄也/ 志向所指,若心之士/ 志"(84)"飞得像在和风里那样/ '像一支箭,/ 在腐败的社会里/ 像一支箭'"(85)、"如同在舞雩台下/ 询问如何辨伪(惑)/ '选皋陶,坏人就消失了。'/ '选伊尹,坏人就跑走了'"(109)、"在/ 话语中/ 重要的是/ 辞/ 达/ 达意除此无他"(119)、"或在腓尼基数羊,/ 未思之也,夫何远之有"(123)、"辞达而已矣,此为/ 话语

---

① 赵毅衡:《诗神远游》,上海译文出版社 2003 年版,第 24 页。

② 二战期间,庞德曾经在意大利支持墨索里尼的法西斯政权,并在罗马电台攻击美国政府,犯下"叛国罪"(treason),后被抓进意大利比萨监狱。《比萨诗章》就是在这期间完成的。《比萨诗章》虽然艺术性极强,但是却遭到美国民众以及一些极端主义分子的攻击。《纽约时报》头条就曾写道:"在精神病院有叛国罪的庞德赢得他在死囚室里写成的诗歌大奖"(Pound, in Mental Clinic, Wins Prize for Poetry Penned in Treason Cell)。参见 Stephen Fredman, *Ezra Pound and Italian Fascism*, Cambridge:Cambridge University Press, 1991, pp. 231 – 233; Wikipedia, *Ezra Pound*, May 20, 2016, https://en.wikipedia.org/wiki/Ezra_Pound。

③ 凡是引自《比萨诗章》里的诗句,均出自[美]伊兹拉·庞德:《庞德诗选·比萨诗章》,黄运特译,张子清校,漓江出版社 1998 年版。标注时只出现该书页码,格式为(74),不另作注。

之法"（134）、"经纬／乃属天／'天厌之！'孔子曰"（135）、"'若没有管仲，'孔夫子说／'我们穿衣服扣子都会反了'"（143）、"平静，水 水／知者／乐水／仁者乐山"（196）等；庞德戏仿《孟子》写下了："如何把一块印章或符节的两半合拢？／舜之志与／文王之志／若一符之两半／1/2／于中国／其旨同一"（83）、"射者正己而后发，发而不中，不怨胜己者，／反求诸己而已矣"（85—86）、"没有比固定利息更糟／几年平均／《孟子·滕文公章句上》／第三段第七节""月亮分裂了，卢卡以内没有云。／在这春秋／春秋时代／无／义／战"（113—114）、"人，大地：一块符节的两半／而我将从中走出，不认识一个人"（193）、"其气覆盖山岳／闪耀，分离／以直为养／而无害／立于地而塞九重之天／配义／与道／无是，则妥也"（199）、"别／勿／助／长／见于公孙丑章"（201）；等等。此外，庞德在《比萨诗章》中还戏仿《诗经》，并与《诗经》里多个典故和情节产生互文关系，比如："三只鸟在三根电线上／婉转的 黄鸟／飞落 在瓶中三个月／（作者）／黄／鸟／止"（121）是对《诗经·秦风》中的《黄鸟》里"交交黄鸟，上于棘""……止于桑""……止于楚"三个反复吟诵的诗句的互文。庞德甚至在《比萨诗章》里戏仿一位在中国"传福音的传教士"的话："你只要到北边走一趟／然后回到上海／交一份有关／入教者数目的年终报告"（125），这与当时中国上海的社会历史和文化背景产生互文关系。1951 年，庞德翻译了儒家经典《大学》（*Confucius：The Great Digest*）、《中庸》（*The Unwobbling Pivot*）和《论语》（*Confucius：Analects*），并在纽约出版。1954 年，庞德选编的《孔子经典文论集》（*The Classic Anthology Defined by Confucius*）由哈佛大学出版社出版。1964 年，庞德与他的追随者马尔塞拉·斯巴（Marcella Spann）共同完成《从孔子到卡明斯：诗选集》（*Confucius to Cummings：An Anthology of Poetry*）并在纽约出版，旨在为喜欢中美诗歌的读者，留下一部经典诗歌文集。1969 年，庞德编写的《孔子文集》（*Confucius*）在纽约出版，里面收录了庞德翻译的《大学》（*Ta Hio*，1928）、《中庸》（*The Unwobbling Pivot*，1947）和《论语》（*The Analects*，1950），等等。在1948—1977 年间，庞德是美国诗人中对中国文化和中国文学最热心、最执着的一位代表，也是学界公认的"20 世纪对中国诗最热情的美国现代诗人"[1]。

---

[1] 赵毅衡：《诗神远游》，上海译文出版社 2003 年版，第 17 页。

　　除了庞德的作品在该时期发挥广泛的影响力,还有一些对中国古典诗歌和中国文化非常热爱的美国诗人,他们的作品早在 20 世纪初期已经初露锋芒,到了 20 世纪六七十年代仍然受到欧美读者的欢迎。比如,林赛于 1915 年在蒙罗的《诗刊》上发表的《中国夜莺——壁毡上的故事》,以旧金山唐人街华人洗衣工为主人公,书写了一个"童话般的故事",里面充满"东方式华丽的渴望",有一种让欧美读者"难以忘怀的魅力"。所以,即使到了 1970 年,仍然受到美国诗歌刊物编辑者们的喜爱,"据 1970 年统计,《中国夜莺》被收入九种选本"①。诗歌评论家古德温(K.L.Goodwin)在 1966 年出版的著作中,对学院派诗人艾略特进行评述,认为艾略特的一些诗作有中国唐代诗人李白的风格,这明显是受到了庞德"诗歌互文性"的外在影响②。"旧金山文艺复兴"的核心人物雷克斯洛斯,是该时期对中国古典诗歌情有独钟的又一位杰出代表③。他于 1956 年出版《汉诗 100 首》(*One Hundred Poems from the Chinese*),对垮掉派诗人风格的形成有着不可替代的作用④;由于该诗集受到美国新诗诗人的高度评价,他于 1970 年又发表诗集《爱与更迭年:又译汉诗 100 首》(*Love and the Turning Year: One Hundred More Poems from the Chinese*)⑤;1972 年,他还与中国学者型女诗人钟玲一起合译了《兰舟:中国女诗人诗选》(*Orchid Boat: Women Poets of China*)⑥,等等。雷克斯洛斯的诗歌自由豪放,气势磅礴,有不少与中国诗风很接近,有一种

① E.Williams, *Harriet Monroe and the Poetry Renaissance*, Urbana: University of Illinois Press, 1977, pp.134–135.此外,参见赵毅衡:《诗神远游》,上海译文出版社 2003 年版,第 28—29 页。

② K.L.Goodwin, *The Influence of Ezra Pound*, London: Oxford University Press, 1966, pp. 123–126.

③ 美国《时代》杂志称其为"新垮掉派之父"(Father of the Beats by *Time Magazine*)。Linda Hamalian, *A Life of Kenneth Rexroth*, New York: W.W.Norton & Company, 1991, pp. 182–183.

④ K.Rexroth(Trans.), *One Hundred Poems from the Chinese*, New York: New Directions, 1956.

⑤ K.Rexroth(trans.), *Love and the Turning Year: One Hundred More Poems from the Chinese*, New York: New Directions, 1970.

⑥ K.Rexroth & L.Chung(Trans.), *Orchid Boat: Women Poets of China*, New York: New Directions, 1972.

内容互文与风格戏仿的味道。比如，他于 1967 年发表的最具雄心的（most ambitious）抒情长诗《心的花园，花园的心》（*Heart's Garden，The Garden's Heart*）①，用中国的道家精神审视自己的内心世界，并融化在他"中国诗一般"的诗行当中："……倾听着／他自己心里的音乐／远远消失在空间和时间中／山谷的灵魂不死。／它被称作皮肤黝黑的女人。／黑肤女人是门／通向天与地的根基。／……／心痛何时能离去？／常青的松树／春末更青。／蓝色的水中稻秧在抽叶。"②细读该诗，可以感受到雷克斯洛斯其实在字里行间夹杂了《老子》"道可道，非常道"的空灵境界以及《诗经》"返璞归真"的细腻情感。身兼诗人、评论家、小说家于一身的美国现代文坛名家艾肯③，曾经在 1955 年完成长诗《李白来信》（*A Letter from Li Po*）。这是对李白诗歌内容和风格的互文与戏仿。该诗共计 12 个章节，其思想和灵感受到李白五言绝句和七言律诗的影响，他认为带有中国古典色彩的李白及其浪漫主义精神在美国这个特殊的国度有着非凡的现实意义——"（李白的抒情精神）并未在我们这里结束，而是从这里开始"，比如诗中的一个片段："西北方狂呼，蓝鹈鸟的风／宣布秋天到来，秋分／把蓝色的海湾卷回一个遥远的下午。／李白已去峡谷的那边，／寻找友谊，寻找昔日情人的衣袖／……／而我们也和他一样收回前言：／和他一起，消失在峡谷那边；／和他一起，给我们已亡故的孩子／写封信，与时间一样长，与爱一样短。"④艾肯随后开诚布公地说："每个熟悉李白诗的人都可以发觉我谈到了他生平中的某些事，也引用了他的诗的某些片段"⑤，即非常坦诚地承认自己在该诗中的思想内容以及情感表达均受益于李白，是对李白诗风的互文与戏仿。

---

① K.Rexroth，*Heart's Garden，The Garden's Heart*，Cambridge：Pym-Randall Press，1967.

② 该译文为赵毅衡先生译。参见赵毅衡：《诗神远游》，上海译文出版社 2003 年版，第 322 页。

③ Aiken C.*Twentieth-century American Poetry*，Hoboken，New Jersey：Wiley-Blackwell，2006，pp.177-179；Wikipedia，*Conrad Aiken*，March 25，2016，https://en.wikipedia.org/wiki/Conrad_Aiken.

④ 该译文为赵毅衡先生译。参见赵毅衡：《诗神远游》，上海译文出版社 2003 年版，第 54—55 页。

⑤ 转引自赵毅衡：《诗神远游》，上海译文出版社 2003 年版，第 55 页。

1959 年创办《西北诗刊》(*Poetry North-West*)的女诗人凯瑟①,除了热衷于美国的女权主义运动,还对中国诗歌兴趣盎然;除了师法中国古典诗词中女性的敏感和细腻,还以互文与戏仿的方式借古讽今,通过典故来叙说现代女性的情感无奈和心灵忧伤。最引人注目的,是她于 1965 年完成的诗集《叩寂寞》(*Knock Upon Silence*)②——该诗集不仅成功地戏仿中国西晋著名文学家陆机《文赋》里倡导的"精骛八极,心游万仞"的艺术境界,而且就连题目也直接取自《文赋》里的话:"课虚无以责有,叩寂寞而求音;函緜邈于尺素,吐滂沛乎寸心"③,言外之意是希望读者领会她的心思,通过"叩寂寞"给它以"声响",最终获得"心灵知音"。1948 年创办著名文学评论杂志《哈德逊评论》(*Hudson Review*)的美国当代诗人摩根④,生前深受中国道家哲学思想的影响,对《易经》颇有研究,并能够自觉将《易经》里的思想融入到他的诗歌创作当中。1972 年出版第一部诗集《易书》(*A Book of Change*),明显是以戏仿的方式套用了《易经》(*Book of Changes*)的写法;1977 年发表《两个世界之诗》(*Poetry of the Two Worlds*),表达一种"宁静致远""豁然开朗"的顿悟:"那神圣的网,我们由此而生/ 当被子空了/ 干得见底/ 我闭上眼/ 静息我的思虑/ 从那自足的秘密之泉"⑤。美国伯克利加州大学的高材生、接替庞德撑起美国新世纪诗歌"中国风格"大旗的加里·斯奈德,被认为是"垮掉派星散后创作成绩最大的垮掉派诗人",也是"垮掉派中唯一对'今天'拥有发言权的声音",更是努力把"禅宗与中国的儒、道二家思想糅合"的集大成者⑥。他于 1958 年发表的《寒山组诗》(*Han-shan：Cold Mountain*

---

① Margalit Fox, "Carolyn Kizer, Pulitzer-Winning Poet, Dies at 89", *The New York Times*, October 10, 2014; Wikipedia, *Carolyn Kizer*, April 12, 2016, https://en.wikipedia.org/wiki/Carolyn_Kizer.

② C.Kizer, *Knock Upon Silence*, New York：Doubleday, 1965.

③ 霍松林主编:《古代文论名篇详注》,上海古籍出版社 1988 年版,第 99 页。

④ W.H.Pritchard, "In Memoriam：Frederick Morgan(1922-2004)", *Hudson Review*, Vol.57, No.1(Spring 2004), pp.5-6.

⑤ 该译文为赵毅衡先生译。参见赵毅衡:《诗神远游》,上海译文出版社 2003 年版,第 59 页。

⑥ 赵毅衡:《诗神远游》,上海译文出版社 2003 年版,第 72—76 页。

Poems)①,成为美国垮掉派诗歌中最有影响力的代表作之一;1968 年发表
《僻乡》(*Back Country*);1974 年发表《龟岛》(*The Turtle Island*)。后者获得
普利策奖,被认为是"环境保护运动进入美国文化主流的路标"②。斯奈德
善于把沉着、理性、静谧的诗情与大自然的神秘和美好建构在一起,形成一
种人与自然友好相处、共生共存的和谐关系,因此斯奈德的诗歌极其与众不
同,已被公认为是"(20 世纪)六七十年代美国环境保护主义哲学"的外化
及典范。而对此,斯奈德语重心长地说"中国诗给了他决定性的影响":"中
国诗使我看到了田畴,农场,砖墙后面的杜鹃花丛——它们使我从对荒山野
岭的过度迷恋中解脱出来。中国诗人有一种超绝的诗艺,能使最荒莽的山
岭现出人性,证明大自然是人最好的住处。"③斯奈德的诗歌甚至与庞德的
诗歌之间,也构成互文关系。比如,斯奈德的长诗《无限山河》(*Mountains
and Rivers without End*),与庞德的《诗章》在结构及谋篇布局等方面,有许多
相似之处。这说明斯奈德的诗风与庞德的诗风在渊源和影响方面存在共性,
或者说存在互文性与戏仿性。此外,汉森(Kenneth O.Hanson,1922—)、慧
伦(Philip Whalen,1923—2002)、吉福尔德(Barry Gifford,1946—)等美国
现代诗人,在 1949—1978 年间也有不少关于中国内容或者主题的诗作或者
诗集问世,其字里行间或隐或现地以互文性的方式抒发和表达了他们对中
国古典文学以及诗歌的热爱之情。

　　总之,在冷战思维影响及其背景之下,美国诗歌中的中国元素是复杂和
多元的,上述讨论只是冰山一角。虽然以上述种种事例足以说明:美国现代
诗歌的发展离不开中国诗歌的影响,美国现代诗人倾向于从中国古典诗歌
当中寻找灵感或者推动力,但是不能说该时期所有的美国诗人都对中国诗
歌感兴趣,或者完全对中国诗歌的内容及其形式均予以充分的认识和肯定。
尤其是那些带着阶级偏见、种族偏见和文化偏见的美国人,会戴着有色眼镜
审视中国诗歌,并认为中国诗歌只是一种文学表现形式,与日本诗歌、法国
诗歌、德国诗歌等一样,不过就是表达人的情感和思想的媒介物。不仅如

---

① G.Snyder(Trans.),"Han-shan:Cold Mountain Poems",*Evergreen Review*,Vol.6,No.2 Au-
　　tumn 1958,pp.69–80.
② 转引自赵毅衡:《诗神远游》,上海译文出版社 2003 年版,第 75 页。
③ 赵毅衡:《诗神远游》,上海译文出版社 2003 年版,第 73 页。

此,他们对中国新诗不感兴趣,认为中国新诗太政治化,这明显是受到冷战思维的牵制和羁绊①。

二、冷战背景下中国诗歌中的美国元素

1947—1991 年美苏冷战以及资本主义阵营和社会主义阵营之间的对峙,对中国的政治、经济和文化等领域造成重大影响。这甚至波及中国诗歌与美国诗歌之间的有效互动与交流。曾经有一段历史时期,中国新诗诗人不能非常个性化地、开放性地向美国诗歌看齐,也不能非常充分地借鉴美国新诗中的合理元素②。不过,这种局面到了 1976 年开始发生改观;1978 年的改革开放政策,又使中国新诗焕发出新的生机和活力,也使中美诗歌的交流和唱和有了新的发展契机。

1949 年,中华人民共和国成立。举国上下欢欣鼓舞,因为中国进入到一个崭新的历史阶段。但是,当时的现实情况并不容乐观——新中国政体虽然得到确立,然而经济发展和基础建设等方面却"一穷二白";在国际舞台上影响力不够,没有强有力的发言权。为此,在冷战期间,尤其是冷战前期,由于中国以马列主义、毛泽东思想为指导,实行中国共产党领导的无产阶级专政,加上特殊的地缘政治格局,决定了社会主义中国只能"一边倒",即"近苏联而远美国"。"这一社会环境与社会性质决定了 20 世纪的中国当代文学同发源于五四的中国新文学——现代文学相比,已经进入到一个不同的政治环境与生存环境",而且,"政治的、社会的、经济的大震荡、大变化、大发展,都对中国当代文学产生了深刻的影响"③。就中国诗歌对美国诗歌的互文与戏仿方面而言,受冷战影响,中国诗歌融入美国元素曾经有过两个明显的发展阶段:第一个阶段,中国实行"一边倒"政治策略期间;第二个阶段,在 20 世纪 50 年代后期,中国与苏联领导人赫鲁晓夫关系僵化后,开始与美国官方"政治松动"时期。上述历史事件促使中国诗歌对美国诗

---

① A.Hammond, *Cold War Literature*: *Writing the Global Conflict*, London and New York: Routledge, 2009.

② W.L.Yip, "Classical Chinese and Modern Anglo-American Poetry: Convergence of Languages and Poetry", *Comparative Literature Studies*, Vol.11, No.1(April 1974), pp.21–47.

③ 朱栋霖、朱晓进、龙泉明主编:《中国现代文学史(1917—2000)》(下),北京大学出版社 2012 年版,第 1 页。

歌的态度有较明显的转变。总体来看，中国诗歌对美国诗歌的态度经历了跌宕起伏的变化过程，很多情况下这种变化还未深入，便又有了新变化。"这一长期、复杂的过程，既指 1949 年之前的中国现代文学史阶段，也包括 1949 年至今的中国现当代文学的曲折起伏过程"，不过 1949—1977 年中美诗歌的互文与戏仿阶段，与中国文学发展史上两个特别的阶段，即"十七年文学阶段"（1949—1966）和"'文革'文学阶段"（1966—1976）①，虽有重叠，但是从根本上讲，还是有形式与内容的不同。

第一个阶段，中国实行"一边倒"国际政治策略期间，对包括美国诗歌在内的美国文学采取"疏远"态度。冷战爆发后，由于中国政府"近苏联而远美国"，导致中国文学的发展与走向出现"统一化"和"一元化"态势。其主旨就是实现"社会主义性质的转型"，树立马列主义、毛泽东思想的地位不动摇，在政治和制度上实现社会主义改造，同时"对已有的各种各样的历史形态的旧有美学观念进行清理"②。中国诗歌作为中国文艺的重要组成部分，也毫不例外地执行这一思想路线。在此背景下，借鉴和学习苏联社会主义建设的成功经验，成为时代发展的必然趋势。那个时候由于中苏友谊，许多学者与诗人都热衷于苏联文学与诗歌，像列夫·托尔斯泰（Лев Николаевич Толстой，1828—1910）的《战争与和平》《安娜·卡列尼娜》，高尔基（МаксимГорький，1868—1936）的《海燕》《童年·在人间·我的大学》，尼古拉·奥斯特洛夫斯基（Островский Николай Алексеевич，1904—1936）的《钢铁是怎样炼成的》以及苏联"现实主义文学奠基人"、诗歌巨匠亚历山大·普希金（Александр Сергеевич Пушкин，1799—1837）的《假如生活欺骗了你》《致大海》《青铜骑士》，俄罗斯田园派诗人谢尔盖·叶赛宁（Сергей Александрович Есенин，1895—1925）的《夜》《白桦》《我是乡村最后一个诗人》等，都是当时中国国内非常受欢迎的外国作品。美国文学及诗歌属于"被改造"的行列。那些早年留学美国、受美国新诗影响的中国学者及诗人，在这个特殊的历史时期处境并不容乐观。由于要创造"社会主

① 朱栋霖、朱晓进、龙泉明主编：《中国现代文学史（1917—2000）》（下），北京大学出版社 2012 年版，第 1—3 页。
② 朱栋霖、朱晓进、龙泉明主编：《中国现代文学史（1917—2000）》（下），北京大学出版社 2012 年版，第 2—4 页。

义的革命新文艺"和"开创人类历史新纪元的、最光辉灿烂的新文艺"①,这些对美国诗歌怀有好感或者已建立一定感情的中国诗人们,都只能把那份情感深深地埋藏在心底,或者干脆改弦易辙,把那份情感变成革命的力量,歌颂新时代、歌唱新中国。或者如胡适——早期留学美国、回国后倡导新文化运动——1949年离开祖国大陆赴美,后于1958年4月定居台湾,就任当时台湾当局"中央"研究院院长。说到底,那个时候,对于中国诗人来说,需要"面对与传承三个文学传统与资源:五四新文学传统与资源、三十年代文学传统与资源、延安工农兵文学传统与资源"②。

　　第二个阶段,在20世纪50年代后期,中国与苏联夫关系僵化后,开始与美国官方"政治松动"。1958年,由于苏联政府蛮横、粗暴的政治态度和企图"在军事上控制中国"③,中苏关系破裂并逐渐恶化。这使中国领导人以及全国人民对苏联原先的那种积极态度发生重大改变,包括中国诗人在内的社会群体开始理性地、认真地反思和对待苏联以及相关民族国家的现实做法、未来政策、发展思路等。这种政治上的变革,促使中国诗人对苏联文学及其诗歌有了不一样的认识和态度,他们没有再盲从和迷信,而是有了独立自主的判断力和个人立场。由于中苏关系从合作走向破裂,中国必须要重新考虑自己在世界格局当中的角色与地位。这时,一直对中国实施"遏制"和"敌对"姿态的美国抓住了时机,认为与中国缓和关系有利于牵制冷战中的苏联④。中国在复杂多变的国际形势中,灵活应对和聪明把握,中美关系的"政治松动"就不可避免了⑤。在此背景下,包括中国诗歌在内的

---

① 朱栋霖、朱晓进、龙泉明主编:《中国现代文学史(1917—2000)》(下),北京大学出版社2012年版,第3页。

② 朱栋霖、朱晓进、龙泉明主编:《中国现代文学史(1917—2000)》(下),北京大学出版社2012年版,第20页。

③ R. S. Ross (ed.), *China, the United States, and the Soviet Union: Tripolarity and Policymaking in the Cold War*, Armonk, New York: Sharpe, 1993, pp.12-15, 39-42; S.Levitsky & L.A.Way, *Competitive Authoritarianism: Hybrid Regimes after the Cold War*, Cambridge: Cambridge University Press, 2010, pp.206-208.

④ 参见姜长斌、刘建飞:《重新透视冷战时期的中美关系》,《中共中央党校学报》1998年第3期。

⑤ 参见[美]罗伯特·罗斯:《从对峙走向缓和——冷战时期中美关系再探讨》,姜长斌译,世界知识出版社2000年版,第178—179页。

文学界对美国文学的态度也发生相应的变化，"新的人民的文艺"的理念被明确命名，"整个50年代的文学行为，呈现为对创建文学新格局、新规范、新秩序的努力"，而且"有些文学或艺术问题的讨论开始向革命性批判层面推进"①。可见，即使中美关系在这段历史时期得到缓和，但是对国内文艺、诗学的影响还是微乎其微，中国诗人还是不能畅通无阻地向美国诗人学习新的诗艺，美国诗歌对中国诗歌的作用也不像想象得那样拥有多少"穿透力"。

第二节 政治语境中的中美诗歌对话

1949—1977年间的中美诗歌，其中一个重要特征就是：它们均不同程度地受到国际政治大环境的影响。这使得中美诗人的话语与政治有关，但又不完全是这样。与中国诗歌相比，美国诗歌"革命性""战斗性"的内容要少很多；而与美国诗歌相比，中国诗人"个人主义""浪漫主义"的成分则明显被遮蔽。这是两个非常特别、反差很大的诗歌世界——一个在东，一个在西；一个强调要彰显自我，一个强调要隐藏自我；一个主张要把感情寄托在对"物"的喜悦（pleasure）之上，一个倡导要通过政治抒情（political lyric）来表达自己的爱憎分明。政治制度和思维模式的不同，造就了中美诗人旨趣、性情和发展的差异。美国诗人把政治当做创作的素材，中国诗人则背着政治包袱在特殊的年代发出"沉闷的呐喊"。这是历史造成的结果。在20世纪五六十年代的中国，政治抒情诗曾经成为中国诗歌的主流。对此，美国诗人有他们"民族主义的"（nationalist）的看法，似乎也在意料之中。当然，在该历史时期，中国诗人也有中国诗人的立场，即美国诗歌不过是美国诗人"资本主义（capitalist）的外衣"②。

一、不是政治话语的"政治话语"

理论上讲，诗歌语言属于文学以及艺术领域的东西，即使作为研究对

---

① 朱栋霖、朱晓进、龙泉明主编：《中国现代文学史（1917—2000）》（下），北京大学出版社2012年版，第3页。

② M.Thurston, *Making Something Happen：American Political Poetry between the World Wars*, Chapel Hill：University of North Carolina Press, 2001, pp.218−221.

象,也往往与语言学、文艺学、美学、哲学等息息相关,似乎与政治没有必然联系。但是,在现实语境之内,诗歌不仅与政治相关,而且还有可能融合在一起。虽然在认知层面,诗歌语言不可能等同于政治话语。然而,从诗歌与国际环境的互文性关系来看,诗歌语言又可以被视为政治话语——如果说不是政治话语的"政治话语"是悖论,那么是"政治话语"的政治话语就不是悖论了吗? 诗歌本来是用来抒发个人感情、表达思想洞见的,或者是用来书写历史、描写状物的①。可是,在特定的历史时期,在特定的社会群体,诗歌可能会变成武器、利刃和枪炮,也可能会实现"枪杆子里面出政权"的目标。出生于耶路撒冷、之后加入美国国籍的著名文学理论家与批评家爱德华·沃第尔·萨义德(Edward Wadie Said,1935—2003),在1978年出版了《东方主义》(Orientalism)一书,该作品曾经质疑西方人眼中的"东方世界",认为那个"想象出来的东方"不过是他们"政治话语"的一个组成部分,因为这恰好为他们到处推行"殖民主义"(colonialism)提供了依据和借口②。无独有偶,英国著名马克思主义文艺理论家、批评家特里·伊格尔顿(Terry Ealgleton,1943—　)，经过对文学、文化、文明等关系的考察,发现语言具有阶级性,它反映了不同民族、不同社会、不同国家之间的文化诉求和政治诉求,所谓"政治解放"(liberation)和"思想解放"(emancipation),不过是语言的政治性的外化③。

　　可见,语言作为政治话语是社会发展的产物,是特殊的历史语境中特殊族群的思想载体。诗人的语言表达诗人的思想,从某种意义上讲,也代表诗人的某种政治立场。比如,美国诗人卡尔·桑德堡④曾经在他的《芝加哥诗抄》(Chicago Poems)中发出惠特曼式的粗犷、豪放的声音,明显是想把诗歌当做武器,揭露他所熟悉的那个"充满邪恶力量的"资本主义世界:"世界的

---

① 参见[古希腊]亚里士多德:《诗学》,陈中梅译,商务印书馆2003年版,第56—58页。

② E.W.Said, Orientalism, London:Penguin Books,1978,pp.132-138.

③ 参见[英]特里·伊格尔顿:《理论之后》,商正译,欣展校,商务印书馆2010年版,第156—159页。

④ Penelope Niven, Carl Sandburg:A Biography.New York:Scribner's,1991,pp.ix-xi.又参见 Wikipedia, Carl Sandburg, April 20,2016, https://en.wikipedia.org/wiki/Carl_Sandburg.

猪屠夫,/工具匠,小麦存储者,/铁路运输工,全国货物转运人/暴躁、魁梧、喧闹,/宽肩膀的城市:人家告诉我你太卑劣,我相信:我看到你的/女人浓妆艳抹在煤气灯下勾引乡下小伙。/人家告诉我你太邪恶,我回答:是的,的确/我见到凶手杀了人逍遥法外又去行凶。/人家告诉我你太残酷,我的答复是:在妇女/和孩子的脸上我见到饥饿肆虐的烙印。/我这样回答后,转过身,对那些嘲笑我的/城市的人,回敬以嘲笑,我说:/来呀,给我看别的城市,也这样昂起头,/骄傲地歌唱……/毁灭,/计划,/建造,破坏,再建造……"①桑德堡这种带着特别指涉(implication)的个性化的语言,或者说政治性的语言,得到了普通劳动者的喜爱,他们看到了一个具有伟大民主精神的桑德堡、一个敢怒敢言"歇斯底里"的桑德堡、一个充满着阶级之爱的桑德堡。为此,有评论家指出,像桑德堡这样的美国诗人,总习惯于用他们"口语体的"(colloquial)粗犷和豪放的语言,去表达一种政治煽情式的"张牙舞爪的美",那也是"被豺狼盘踞着长满雏菊花的美"②。

该时期,在中国诗人当中,袁水拍(1916—1982)在《新的历史今天从头写——为中国人民政协开幕而欢呼》这首诗中,用他充满无限激情和力量的政治性话语,表达他对1949年中国人民政治协商会议召开和中华人民共和国成立那种喜不自胜的激动心情:"在万里无云的蓝天下,/在气象万千的新北平,/在黄瓦红墙的人民的殿堂里,/中国人民政治协商会议诞生了!/几千年人吃人的封建史的道路到此走完!/一百年帝国主义侵略史的道路到此走完!/看!/前面,路标上,光芒万丈的七个字,/国家的抚育者毛泽东所写的:/中华人民共和国!"③就同一个政治事件,就同一个政治主题,诗人何其芳书写了他那首气壮山河的、充满政治豪情的《我们最伟大的节日》:"一/中华人民共和国/在隆隆的雷声里诞生。/是如此巨大的国家的诞生,/是经过了如此长期的苦痛/而又如此欢乐的诞生,/就不能不像暴风雨一样打击着敌人,/像雷一样发出震动世界的声音……/二/多少年代,多少中国人民/在长长的黑暗的夜晚一样的苦难里/梦想着你,/在涂满了血

---

① 转引自王文:《美国现代诗歌》,陕西师范大学出版社2002年版,第29—30页。
② 李宜燮、常耀信:《美国文学选读》,南开大学出版社1991年版,第71—72页。
③ 该诗写于1949年9月22日,发表在当时的《人民日报》上。参见袁水拍:《袁水拍诗歌选》,人民文学出版社1985年版,第331页。

的荆棘的路上／寻找着你,／在监狱中或者在战场上／为你献出他们的生命的时候／呼喊着你,／多少年代,多少内外的敌人／用最恶毒的女巫的话语／诅咒着你,／用最顽强的岩石一样的力量／压制着你,／在你开始成形的时候／又用各种各样的阴谋诡计／来企图虐杀你。／你新的中国,人民的中国呵,／你终于在旧中国的母体内／生长,壮大,成熟,／你这个东方的巨人终于诞生了……"①该诗最醒目的地方除了诗歌语言的政治性,还有其序言的政治性:"1949年9月21日,中国人民政治协商会议第一届全体会议在北京开幕。毛泽东主席在开幕词中说:'我们团结起来,以人民解放战争和人民大革命打倒了内外压迫者,宣布中华人民共和国的成立了。'他讲话以后,一阵短促的暴风雨突然来临,我们坐在会场里也听到了由远而近的雷声。"②显而易见,该诗借助生动的笔触,使政治的诗歌内容与政治的诗性情绪交织在一起,充分表达了诗人当时酣畅淋漓的爱国情感。

通过上述事例可以看出,把诗歌当作不是政治话语的"政治话语",美国诗人会有意识和无意识地尝试和实践,中国诗人也会有意识和无意识地尝试和实践,这是该时期中美诗歌在内容和形式方面互文与戏仿的"趣味"之处。

二、美国诗人眼中的中国"乌托邦"

阅读1949—1977年间的中美诗歌,会发现美国诗人和中国诗人都会对彼此的社会生活产生某种政治联想和想象。这里有两个重要原因:一是由于冷战思维的存在,使他们只关注自己的政治制度和社会制度,对他们不熟悉的所谓"政治对立面"进行猜测和质疑;二是由于该时期属于中美诗歌互文与戏仿的"屏蔽期",彼此之间缺乏真正意义上的沟通和敞开心扉的了解,使他们的记忆和印象仍然停留在过去的某个点或者某个历史片段之上,

① 该诗写于1949年10月初,发表在当时的《人民文学》第1期。全诗共有七个诗节,风格与惠特曼一样豪迈。这里仅节选了前两节。参见何其芳:《何其芳文集(第一卷)》,人民文学出版社1982年版,第213页。
② 其序言还有第二部分:"9月30日,中国人民政治协商会议第一届全体会议选出了以毛泽东主席为首的中央人民政府委员会,胜利闭幕。10月1日,北京人民30万人在天安门广场庆祝中华人民共和国中央人民政府的成立。新的国旗在广场中徐徐上升……"参见何其芳:《何其芳文集(第一卷)》,人民文学出版社1982年版,第213页。

他们会借助奇特的诗歌想象进行放大或者重新加工和渲染。

　　一种情况是，美国诗人会假想中国所实行的社会制度不过像是欧洲文艺复兴时期人文主义者、政治家托马斯·莫尔（Sir Thomas More，1478—1535）在《乌托邦》（Utopia）里所描绘的那种虚幻世界①。这种世界在他们看来，似乎"只应天上有，人间哪能几回闻"，换言之，他们一方面对社会主义和共产主义充满了怀疑，但是另一方面又找不到合适的理由来否认这种社会制度的存在价值。矛盾的心境和情绪，使他们转向中国古老的和带有某些神秘主义色彩的东西②，并认为"东方神秘主义"（oriental mysticism）才是他们最渴望和"在合适的时候"能够获得灵感的东西。这类诗人，也多半会以"梦境"（dream）、"自然"（nature）、"歌"（song）、"愉悦"（pleasure）等意象寄托他们的联想和想象，比如杰弗雷·希尔（Geoffrey Hill，1932—　）和查理·斯米克（Charles Simic，1938—　）所写的一些关于东方主义的诗作③。

　　或者是有美国诗人想象中国人民仍然处在水深火热之中，受着阶级压迫，饥寒交迫，任由践踏、蹂躏和宰割。比如，美国"哈莱姆文艺复兴时期"的著名代表人物兰斯顿·休斯，就曾根据他在三四十年代到中国上海等地旅游时的见闻，融合他自己作为黑人在美国被边缘化所遭受的苦难，并借助诗歌这个他认为最有力的"政治话语"，呼吁中国人民一定要为自己的命运抗争到底，为自由和权利而战，为平等和机遇而战，为反抗一切压迫和暴力而战，为反抗万恶的帝国主义而战④。该思想反映在他的《怒吼吧，中国》（Roar，China）一诗当中："怒吼吧，中国！／怒吼吧，东方的狮子！／喷火吧，东方的黄龙，／你不能再忍受欺凌。／……"⑤此外，带有明显民主主义思想

①　J. A. Guy，*Thomas More*，London，New York：Oxford University Press，2000，pp. 95-96.

②　Robert Kern，*Orientalism*，*Modernism*，*and the American Poem*，Cambridge：Cambridge University Press，1996，pp. 23-27.

③　E. W. Said，"Orientalism Reconsidered"，*Race & Class*，Vol. 27，No. 2（June 1985），pp. 1-15.

④　Joyce A. Joyce，"A Historical Guide to Langston Hughes"，in Steven C. Tracy（ed.），*Hughes and Twentieth-Century Genderracial Issues*，Oxford：Oxford University Press，2004，pp. 136-137.

⑤　转引自王文：《美国现代诗歌》，陕西师范大学出版社2002年版，第54页。

的美国诗人,如詹姆斯·塔特(James Tate,1943—)、汤姆·威曼(Tom Wayman,1945—)等,一谈到中国诗歌,就会萌生一种"油然而生的"和"发自肺腑的"人文主义关怀,他们希望中国和中国人民拥有美好的明天①。

或者是有美国诗人受中国古典主义诗歌的影响过深,要么把中国人的生活描绘得怪诞、离奇,"原始无助、朝不保夕";要么奇幻化、浪漫化,"不食人间烟火,咏月不倦"。比如,美国女诗人伊丽莎白·蔻慈华斯(Elizabeth Coatsworth,1893—1986)②以浪漫的想象回顾"中国北方沙漠蛮荒给她的印象":"大漠沙粒,山的巨肩,在月光中/ 变白,白得威严。/空中云斑点点,像龙鳞,/城墙下的乞丐挤在一起,哀叹:/明夜,雨会下在我们身上"③。再比如印第安纳大学比较文学教授、诗人威利斯·巴恩斯通(Willis Barnstone,1927—),在1976年出版的诗集《中国组诗》(China Poems)中,总喜欢以唐朝诗人李白的风格为榜样,即使描写他在中国"文革"期间看到的"现实的中国大陆",也是蒙上一层幻化的色彩,让人产生一种亦真亦幻的感觉。

或者是有美国诗人寻章摘句,在中国历史的长河中企图还原和再造"更古老的乌托邦",给西方世界一次自我反省的机会。不过,这样的做法未必会受到美国社会和政治制度的认可,反而很可能会碰个"头破血流"——当然,这还涉及其他更纷繁复杂的社会和历史原因。比如,庞德在《诗章》第84章中,勾勒了他的思想意识里中国陶渊明,即庞德笔下的陶潜(T'ao Ch'ien)所描绘的世外桃源——"桃花源"(Peach-blossom Fountain):"陶潜听到旧朝之乐/可能在桃花源/那里滑软的草地间夹着清流/银光闪闪,分流而淌。"庞德希望在西方先打破一个"荒原式的寂静",然后建构一个没有阶级差别、不受高利贷剥削、祥和安宁、人民安居乐业的世界。只可惜,庞德费尽心思,经过他多次殚精竭虑式的不懈努力,终究还是发现"天

---

① B.Schreier,*The Power of Negative Thinking*:*Cynicism and the History of Modern American Literature*,Charlottesville:University of Virginia Press,2009,pp.232-235.

② Elizabeth Coatsworth " ever traveled to the Orient, riding horseback through the Philippines,exploring Indonesia and China,and sleeping in a Buddhist monastery.These travels would later influence her writing."Tracy Chevalier(ed.),Twentieth-Century Children's Writers,London:St.James Press,1989,pp.218-219;另参见 Wikipedia,*Elizabeth Coatsworth*,April 22,2016,https://en.wikipedia.org/wiki/Elizabeth_Coatsworth。

③ 赵毅衡:《诗神远游》,上海译文出版社2003年版,第99—100页。

堂不是人造的,/地狱也不是"。这让他难免心灰意冷:"我与世界争斗时/失去了我的中心/一个个梦想碰得粉碎/撒得到处都是——/而我曾试图建立一个地上的乐园。"①庞德是那个时期对梦想比较执着的诗人,但是他最后发出的声音似乎也最落寞、最不能自己②。

由此可知,美国诗人眼中的中国,是一个将诗人的个人想象与部分真实的世界相拼接和组装,然后再进行艺术加工"异化的"(alienated)产物,也是一个"陌生化的"(defamiliarized)产物。这其中,中国政治"乌托邦"仍是他们精神想象的重要方面。一个深层次的原因就是,他们对那个时代的中国"既不了解,也不熟悉",还往往夹杂着个人偏见,加上中国国内自身复杂多变的政治氛围和政治环境,致使"从五十至七十年代,美国诗人(在中国)不受欢迎"③。

三、中国诗人眼中的美国"资本主义"

1942 年 5 月 2 日至 23 日,中共中央在党内整风的基础上召开了延安文艺工作座谈会。会上,毛泽东作了题为《在延安文艺工作座谈会上的讲话》的报告。该报告被誉为是"'二战'以来马克思主义文论中最有体系色彩且影响最大的论作之一","是马克思主义文艺理论'中国化'的重要成果"④。该报告指出:"在现在世界上,一切文化或文学艺术都是属于一定的阶级,属于一定的政治路线的。为艺术的艺术,超阶级的艺术,和政治并行或互相独立的艺术,实际上是不存在的。无产阶级的文学艺术是无产阶级整个革命事业的一部分,如同列宁所说,是整个革命机器中的'齿轮和螺丝钉'","什么是我们的问题的中心呢? 我以为,我们的问题基本上是一个为

---

① 庞德的原文参见 E.Pound, *The Cantos of Ezra Pound*, New York: New Directions Publishing Corporation, 1971, pp.460,538,802. 译文参见[美]伊兹拉·庞德:《庞德诗选·比萨诗章》,黄运特译,张子清校,漓江出版社 1998 年版,第 70、211 页。
② 蒋洪新:《庞德研究》,上海外语教育出版社 2014 年版,第 333—335 页。
③ 赵毅衡:《诗神远游》,上海译文出版社 2003 年版,第 104 页;洪子诚、刘登翰:《中国当代新诗史(修订版)》,北京大学出版社 2005 年版,第 213—215 页。
④ 钱理群、温儒敏、吴福辉:《中国现代文学三十年》,北京大学出版社 1999 年版,第458—459 页。

群众的问题和一个如何为群众的问题"①。该报告政治策略性很强,因为涉及"有关党如何领导文艺的根本性的政策问题,包括文艺与生活、文艺与政治、内容与形式、普及与提高、世界观与创作方法、文学批评标准、对文化遗产的批判继承以及文艺队伍的建设、统一战线等问题,多属于所谓文艺的'外部关系'问题",因此鉴于其重要意义,该讲话在 1943 年正式发表在《解放日报》,后又收录在 1944 年晋察冀日报社编印的《毛泽东选集》和 1951 年人民出版社出版的《毛泽东选集》当中,被视为是"中国共产党领导中国革命文艺运动历史经验的总结"。最重要的是,"《讲话》发表后,无论在解放区时期还是中华人民共和国成立之后,一直是中共制定文艺政策指导文艺活动的根本方针,具有无可怀疑的权威性"。② 该《讲话》当然也毋庸置疑地对 1949—1978 年间包括中国诗歌在内的文艺思想、文艺活动等,起到重要的引领和导向作用。

在该思想理论的指导下,中国诗人在处理与外国诗歌及其文艺活动的关系时,往往从"阶级"和"革命"的视角着眼,并慢慢形成一种思维方式和写作方式。不仅如此,毛泽东还号召包括中国诗人在内的"中国的革命的文学家艺术家,有出息的文学家艺术家","必须长期地无条件地全心全意地到群众中去,到唯一的最广大最丰富的泉源中去,观察、体验、分析、研究一切人,一切阶级,一切群众,一切生动的生活形式和斗争形式,一切文学和艺术的原始材料,然后才有可能进入创作过程。"③这些理论观点,以纲领性文件的形式,深刻地影响了广大中国诗人、学者,使他们自觉把"文艺工作者的思想感情"和"工农兵的思想感情"融合在一起。所以,在探讨他们眼中的美国诗人时,最迅速、最直接的反应就是,那是"资本主义"的。

本着"文艺从属于政治""文艺工作者要自觉为无产阶级政治服务"的

---

① 该论述钱理群等学者做了相关论述。具体内容参见钱理群、温儒敏、吴福辉:《中国现代文学三十年》,北京大学出版社 1999 年版,第 461 页。

② 朱栋霖、朱晓进、龙泉明主编:《中国现代文学史(1917—2000)》(下),北京大学出版社 2012 年版,第 7—8 页;参见钱理群、温儒敏、吴福辉:《中国现代文学三十年》,北京大学出版社 1999 年版,第 458 页。

③ 转引自钱理群、温儒敏、吴福辉:《中国现代文学三十年》,北京大学出版社 1999 年版,第 461 页。

原则,中国诗人在 1949—1977 年这段历史时期,肩负着批判"资本主义思想""资本主义情调""资本主义作风""资本主义路线"等一切反资本主义的东西。

美国作为资本主义阵营中最强势的代表,自然是所有中国人民共同的敌人。而且,美国诗歌——无论内容还是形式——都是不允许学习和借鉴的。在那个历史阶段的中国诗人眼中,美国诗歌无异于"洪水猛兽",学习和借鉴就意味着会成为"被批判""被批斗"的对象,或者成为"阶级斗争"的对象。美国"资本主义"在中国诗人那里成为一个"众矢之的"——无论你是否对美国诗歌怀有真情实感——其名称本身就是"与无产阶级专政相对立"的政治实体①。此外,"以阶级斗争为纲"和"纯粹的无产阶级意识"完全改变了包括中国诗人在内的文艺工作者,对美国资本主义以及与之相关的资本主义国家的态度和认知。这里以革命诗人、新中国成立之初最负盛名的政治抒情诗②诗人之一郭小川的诗歌为例,以说明该问题③。

理念一,如果认同美国资本主义连同其他资本主义国家,那就是忘记了曾经被侵略、被剥削和被压迫的历史,忘记了由此引发的种种苦难。用列宁的话来说,就是"忘记过去,就意味着背叛"。所以,中国诗人要站起来,革他们的命,翻身做自己的主人;还要铭记历史,勇敢地"向前进""引进战斗的人生"。比如,郭小川在《昆仑行》中写到:"在我们的土地上,/除非没有人烟——/有人烟的地方,/就有革命的波澜"④;他在《山中》一诗里情绪更加激昂:"在那些严峻的日子里,/每个山头都在炮火中颤动。/而那无数个

---

① 姜长斌、刘建飞:《重新透视冷战时期的中美关系》,《中共中央党校学报》1998 年第 3 期,第 121—126 页。

② 政治抒情诗是 1949—1976 年"十七年诗歌"的主要诗体样式。在这种诗体中,诗人以"阶级"或"人民"的代言人身份,表达对当代重要政治事件、思潮的评说与情感反应。在诗体形态上,是强烈的革命情感宣泄和政论式的观念叙说的结合。代表诗人有郭小川、贺敬之、石方禹等。参见陈涌:《关于政治抒情诗》,《文艺理论与批评》1999 年第 2 期;张志成:《中国现当代政治抒情诗流变论》,《江西社会科学》2006 年第 5 期。

③ 郭小川一生创作了许多著名诗篇,限于主题,这里仅选用与讨论相关的诗作.

④ 该诗以及下文所引郭小川的诗均出自郭小川:《郭小川诗选》,人民文学出版社 2004 年版。不另作注。

颤动着的山头上,/日夜都驻扎着我们的百万雄兵。/而每个精壮精壮的兵士,/都有长枪在手、怒火在胸,/那闪着逼人的光辉的枪刺呵,/每一支都刺进郁结着雾气的天空。/……/我也是这些兵士中的一个呀,/我的心总是和他们的心息息相通。/行军时,我们走着同一的步伐,/宿营了,我们做着相似的好梦,/一个伙伴在身旁倒下了,/我们的喉咙里响起复仇的歌声,/一个新兵入伍了,/我们很快就把他引进战斗的人生。"

理念二,如果认同美国资本主义连同其他资本主义国家,那就是无视帝国主义的存在,无视其危险、残忍、血腥和暴力。对此,中国诗人要保持清醒的头脑,要拿起武器顽强地去战斗,甚至不惜牺牲生命去勇敢地斗争——斗争、斗争、"投入火热的斗争"。比如,郭小川那首题为《投入火热的斗争》的诗,主题及立场就已经充分表明了他的政治态度和阶级意识:"公民们!/这就是我们伟大的祖国。/它的每一秒钟都过得极不平静,/它的土地上的每一块沙石都在跃动,/它每时每刻都在召唤你们,/投入火热的斗争,/斗争!/这就是生命,/这就是富有的人生。"此外,郭小川在《战台风》中,也表现出这种勇敢和威武:"战!战!战!/顷刻之间起烽烟/……/朝阳般的红旗/抖擞精神飘展在高山巅!"在《秋歌》第一节里说:"战斗的途程啊,绵延不绝","只有战斗的红旗永不倒"。在《秋歌》第二节里,诗人还拓展了这种战斗的激情:"看呀看,天高,云淡,大雁南旋,/我们的国土上,哪里都有战斗的风帆!"在《青松歌》中,诗人战斗和斗争的精神更加坚决,随时做好冲锋陷阵的准备:"一切仇敌啊,/休想使青松屈服!/每篇森林哟/都是武库;/每座山头哟,/都是碉堡。"

理念三,如果认同美国资本主义连同其他资本主义国家,那就是脱离人民群众路线,走违背人民群众根本利益的资本主义路线。所以,中国诗人要坚定社会主义信念不动摇,不仅要"沿着社会主义的轨道飞奔",而且还要自信地"腰杆挺直,青春焕发"。比如,郭小川那首写于 1975 年 9 月的《团泊洼的秋天》:"秋风像一把柔韧的梳子,梳理着静静的团泊洼;/秋光如同发亮的汗珠,飘飘扬扬地在平滩上挥洒。/高粱好似一队队的'红领巾',悄悄地把周围的道路观察;/向日葵摇头微笑着,望不尽太阳起处的红色天涯。/矮小而年高的垂柳,用苍绿的叶子抚摸着快熟的庄稼;/密集的芦苇,细心地护卫着脚下偷偷开放的野花。/蝉声消退了,多嘴的麻雀已不在房顶上吱喳；/蛙声停息了,野性的独流减河也不再喧哗。/大雁即将南去,水上默默浮动着白净的野鸭;/秋凉刚刚在这里落脚,暑热还藏在好客的人家。""秋天的团泊洼啊,好像在香矩的梦中睡傻;/团泊洼的秋天啊,犹如少女一般羞羞答答。/团泊洼,团泊洼,你真是这样静静的吗？/全世界都在喧腾,哪里没有雷霆怒吼,风去变化！/是的,团泊洼的呼喊之声,也和别处一样洪大;/听听人们的胸口吧,其中也和闹市一样嘈杂。/这里没有第三次世界大战,但人人都在枪炮齐发;/谁的心灵深处——没有奔腾咆哮的千军万马！/这里没有刀光剑影的火阵,但日夜都在攻打厮杀;/谁的大小动脉里——没有炽热的鲜血流响哗哗！""这里的《共产党宣言》,并没有掩盖在尘埃之下;/毛主席的伟大号召,在这里照样有最真挚的回答。/无产阶级专政的理论,在战士的心头放射光华;/反对修正主义的浪潮,正惊退了贼头贼脑的鱼虾。/解放军兵营门口的跑道上,随时都有马蹄踏踏;/五·七干校的校舍里,荧光屏上不时出现《创业》和《海霞》。/在明朗的阳光下,随时都有对修正主义的口诛笔伐;/在一排排红房之间,常常听见同志式温存的夜话。""至于战士的深情,你小小的团泊洼怎能包容得下！/不能用声音,只能用没有声音的"声音"加以表达:战士自有战士的性格:不怕污蔑,不怕恫吓;/一切无情的打击,只会使人腰杆挺直,青春焕发。/战士自有战士的抱负:永远改造,从零出发;/一切可耻的衰退,只能使人视若仇敌,踏成泥沙。""战士自有战士的胆识:不信流言,不受欺诈;/一切无稽的罪名,只会使人神志清醒,头脑发达。战士自有战士的爱情:忠贞不渝,新美如画;/一切额外的贪欲,只能使人感到厌烦,感到肉麻。/战士的歌声,可以休止一时,却永远不会沙哑;/战士的明眼,可以关闭一时,却永远不会昏瞎。/请听听吧,这就是战士一句句从心中掏出的话。""团泊洼,团泊洼,你真是那样静静的吗？/是的,团泊洼是静静的,但那里时刻都会轰轰爆炸！/不,团泊洼是喧腾的,这首诗篇里就充满着嘈杂。/不管怎样,且把这矛盾重重的诗篇埋在坝下,/它也许不合你秋天的季节,但到明春准会生根发芽/……"除了拥有对人民群众路线的信心,还要体现无产阶级的本色。比如,诗人在《春歌》第一节里写到"进攻,进攻,攻无不克！/这就是无产阶级的本色。//革命,革命,无坚不破！/这就是中国人民的性格"。在《刻在北大荒的土地上》,诗人的豪情壮志更是得到了升华:"请听:战斗和幸福、革命和青春——／在这里的生活乐谱中,永远是一样美妙的强音!"

　　总之,在那个革命浪潮汹涌澎湃的特殊年代,政治抒情诗是一种非常具有代表性、非常容易接近群众并能够与群众打成一片的诗歌形式。尤其是在重大的、有政治意义的大型会议或者集会上,在类似国庆日这样的庆典中,无论是在报刊还是在机关出版物上,都会发现政治抒情诗的身影。除了上面引用的郭小川的部分诗歌,比较有代表性的还有:石方禹的长篇叙事诗《和平的最强音》,贺敬之的长篇抒情诗《放声歌唱》《东风万里》《十年颂歌》,诗集《放声集》,1962年创作的长篇叙事诗《雷锋之歌》和抒情诗《西去列车的窗口》;郭小川的《祝酒歌》《甘蔗林——青纱帐》《青纱帐——甘蔗林》《闪耀吧,青春的火光》;等等。这些已经成为公认的"50年代影响深广的诗歌经典"①。至于政治抒情诗的社会价值以及诗人本人所要承载和担当的角色,郭小川在《月下集·权当序言》中的话语,非常具有代表性:"我愿意让这支笔蘸满了战斗的热情,帮助我们的读者,首先是青年读者生长革命的意志,勇敢地'投入火热的斗争'","和许多同志一样,我所向往的文学,是斗争的文学。我自己,将永不会把这一点遗忘,而且不管什么时代,如果我动起笔来,那就是由于这种信念催动了我的心血"②。可以说,政治抒情诗是那个年代中国诗人与美国诗人"政治对话"和"诗歌对话"的一种特别的、极具时代特色的表达方式。

第三节　"我"与"我们"的认知和建构

　　由于美国《独立宣言》宣称"人人生而平等"(all men are created equal),并以造物主(Creator)的名义赋予美国所有民众"拥有生存权(Life)、自由权(Liberty)和追求幸福(Happiness)的权利",后来又以美利坚合众国宪法(Constitution of the United States)的形式予以保障执行,使美国诗人培养了一种独立、自由、民主的品格。超验主义大师爱默生撰写的《论

---

① 参见谢冕:《为了一个梦想——50年代卷导言》,载洪子诚主编:《百年中国新诗史略》,北京大学出版社2010年版,第158—195页。

② 郭小川:《月下集·权当序言》,载郭小川:《月下集》,人民文学出版社1990年版。

自助》《论自然》《论美国学者》《神学院献辞》(*The Divinity School Address*)、《论超灵》等经典作品，又从理论上建构并从思想上强化了美国民众作为个体的"人"的自我担当意识和责任意识。"自我"(self)在美国社会生活和集体生活当中扮演着极其重要的角色，"个人主义"(individualism)遂成为英雄主义(heroism)的出发点和落脚点。而中国文化则不同，从我们几千年信奉的儒家学术经典《论语》开始，都呼唤一种集体合作的意识，认为个人只有在集体的活动中才能发挥积极的作用，才能有效施展自己的才华，因此个人被视为是集体的一个重要组成部分，个人不能脱离集体，集体是个人聪明才智的出发点和落脚点。尤其是在 1949—1977 年这段历史时期，中国确立中国共产党领导的人民民主专政(后称"无产阶级专政")的社会主义政体，又受到毛泽东于 1942 年发表的《在延安文艺工作座谈会上的讲话》的深刻影响①，更加强化了"集体利益高于一切""人民群众利益才是最高利益"的意识形态和思想观念。相比较而言，中美两国对"我"与"我们"强调的内容和策略方面有着很大的差异，这影响到中美诗歌在表现诗人的情感色彩方面会有截然不同的呈现方式，在评价标准和认知体系等方面也会有很大的不同。

一、"小我"与"大我"

从思想史和文学史"兼容并包"的角度来看，美国文学从浪漫主义文学时期(Romantic Period)开始，就已经着手对欧洲旧大陆的保守、虚伪、矫揉造作的文风进行抨击②。惠特曼、艾米莉·狄金森等标新立异的革新派诗人敢于突破常规，打破僵局，用一种大胆的、展现自己真性情的自由体(free verse)诗歌形式，描写"属于我"(individualized)的精神世界，开创了美国文学大胆表现自我、彰显自我精神面貌的先例。到了现代主义文学时期(Modern Period)，庞德、艾略特、威廉姆斯、斯奈德等先锋派(avant-garde)诗人，更是"日日新，又日新，苟日新"。一方面，有选择性地吸收欧美文学的

---

① 参见陈思和：《中国文学中的世界性因素》，复旦大学出版社 2011 年版，第 14—16 页；朱栋霖、朱晓进、龙泉明主编：《中国现代文学史(1917—2000)》(下)，北京大学出版社 2012 年版，第 1—5 页。

② B.Schreier, *The Power of Negative Thinking: Cynicism and the History of Modern American Literature*, Charlottesville: University of Virginia Press, 2009, pp.235–236.

传统,将自我表达提升到一个前所未有的高度;另一方面,还大胆学习和借鉴包括中国和日本在内的东方诗歌艺术成就"为我"所用,开辟了美国现代文学的新天地。而且,这种传统和做法一直持续到 1949—1977 年这个历史阶段,使"我"的这个做法延伸和影响到更多的诗人和作家。由点到面,实现了由"小我"(i)到"大我"(I)的历史性蜕变。当然,其存在的问题是,过于强调"小我"的价值无形中使"小我"急剧膨胀,在"大我"中无所适从,表现得迷茫、彷徨、不知所措。比如,美国后来兴起的"独特的文化现象"(particular cultural phenomena)——"迷茫的一代"(Lost Generation)、"嬉皮士运动"(Hippies)、"垮掉派"(Beat Generation)、"禁酒运动"(The Prohibition)、"性解放"(Sexual Liberation)等,就是典型代表。该时期的美国诗人唯"我"独尊,往往视社会道德、法律、规范于不顾,大胆彰显个性,充分释放个性,在社会生活中放荡不羁。这就让保守和传统的老一代美国人觉得,他们是"悲哀的年轻人"(all the sad young men)。而这些年轻人正是"社会动荡、无序、蛮荒景象"的根源所在,预示着"波西米亚式(Bohemianism)荒诞生活方式"的"爆发"(explosion)以及"荒原时代"的复归①。在美国诗人当中,有不少人患有精神狂躁症、分裂症和臆想症,身体方面患有艾滋病、性病、梅毒的也数不胜数。他们年轻时放浪形骸,时常故意违背父母的意志,并置他们的谆谆教诲和善意开导于不顾,随心所欲,使"小我"的能量以一种扭曲的(perverted)和变形的(deformed)的方式存在并发挥作用,给家庭和社会带来许多不安定因素和隐形的危害②。到老年,一些人开始返璞归真,将原先极具膨胀的"小我"收敛起来,反思自己的过去,批判自己的行为,忏悔自己的所作所为,回到另一个善的精神世界,试图冲刷和洗去过去的污秽,重新做人。这时候除了求助于他们祖先留给他们的基督教教义、天主教教义,他们还会根据个人喜好,选择类似东方的禅宗、佛学,甚至是中国儒家学说、道家学说,来净化自己的心灵,祛除和疗化已伤痕累累的负罪感。这是美国诗人在"小我"膨胀后,企图回归自我的方式,也是"不忘初心"的结果。从

① J.L.W.West, *All the Sad Young Men*, Cambridge:Cambridge University Press,2007,pp. 132-135.

② R.W.Horton & H.W.Edwards,"The Sad Young Men",in *Rhetoric and Literature*,P.Joseph Canavan(ed.),New York:McGraw-Hill,1974.

实践效果方面来看,对"小我"进行救赎,恰恰是对"大我"的肯定和解放。毕竟,"小我"只是一个个体,是一个单薄的力量。"小我"要实现真正的梦想,还必须与"大我"保持良好的沟通和交流,并与"大我"相互作用,才会最终形成一个和谐、美好的群体(community)。正是基于这样的理念,当一些功成名就的美国诗人取得了相当高的社会知名度和荣誉,在他们完成了"小我"的荣耀、获得了"小我"的成功之后,便自觉开启了影响"大我"并为"大我"作出相应贡献的迫切愿望。他们会像先辈那样发表公众演说,启发美国人民的心智;他们会把自己的财产和积蓄贡献出来,做慈善事业;他们会充分利用自己所学的专业知识,到美国各地甚至世界各地区做义工,或者通过其他善的举措积极有效地发挥个人潜能;他们甚至想引领一种潮流、一种风气,实现从"小我"到"大我"的真正蜕变……或许,这只是他们精神砥砺炼的一个过程,一种表达方式。然而,恰恰就是这种看似普通、细微的表达方式,使"小我"的价值得到根本性的提升——这是在"大我"的环境中得到的提升,是在"大我"的价值体系内得到很好的契合产生的结果。当卡明斯于 1923 年在他的诗集《郁金香与烟囱》(*Tulips and Chimneys*)里,使用小写的"i"和小写的"cummings"来标注自己的身份时,刚开始引起的是轩然大波,但是过后当人们慢慢反思自己,尤其是在茫茫宇宙(Universe)以及在社会(Society)和群体(Group)中反思自己的时候,会发现卡明斯的"破旧立新""标新立异"是多么伟大的"发现"和"创新"①。虽然卡明斯可能是为了在简陋的打字机上输入字符和排版印刷的方便,但是他的确身体力行予以创新和实践,的确把"我"写成了小写英文字母"i",而不是用大写字母"I"。他表明了他的态度和立场,他也让我们看到了他的宽广胸怀——"i"与"I"是不一样的,即使发音相同,其表征和蕴含的意义是完全不一样的。受卡明斯的启发,庞德在《诗章》中也这样去做,旨在突破传统,彰显个性,表达特立独行的"我",比如《诗章》第 26 章、第 48 章、第 74 章、第 92 章、第 116 章,等等②。

---

① N.Friedman,E.E.,*Cummings:the Art of His Poetry*,Baltimore:The Johns Hopkins Press,1960,pp.89-94.

② E.Pound,*The Cantos of Ezra Pound*,New York:New Directions Publishing Corporation,1971.

与美国诗人强调"小我"（i）和"大我"（I）的方式和方法不同，中国文化语境中的"小我"只是个体的"我"（one，i），而"大我"则是"小我"赖以生存的环境和依托，是"ones"或者"we"。即"小我"是局部的、松散的，"大我"才是具有凝聚力和向心力的；"大我"是"小我"施展才华、彰显魅力和体现价值的舞台和媒介。只有"大我"存在并得到保障，"小我"才能够安全和获得个人自由。或者说"小我"的自由不是真正意义上的自由，"大我"的自由才是理想状态的自由，因为"大我"的自由确保"小我"的自由充满生机和活力。在互文关系方面，"大我"要保障"小我"的权利、自由不受伤害，"小我"要充分发挥主观能动性和自身优势反作用于"大我"，只有妥善处理好二者的关系，"小我"才能使"大我"变得更加完善、更加优秀，也更具有创造力和爆发力。尤其是毛泽东在1942年发表了《在延安文艺工作座谈会上的讲话》之后，其"集体主义利益高于一切""人民群众利益才是最高利益"的政治思想贯彻落实到文艺生活当中的各个细节，中国诗人内心深处的"主人翁意识""群体意识""劳动人民当中的普通一员的意识"等，得以确立和贯彻执行，并成为中国诗人文艺思想的核心和根基。符合该思想理念的，就是正确的、对的；不符合该思想理念的，就是错误的，需要进行批判和斗争。此外，毛泽东"以阶级斗争为纲""不能忘记阶级斗争"的思想，也从某种程度上强化了普通民众的"阶级意识""批判意识"和"斗争意识"。这些方面都从客观以及主观两个路径，深深影响了中国诗人，使他们在抒发自己思想感情的时候，不可能像美国诗人那样"天马行空""唯我独尊"，而是必须要作出理性的思考，使"小我"如何不与"大我"发生冲突和抵触，如何通过表现"小我"来恰到好处地展现"大我"的卓越风姿。所以，对于中国诗人而言，在1949—1978年这段历史时期，是对"小我"的挑战，也是"小我"实现自我突破的一个考验。对此，发表了《雷锋之歌》《西去列车的窗口》等政治抒情诗的著名诗人贺敬之，有着特别深刻的个人体会和认识。他在1958年《文汇报》第9期发表了《漫谈诗的革命浪漫主义》，认为诗歌创作不可能没有"我"的存在——尤其是在抒情诗歌当中，"我"扮演着很重要的角色——主要问题在于如何恰到好处地处理好"小我"与"大我"的关系："当然，诗里不可能没有'我'，浪漫主义不可能没有'我'，即所谓'抒情主人公'。王国维说的'无我之境'是没有的。问题在于，是个人主义之'我'，还是集体主义之'我'、社会主义的'我'、忘我的'我'？革命的浪漫主义就是考虑何者的最好试题。'我'不能隐藏，不能吞吞吐吐、躲躲闪闪。或者是个人主义的小丑，或者是集体主义的、革命浪漫主义的英雄。"①对于贺敬之关于"我"的讨论以及他的政治抒情诗，评论家谢冕在1960年《诗刊》第十一、十二期合刊上发表了《论贺敬之的政治抒情诗》，"诗中出现'我'字，不应该完全反对，有时甚至是必须的，它可以代表多数，也可以代表诗人，但如果把自己的'我'架得过高，反使思想格调降低"，"艺术形象的生动性，是贺敬之所一贯追求的。政治抒情诗中不可避免有许多标语口号和政治术语入诗。但在贺敬之的诗中，一些本来是枯燥的术语，经过诗人以生动的形象体现了出来"，所以，要想成为合格的"人民诗人"，就要处理好"小我"和"大我"的关系。否则，会犯政治错误和思想错误，也不会得到人民群众的认可和接受。当然，这在某种程度上也恰好说明，"小我"在"大我"的世界里有着不可替代的重要作用。受此观点的影响和启发，郭小川在《致大海》中就巧妙地处理了"小我"在"大我"的关系，在那个特殊的年代被视为一种典范："我要像海燕那样/ 吸取你身上的乳汁/ 去哺养那比海更深广的苍穹；/我要像朝霞那样，/去你的怀抱中沐浴；/而又以自己的血液/把海水染得通红。"该诗一发表就受到当时评论界的肯定，因为《致大海》坦陈了'我'为融入集体而经历的内心搏斗，隐现出对自我价值的肯定"。而且，"'大海'是革命群体的象征，个人有限的生命只有投入'大海'——革命群体无限的历史潮流中去，才能获得与历史相融的灿烂的人生"②。实际上，纵观该历史时期的特殊时代背景，在处理"小我"与"大我"的关系问题时，中国诗人们并不是总能够妥当地把握好二者的界限，也不是总能够恰到好处地做到了"小我"与"大我"的和谐统一。为此，有些新诗诗人曾经付出过"代价"——比如，穆旦在《埋葬》里要"埋葬……昔日之我"的真诚用心，被判为"毒草"；郭小川在《致青年公民》中使用"我号召你们""我指望你们"，遭到强烈的责难。"既然诗中的'我'可以是也可以不一定是诗人自己，既然强调了'我'与

---

① 朱栋霖、朱晓进、龙泉明主编：《中国现代文学史（1917—2000）》（下），北京大学出版社2012年版，第42页。

② 朱栋霖、朱晓进、龙泉明主编：《中国现代文学史（1917—2000）》（下），北京大学出版社2012年版，第45页。

'我们'的'充分统一'",那么"小我"和"大我"到底有什么合法性的区分？对于这个悬而未决的理论问题，当时的诗歌界其实也相当地"模糊"和"无能为力"，因为他们可以参考和借鉴的，也只能是那些被灌输了的政治化的思想观念①。

二、情感与理性

《荒原》(The Waste Land)的作者、著名现代主义诗人艾略特②，在他的《传统与个人才能》(Tradition and the Individual Talent)一文中指出："假如我们研究一个诗人，撇开了他的偏见，我们却常常会看出：他的作品，不仅最好的部分，就是最个人的部分也是他前辈诗人最有力地表明他们的不朽的地方。我并非指易接受影响的青年时期，乃指完全成熟的时期"；至于"诗歌的非个人理论"以及"诗对于它的作者的关系"，应该认识到"成熟诗人的心灵与未成熟诗人的心灵所不同之处并非就在'个性'价值上，也不一定指哪个更饶有兴味或'更富有涵义'，而是指哪个是更完美的工具，可以让特殊的，或颇多变化的各种情感能够自由地组成新的结合"；艺术家要"不断地放弃当前的自己，归附更有价值的东西"，因为"一个艺术家的前进是不断地牺牲自己，不断地消灭自己的个性"；"诗人，任何艺术的艺术家，谁也不能单独的具有他完全的意义。他的重要性以及我们对他的鉴赏就是鉴赏对他和已往诗人以及艺术家的关系"；"诚实的批评和敏感的鉴赏，并不注意诗人而注意诗，如果我们留意到报纸批评家的乱叫和一般人应声而起的人云亦云，我们会听到很多诗人的名字"；"诗不是放纵感情，而是逃避感情，不是表现个性，而是逃避个性。自然，只有有个性和感情的人才会知道要逃避这种东西是什么意义"。③ 艾略特的本意，旨在告诉读者，诗人及艺术家在真实创作中不能人云亦云，不能不经过认真思考和辨别就随意苟同

---

① 参见洪子诚、刘登翰：《中国当代新诗史（修订版）》，北京大学出版社 2005 年版，第 176—178 页；张松建：《现代诗的再出发》，北京大学出版社 2009 年版，第 89—93 页。

② Craig Raine, *T. S. Eliot*, Oxford: Oxford University Press, 2006.

③ 朱刚：《二十世纪西方文论》，北京大学出版社 2006 年版，第 58—64 页；[美]托·斯·艾略特：《艾略特文学论文集》，李赋宁译，百花洲文艺出版社 1994 年版，第 2—3 页；[美]托·斯·艾略特：《传统与个人才能》，卞之琳译，2015 年 10 月 22 日，http://blog.renren.com/share/249971938/14661392004。

于以往欧洲浪漫主义者那种"追新求异"的做派；不是提倡放纵情感，而是要用理性抑制情感；不是无限地追求个性，而是有的放矢地放弃个性，"文学作品要放到文学传统中按照作品本身去加以理解"①。从某种意义上讲，这恰好暗含了个人才能与社会传统、艺术实践与思想意识之间的关系建构和审美构成。而且，艾略特作为新批评派诗歌领袖，由于"坚持诗歌无个性化，既不表达情感，也不表达个性"，由此产生了像《大风夜狂想曲》(*Rhapsody on a Windy Night*)、《普鲁弗洛克的情歌》(*The Love Song of J. Alfred Prufrock*)等那样"高度理性和有很强文学性的诗歌"，并且很快在美国大学校园吸引了不少追随者和仰慕者，同时在 20 世纪五六十年代，掀起一个又一个"大讨论"的波澜②。

写下《在地铁车站》(*In a Station of the Metro*)、《约定》(*A Pact*)等经典诗作的庞德，进入 20 世纪四五十年代以后，便遭受着"血与泪的洗礼"。究其细节，一个重要原因就是：庞德太放纵自己的情感，他的理性没有控制住他的感性，更没有控制住他原始的"希望有一番作为"的冲动③。而且最危险的是，庞德急于把他不成熟的政治经济学思想、社会学、历史学等知识付诸实践，在美国约见罗斯福总统及其议会议员"非常受挫"的情况下，"愤然离开美国"——那个曾经生他养他的故乡——转而投奔意大利的墨索里尼，为他的"法西斯式的社会主义"高唱赞歌，不仅在罗马电台发表数百次广播讲话，抨击美国在二战中的战争行动，而且肆无忌惮地攻击罗斯福的政治、经济、军事政策，同时莫名其妙地走上反犹太主义的罪恶道路，成为名副其实的"政治糊涂虫"④。因为犯下叛国罪(treason)，庞德先是被美军抓捕关押在意大利比萨(Pisa)的俘虏营中——由于生死未卜，庞德痛苦地在比萨监狱写下他的"遗书"《比萨诗章》(*The Pisa Cantos*)。1945 年又被带到华盛顿法庭受审，因"精神失常"被监禁在华盛顿郊区圣·伊丽莎白精神病

① 朱刚：《二十世纪西方文论》，北京大学出版社 2006 年版，第 58—64 页。
② 参见王攻：《美国现代诗歌》，陕西师范大学出版社 2002 年版，第 113—115 页。
③ 参见蒋洪新：《庞德研究》，上海外语教育出版社 2014 年版，第 35—38 页。
④ 参见张子清：《二十世纪美国诗歌史》，吉林教育出版社 1995 年版，第 132—135 页。

院长达 13 年之久①。幸运的是,在伊丽莎白医院软禁期间,庞德把精力和时间都投入在《诗章》写作以及对中国儒家经典《大学》《中庸》《论语》等的翻译和改写方面,"心灵的创伤才不至于太深"。1958 年,由于时任美国副国务卿后任联合国教科文组织第一届主席阿奇博尔德·麦克利什(Archibald McLeish)的多年坚持努力,以及好友罗伯特·弗罗斯特、欧内斯特·海明威(Ernest Hemingway)等在当时美国文学界已享有崇高威望的"文学巨匠"的多方周旋和施救之下,庞德从伊丽莎白医院终于获释,随后返回到意大利,又过上"自由人"的生活。不过,那时的庞德已经少言寡语,基本上足不出户。1966 年,庞德几乎完全沉默不语,两年后宣称:"我没有静寂;是静寂俘虏了我"(I did not enter into silence;silence captured me)②。庞德是 1949—1978 年间,比较典型的张扬个性、释放情感、不屈服理性的美国现代派代表性诗人之一。其他诗人,比如"逃亡派"诗人约翰·兰色姆(John Crowe Ransom,1888—1974)、"黑山派"诗人查尔斯·奥尔森"垮掉派"诗人艾伦·金斯堡等,还有他们许多跌宕起伏的传奇人生经历和故事——有情感与理性的碰撞,有情感与理性的交融,也有情感与理性的重生和再造。这里限于篇幅,不做详述。

与美国同时期诗人相比,中国诗人不能像张扬个性(personality)的"自由派"诗人那样表现自己的精神世界。毛泽东《在延安文艺座谈会上的讲话》中说过,"文艺界的主要斗争方法之一,是文艺批评"。该讲话精神意味着中国诗人在诗歌创作时要正确处理个人情感与阶级立场、个人情感与理性思维之间的关系——如果把握不好情感和理性之间的关系,极有可能遭到来自各方面的批判。一个典型的例子就是,强调"文艺的生命力"和"作家的人格精神"的胡风,在 50 年代受到"阶级批判"和"政治批判",因为他"把个人主观精神力量看作是先验的,超越历史、阶级的东西",并认为"1949 年以来,中国文化没有建筑在毛泽东和党的原则的基础上,毛泽东和党的指示被少数几个文化官员歪曲了",他批评这些官员"迫使作家只深入

① D.P.Tryphonopoulos & S.Adams,*The Ezra Pound Encyclopedia*,Connecticut,and London:Greenwood Press,2005,pp.302-306.

② S.Noel,*Life of Ezra Pound*,New York:Pantheon Books,1970;C.Humphrey,*A Serious Chracter:The Life of Ezra Pound*,London:Faber & Faber,1988.

工农兵的生活，写作前要先学马列主义，只能用民族形式，只强调'光明面'，忽视落后面和阴暗面"，他断言："这样的作品是不真实的"。他还建议："作家们应该根据自己的需要改造自己，而不是让官员们改造自己"，他还主张"由作家自己组织编辑七八种杂志，取代为数甚少的官方杂志，以提倡多样性……"。这种因创作思想不同而引发的争论和批评，最后完全演变成"阶级矛盾"和"敌我矛盾"——"以胡风为首的""文艺上的小集团""在文艺创作上，片面夸大主观精神的作用，追求所谓生命力的扩张，而实际上否认了革命实践和思想改造的意义。这是一种实际上属于资产阶级、小资产阶级的个人主义的文艺思想"，因此而且必须要做彻底的批判——尤其是"在五十到七十年代，这是文学批评的最主要的，有时且是唯一的职责"。胡风因此被捕入狱，同时还有 78 人被确定为"胡风分子"①。除了胡风，在那个"以阶级斗争为纲"的年代，即使像郭小川这样曾经被树立为典范的政治抒情诗诗人，也会受到批评。比如，他因为在 1957 年发表长篇叙事诗《白雪的赞歌》："雪落着，静静地落着……/雪啊，掩没了山脚下的茅舍，/掩没了山沟里的小道，/却掩没不了动乱的战争生活。/……/中国的顽强的大地啊，/并没有为冬天的寒冷所封锁，/它豪爽地敞开宽大的胸脯，/让送军粮的大车队轧轧走过。/……/而我，又回到你们的行列里了，/我的步子也不比你们小多少。/在我们的雄伟的战斗集体中，/我虽不特别坚强，也不算软弱。/让我把大衣皮领提得更高些吧，/风雪啊，你也辨不出我是女是男。/我纵然离开了战斗的岗位，/却不甘心失掉战士的尊严。/昨夜，我的心还感到阵阵的痛楚，/因为我是军中少有的一个产妇；/所有的同伴都在前线奔走，/只有我平安地睡在后方的小屋/……"引发了一场诗界"大争论"——该诗一发表，批评的矛头就集中在了该长诗对女主人公"于植"的"阶级形象"上。比如，诗人兼诗歌评论家臧克家在 1958 年《人民文学》第 3 期上发表了《郭小川同志的两首长诗》，认为"她（女主人公）人格分裂了"，"作者想把她塑造成一个令人景慕的典型人物，实际上却叫她自己的行为

---

① 该事件的政治背景是：1954 年 7 月，胡风向中共中央政治局送了一份 30 万字的长篇报告，即《关于解放以来的文艺实践情况的报告》。该报告导致 1955 年对"胡风反革命集团"的批判，也因此导致"一场全国性的胡风文艺思想批判运动全面展开"。参见洪子诚：《中国当代文学史》，北京大学出版社 1999 年版，第 36—39、42—47 页。

破坏了自己的形象";殷晋培在 1960 年《诗刊》第 1 期上发表了《唱什么样的歌？——评〈白雪的赞歌中于植的形象〉》,认为"于植不仅是一个不坚定的革命者,简直是有着一颗异常脆弱灵魂的小资产阶级知识分子","我们很遗憾,这样不健康的歌声竟会出于号召青年'投入火热的斗争'、'向困难进军'的郭小川同志之手"①。郭小川随后发表的那首题为《望星空》的抒情诗也遭到批判:"今夜呀,/我站在北京的街头上。/向星空了望。/明天哟,/一个紧要任务,/又要放在我的双肩上。/我能退缩吗？/只有迈开阔步,/踏万里重洋;/我能叫嚷困难吗？/只有挺直腰身,/承担千斤重量。/心房呵。/不许你这般激荡！/此刻呵,/最该是我沉着镇定的时光。/而星空,/却是异样的安详。/夜深了,/风息了,/雷雨逃往他乡。/云飞了,/雾散了,/月亮躲在远方。/天海平平,/不起浪,/四围静静,/无声响。/但星空是壮丽的,/雄厚而明朗。/穹窿呵,/深又广,/在那神秘的世界里,/好像竖立着层层神秘的殿堂。/大气呵,/浓又香,/在那奇妙的海洋中,/仿佛流荡着奇妙的酒浆……"②该诗大气磅礴,激情荡漾,诗歌形式与诗歌内容相得益彰,也积极印证了他在《月下集·权当序言》里说过的话:"在形式上,我们要提倡的是民族化和群众化","我在努力尝试各种体裁,这就可以证明我不想拘泥于一种,也不想为体裁而体裁……只要有助于诗的民族化和群众化,又有什么可怕呢？"但是,让郭小川始料未及的事情来了,他被指责说,他的诗歌情感和内在理性失去了统一,犯了"政治性的错误",而且宣扬"资产阶级、小资产阶级的虚无主义"。比如,诗歌评论家华夫在 1959 年《文艺报》第 23 期发表《评郭小川的〈望星空〉》:"正是在举国欢腾的日子,人民热烈庆祝我们革命事业的光辉成就",然而,"郭小川同志却写出了这样极端荒谬的诗句,这是政治性的错误";作家、诗歌评论家肖三在 1960 年《人民文学》第 1 期发表《谈〈望星空〉》,认为"《望星空》宣扬了'人生渺小、宇宙永恒'的意思,这完全不是马克思主义的宇宙观,而是一种资产阶级、小资

---

① 参见朱栋霖、朱晓进、龙泉明主编:《中国现代文学史(1917—2000)》(下),北京大学出版社 2012 年版,第 46 页。

② 郭小川:《郭小川诗选》,人民文学出版社 2004 年版,第 96—106 页。

产阶级的虚无主义"①；等等。

该历史时期的胡风、郭小川等诗人，还只是我们讨论的 1949—1977 年诗人群体当中的个别代表，他们的情感输出和内在理性的较量"几经周折，表现得错综复杂"。对此，钱理群等学者总结得非常一针见血：那个时代因为格外强调"诗的意识形态化"，"这自然大大加强了诗的理性化色彩与主观性；但作为诗歌的'主体'的，却并非诗人自己，而是奉行战斗集体主义的群体（革命队伍及其领导者革命政党）。因此必定要强调'自我'在'集体'、'小我'在'大我'中的融合"。如果这方面做不好，是要"付出惨痛的代价的"②。

三、对个人情感的处理与爱的表达

俗话说，人非草木，孰能无情？作为情感动物，而且是高级情感动物，人类——无论美国人还是中国人——都不可避免要涉及这个问题。尤其是诗人，通过诗歌表达个人情感、表达内心想法、表达自然之爱，再正常不过了。况且，从本质上讲，"愈是个人的，便愈是诗的，这与'方向'无关，也与'道路'无关"③。但是问题在于，在 1949—1978 年这个特殊的历史阶段，对个人情感的处理与对爱的表达，中国诗人与美国诗人有着截然不同的路径。

爱（Love）、战争（War）、死亡（Death）被誉为世界文学三大主题。审视美国文学，似乎从它的诞生之日起，就没有缺少过该方面的文学作品。就诗歌领域而言，美国诗人更是尽其能事，把私有感情和心中之爱痛痛快快地、淋漓尽致地表现出来。而且，其表达形式多种多样，且异彩纷呈。当然，坦率地讲，欧美诗人及作家在呈现和表达自我的过程中，习惯于把与私有情感和爱有关的性（sextuality）、性丑闻（sexual scandal）、同性恋（gayism、lesbian-ism）、毒品（drugs）、寻欢作乐（pleasure-making）、通奸（adultery）、私生子（il-

---

① 朱栋霖、朱晓进、龙泉明主编：《中国现代文学史（1917—2000）》（下），北京大学出版社 2012 年版，第 46 页。

② 钱理群、温儒敏、吴福辉：《中国现代文学三十年》，北京大学出版社 1999 年版，第 353—354 页。

③ 谢冕：《为了一个梦想——50 年代卷导言》，载洪子诚主编：《百年中国新诗史略》，北京大学出版社 2010 年版，第 166 页。

legitimate child)、乱伦(fornication)等联系在一起,形成极具美国特色和风味的"爱情大餐"。就风格来看,美国有菲利普·弗瑞诺式的自然之爱,有爱伦·坡式的象征主义之爱,有爱默生式的超验主义之爱,有朗费罗式的古典深沉之爱,有惠特曼伊甸园式的"亚当夏娃之爱",有艾米莉·狄金森式的含蓄神秘的"死神之爱",等等。到了 20 世纪现代主义文学时期,就有了庞德式的意象主义之爱,有了卡明斯式的诗画融合之爱,有了芝加哥诗派的粗犷豪放之爱,有了哈莱姆文艺复兴式的寻根之爱,有了通过隐喻表达哲理幽思的史蒂文斯之爱,有了"黑山派"诗人抛射式的爱,有了"垮掉派"诗人歇斯底里的爱,有了"迷茫的一代"醉生梦死的爱,有了"逃亡者"诗派诅咒工业文明的爱,等等。最大胆、最坦诚的是自白派之爱。在该方面,女诗人西尔维娅·普拉斯(Sylvia Plath, 1932—1963)的爱,最具有代表性。比如,她在《晨歌》(*Morning Song*)一诗中,这样写到:"爱将你发动,像一块胖胖的金表。/助产士拍打你的脚底,光着头你的哭喊/在万物中占据一席之地。/我们的声音回响,将你的到来放大。新的雕像。/在一座通风的博物馆里,你的裸露/给我们的安全蒙上阴影。我们如墙般,面无表情地围站/比云,我更不像你的母亲/那云蒸馏出一面镜子,映出它缓慢的消失/在风的手中。/整夜你如蛾般的呼吸/摇曳于平面的粉红玫瑰间。我醒来听到:/远方的海潮涌于耳边。/你一哭,我从床上跌倒,像笨重的母牛/那花,在我的维多利亚睡袍里。/你的嘴张开,干净地如小猫。方形的窗/泛白,吞没了黯淡的星星。现在你试着/交出你手中的音符;/清晰的元音,如气球般上升。"①疯狂的普拉斯不仅大胆裸露爱,还把传统诗人羞于启齿的心理"阴暗面"——酗酒、精神病、自杀,甚至是女人的生育、女性的内心世界、对性的感受等,作为诗歌主题暴露出来——这是 20 世纪前期美国诗歌完全不敢想象的话题。而且,普拉斯还把女性生存、情感、日常生活的"精神奔溃""悲痛"和"绝望"活灵活现地带到读者面前,把她观察到的关于社会、政治、历史、战争等"邪恶的一面"也通过她的女性视角呈现出来。这在以标新立异见长的美国诗歌里都堪称独树一帜、大胆超前,尤其是她作为女性诗人敢于充当先锋,既前卫又直白地抒发"真实的情感是什么"以及"真正的自我怎么样"的

① 南建翀:《经典英语诗歌》,世界图书出版公司 2008 年版,第 287—289 页。

命题，因此极具有个性和独特魅力。

中国诗人也有自己的爱恋，但是他们的个人情感和爱与美国诗人那种大胆、开放、自我、无拘无束的爱，有本质性的区别。受中国传统文化的影响，兄弟之爱、夫妻之爱、母女之爱、父子之爱、朋友之爱等都是所区别的。中国诗人的爱在内心可能会非常激烈——这与美国诗人应该是一样的，但是当表达出来时，就显得非常含蓄、深沉和内敛。到了新世纪，中国诗人对爱的表达已比几千年前的封建时代的诗人所表现的爱要自由得多，但是仍然比较保守、拘谨和审慎。到了 1949—1977 年这个特殊年代，中国诗人对个人情感和爱的表达又有了截然不同的内容——不能随心所欲地公开表达自己的爱恋——尤其是对异性的爱恋，他们的爱必须与社会发展、祖国命运、全人类的解放相联系，即使兄弟之爱也应该是阶级之爱、对人民群众式的爱，因为所有的无产阶级劳动者都是一家人。当然，这种爱非常淳朴、非常纯洁，可是也非常"统一"和"无我化"。正如那个时代的诗人郭小川所说的那样，中国诗人的爱应该与人民群众的爱联系在一起，与他们伟大的心灵联系在一起。所以，"发掘我们的伟大的人民的心灵之美"才是"人民的诗人"要勇于担当的责任——"我们的文学应当去发掘我们的伟大的人民的心灵之美，从而把这心灵的'火焰山'煽得旺盛。我们的人民是勤奋而又聪敏的，质朴而又乐观的，朝气蓬勃而又善于思考的。现在，又处于一个意气风发、精神振奋的前所未有的时代，党的思想力量和社会主义精神已经掌握了千千万万人的心。诗作者可以从这里得到无穷的启发，并且真正能够像普罗米修斯那样从这里取得了圣火，然后赋予高度的热力还给人民。"[1]

但是，即便如此，有时候这种情感的表达和"时代精神"还会有冲突。比如，1954 年，何其芳在《人民文学》第 6 期发表了《回答》一诗，以一种强烈的思想意识和个人情感抒发自己要为蒸蒸日上的新中国和新时代建功立业的决心，没想到诗歌刚发表就立刻遭到新诗评论家们的反对。比如，盛荃生在同年《人民文学》第 10 期发表了《要以不朽的诗篇来歌颂我们的时

---

[1] 郭小川：《权当序言》，载郭小川：《谈诗》，上海文艺出版社 1988 年版，第 103 页；谢冕：《为了一个梦想——50 年代卷导言》，载洪子诚主编：《百年中国新诗史略》，北京大学出版社 2010 年版，第 168 页。

代——读何其芳诗〈回答〉》,认为:"这首诗在情绪上不够健康,和时代精神不够协调";叶高在 1955 年《人民文学》第 4 期发表了《这不是我们期待的回答》,认为:"作者在自己的回答里流露着一种怎样无可奈何的忧郁的情绪";曹阳在同年《文艺报》第 6 期发表《不健康的感情》,认为:"何其芳同志的这首诗,使我再一次深刻体会到:当一个诗人只是在个人的狭窄的感情圈子里拍打着翅膀,他产生出来的诗篇就注定了一定要失败。"①与何其芳有类似遭遇的还有诗人艾青。1955 年,艾青曾经在《人民文学》第 9 期发表《双尖山》一诗,通过宣泄自己的思想情感,表达对家乡和故土的眷恋以及怀念,同时反衬中国新农村在新中国建立之后翻天覆地的变化,但是没有想到会因此遭到当时"革命诗人"的批判。比如,1956 年《文汇报》第 3 期发表了题为《沸腾的生活和诗——中国作家协会委员会诗歌组对诗歌问题的讨论》的评论文章,里面出现了严辰、郭小川、臧克家等诗人兼评论家的评价。严辰认为,艾青在这首诗中的"思想感情是陈旧的";郭小川犀利地批评说,《双尖山》"思想感情不够健康,这是他(艾青)的一个基本问题";臧克家也责难道:"艾青目前在创作上所存在的问题,主要还是思想感情的问题。他对新事物的感觉和心爱,没有他过去对旧社会的憎恨、对光明未来的追求那么强烈和敏感"②。再看诗人流沙河,他在 1957 年《星星》诗刊创刊号上发表《草木篇》一诗,通过咏物抒情达到他情感升华的目的,但是由于其思想意识不符合革命时代的要求,刚一出版就遭到批判。比如,诗歌评论家洪钟在当年《红岩》第 3 期发表《〈星星〉的诗及其偏向》,以毫不客气的口吻说:"《草木篇》中所宣扬的反人民、反集体主义的思想,在今天的社会里,谁最欢迎呢? 是暗藏的敌人和已被消灭阶级中的心怀不满分子"③;诗歌评论家余斧紧接着在《红岩》第 7 期发表《错误的缩小和缺点的夸大——读

---

① 参见朱栋霖先生在《中国现代文学史(1917—2000)》(下)中"第三章　五六十年代诗歌戏剧散文"里的内容。朱栋霖、朱晓进、龙泉明主编:《中国现代文学史(1917—2000)》(下),北京大学出版社 2012 年版,第 41—47 页。撰写该部分时,笔者参考了该部分第 43 页注解 2。特此鸣谢。
② 具体细节内容参见《文汇报》1956 年第 3 期《沸腾的生活和诗——中国作家协会委员会诗歌组对诗歌问题的讨论》。
③ 洪钟:《〈星星〉的诗及其偏向》,《红岩》1957 年第 3 期。

〈孟凡由对〈草木集〉和〈吻〉的批评想到的〉》,认为"《草木集》充满了敌视集体,深刻地仇恨我们社会的情绪"①。还有诗坛新秀穆旦,穆旦于1958年发表《葬歌》后,也遭到指责和批评。比如,诗歌评论家李树尔在当年《诗刊》第8期发表了《穆旦的〈葬歌〉埋葬了什么》,抨击《葬歌》"是资产阶级个人主义的颂歌",其具体内容"实际上起着一种麻醉他自己又麻醉别人的坏作用"②,等等。

　　当然,在那个时代,中国诗人面对这种批判显得既无助和无奈,又无所适从。但是对此,他们也有挣扎,也想找到迷失的自我,以寻找恰如其分的感情表达方式,比如像穆旦、郑敏、杜运燮、唐祈等"云南西南联大诗人群"。他们语重心长地说:"我们必须有所挣扎,有所突破,有所吸收,也有所完成";可是与此同时,他们又悲观地认识到:"历史的考验是无情的,也是悲壮的,只有通过一切艰苦的生活考验,通过一切可怕与绝望的窒息,我们的生长才能是坚定不移的,我们所有的不是单调沉滞的时代","从生活到艺术的风格,一切走向繁复的矛盾交错的统一,一个超越的浑然的大和合,只有它经得起一切考验,因为它自己正是这一切试验的成果。"③

第四节　诗歌困境与自我救赎

　　1949—1977年间的中美诗歌,都经历了各自纷繁复杂的、有时又充满某些"动荡的因素"的国际和国内大环境,都经历了各自不平凡的命运和运行轨迹④。相比较而言,美国诗歌因为政治对文学创作的干涉很少,加上美国诗人自己特立独行、标新立异,使得其诗歌成就迅速赶超欧洲,并取得了丰硕的成果。然而客观来说,美国诗歌并非完美无缺,它在形式的塑造、内

---

① 余斧:《错误的缩小和缺点的夸大——读孟凡由对〈草木集〉和〈吻〉的批评想到的》,《红岩》1957年第7期。
② 李树尔:《穆旦的〈葬歌〉埋葬了什么》,《诗刊》1958年第8期。
③ 谢冕:《新世纪的太阳——二十世纪中国诗潮》,中国人民大学出版社2009年版,第185—186页。
④ 参见洪子诚:《中国当代文学史》,北京大学出版社1999年版,第45—49页。

容的拓展、品质的升华等方面也存在着这样或者那样的弊病,需要我们做理性的分析和讨论。同时期的中国诗歌,由于与社会制度、政治诉求、意识形态等紧密联系在一起,使得其发展的空间和拓展的渠道受到限制,这需要我们秉持实事求是的态度积极地面对和讨论:中国诗歌有它的问题,但是也有它值得称赞和引以为豪的地方。可以这样讲,该时期的中美诗歌都存在各自显性或者隐性的问题,都有其诗歌困惑,都需要两国的诗人群体进行自我救赎。其内容涉及国家诉求与个人意愿的碰撞交流、文化传统与民族传承的接受反思、民族性与全球化的开拓发展等方面。

一、国家诉求与个人意愿

在1949—1977年间,美国作为资本主义国家,中国作为社会主义国家,由于冷战思维的存在,加上各自社会制度、政治思想等方面存在根本性的差异,促使两国的文艺工作者在文学创作时所走的路径悬殊较大。从国家的运行体制、意识形态等上层建筑方面来看,美国和中国都希望本国的文学家从各自国家利益出发,为社会发展和国家机器的良性运转作出贡献。但是,从现实情况来看,中美两国的国家诉求和中美两国诗人的个人意愿之间是不完全统一的。

美国因为在两次世界大战当中大发战争财,加上国内没有受到大规模战争的影响,迅速成为世界强国。冷战的存在使美国与苏联进行对峙,这也造成以美国为首的资本主义阵营和以苏联为首的社会主义阵营之间进行对峙和较量。其过程耗费了大量的财力和物力,也造成政治领域和意识形态领域的空前紧张局面。该时期,美国对外实行霸权主义和领土扩张政策,对内实行政治自由主义。不过总体来讲,美国社会发展平稳,这为美国诗人的物质生活赢得舒适的环境,同时也为美国诗人拓展其精神领域的成果奠定了基础。实际上,美国诗人在这样的政治和社会环境当中,仍然是以彰显个性、反映社会的矛盾和弊病为其特色,并且乐此不疲。有一些诗人仍然继承欧美的传统,比如艾德娜·米蕾(Edna Millay)、伊利诺·怀利(Illinois Wylie)、威廉·罗斯·贝内(William Rose Benet)、罗伯特·弗罗斯特等,他们在诗歌创作时坚持使用传统的诗歌形式和主题,只是在内容和方法方面有个人的变革和翻新。还有些诗人明显以文学发展史上某个或者某些作家为主要学习和戏仿对象,积极借鉴其诗歌写作的风格和做法,希望在新的历史时期继续彰显其魅力和价值。该方面的诗人包括哈特·布莱恩(Hart Bry-an)、罗宾逊·杰弗斯等,他们被誉为"二十世纪的惠特曼"①,是因为他们自觉秉承惠特曼浪漫主义抒情的传统,坚持用自由体诗的形式表达他们对自然、对社会、对人生的思考。但是,凸显"精神文化的迷惘"、反映"满目荒凉、冷漠和绝望的世界",尤其是工业社会带来的"空虚感",成为他们借助诗歌媒介反映新时代的一个重要方面。比如,布莱恩在诗歌中描写过他同性恋生活的体验:"拍岸浪新近形成的波纹上/ 聪明的带状海胆用沙子相互嬉戏。/它们刚刚征服了牡蛎的一块领地,/用手指将晒热的海藻捏碎/高兴地边挖边撒播"②;还描写他"亲眼目睹的""神秘梦魇般的"世界:"巨冰倾斜的土地/被石膏般灰白的天空拥在怀里/把自己静静地抛入永恒"……克莱恩旨在发出惠特曼式的吼声,以书写一部现代版的美国史诗。"不过,他的美国已经和惠特曼的美国不同了,机器时代已经来临,'除非诗能吸收机器,那就是说,除非诗能使机器像树木、畜生、船只、堡垒,以及人类过去所能想到的所有东西那样自然而随便地表现,诗便不能充分完成它的现代任务'"③。克莱恩以及上面提到的那些诗人,只是美国文学在该历史发展初级阶段的代表。事实上,越是到了 20 世纪五六十年代,美国工业文明所"激发出来的堕落"越显得突出,人的"精神的荒芜""肉体的痛苦"越显得普遍——"人由于转向自我,由于自我神化,由于毁灭的欲望而腐败堕落了"。该时期,美国诗人热衷于写杰弗斯《塔玛尔》式的以乱伦、性堕落和暴力为主要内容的诗,"淫乱的情感"和"毁灭的生活"好像是"遗传和无法遏制的本我的结果",在他们看来,"性欲最有诗意、最有戏剧性"④。他们还非常欣赏古希腊、古罗马的酒神文化,希望在美国这个新时代,充分释放他们的"神性"、欲望和冲动。在这种背景下,家庭伦理和道德情操被瓦解,美国诗人还因此培养了一种"种族内向性":他们对自我超级迷恋,唯我独尊,

① 王文:《美国现代诗歌》,陕西师范大学出版社 2002 年版,第 144—146 页。
② 王文:《美国现代诗歌》,陕西师范大学出版社 2002 年版,第 164—165 页。
③ [英]马库斯·坎利夫:《美国的文学》,方杰译,中国对外翻译出版公司 1985 年版,第 310—311 页。
④ [美]威勒德·索普:《二十世纪美国文学》,濮阳翔、李成秀译,北京师范大学出版社 1984 年版,第 231—235 页。

认为自己就是上帝的宠儿,自己的所作所为都有"理由"(reason)——"这种自恋心理使人们只看到自己本身,看不到自然界中超人的美和力量"①。那个时代还有些诗人强调心理体验,除了肉体与神性的交流,还主张回归自然,比如加里·斯奈德、德勒克·沃尔科特(Derek Walcott,1930—)、瑟阿姆斯·赫安尼(Seamus Heaney,1939—)、道格拉斯·克拉斯(Douglas Crase,1944—)等诗人。他们歌颂大自然的目的,是为了揭示工业文明背后潜伏着的各种危机——人性堕落、社会畸形、没有安全感,等等。他们甚至启发普通民众听从心灵的呼唤,努力摆脱丑恶的人性,远离肮脏的世界,走进自然并与它融为一体,只有这样,"人才能找到自己的价值,找到生命存在下去的意义甚至可能性"②。但是人的堕落和贪婪使自然也感到恐惧,比如斯奈德在他的名篇《前线》中这样描写人与自然的紧张关系——"我身后的森林绵延到北极,/我身后的沙漠仍属于皮尤特人/ 在这里我们必须划下/ 我们的前沿阵地"——在诗人这里,"社会问题归结到山河即人的生活环境上,而保护环境成了重大的政治问题"。而该思想,实际上是斯奈德于1970年印发的《唤醒人的心灵》的传单里书写的内容:"文明使我们人类这种族如此成功,实际上已搞过了头,现在正以其惰性威胁我们。现在已有明显证据说明这种文明生活对人类生存不利。要改变它,我们必须改变我们的社会和我们的思想的根本基础"③。"黑山派"诗人查尔斯·奥尔森在他的著名诗篇《我,格洛斯特的马克西莫斯对你说》当中,也表达了对和谐自然和正常社会秩序的渴望,他试图告诉人们,追求商业利润和资本的最大化、追求物质财富,是美国物欲横流的根本原因:"人被迫着,/将美国考虑/ 为一个唯一的真理:/ 第一个人知道的新意几乎/从一开始就被/第二个人玷污。七年左右的时间/你在手里捧着/未燃尽的煤,为了/ 美国的价值。愿她受到诅咒/因她这么快做的事/对于这样新的东西/……/我们得到利润。我们知道/……/比任何人/都清楚/将它换成现钱。出去吧/那是惊讶的外衣的喊声。"由此,可以管中窥豹,美国诗人大胆揭露、淋漓尽致地呈现

① 王文:《美国现代诗歌》,陕西师范大学出版社2002年版,第175—176页。
② 赵毅衡:《美国现代诗选》,外国文学出版社1985年版,第282—283页。
③ 赵毅衡:《诗神远游》,上海译文出版社2003年版,第332页。

的美国社会,都是隐藏在"对外光鲜亮丽的色彩"背后最真实、最原始的声音。这种声音从美国国家层面而言,是不和谐的声音,因为它有损于美国的正面形象。但是美国诗人不管那一套,他们唱着自己喜欢唱的歌,而且一路走来、无所畏惧。

　　1949—1977 年间的中国诗人因为国际环境的特殊性,也必须要根据中国的特殊国情,作出诗歌书写理念以及诗歌具体内容的相应变化。1949 年 7 月 2 日至 19 日,全国文学艺术者代表大会在郭沫若的提议下在北京召开,毛泽东、朱德、周恩来等国家领导人出席会议。会议上,郭沫若作了题为《为建设新中国的人民文艺而奋斗》的讲话,周扬根据解放区文艺活动作了题为《新的人民的文艺》的报告,矛盾总结了国统区的文艺活动并作了题为《在反动派压迫下斗争和发展的革命文艺》的报告。大会还提议成立中华全国文学艺术界联合会①,郭沫若任主席,周扬、矛盾任副主席。周扬在报告中指出:"毛主席的《在延安文艺座谈会上的讲话》规定了新中国的文艺的方向,解放区文艺工作者自觉地坚决地实践了这个方向,并以自己的全部经验证明了这个方向的完全正确,深信除此之外再没有第二个方向了,如果有,那就是错误的方向。"②周扬的讲话,旨在把毛泽东的文艺思想放在最崇高的位置上,把代表无产阶级方向的、为人民群众而创造艺术的路线作为指导方针,这实际上给全国的文艺工作者提供了以后努力的方向。"整个五十年代的文学行为,呈现为对创建文学新格局、新规范、新秩序的努力。有关文学或艺术问题的讨论开始向革命性批判层面推进。创建文学新格局、新规范、新秩序,既表现为对当下及未来文学发展的规划,也需要重视对已有的一切文学历史存在的清理与价值的重新确认"③。可见,"新的人民的文艺"的思想对"社会主义文学思潮"的形成以及"社会主义现实主义文学

---

① 下文再出现时该名称时简称"文联",不另作注。

② 参见周扬:《新的人民的文艺》,载《中华全国文学艺术工作者代表大会纪念文集》,新华书店 1950 年版;朱栋霖、朱晓进、龙泉明主编:《中国现代文学史(1917—2000)》(下),北京大学出版社 2012 年版,第 2—3 页;谢冕:《为了一个梦想——50 年代卷导言》,载洪子诚主编:《百年中国新诗史略》,北京大学出版社 2010 年版,第 162—163 页。

③ 朱栋霖、朱晓进、龙泉明主编:《中国现代文学史(1917—2000)》(下),北京大学出版社 2012 年版,第 3 页。

思想"的确立等,起到重要作用。在该过程中,毛泽东曾经提出的"在现在世界上,一切文化或文学艺术都是属于一定的阶级,属于一定的政治路线的。为艺术的艺术,超阶级的艺术,和政治并行或相互独立的艺术,实际上是不存在的"思想,被强化和制度化为"一种文艺阶级意识"——"强调文学的阶级属性和政治性,强调文学为无产阶级政治服务,文学为无产阶级革命斗争服务"的思想,被视为"无产阶级的党的文学的原则"。文艺写作及文艺批评的标准,也有了明确的区分,包含"政治标准"和"艺术标准"。二者的关系是:"政治标准"第一,"艺术标准"第二①。毛泽东文艺思想的提出,使得全国的文艺工作者有了统一的创作标准,这也成为"清肃混乱局面"与"重建人民文学"的标准。的确,当时的中国文学局面比较复杂,但不是说没有合理和进步的方面。包括中国新诗诗人在内的文艺工作者,有些已形成自己的理论体系和思想体系,在创作方面已形成自己的风格,但是因为与国家发展的政治导向有"错位"和"不统一"的地方,也曾经引发像胡风这样的诗人兼文艺理论家与周扬、毛泽东的争论,导致1955年清查"胡风反革命集团"等事件的发生②。实际上,20世纪50至70年代,中国诗人群体以及其他文学团体,在文学主张、文学思想等方面有着"复杂的矛盾和冲突",尤其是在政治权利的支配下,"这种冲突、论争,在性质和方法上,又常演化为当代特有的大规模的批判运动",包括对电影《武训传》的批判(1950—1951)③、对《我们夫妇之间》的作者萧也牧的批判(1951)、对俞平伯《红楼梦研究》④以及针对胡适"资产阶级思想"的批判(1954—1955)⑤、对胡风及其"集团"的批判(1954—1955)、文艺界的反右派运动⑥和对丁玲、冯雪峰

---

① 参见洪子诚:《中国当代文学史》,北京大学出版社1999年版,第26页。

② 参见朱栋霖、朱晓进、龙泉明主编:《中国现代文学史(1917—2000)》(下),北京大学出版社2012年版,第8—9页;又参见洪子诚:《中国当代文学史》,北京大学出版社1999年版,第44—45页。

③ 赵青:《电影〈武训传〉批判的反思》,硕士学位论文,山东大学历史系,2008年。

④ 杜敏:《1954年批判俞平伯〈红楼梦〉研究运动的回顾与反思》,硕士学位论文,中共中央党校党史教研部,2005年。

⑤ 徐京、施昌旺:《毛泽东与胡适交往关系述略》,《安徽大学学报》1994年第1期。

⑥ 谢昌余:《毛泽东为什么要发动反右派运动》,《湖南科技大学学报》2012年第2期。

"反党集团"的批判(1957)①、"千万不要忘记阶级斗争"观念的提出和文艺创作领域"全面的批判运动"(1962—1963)②,等等。这些持续不断的政治运动也会有短暂的间歇——比如 1952—1953 年、1956—1957 年、1961—1962 年等——但是,在这些间歇之后,又会爆发新一轮的斗争。"在这些斗争中,尽管不是所有的作家都是打击的对象,但是,其波及的范围确是全面的,对作家思想艺术和行为的选择和规范,起到有力的制约、控制作用";除了政治方面的直接影响,"从文学写作的方面而言,当代开展的这些运动所要达到的,是想摧毁把写作看作个体的情感、心态的自由表现的'资产阶级'的文学观,摧毁'个体'写作者对自我认知、体验的信心,和自由选择认知、体验的表达方法的合法性"③。这对当时的中国诗人及其他文艺工作者的"自我表达"和"个性书写"无疑是致命性的打击。有很多诗人经过上述各种政治运动,已经身心疲惫,他们要么被"主流"排斥在诗界之外,要么意识到自己的创作个性和艺术体验与当时确立的写作规范有冲突而主动停止写作,或者被打成右派后被迫停止写作,等等。这造成中国诗人在 1949—1977 年的"身份迷失"和"写作失语"现象④。

二、文化传统与民族传承

文化传统无论对于中国诗人还是美国诗人,都具有重要意义。艾略特在他的《传统与个人才能》中所说的话给人以无限的启迪:任何一位诗人,其作品中"不只是最好的部分,就连最个性化的部分,也都是那些已故的前人,即他的前辈,最能体现不朽魅力的地方","没有任何诗人,没有任何艺术的艺术家,能够单靠自己获得全部意义。他的意义,人们对他的欣赏就是欣赏他和已故诗人以及艺术家的联系","我们必须要坚持的,是诗人必须

---

① 汤原力:《"丁玲陈企霞反党集团"文学案件研究》,硕士学位论文,福建师范大学中文系,2011 年。

② 王铁钢:《建国十七年中国共产党的文化政策及其演变研究(1949—1965)》,博士学位论文,湖南师范大学历史系,2015 年。

③ 参见洪子诚、刘登翰:《中国当代新诗史(修订版)》,北京大学出版社 2005 年版,第112—116 页;朱栋霖、朱晓进、龙泉明主编:《中国现代文学史(1917—2000)》(下),北京大学出版社 2012 年版,第2—8 页。

④ 参见张晶晶:《"文革"时期诗歌创作研究》,硕士学位论文,南京师范大学中文系,2006 年。

培养或习得对过去的意识,而且必须在一生中不断地培养这个意识",除此之外,还应该认识到:"诗人的思想实际上是一个储藏器,摄取、储藏着无数感觉、短语和意象,直到所有的因素齐全,结合起来形成新的组合之后,方才显现出来"。① 艾略特的这些话,对我们理解美国诗人和中国诗人对两国民族文化的传承与延续,有着重要的阐释学意义。

对于20世纪五六十年代的美国诗人来说,他们的传统——或者说建构在美国历史之上的美国传统——才短短不到二百年。比起四大文明古国的悠久历史,这实在是太逊色。而且,在这不到二百年的历史当中,还包含欧洲旧大陆传统文化对它的影响和渗透,真正属于美国本民族的东西很少——这也是为什么惠特曼在受到美国超验主义思想之父、美国启蒙思想家爱默生及其作品如《论美国学者》《论自助》等之后,理直气壮要发出美国"原始的声音"(crude voice)的原因②。无论是美国诗歌,还是美国小说、散文、戏剧,都受到了英、法、德、意等欧洲国家的影响,这是不争的事实;同时,美国诗人连同其他作家群体,努力地试图塑造真正的美国品格、美国作品和美国特色。不过实事求是地讲,因为美国历史太短,可以学习和借鉴的传统非常有限,这使美国诗人面临种种难以克服的困顿。为了使美国诗歌摆脱这种不利局面,美国诗人主要通过以下途径实现对传统文化的历史性的超越。

第一,继续吸收欧洲文化传统,同时以创造性的姿态实现对古希腊文化、古罗马文化、英国文化、法国文化、德国文化、西班牙文化等具有较悠久的历史文化传统的吸收和改造。美国文化从本质上讲就是欧洲文化的杂糅和重塑,尤其是在美国历史早期,这种杂糅的特征非常明显——美国人的语言、服饰、宗教信仰、交际方式、饮食习惯、体育竞技等,都源自于欧洲或者直接从欧洲移植到美国本土。到了20世纪中叶,这种移植和再造的规模和步伐已经不再像以前一样明显,但是欧洲成熟的艺术形式,比如舞蹈、音乐、绘画、建筑、雕塑等方面,还是对美国社会产生重要影响。举例来说,美国具象

---

① 朱刚:《二十世纪西方文论》,北京大学出版社2011年版,第60—63页。
② 参见李荣:《论惠特曼与美国文化的精神联系》,硕士学位论文,华中科技大学,2009年。

诗诗歌领袖卡明斯,将欧洲油画的绘画技巧与具象诗的创作结合在一起产生离奇的效果,使他的诗歌具有动态的可视效果。意象派诗人领袖庞德除了把法国、意大利、德国的经典音乐杂糅在一起,变成谱子,镶嵌在《诗章》第 75 章,说"不是孤鸟独唱,而是群鸟齐唱"①;此外,他还把《荷马史诗》里关于奥德修斯返乡的故事情节以及但丁《神曲》里地狱、炼狱、天堂等情节编织进《诗章》中,产生了非常奇妙的互文与戏仿效果。艾略特在诗歌创作中早已把欧洲各国的经典素材烂熟于心,往往借助出人意料的语言,转化为富有象征主义味道的意象,比如"教堂""街道""大海""影子""郁郁葱葱的树木"等,以隐喻性地影射宗教、政治和思想等抽象事物对世人潜移默化的影响。

第二,美国诗人凭借自己的开创精神(enterprising spirits)和冒险精神(daring spirits)试图缔造新时期美国文学的新疆域。我们知道,美国是一个充满开创精神和冒险精神的民族聚集地,这当然也是嫡传了欧洲旧大陆的做法——从某种意义上讲,美国这片土地的发现本身就是冒险精神的产物。在 20 世纪五六十年代,这种开创精神和冒险精神不仅在持续,而且加入了新鲜的内容——美国诗人除了在物质层面继续开拓、探索和进取,还在精神层面进行新的感悟、体验和综合,并积极转化成他们的诗歌内容;除了在本国进行艺术方面的挖掘和整理,还以"流放者"(excile)的身份自觉到其他民族国家进行艺术发现,实现美国诗人自身的精神砺炼,最终为美国传统文化服务。

第三,美国诗人具有开放的品格,能够抓住机遇学习东方悠久的历史文化为自己所用。众所周知,欧洲诗人具有搜幽猎奇的喜好。但是,实际上,追求个性的现代美国诗人则"有过之而无不及"。20 世纪五六十年代的美国诗人,似乎更注重从古老的东方文明中汲取营养,尤其是当他们发现欧洲文明跟美国文明一样处于堕落的边缘,表现为人性泯灭、道德沦丧、精神荒芜之时,他们便开始寻找自我救赎的良方,那些有强烈责任意识的美国诗人更是希望在拯救自己的同时,拯救整个西方世界。在他们看来,拯救西方不

---

① [美]伊兹拉·庞德:《庞德诗选·比萨诗章》,黄运特译,张子清校,漓江出版社 1998年版,第 52—54 页。

能再用西方那一套陈旧不堪的理论体系和价值体系,这得求助于东方,急需从几千年的东方文明中寻找力量。为此,美国诗人接触印度佛教,学习日本禅学,领悟并实践中国儒学、道家学说,等等。这些外来的东方神秘主义哲学思想,对美国诗人产生始料未及的深远影响。比如,标榜"开放性诗体"、不受理性控制和艺术规律约束的"怪诞诗人"金斯堡,首先醉心于印度教(Hinduism),然后长期崇奉喇嘛教,这特殊的经历使他的诗歌非常与众不同①。禅与美国反文化、反学院派诗歌结合在一起,正是在 20 世纪五六十年代。尤其是美国禅学家艾伦·瓦茨(Alan Wilson Watts, 1915—　)的出现以及他于 1957 年出版的《禅之道》(The Way of Zen)一书,在美国诗人当中引起轰动,特别是垮掉派诗人以及他们的嬉皮士读者们,成为禅宗的信徒和积极实践者②。斯奈德是那种把禅、道、儒三者结合,强调内心修炼、尊崇自然、将天地人三者融会贯通的诗人,他曾经自称为"儒佛道社会主义者",他还在六七十年代将"禅宗思想"与"环境保护主义"相结合,在美国独树一帜。他主张把禅与诗互文建构在一起,产生一种别开生面的"陌生化诗歌效果",以获得"前所未有的愉悦感受(pleasant experiences)"③。比如,他那首题为《为何运木卡车司机比修禅和尚起得早》的诗,将"日常琐事"和"禅"杂糅在一起,并以一种调侃的语气说"你找不到这样一种生活":"在高高的座位上,在黎明前的黑暗中,/擦亮的轮毂闪闪发亮/明亮的柴油机排气管/热了起来,抖动/沿泰勒路的坡面/到普尔曼溪的放筏点。/三十英里尘土飞扬。/你找不到这样一种生活"④。

　　对于 20 世纪五六十年代的中国诗人来说,继承先辈遗留下来的文化传统无疑是一个宏大工程。首先,与同时期没有多少历史和传统的美国文化而言,中国文化具有明显的优势,因为几千年的中国文化曾经有过高度发达的文明,不只对中国本土产生巨大影响,也对世界人民产生巨大影响。最为

---

① 参见王文:《美国现代诗歌》,陕西师范大学出版社 2002 年版,第 209—211 页。

② 参见赵毅衡:《诗神远游》,上海译文出版社 2003 年版,第 324—331 页。

③ J.Norton & G.Snyder, "The Importance of Nothing: Absence and Its Origins in the Poetry of Gary Snyder", Contemporary Literature, Vol.28, No.1(Spring 1987), pp.41-66.

④ 该诗中文版由赵毅衡先生译。参见赵毅衡:《诗神远游》,上海译文出版社 2003 年版,第 330—331 页。

世人熟知的例子,就是中国古代四大发明早已成为世界人民的共同财富,对西方世界的迅速崛起和飞速发展起到举足轻重的作用。但是,几千年的中国文化到了 20 世纪,在国内开始遭到质疑和批判。以胡适为代表的新一代知识分子,接受欧美的进化论思想和民主思想,认为延续几千年的中国封建文化已经穷途末路,不仅成为阻碍社会发展的力量,而且是造成中国贫困落后、被动挨打局面的重要原因之一。尤其是在封建社会占主导地位的儒家文化体系,成为新时代束缚中国人民头脑和思想的重要方面。因此,以胡适为代表的知识分子主张"打倒孔家店",开展轰轰烈烈的新文化运动。"白话诗"从无到有,焕发出无限的生命力。到了五六十年代,白话诗已成为中国诗人书写的主流,成为中国人民喜闻乐见的诗歌形式。但是,需要指出的是,由于国内受到"以阶级斗争为纲"思想的影响,新文化运动以来的文学传统和诗歌传统也被贴上"属于人民大众的进步的诗风"和"属于资产阶级的反动的诗风"的标签,有"主流"和"逆流"之分①。在有关"为工农兵服务的新诗方向"和对待"五四以来诗歌传统"的问题上,诗人卞之琳于 1949 年11 月在《文汇报》第 1 卷第 4 期上发表的议论,至今仍然启人深思:"受过西洋资产阶级诗影响而在本国有写诗训练的是要完全抛弃过去各阶级发展下来的技巧才去为工农兵服务,纯从民间文学中成长的是否完全不要学会一点过去知识分子诗不断发展下来的技术?"②

其次,该时期的中国诗人处于一个迷茫、转向、"需要放弃个性"的艰难抉择阶段。以胡风为代表的知识分子强调主体对客体的"熔铸"与"拥入",认为艺术创作"大于世界观",同时倡导艺术创作者的"主观战斗精神",但是他倡导的这些思想与毛泽东的文艺思想存在冲突③——"从这样的基础出发,便自然而然地流向于强调自我,拒绝集体,否定思维的意义,宣布思想体系的灭亡,抹煞文艺的党派性与阶级性,反对艺术的直接

---

① 参见洪子诚:《中国当代文学史》,北京大学出版社 1999 年版,第 56—57 页。

② 卞之琳:《开讲英国诗想到的一些经验》,《文汇报》1949 年 11 月第 1 卷第 4 期;另参见洪子诚:《中国当代文学史》,北京大学出版社 1999 年版,第 56 页。

③ 参见朱栋霖、朱晓进、龙泉明主编:《中国现代文学史(1917—2000)》(下),北京大学出版社 2012 年版,第 8—9 页。

政治效果"①。胡风对他自己文艺思想的坚持,最终导致他被全面批判,甚至遭受牢狱之灾。他的"主要错误"反映在当时中宣部给中共中央和周恩来总理的报告中:"(一)抹煞世界观和阶级立场的作用,把旧现实主义来代替社会主义现实主义,实际上就是把资产阶级、小资产阶级的文艺来代替无产阶级文艺。(二)强调抽象的'主观战斗精神',否认小资产阶级作家必须改造思想,改变立场,片面地强调知识分子的作家是人民中的先进,而对于劳动人民,特别是农民,则是十分轻视的。(三)崇拜西欧资产阶级文艺,轻视民族文艺遗产。这完全是反马克思主义的文艺思想"②。由此可见,在那个特殊时代,中国诗人要坚持自己的文艺思想,要超越阶级意识、建立个人主义的诗体风格,是不被社会和国家认可的,是要付出代价的。

最后,该时期的中国诗人在对待外国文化传统,尤其是英美文化传统方面,是非常敏感的问题,因为它不只是涉及文艺思想问题,还涉及政治导向问题。在20世纪五六十年代,得到高层同意或者默许的值得译介、学习和借鉴的外国作品,都要符合社会主义价值观以及社会主义建设和发展的要求,符合辩证唯物主义和历史唯物主义的根本思想,"能够深刻揭示社会本质","指出理想的前景"③。这类作品多是苏联"批判现实主义作家"的作品,包括高尔基、果戈理、普希金、屠格涅夫、托尔斯泰等人。1958年中苏关系恶化以后,译介苏联作家作品告一段落,直到二十年后重新"解冻"。总体来看,该时期国内诗人在对待外来文化及其影响方面,逐渐走向"文化上的自我封闭",这里有一个不容回避的外在因素就是政治因素。1966年"文化大革命"兴起,并且一直持续到1976年结束。在这期间,"一种与过去的'旧文化''彻底决裂'的思潮,已经弥漫开来,激进派在空白的地基上创建'真正的无产阶级文学'的乌托邦冲动开始付诸实践"④,当然也给当时的

---

① 这是邵荃麟在《对当前文艺运动的意见》一文里的内容,旨在批判胡风,支持毛泽东的文艺路线。参见洪子诚:《中国当代文学史》,北京大学出版社1999年版,第43页。
② 详见1989年《新文学史料》第3期林默涵撰写的文章《胡风事件的前前后后》,另参见洪子诚:《中国当代文学史》,北京大学出版社1999年版,第44页。
③ 洪子诚:《中国当代文学史》,北京大学出版社1999年版,第20—22页。
④ 洪子诚:《中国当代文学史》,北京大学出版社1999年版,第22页。

诗人及作家带来肉体和精神的伤痛。

三、民族性与全球化

1949—1977 年间,从国际社会的发展趋势和基本走向来看,中美诗人都涉及诗歌的民族性(nationalism)和全球化(globalization)问题。但是,中美诗人在具体的实践环节所面临的宏观环境和微观环境是不一样的。

美国诗人在诗歌创作时,其民族性的张扬主要基于美利坚民族的自信和自强。美国在那个历史时期已是资本主义国家中的佼佼者,在冷战结束后成为世界真正意义上的霸权国家,政治、经济、文化、艺术等领域都处于辉煌的发展期,最明显的表现就是:两次世界大战之前,美国诗歌及其艺术仍然是在效仿欧洲旧大陆的做法,无论形式和内容都有待实质性的突破。虽然当时的美国诗人竭尽全力摆脱英、法等国诗歌传统的影响,但是"欧洲旧大陆的种种印记(trace)"不可避免地存在并发挥着作用①;两次世界大战之后,美国在政治、经济、军事等方面一跃成为世界强国,其诗歌艺术也因此备受瞩目,世界各国争相学习和借鉴。从 19 世纪和 20 世纪初期"诗人走出国门"向欧洲学习到五六十年代"诗歌艺术走出国门"成为世界文学,美国诗人开始引领时代的潮流,并逐渐突显美国先锋派诗人的个性价值和独特作用。在该过程中,美国诗人所强调的民族性是基于美国文化的美国价值观、人生观和哲学思想的知识集合体。在其体系内部,蕴含着对其他民族文学的吸收和转化,同时在日益全球化的历史推动下,愈发显现出多元化特征。一方面,美国成为"国中之国"(a nation of nations);另一方面,其兼容并包的美国特色也越来越得到其他国家的认可和效仿。

该时期的中国诗歌在民族性方面也具有自己的独特个性和特色,这与中华人民共和国刚刚建立时的历史大背景有密切联系。1949 年 10 月 1 日,中华人民共和国宣告成立,但是当时全国上下"一穷二白",政治、经济、军事等基础都非常薄弱,这与美国完全不能同日而语。加上社会主义阵营与资本主义阵营的"冷战",人民内部还存在"阶级斗争",美国加强周边布

---

① 参见[美]伊丽莎白·白丝、徐育才:《第一次世界大战——美国文学的转折点》,《外国文学专刊》1985 年第 1 期;[美]艾里莎白·布兹、孙秀芝:《两次世界大战之后的美国文学》,《呼兰师专学报》1995 年第 2 期。

控企图军事威胁和控制中国,使当时的中国形势面临多重危险和考验。所以中国诗歌要走社会主义的群众路线,符合当时的时代特点和历史发展趋势。基于该认识,加上中国要着眼于"社会主义现实主义"的政治完善和经济调整,"人民内部矛盾"和"国内事务的正本清源"逐渐成为 20 世纪 50 年代至 70 年代的主要任务和阶段性任务,这也在客观上造成当时中国的封闭、保守和不开放,所以所谓的"全球化"根本不可能成为"现实之物"。中国诗人真正的诗性解放,需要等到国内终止了"文化大革命",粉碎了"四人帮",再到 1978 年中共十一届三中全会胜利召开之后。随后发生的历史事件完全证实了这一点——中国共产党重新确立"解放思想""实事求是"的思想路线,大胆作出"改革开放"的历史性决策,中国诗人才又迎来充满希望的春天,才真正有尊严并理直气壮地与美国诗人对话,才在"全球化"的世界大背景下找回失去的"自我"。

第五章　1978—1999：中美诗歌互文与戏仿的世纪狂欢

　　1978—1999 年的中美诗歌均进入到彰显个性、快速发展和自我突破的时代①,这也是中美诗歌互文与戏仿的狂欢时代。美国诗歌在经历了现代主义发展阶段以后,其诗歌技巧、艺术风格、思想主题等更加富有美国特色,其创作形式更是呈现出多元化(diversity)特征——不仅自然诗、爱情诗、哲理诗、叙事诗等体裁交相辉映,而且互文、戏仿、拼贴、碎片化、无序性等作诗法成为美国诗歌新的表达方式,后现代主义(post-modernism)遂成为美国诗歌新的标签。此外,美国诗歌中出现的语言诗(language poetry),将语言学、诗学、哲学、绘画等杂糅在一起,开拓了诗歌发展的路线和疆域,但是也给普通读者的阅读带来新的挑战。该时期美国诗歌继续引领世界潮流,既有让美国民众引以为豪的地方,也有让他们困惑和不知所措的方面。相比之下,该时期的中国诗歌经历了更加翻天覆地的变化,诗人群体的数量和质量突破了从前,所创造的诗歌成就也前所未有地引起世界人民的瞩目。一方面,1978 年以后,中国实行改革开放政策,同时展开解放思想、实事求是的大讨论,这些措施使那些曾经被打成“右派”或者被称作“走资派”的诗人们,重新“复出”或者“归来”,他们内心蕴藏着的力量终于有机会像火山一样喷发出来;新生代诗人则以“初生牛犊不怕虎”的精神展现出前所未有的斗志和勇气,给中国新诗输入了新鲜血液。另一方面,中国诗人得以有机会大规模引进和吸收包括美国在内的欧美文化,接受新思想,迎接新潮流。欧美世界

---

① G. Gesner, *Anthology of American Poetry*, Livingston: Transaction Publishers, 1994, pp. 527-543.

曾经兴起的表现主义、象征主义、意象主义、达达主义、印象派、超现实主义、立体主义等诗歌流派相继进入中国诗人的视野,并逐渐融合到中国诗人自己的诗歌创作当中,成为他们诗歌风格和诗歌精神的重要组成部分。不仅如此,欧美世界新兴的后现代主义诗歌、小说、绘画、音乐等也迅速传入中国,成为中国后现代主义艺术作品互文与戏仿的对象。总之,在 1978—1999 年这段历史时期,由于中国国家政策和方针发生根本性的变化,并赋予中国诗人真正意义上的民主和自由,使得他们有机会学习欧美诗歌,并把欧美诗歌自由、奔放、活泼、动力十足的诗歌精神转化成中国特色,衍生出中国诗歌和美国诗歌互文与戏仿的世纪狂欢。

第一节　身份的追寻与个性化书写

1978—1999 年的中美诗歌进入到一个崭新的历史发展阶段。在这个特殊的历史时期,美国诗人经过前几十年的诗歌创新和试验以及民族个性的塑造和养成,使他们面对新情况、新问题,不得不开始深刻反思诗人角色与社会发展、诗歌价值与国家存在之间的关系。但是,对于急剧社会变革当中的美国诗人来说,他们也客观存在着要与社会和历史发展潮流协调一致等问题。其中,诗人身份(identity)的追寻与个性化(individualization)书写,仍然是美国诗人必须要面对的现实问题。尤其值得关注的是,美国新诗诗人"笔下的美国"与国际舆论"所渲染的美国"之间存在天壤之别。同时期的中国诗人,由于迎来了新世纪,尤其是粉碎"四人帮",结束了"文化大革命"之后,突然有了"第二次解放"的感觉[1]。这种特别的情感波澜,既让他们感到兴奋莫名又让他们觉得惶恐不安,所以对于他们身份的追寻与个性化书写,也是迫切需要解决的现实问题之一。

一、"嚎叫"在继续的美国诗歌

留着大胡子、行为粗鲁豪放的反学院派诗人艾伦·金斯堡,曾经因为《嚎叫》(Howl)一诗一举成名。这首带有自传性质的长诗,在大胆暴露美国青年一代"颓废生活方式"的同时,也毫不隐讳地抨击了美国社会普遍盛行

---

[1] 参见洪子诚:《中国当代文学史》,北京大学出版社 1999 年版,第 232 页。

的"物质至上主义"和"拜金主义"①。这种典型的、具有惠特曼自由体(free verse)风格的"嚎叫",不仅以互文性的方式揭示它是当时年轻人对美国社会的直白控诉,而且表明那就是他们宣泄被压抑情感的独特方式。到了20世纪七八十年代,美国诗人的"嚎叫"还在继续,并且贯穿20世纪90年代,因为"疯狂正在把我们这一代人最好的思想摧毁"②。

作为那个时代典型的代表性诗人之一,金斯堡曾经在悼念他母亲的诗歌《卡第绪》(Kaddish)中,痛斥种种让他"愤怒的困境"(the angry fix),认为正是这种"困境"造就了人的"疯狂"(madness),或者说"疯狂"造就了让人"愤怒的困境"。与当时国际背景有互文效果的是,金斯堡在"嚎叫"时,提到了他的"梦想"和"中国的梦想"——"一道失去的闪光,与伟大的对我的梦想或对/ 中国的梦想,或对你与幽灵俄国的梦想,或对一个/ 从来就没有存在过的床榻的梦想"③,影射了冷战时期中国建设社会主义,实现共产主义的愿望;同时,又影射了他母亲去世前写给他的话:"……做个好人,远离毒品。答案在窗户里,答案在从窗户射进来的阳光中"④。金斯堡要寻找和确定他的身份,因为他一面是"魔鬼"——不遵守美国的道德和法律、无视校规校纪被学校开除、吸毒、抨击美国政府、讨厌循规蹈矩的生活、搞同性恋、热衷于寻找各种性刺激满足感官的需要,等等;他甚至与美国社会主流背道而驰,无视基督教信仰,信奉藏传佛教和印度教克利须那派(Krishnaism),还把来自中国西藏的丘嘎姆·图伦巴(Chögyam Trungpa,1939—1987)⑤作为影响

---

① J.Breslin,"Allen Ginsberg:The Origins of 'Howl' and 'Kaddish'",*Iowa Review*,Vol.8, No.2(April 1977),pp.82-108.

② Bill Morgan,*I Celebrate Myself:The Somewhat Private Life of Allen Ginsberg*,New York: Penguin,2007,pp. 12 - 16; Wikipedia,*Allen Ginsberg*,March 27,2016,https://en. wikipedia.org/wiki/Allen_Ginsberg.

③ 这是张少雄的译文。转引自王文:《美国现代诗歌》,陕西师范大学出版社2002年版,第210—211页。

④ 原文为"The key is in the window,the key is in the sunlight at the window-I have the key-Get married Allen don't take drugs-the key is in the bars,in the sunlight in the window"。参见 Wikipedia,*Allen Ginsberg*,March 27,2016,https://en. wikipedia.org/wiki/Allen_Ginsberg。

⑤ 关于丘嘎姆·图伦巴(Chögyam Trungpa)的生平简介,参见 Wikipedia,*Chögyam Trungpa*,April 5,2016,https://en.wikipedia.org/wiki/Ch%C3%B6gyam_Trungpa。

他一生的精神导师①；另一方面，他又像"天使"——无私地帮助病重的友人、尝试"新视角"（New Vision）搞艺术创作、到印度和中国游历"寻找梦想"、反对战争和种族压迫、支持社会主义运动和民族解放运动、为美国普通民众争取言论自由的权利、进入大学做"杰出教授"给美国学生传授诗歌写作技巧，等等。金斯堡本人是困惑的，有时候还会迷茫，他把复杂身份的原因归结为美国"社会的疯狂"和"时代的疯狂"，他把这种对自我身份追寻的感受和经历转化成文字，真实记录在他的"疯狂的诗行"里，那些在五六十年代被誉为"异端学说"和"禁书"的东西，到了八九十年代突然变成了"经典"和"大学教材"。先是诗集《美国的堕落》（*The Fall of America*）获得全国图书奖，接着在 1978 年出版《精神气息：诗集 1972—1977》（*Mind Breaths：Poems 1972—1977*）"给美国带来新希望"，1984 年又出版《诗集 1947—1980》（*Collected Poems：1947—1980*）"给历史一个回应"——里面的诗歌继承了英国诗人威廉·布莱克（William Blake, 1757—1827）的视角（Blake vision）和惠特曼的抒情传统（Whitmanistic style），有一种明显的互文与戏仿的味道；1986 年出版《白色的尸衣：1980—1985》（*White Shroud：Poems：1980—1985*），显而易见受到同时代威廉姆斯意象主义诗歌风格的感召和影响；1996 年出版《诗选：1947—1995》（*Selected Poems：1947—1995*），目的是为了纪念"久违的声音"和回顾"曾经迷茫的身份"。② 金斯堡影响了他那个时代的一大批诗人、作家和普通民众，被认为是"垮掉的一代"诗人群体当中的核心力量③。然而，金斯堡不是唯一在美国苦苦寻找他身份的诗人，与他有相同迫切愿望的作家和诗人还有很多。比如，"纽约垮掉派作家群体"（New York Beats）——《在路上》（*On the Road*）的作者杰克·凯鲁亚克（Jack Kerouac, 1922—1969）④、《裸露的午餐》（*Naked Lunch*）的作者

① Bill Morgan, *I Celebrate Myself：The Somewhat Private Life of Allen Ginsberg*, New York：Penguin, 2007, pp.12-16.

② Barry Miles, *Ginsberg：A Biography*. London：Virgin Publishing Ltd., 2001.

③ Bill Morgan(ed.), *I Greet You at the Beginning of a Great Career：The Selected Correspondence of Lawrence Ferlinghetti and Allen Ginsberg*, 1955—1997, San Francisco：City Lights Publishers, 2015.

④ Ben Giamo, *Kerouac, The Word and The Way*, Carbondale：Southern Illinois University Press, 2000.

威廉·S.伯勒斯(William S.Burroughs, 1914—1997)①、《出发》(*Go*) 与《号角》(*The Horn*)的作者约翰·克莱恩·霍姆斯(John Clellon Holmes, 1926—1988)②,"新生代"诗人格雷戈里·N.科尔索(Gregory N. Corso, 1930—2001)③,等等。凯鲁亚克不只是小说家,他还是一位反传统和反学院派诗人,他曾经渴望自己成为"一名在周日爵士乐表演会上吹着悠扬的布鲁斯调的爵士乐诗人"④,他的诗集《墨西哥城的布鲁斯》(*Mexico City Blues*)彰显了他作为一位放荡不羁的诗人那种追求自由、为梦想到处流浪的情怀。他还在诗歌中创造性地融入爵士乐与藏传佛教的因素,使诗歌写作突破欧美"形式主义"(formalist poetry)的藩篱,用互文与戏仿的后现代手法,再现他内心的真实;另一部诗集《包厘街布鲁斯》(*Bowery Blues*)以互文性的方式探讨了藏传佛教所涉及的"生"与"死"的轮回,透露着神秘主义色彩。伯勒斯是小说家、画家、散文家,虽然他不是诗人,但是因为他与金斯堡、凯鲁亚克是挚友,所以在文学创作时受上述二位作家的影响很深,也以"自传体"或者"半自传体"的形式,表达内心世界,记录不平凡的心路历程。霍姆斯是 1952 年 11 月 16 日《纽约时代杂志》上那篇题为《这就是垮掉的一代》(*This Is the Beat Generation*)文章的作者,也是推动"垮掉的一代"作家群体进入美国学术界和思想界的"主推手"⑤。作为耶鲁大学的教授,他为"垮掉的一代"正名,力挺"垮掉的一代"在美国社会当中的独特魅力和价值;他坚信"垮掉的一代"作家群体都是"天才",因为他们在粗犷地"嚎叫"的同时,实际上也在为美国文学在世界文坛身份的确立和个性化书写作出了积

---

① Oliver Harris, *William Burroughs and the Secret of Fascination*, Carbondale: Southern Illinois University Press, 2003.

② John T.McQuiston, "John Clellon Holmes, 62, Novelist and Poet of the Beat Generation", *The New York Times*, March 31, 1988.

③ 科尔索被认为是美国"垮掉派"诗人群体中年龄最小的一位,其作品受到凯鲁亚克、金斯堡、伯勒斯的深刻影响。参见 Carolyn Gaiser, "Gregory Corso: A Poet, the Beat Way", in *A Casebook on the Beat*, Thomas Parkinson(ed.), Oakland, California: University of California Press, 1961. pp.266-275。

④ 参见 Wikipedia, *Jack Kerouac*, March 27, 2016, https://en.wikipedia.org/wiki/Jack_Kerouac。

⑤ John T.McQuiston, "John Clellon Holmes, 62, Novelist and Poet of the Beat Generation", *The New York Times*, March 31, 1988.

极的贡献,他们是美国特殊年代某种"更伟大事物"(something grander)的象征。此外,霍姆斯还写诗,1988 年和 1989 年出版诗集《悲惨海岸:诗集》(*Dire Coasts*:*Poems*)以及《夜之音乐:诗选集》(*Night Music*:*Selected Poems*),展示美国时代的变迁带给他的人生思索和感悟,其风格和主题与金斯堡和凯鲁亚克在很多方面都有互文和共通之处。科尔索是受金斯堡影响的"新生代"诗人当中的佼佼者,他曾经写下具有视觉冲击力的《炸弹》(*Bomb*)、充满抒情色彩的《我今年 25》(*I Am 25*)、富含怀旧情愫的《出生地重游》(*Birthplace Revisited*)、哲理诗《命运》(*Destiny*)等重要作品。该时期揭示他对自我身份思考且又充满个性化书写的诗是《美国方式》(*The American Way*)。这首诗分 3 部分共 299 行,在第一部分"嚎叫"说:"我是一个伟大的美国人,/我对它总是充满民族情结! /我像疯子一样热爱美国! / 但是我害怕回到美国/ 我甚至害怕步入美国快车";到了第二部分,"嚎叫"说:"让我喘息一会儿……我有些疲惫";到了第三部分"嚎叫"得更加激烈:"这是一个不需要人惊异万分的时代/ 这是一个美国式的、把第五纵队当作唯一敌人/ 极其愚蠢的时代/ 这是一个把无知当作美国人优秀品质的时代/ 无知在属于无知的地方被谅解/ ……/我要告诉你,美国方式就是一个丑陋的怪兽……"①

斯奈德是与金斯堡有过很多交往也有着许多共性的诗人。他不承认自己是"垮掉的一代"诗人代表,但是他在五六十年代发表的诗歌,明显具有"垮掉的一代"作家群体所表现出来的气质和特征,其作品也存在"身份认同"和"个性化书写"等问题。实践着儒、佛、道"三教精神"并自称是"儒佛道社会主义者"的他,现如今被称作"同辈诗人中最博学、最有思想、写诗最游刃有余的人"和"垮掉派创作成绩最大的诗人"②。他在诗集《龟岛》(*Turtle Island*)获得了 1975 年美国普利策诗歌奖之后,又于 1983 年出版《斧柄》(*Axe Handles*)和《印度之旅》(*Passage Through India*),1988 年出版《留在雨中:1947—1985 年未发表的诗》(*Left Out in the Rain*:*New Poems*

---

① 关于科尔索更多的诗,请参见 Gregory Corso, *Terebess Asia Online*(*Tao*)(New York 1930—Minneapolis 2001),April 15,2016,http://terebess.hu/english/corso.html。

② 区鉷:《加里·斯奈德面面观》,《外国文学评论》1994 年第 1 期;陈小红:《寻归荒野的诗人加里·斯奈德》,《当代外国文学》2004 年第 4 期。

1947—1985),1993 年出版《没有自然:新诗选》(*No Nature:New and Selected Poems*),1995 年出版《宇宙空间》(*A Place in Space*),1997 年出版《无尽山水》(*Mountains and Rivers Without End*),1999 年出版《加里·斯奈德读本:散文、诗歌及译作》(*The Gary Snyder Reader:Prose,Poetry,and Translations*)等,另有随笔及散文集《实际工作:1964—1979 年访谈录》(*The Real Work:Interviews & Talks 1964—1979*)(1980)、《荒野体验》(*The Practice of the Wild*)(1990)和《大地家族:对同道达摩生死同心所做的技术札记与询问》(*Earth House Hold:Technical Notes & Queries for Fellow Dharma Revolutionaries*)(1999)。由于斯奈德的杰出诗歌成就,他在 1997 年又获得美国博林根诗歌奖(Bollingen Poetry Prize)①和约翰·黑自然写作奖(John Hay Award for Nature Writing),2003 年他当选为美国诗人学院院士。斯奈德还是一位对中国诗歌和文化非常痴迷的诗人,他在自己的诗歌写作中有意模仿中国古人的做法,把禅与道的思想融入文字中,比如他那首《松树冠》(Pine Tree Tops):"在蓝色的夜里/微霜,天空散着微光/月儿明/低垂的松冠雪蓝,/融入天空,霜,星光/靴响嘎然/兔的足迹,鹿的踪影/我们怎能知道?"②该诗无论从立意到素材,还是从文法到意蕴,都极具中国古典诗歌的精神,字里行间透露着"中国风味",可谓是深得中国古典诗歌的旨趣和熏陶。与斯奈德一样,注重吸收中国诗歌元素的诗人还有闻一多先生的美国同学、那位号称"垮掉一代之父"的雷克斯洛斯。他于 1979 年出版了翻译诗集《李清照全集》(*Li Ching-chao:Complete Poems*),为美国诗人了解中国南宋时期最著名的女词人李清照(1084—1156)③,作出了杰出贡献④。师

---

① 博林根诗歌奖的首位得主是埃兹拉·庞德,因为他创作了生命之书《比萨诗章》。但是,当时因为他犯有"叛国罪",奖项一公布便引起巨大争议。

② 原文为:"in the blue night/ frost haze,the sky glows/ with the moon/ Pine tree tops bend snow-blue/ fade into sky, frost, starlight./ the creak of boots,/ rabbit tracks, deer tracks,/ what do we know." 参见 A.Charters(ed.),*The Portable Beat Reader*,New York:Penguin,1992。

③ 李清照被译介到美国具有典型性,因为她是中国古代女诗人当中的杰出代表。请参见陈祖美:《李清照诗词文选评》,上海古籍出版社 2011 年版,第 1—5 页。

④ 赵毅衡:《诗神远游》,上海译文出版社 2003 年版,第 52—53 页。

法中国古诗、通过献身美国女权运动来寻找自我身份的卡洛琳·凯瑟①,是另一位具有代表性的美国诗人。作为感情细腻的女诗人,她于1985年发表了著名诗集《阴》(Yin),很明显是把中国的儒道思想纳入到她的诗歌创作体系内,通过"心灵改写"的方式,抒发她对"阴"的哲学感悟,完成她对美国社会和人生的思考。该诗集因为"唯美、灵动、别具一格"获得美国普利策奖,可见其诗集的魅力、价值和影响力。集诗人、作曲家、表演艺术家、剧作家于一身的杰克逊·麦克·娄②,因为热衷于把后现代语言艺术与中国古典诗歌艺术结合在一起,在美国诗歌界独树一帜。有诗歌评论家把他归为"语言诗人"(language poet),理由是他的诗歌不讲究句法,追求"单词"和"单音节"的"纯机缘排列"。也有诗歌评论家认为他是后现代诗人,因为他把后现代的杂糅、拼贴、蒙太奇等写作技巧融入诗歌创作。总之,他的诗人身份存在争议。不过,麦克·娄"开创了八九十年代所谓'(美国)语言诗'的先河"确属事实,而且他还通过"特别的互文性的诗歌""证明了中国诗和诗学,不仅能够进入(美国)现代诗,而且还能够进入到(美国)后现代诗"③。可见,其个性化书写具有不容忽视的潜质。20世纪80年代以后,麦克·娄发表的比较有影响力的诗集包括:1984年出版的《布鲁姆日》(Bloomsday)、1986年出版的《代表作:1938—1985》(Representative Works:1938—1985)、1991年出版的《二十年代:100首诗》(Twenties:100 Poems)、1996年出版的《巴恩斯书》(Barnesbook)等。受中国儒道哲学影响并在1972年发表诗集《易书》(A Book of Change)的美国"先锋派诗人"莫根④,在进入八九十年代之后,发表的作品包括:1982年出版的《北书》(Northbook)、1987年出版的《诗歌集:新诗及选编》(Poems:New and Selected)、1995年出版的《献给保拉的诗》(Poems for Paula)等。不过,莫根的名气还

---

① 参见 Wikipedia,*Carolyn Kizer*,April 15,2016,https://en.wikipedia.org/wiki/Carolyn_Kizer。

② 参见 Wikipedia,*Jackson Mac Low*,April 15,2016,https://en.wikipedia.org/wiki/Jackson_Mac_Low。

③ 赵毅衡:《诗神远游》,上海译文出版社2003年版,第57—58页。

④ Eric Homberger,"Frederick Morgan:Poet of the heart and founder of New York's Hudson Review",*The Guardian*,March 2,2004.

是与他长期主编的文学理论刊物《哈德逊评论》(*Hudson Review*)联系在一起①。被称为"深度/神秘意象派"和"新超现实主义"诗人的罗伯特·伯莱(Robert Bly,1926—)②,于 1958 年创办《五十年代》杂志,后来该杂志随着年代的更迭依次改为《六十年代》《七十年代》《八十年代》,成为反学院派的"诗歌阵地"。伯莱的创作思路,旨在突破学院派设置的"障碍",通过学习和借鉴中国古典诗歌、拉美"土著"诗歌、欧洲"超现实主义诗歌"等,与美国的文学传统相结合,产生一种新颖的"有生命力的诗歌"。有评论家把他的诗歌比作"在中西部大平原下层蕴藏的、突然间成长出来的树枝和鲜花",别开生面,让人耳目一新。这些带给读者震撼力的诗作,包括他于1979 年出版的《树将在此屹立千年》(*This Tree Will Be Here for a Thousand Years*)、1981 年出版的《黑衣人转身》(*The Man in the Black Coat Turns*)、1984 年出版的《米拉拜版本》(*Mirabai Versions*)、1986 年出版的《诗选集》(*Selected Poems*)、1985 年出版的《热恋双重世界的女人》(*Loving a Woman in Two Worlds*)、1992 年出版的《散文诗集》(*Collected Prose Poems*)、1994 年出版的《对贪得无厌灵魂的沉思》(*Meditations on the Insatiable Soul*)、1997年出版的《晨歌》(*Morning Poems*)、1999 年出版的《嚼咀蜂蜜话语:新诗及诗选集》(*Eating the Honey of Words:New and Selected Poems*)等。此外,该时期为自己梦想"嚎叫"的美国诗人还包括查理·赖特(Clarles Wright,1935—)③等被称为"新超现实主义"的"年轻后生"(younger generation),他们在新时代像一股"清流"(fresh water),在纷繁复杂的美国诗歌舞台上,尽情展现着他们的个性和魅力,也在接受新世纪带给他们的挑战④。

总之,纵观美国诗人对他们自己"身份认同"和"个性化书写"的探索历程,我们不难发现:美国诗歌发展中心从 20 世纪初期的芝加哥,移位到四五十年代的纽约,五六十年代又发生重大转移,挪到了美国西部城市旧金山,

---

① 参见赵毅衡:《诗神远游》,上海译文出版社 2003 年版,第 58—59 页。

② "A Poet Laureate for Minnesota",*The New York Times*,March 1,2008.另参见 Wikipedia,*Robert Bly*,March 28,2016,https://en.wikipedia.org/wiki/Robert_Bly。

③ Jennifer Schuessler,"Charles Wright named America's Poet Laureate",*The New York Times*,June 12,2014.

④ 参见赵毅衡:《诗神远游》,上海译文出版社 2003 年版,第 63—64 页。

出现美国西部诗歌的崛起和旧金山文艺复兴运动——到了80年代以后,美国西部旧金山以及东部纽约共同成为美国诗歌发展的"核心"和"重镇",引领美国诗歌朝着多元化方向发展。

二、追求思想解放与个性回归的中国诗歌

1978年5月11日,中国《光明日报》发表了一篇题为《实践是检验真理的唯一标准》的文章,拉开了关于"真理标准"问题在全国范围内进行热烈讨论的序幕。同年12月,中国共产党第十一届三中全会在北京召开,会议肯定了"实践是检验真理的唯一标准"这个命题,认为该命题有助于"实事求是""思想解放";对1977年2月7日《人民日报》社论《学好文件抓住纲》里提出的"两个凡是"教条主义思想——"凡是毛主席做出的决策,我们都坚决地拥护;凡是毛主席的指示,我们都始终不渝地遵循"——进行批判;对1966—1976年"十年文化大革命"以及"四人帮"遗留的社会和历史问题进行总结和反思。会议决定停止"以阶级斗争为纲"的口号,提出要把全党、全中国的工作重点转移到经济建设,即"社会主义现代化建设"上来。1978年胜利召开的党的十一届三中全会,是一次关于政治和经济的讨论大会,也是一次对八九十年代中国社会的转型和发展产生重大影响的大会。"思想解放"和"实事求是"理念的提出,使全国文艺工作者开始了"拨乱反正"的工作。1979年11月1日,第四次全国文代会召开,文艺工作者提出"文艺民主"的诉求,会议对此作出两个重大决定:第一,确定了执政党和文艺工作者的关系问题,即执政党"对文艺工作的领导,不是发号施令,不是要求文学艺术从属于临时的、具体的、直接的政治任务,而是根据文学艺术的特征和发展规律,帮助文艺工作者获得条件来不断繁荣文学艺术事业……文艺这种复杂的精神劳动,非常需要文艺家发挥个人的创造精神。写什么和怎么写,只能由文艺家在艺术实践中去探索和逐步求得解决。在这方面,不要横加干涉"①。第二,重申"百花齐放,百家争鸣"②的文艺方

---

① 转引自王光明:《80年代:中国诗歌的转变——1980年代卷导言》,载洪子诚主编:《百年中国新诗史略》,北京大学出版社2010年版,第243页。

② 1956年4月28日,毛泽东在中共中央政治局扩大会议上提出:百花齐放、百家争鸣,应该成为我国发展科学、繁荣文学艺术的方针。艺术问题上百花齐放,学术问题上百家争鸣。但是,在当时的历史背景下,该方针没有得到真正执行。

针,提出要在新时期真实有效地执行。由于文艺工作者对"文化大革命"仍然心有余悸,尤其是那些"经历过思想的震荡,经历过确立的权威的崩坏"的作家,对"文革"的性质一直无法界定,成了社会问题①。为此,1981年6月,中国共产党第十一届六中全会作出《关于建国以来党的若干历史问题的决议》。《决议》指出:1966—1976年持续了十年的"文化大革命""是一场由领导者错误发动,被反革命集团利用,给党、国家和各族人民带来严重灾难的内乱"②。对"文化大革命"的客观且理性的定位,实际上给文艺工作者带来了福音,同时也促使他们对自己的文学身份、个性化书写等现实问题作出新的思考和判断。1984年12月至1985年1月,中国作家协会第四次会员代表大会在北京召开,会议提出"创作自由"的口号:"作家有选择题材、主题和艺术表现方法的充分自由,有抒发自己的情感、激情和表达自己的思想的充分自由","我们党、政府、文艺团体以至全社会,都应当坚定地保证作家的这种自由"。③

由于"思想解放""文艺民主""创作自由"等涉及文学创作的关键性命题得到国家政治层面的高度重视,中国文艺工作者开始了新的历史征程。一方面,他们积极寻找、建立或者重塑理想中的文学身份;另一方面,他们进入新时期真正意义上的个性化书写阶段。这也促使"新时代"的诗人们敢于"从生活出发去'说真话'",同时把"人道主义"重新作为"诗人想象历史和现实问题的思想出发点"④,这就给20世纪八九十年代的中国诗人带来了无穷的动力和无限的希望。

经历了二十年历史创伤的艾青,在1978年11月15日"天安门事件"⑤平反的决定宣布后,就用火一样的热情写下长诗《在浪尖上》:"不容许再受

---

① 转引洪子诚:《中国当代文学史》,北京大学出版社1999年版,第223—225页。
② 《关于建国以来党的若干历史问题的决议》,载《三中全会以来重要文献选编(下)》,人民出版社1982年版,第811—812页。
③ 《在中国作家协会第四次会员代表大会上的祝词》,《人民日报》1984年12月30日;洪子诚:《中国当代文学史》,北京大学出版社1999年版,第227页。
④ S.Edward, *Humanism and Democratic Criticism*, New York:Palgrave,2004,pp.102-105.
⑤ "天安门事件"又称"四五运动"或"四五天安门事件",是指"文化大革命"后期的1976年4月5日发生的以天安门事件为代表的反对"四人帮"的全国性的群众性抗议运动。

蒙蔽了,／不应该再被欺骗了,／我们要的是真理,／我们要的是太阳！／不依靠神明的怜悯,／不等待上帝的恩赐,／人民要保卫民主权利,／因为民主是革命的武器……"该诗与他另一首磅礴诗篇《光的赞歌》的思想主题遥相呼应:"每个人的一生／不论聪明还是愚蠢／不论幸福还是不幸／只要他一离开母体／就睁着眼睛追求光明／世界要是没有光／等于人没有眼睛／航海的没有罗盘／打枪的没有准星／不知道路边有毒蛇／不知道前面有陷阱／世界要是没有光／也就没有扬花飞絮的春天／也就没有百花争艳的夏天／也就没有金果满园的秋天／也就没有大雪纷飞的冬天／世界要是没有光／看不见奔腾不息的江河／看不见连绵千里的森林／看不见容易激动的大海／看不见像老人似的雪山／要是我们什么也看不见／我们对世界还有什么留恋","只是因为有了光／我们的大千世界／才显得绚丽多彩／人间也显得可爱／光给我们以智慧／光给我们以想象／光给我们以热情／光帮助我们创造出不朽的形象／那些殿堂多么雄伟／里面更是金碧辉煌／那些感人肺腑的诗篇／谁读了能不热泪盈眶／……"①作为"归来"的诗人、"复出"的诗人,艾青在1978年"思想解放"的观念提出后短短几年,就发表了几百首情感浓烈、"用心在歌唱的"诗,汇编成诗集《归来的歌》(1980)、《彩色的诗》(1980)和《雪莲》(1983)等。他还创作了诗歌论文集《艾青谈诗》(1984),成为"归来"诗人的杰出代表②。因为1955年"胡风反革命集团事件"被捕入狱的牛汉,在该时期也焕发出勃勃生机,"归来"后出版了《温泉》(1984)、《海上蝴蝶》(1985)、《沉默的悬崖》(1986)、《牛汉诗选》(1998)等诗集。其中《温泉》获1984年全国优秀新诗集奖。对于新时期自己的诗歌创作,牛汉说:"我的诗和我这个人,可以说是同体共生的。没有我,没有我特殊的人生经历,就没有我的诗,也可以换一个说法,如果没有我的诗,我的生命将会气息奄奄,如果没有我痛苦而丰富的人生,我的诗必定平淡无奇。"③1949年留学美国并出版《诗集:1942—1947》、1955年回国执教的郑敏,是新时代女诗人当中的杰出代

① 艾青:《艾青》,人民文学出版社2006年版,第265—278页。
② 参见朱栋霖、朱晓进、龙泉明主编:《中国现代文学史(1917—2000)》(下),北京大学出版社2012年版,第197页。
③ 牛汉:《谈谈我这个人,以及我的诗(序)》,载《牛汉诗选》,人民文学出版社1998年版。

表。她在"文革"期间曾经因为留学美国等经历受到一些影响,不过后来成为"在'寂寞'的咬啮里/ 寻得'生命'最严肃的意义"的诗人。1979 年,诗人在沉默了二十多年后像是找到了自己失散多年的恋人那样,欢呼雀跃地歌唱道:"诗呵,我又找到了你!"①——"绿了,绿了,柳丝在颤抖,/是早春透明的薄翅,掠过枝头。/为什么人们看不见她,/这轻盈的精灵,你在哪儿?哪儿? /'在这儿,就在你心头。'她轻声回答。/呵,我不是埋葬了你?! 诗,当秋风萧瑟,/草枯了,叶落了,我的笔被摧折,/我把你抱到荒野,山坡,/那里我把我心爱的人埋葬,/回头,抹泪,我只看见野狗的饥饿。/……穿过田野,来到她的墓旁,/忽然一声轻软,这样温柔,/呵你在哪里? 哪里? 我四处张望,/ '就在这里,亲爱的,你的心头。'/从垃圾堆、从废墟、从黑色的沃土里,/苏醒了,从沉睡中醒来,春天把你唤起/……"该诗读起来感情真挚,且发人深省。随后,郑敏在八九十年代还以无限澎湃的激情,先后出版诗集《寻觅集》(1986)、《心象》(1991)、《早晨,我在雨里采花》(1991)以及近作《郑敏诗集 1979—1999》(2000)等。在这个让众人欢欣鼓舞的新时代里,还出现了一批敢于袒露自己的心扉、充满生命活力的"朦胧诗人"。他们特立独行,使自己的个性在诗歌中得到大胆张扬。比如,北岛在《回答》一诗中深沉地嚎叫:"卑鄙是卑鄙者的通行证,/高尚是高尚者的墓志铭,/看吧,在那镀金的天空中,/飘满了死者弯曲的倒影。冰川纪过去了,/为什么到处都是冰凌? /好望角发现了,/为什么死海里千帆相竞? /……告诉你吧,世界/我——不——相——信! /纵使你脚下有一千名挑战者,/那就把我算作第一千零一名"。顾城也代表青年一代,在他的《一代人》里"猛然爆发出来一声痛苦的呼号",释放了压抑多年的情绪:"黑夜给了我黑色的眼睛,/ 我却用它寻找光明"。女诗人舒婷"迫切需要尊严、信任与温暖",她自己说:"我愿意尽可能地用诗来表现我对'人'的一种关怀",所以她写下《致橡树》:"我如果爱你——/绝不像攀援的凌霄花,/借你的高枝炫耀自己;/我如果爱你——/绝不学痴情的鸟儿/为绿荫重复单调的歌曲;/也不止像泉源/长年送来清凉的慰藉;/也不止像险峰/增加你的高度,衬托你的威

---

① 该诗名为《如有你在我身边——诗呵,我又找到了你》,完成于 1979 年。这是诗人沉默了二十多年后写的第一首诗。

仪。/甚至日光。/甚至春雨。/不,这些都还不够!/我必须是你近旁的一株木棉,/作为树的形象和你站在一起。/……"在舒婷笔下,新时代女性那种要求独立自主、张扬个性的意识跃然纸上。不仅如此,舒婷作为女诗人的"生命书写"还表现在她的"坚定信念"和"勇敢顽强"方面,如她的《一代人的呼声》:"我绝不申诉/我个人的不幸/错过的青春/变形的灵魂/无数失眠之夜/留下来痛苦的记忆/我推翻了一道道定义/我打碎了一层层枷锁/心中只剩下/一片触目的废墟……/但是,我站起来了/站在广阔的地平线上/再没有人,没有任何手段/能把我重新推下去/……/我要求真理!"与舒婷相呼应,被当代诗坛誉为"朦胧诗鼻祖"的郭路生(1948—　)在《命运》一诗里,借助个性化的语言树立的年轻一代的"自我形象",具有另外一种与众不同的"视觉冲击力":"我的理想是辗转飘零的枯叶,/我的未来是抽不出锋芒的麦穗,/如果命运真的是这样的话,/我情愿为野生的荆棘放声歌唱"……由此可见,这一代中国诗人,因为能够在思想解放、文艺民主、写作自由的良好氛围中"再生",因为能够自由、美好地释放着他们的个性,那些从惨痛的历史教训中激发出来的情感,与他们感悟到的人性自由和独立自主融合在一起,绘成一幅"诗歌的真实画卷"。为此,该时期的诗歌批评家田晓青这样总结说:"诗歌是个非常独特的领域。在这里,寻常的逻辑沉默了,被理智和法则规定的世界开始解体;色彩、音响、形象的界限消失了,时间和空间被超越,仿佛回到宇宙的初创期。世界开始重新组合——于是产生了变形。"①那么,个人与社会应该保持什么样的和谐关系呢?诗歌批评家孙绍振于是补充说,在新时代的诗歌氛围中:"个人在社会中应该有一种更高的地位,当社会、阶级、时代逐渐不再成为个人的统治力量的时候,在诗歌中所谓个人情感、个人的悲欢、个人的心灵世界便自然会提高其存在的价值。社会战胜野蛮,使人性复归,自然会导致艺术中的人性复归。"②

总之,与1978—1999年间的美国现代诗人比较而言,中国诗人在该历史阶段无论是在精神面貌、诗歌写作的激情,还是对人生的希望和梦想、畅想过

---

① 转引自王光明:《80年代:中国诗歌的转变——1980年代卷导言》,载洪子诚主编:《百年中国新诗史略》,北京大学出版社2010年版,第203页。
② 孙绍振:《新的美学原则在崛起》,《诗刊》1980年第10期。

去展望未来等方面,都有了全新的、别具一格的内容,其身份的追寻与个性化的书写都有"前无古人、后无来者"的格调和形式。而且,经过该历史阶段诗人的群体性努力,中国诗歌开始在国际舞台发出响亮的声音,比如艾青的诗、北岛的诗、牛汉的诗、舒婷的诗,等等,已经在德国、法国、美国、韩国、日本等域外场所享有一定的知名度,这也有利于中国诗人与国外诗人之间进行对话和交流。当然,中国诗歌与美国诗歌的对话和交流以及中美诗歌的互文与戏仿研究,都是诗歌走向国际化和世界变成"地球村"衍生出来的必然产物。

第二节　文化多元与诗歌多元

　　1978—1999 年的中美诗歌,因为具有开放性特征,而且在各自发展的道路上又都逐渐培养了包容性品格,使得中美两国的民族诗歌在该历史阶段各具特色。如果说美国发展早期是一个大熔炉,将欧洲旧大陆各民族国家的人民"融合"在一起,形成新的国家"美利坚合众国",那么八九十年代的美国更像是一个"沙拉碗",各种文化混杂在里面,但是又彼此独立,各有各的"色泽"和"味道"。文化多元必然造成文学艺术的多元,其中包括诗歌多元。中国也不例外。如果说五六十年代的中国比较"封闭"和"保守",到了八九十年代该面貌已经完全改观。中国与美国等世界各国的文化交流日益频繁,这促使中国文化也呈现出多元化的态势,并且积极促使中国诗歌走向多元。需要指出的是,文化多元与诗歌多元之间,存在互文关系,但是它们又离不开"开放包容的诗歌氛围"以及"广阔诗人视野的参与和建构"①。

一、开放包容与文化多元

　　历史证明,凡是国富力强的民族和地区无一例外都是开放包容的;反过来讲,凡是开放包容的民族和地区就很有潜力和可能性变得繁荣和强大。比如,古希腊盲诗人荷马创作《荷马史诗》的年代,现代意大利语的奠基者但丁(Dante Alighieri,1265—1321)创作《神曲》的年代,英国诗歌巨擘莎士比亚创作四大悲剧的年代,德国诗人、思想家歌德(Johann Wolfgang von

① 参见洪子诚:《中国当代文学史》,北京大学出版社 1999 年版,第 52—58 页;洪子诚、刘登翰:《中国当代新诗史(修订版)》,北京大学出版社 2005 年版,第 123—125 页。

Goethe,1749—1832)创作《普罗米修斯》的年代,等等。而且,从根本上讲,开放包容与文化多元紧密联系——开放包容会让多元文化变成自己文化体系的重要组成部分,并为自己的政治体制服务。

八九十年代的美国,作为政治、经济、军事最强大的资本主义政体,在文学、艺术、教育、科技、影视等方面均领先于其他国家,加上其开放的国家政策和包容的民族精神,遂成为世界各国人民争先恐后去学习和寻找梦想的目的地。这在客观上促使美国诗人在内的广大艺术工作者,充分享有了"天时地利人和",在很多方面成为世界人民关注和效仿的对象。实际上,许多在美国享有较高知名度的诗人、小说家、剧作家等,以及最初从美国走向世界后来又回到美国的诗人、艺术家们,会被聘请到美国大学里担任教职,专门教授诗歌、短篇小说、长篇小说、散文、戏剧、电影脚本等"创意写作"(Creative Writing)课程。一方面以教学相长的方式在授课之余通过与"活力四射的"年轻学生们进行交流,促使他们作出自我反思或者及时作出写作思路的调整,以便写出更加优秀的作品来;另一方面有利于他们总结多年以来积累下来的较为成功的和独特的写作经验,并把这些宝贵的经验面对面地传授给那些与他们有着相同志趣、相同梦想和相同追求的年轻学子,以"承前启后、继往开来"。现在美国大学普遍实行这种教育模式,恰好体现了美国教育的开放、灵活和自由。当然,这也吸引了世界各国来自不同文化背景的、愿意"到美国实现梦想"的学子们进行深造和学习。像前面提到的"旧金山文艺复兴运动"的发起人、美国现代诗的领袖人物之一雷克斯洛斯,在定居美国西部加利福尼亚州以后,曾经在加州大学圣塔芭芭拉分校以讲师身份教授"美国诗歌写作",效果很好,而且"在学生当中的名气很大"①。随后,他在圣塔芭芭拉专事翻译中国和日本的女性文学作品,直到1982年去世。那位把50年代"垮掉的一代"诗歌运动与60年代"嬉皮士"运动联系在一起的"嚎叫诗人"金斯堡,从1986年开始在纽约城市大学的布鲁克林学院(Brooklyn College)做"英语杰出教授"(Distinguished Professor

---

① 但是"学校管理部门不喜欢他",因为他"以诙谐和煽动性的语言评述校园里的反智主义和懒散"。参见 Linda Hamalian,*A Life of Kenneth Rexroth*,New York:W.W.Norton & Company,1991;Wikipedia,Kenneth Rexroth,April 15,2016,https://en.wikipedia.org/wiki/Kenneth_Rexroth。

of English),在那里给学生教授诗歌写作,培养了一批追随他的"未来诗人"①。《裸露的午餐》的作者伯勒斯,曾经在纽约城市学院(The City College of New York)②以教授身份给学生面授"创意写作"课程,后来因为他自己不喜欢教书工作而离开③。《悲惨海岸:诗集》以及《夜之音乐:诗选集》的作者霍姆斯,在美国诗歌界和文艺评论界都很有影响力,先是被聘任到阿肯色大学(the University of Arkansas)教授"创意写作",然后被邀请到美国耶鲁大学(Yale University)做"诗歌评论"以及"小说创作"的讲座,同时在布朗大学(Brown University)还开设过美国文学讲习班,直到他于1988年去世为止④……上述这些著名诗人、小说家、评论家进入美国知名大学任教,除了充实美国高等教育的教师队伍,也还为美国诗歌的发展作出了杰出贡献。关键是在他们的直接影响下,一大批有志于诗歌创作、小说创作、剧本创作的美国年轻一代被培养出来,自觉把写作当成一种乐趣和生活方式,继又从现实生活里获得给养和感悟"反馈到"写作当中,形成良性循环发展体制。当然,美国开放包容的教学模式也吸引了来自亚洲、欧洲、南美洲、大洋洲、非洲等世界各国的留学生接受他们的教育,这使美国文化走向多元的同时,也无形中促使美国教育变得多元和丰富多彩。这种局面到了21世纪还在继续。中国实行改革开放以后,到美国求学、深造、访学、工作甚至移民和定居的人数也越来越多,中国文化对美国文化的影响也日益显著。据不完全统计,美国东、西部各大中型城市基本上都有了Chinatown(中国城),这使美国越发具有中国味,而且美国诗人对中国文化以及中国人的描写也越来越多。加上华裔及其子女也用英语创作,充实了美国诗歌、小说、戏剧、散文等文学队伍,使其发展无形中蕴含了许多"中国元素"(Chinese elements)⑤。当

---

① Bill Morgan,*I Celebrate Myself:The Somewhat Private Life of Allen Ginsberg*,New York: Penguin,2007.

② 现在已更名为纽约市立大学(The City University of New York)。

③ Oliver Harris,*William Burroughs and the Secret of Fascination*,Carbondale:Southern Illinois University Press,2003.

④ John T.McQuiston,"John Clellon Holmes,62,Novelist and Poet of the Beat Generation", *The New York Times*,March 31,1988.

⑤ 参见解孝娟:《二十世纪五、六十年代旅外作家与八、九十年代"新移民作家"小说比较研究》,博士学位论文,山东大学,2008年。

然,客观地说,美国文化并非都值得赞美。有些所谓"多元文化"及其"文化领跑者",也存在"潜在的危险",并随之带来许多社会问题①。比如,与耶鲁大学教授霍姆斯同名、同姓且同时代的约翰·柯蒂斯·霍姆斯(John Curtis Holmes,1944—1988)②,是美国"色情电影产业当中最多产的男性演员之一",他曾经"在 2500 多部成年影片以及黄色电影里担任角色",后来在 44 岁时因为不幸沾染艾滋病而死去。该"人物"曾经在"嬉皮士狂欢的年代"作为美国多元文化的一个"象征物"和"代表",多年来在美国青少年当中造成"持久性的""难以预料的"负面影响③。

中国国内自 1978 年正式打开国门实行"改革开放"的政策以后,通过引进外资、经济互惠、文化互访、艺术交流等方式,吸引了包括美国、英国、法国、俄罗斯、加拿大、日本、韩国、德国、新加坡等世界各国人民来到中国,让他们亲眼目睹现实发展中的中国到底是怎么样的状态。一方面,消解了他们(包括他们的父母辈、祖父母辈等)对中国的误解、误读和误会;另一方面,让他们亲身感受到中国人的善良、友好、热情、开放,同时看到中国作为一个独立自主的社会主义国家欣欣向荣的发展面貌。当前,有不少美国人、加拿大人、英国人、法国人、俄罗斯人甚至娶中国姑娘为妻,或者远嫁到中国来,促使中国生活方式走向国际化。中国变得国际化的另外一个不可忽视的重要因素,是旅游业——中国八九十年代的旅游业非常兴旺发达,因为中国几千年的悠久历史在欧美世界早已成为"传奇"(legend),而被西方人所熟知。但是,五六十年代由于"冷战"和中美、中欧、中苏关系紧张化,导致中国有一段时间实行"封闭政策",严禁外国人进入。直到 1978 年改革开放之后,欧美人才有机会进入中国,亲自领略和亲身感受中国文化的"博大精深"和"历史悠久"。中国的国际化也促使中国变成多民族文化聚集的场

---

① G. Gesner, *Anthology of American Poetry*, Livingston: Transaction Publishers, 1994, pp. 227-233.

② 二位的名字都可以缩写为"John C. Holmes",只是中间名不一样——前者名字的全拼为"John Clellon Holmes",后者名字的全拼为"John Curtis Holmes"。除了名字拼写的差异,这两位的人生经历、兴趣爱好和个性特征等,都相差甚远。影响的领域自然也大相径庭。

③ Wikipedia, *John Holmes* (actor), April 10, 2016, https://en.wikipedia.org/wiki/John_Holmes_(actor).

所——文化多元除了促进国家政治和经济发展，还促使文学艺术在交流层面走向繁荣和昌盛，这也给中国诗人书写多元文化带来便利。当然，在某种意义上，也顺理成章激发中国诗歌必须朝着多元化方向发展。最明显的例子就是，进入八九十年代以来，中国市场出现了来自欧美世界的各种各样紧跟时代潮流的诗歌、小说、戏剧、报刊、流行音乐、电影艺术、绘画艺术、手工雕塑等，使国人大开眼界的同时，也知道了自己存在的差距。此外，英语作为一门外语受到前所未有的重视，各种与欧美有关的宗教节日、名牌服装、生活用品甚至是待人接物的行为礼仪等，与中国传统文化相"碰撞"，使国人在自己生活的世界里感受到"文化冲击"（Culture Shock）。这当然有好的方面，也有难以让人适应的方面。但是不管怎样，由于这种文化多元产生的"焦虑""不安""困惑"等，都潜移默化地变成中国诗人的"现实素材"，成为他们日常写作非常宝贵的"第一手资料"。与美国诗人、小说家等进入高等教育系统担任教职一样，中国诗人和作家也有进入中国高等教育机构从事教育、教学和研究的典型例子。曾经出版诗集《三秋草》和《鱼目集》、1947—1949年在英国牛津大学做过客座研究员的卞之琳（1910—2000）①，回国后曾经先后任职于北京大学西语系、北京大学文学研究所、中国社会科学院外文所等机构，担任北京大学教授、中社科院文学所二级研究员（享受终身制待遇），后来还担任国务院学位委员会第一、二届外国文学评议组成员，中国莎士比亚研究会副会长，中国作家协会理事、顾问等职。任教授期间培养了裘小龙等具有国内外知名度的诗人、诗歌翻译家和小说家，为中国的文化教育事业做了很大贡献。年轻时代在天津《大公报·星期文艺》《益世报·文学周刊》，上海《文学杂志》《诗创造》《中国新诗》上发表诗作，后来致力于把翻译、诗歌和诗歌评论三者融为一体的"九叶"诗人袁可嘉，1941年考入西南联合大学外国语文系，期间曾经将徐志摩等人的新诗用英文译介到国外，毕业后历任北京大学西语系助教、中共中央宣传部毛泽东选集英译室翻译、外文出版社翻译、中国社会科学院外国文学研究所助理研究员及副研究员，后来担任中国社会科学院研究生院教授、博士生导师。袁可

---

① 卞之琳还曾与李广田（1906—1968）、何其芳（1912—1977）合出《汉园集》，因此他们三人又被合称为"汉园三诗人"，在中国诗歌史上很有名气。

嘉"继承了我国民族诗歌和新诗的优秀传统,借鉴了现代欧美诗歌的某些手法",并把他的这种创作理念及时教授给中国学生,80 年代初还赴美国给美国学生面授"中国新诗"和"英美诗歌在中国"等课程,在国内外均产生了非常重要的影响①。著名诗歌《回答》的作者、90 年代曾任教于美国加州戴维斯大学和加利福尼亚大学戴维斯分校的北岛,后来正式受聘到中国香港中文大学东亚研究中心,担任那里的人文学科讲座教授,将他的诗歌创作理念传授给热爱诗歌创作的中国学生以及来自其他文化圈的学生,并致力于在祖国的怀抱中"通过诗歌来提升中国教育"。陕西省作家协会主席、第七届茅盾文学奖以及美国美孚飞马文学奖、法国费米娜外国文学奖获得者贾平凹,在勤勤恳恳的创作之余被聘任到西安建筑科技大学担任人文学院和文学院教授、院长,一方面借助大学这个平台把他的创作思想发扬光大,另一方面也希望在学生中弘扬中国的传统文学艺术,从而收到了良好的效果……当然,与美国诗人、作家在美国著名教育机构担任教职的现状相比较,中国高等学校在开放包容性方面还有很大的发展空间,这也说明中国诗歌教育以及在"薪火相传"方面还有很长一段路要走。

二、文化多元与诗人视野

文化的多元性与诗人视野之间有很大关联。中美诗人在诗歌写作时都会涉及民族文化和多元文化的问题。在讨论中美诗歌之前,先谈一谈德国诗人歌德与中国文化之间的故事。这是一个很好的例子。1813 年 10 月,歌德把研究兴趣集中在遥远而神秘的东方国家中国。他先后在图书馆借阅了十多种有关中国和中国文化的书籍,包括中国游记和中国哲学方面的著作。此外,他通过英法文译本阅读了《好逑传》《玉娇梨》《花笺记》《今古奇观》等中国小说和诗歌。读完这些作品之后,歌德很受震撼和启发,于是他决定把印象最深刻的《好逑传》改写成一首长诗,把《赵氏孤儿》改写成一部戏剧。在 1827—1829 年间,歌德一连写了十四首凸显中国文化和中国人文精神的抒情诗,命名为《中德四季晨昏吟咏》。该诗集非常成功地抒发了他

---

① 袁可嘉的学术成果收入《现代派论·英美诗论》等书。他与穆旦等人在诗歌理论和艺术表现手法见解相同,形成了风格特具的诗歌流派"九叶派"。他的学术专著《西方现代派文学研究》是 20 世纪 80 年代"文革"结束后第一代大学生人手一本的必备书。作为翻译家的他,用心传递着诠释灵魂的艺术,在当时的中国,被看作是思想启蒙。

对古代中国的向往和憧憬。就是通过接触和深入思考古代中国的这些文学作品，歌德发现了中国文化的伟大，发现了中国文化作用于西方诗歌的可能性和可行性，同时也洞察到东西方所共有的东西：人性。以至于后来他与助手、《歌德谈话录》的作者爱克曼（J.P.Eckermann，1792—1854）谈话时，这样评论他心目中的中国和中国人："中国人在思想、行为和情感方面，几乎和我们一样；只是在他们那里，一切都比我们这里更明朗，更纯洁，更合乎道德……"①除了中国文化带给诗人歌德哲学和诗学方面的思考，他还把中国文学与德国文学、法国文学联系在一起，衍生出"世界文学"（world literature）这个在当时"惊世骇俗"的概念，声称："我愈来愈深信，诗是人类的共同财产。世界文学的时代已快来临了。现在，每个人都应该出力使它早日来临。"在歌德说出此话二十年后，哲学家马克思（Karl Marx，1818—1883）和恩格斯（Friedrich Engels，1820—1895）在《共产党宣言》中，用一种辩证的、批判性的思维也提出了"世界文学"这一概念②。

文化对诗人的影响是巨大的。单一文化氛围中成长起来的诗人，其诗歌视野具有一定的局限性，这种局限性只有诗人自己遇到不同质的文化以后，才会有深刻的体会和感受。而且，受单一文化影响的诗人，即使其民族性比较突出，其诗歌文化视野的偏执性和狭隘性也是显而易见的。一位成功的诗人不只是强调和关心本民族文化，也应该以开放的姿态、宽阔的胸怀和宏大的视野，去了解和接触其他不同质的民族文化，并从中获得某种启示或者启发。在美国诗人当中，庞德是该方面做得很优异的代表。他在鸿篇巨著《诗章》中，不只涉及美国本土文化（如第62—71章），还在该诗集第1—3章涉及古希腊文化，在第7—9章涉及古罗马文化，在第31—34章涉及英国文化、法国文化、葡萄牙文化，在第40—46章涉及意大利文化、瑞典文化、土耳其文化以及犹太民族文化，在第74—84章涉及苏联文化、日本文化、印度文化、墨西哥文化、非洲文化、南美洲文化等。其中，《诗章》涉及中国文化的篇章和覆盖面最大，包括第13、30、49、52—61、93—95、99—106

① ［德］爱克曼：《歌德谈话录》，朱光潜译，人民文学出版社2000年版，第18—19页。
② ［德］马克思、恩格斯：《共产党宣言》，中共中央马恩列斯著作编译局译，人民出版社1997年版，第23页。

章,等等。庞德以这种波澜壮阔的方式,把各民族文化杂糅和拼贴在一起,旨在通过《诗章》展示人类文化的多元复杂和丰富多彩,旨在以宏大叙事的方式,说明人类生产活动的史诗性和融通性——一部《诗章》就是一幅长卷轴的世界文明"交相辉映"的历史画卷。与庞德类似,诗人斯奈德不仅把美国本土文化"烂熟于心",而且细细地咀嚼给美国文化带来各种给养的欧洲文化,比如英伦文化、法国文化、日耳曼民族文化、古希腊和古罗马文化等。但是他对此并不满足,还亲身感受了印度的佛学文化,认真学习了中国的儒家文化和道家文化,接受了日本的禅宗文化①等,以取众家文化之所长,将它们融化在自己的思想体系之内。而且,他在创作具体的诗歌时,因为其视野开阔、雄伟、气势磅礴,无论是诗歌艺术形式还是诗歌艺术内容,都有让人耳目一新的地方。他个人最推崇中国的诗僧寒山,并自比为"寒山"。他认为寒山的伟大之处在于:"能够把出世的佛教、道教与入世的儒家精神"很好地契合,"形成一种深深介入社会斗争的生活态度,一种努力让诗歌来把人类社会与大自然相结合的文学观",也就是斯奈德所界定的"儒佛道社会主义"②。除了庞德和斯奈德,还有热衷于多元民族文化的吸收和借鉴并有优秀成果问世的其他美国现代诗人。被称为"美国新超现实主义领袖人物之一"的查理·赖特(Charles Wright,1935——),在诗歌创作时从不把自己封闭起来,他喜欢搜集趣闻轶事,尤其喜欢把来自不同文化的历史素材、意象情境等纳入到他个人的想象世界,同时不忘结合西方的文学传统和思维习惯,表达一种"动中有静,静中有动""画中画"的感觉。不过他坦言说,在东西方"纷繁复杂"的文化中,"受到中国文化影响很深",尤其"使我感兴趣的是像1200年前的唐代诗人那样处理人与自然的关系"——"中国诗和画中那种清朗,那种宁静,那种蕴于宁静中的力量,就是我追求的东西"。总之,赖特的"诗歌写作冲动来自中国诗"③。赖特从众多文化中找到了让他"欣喜若狂"的文化,一种激励他不断思考、形成他独特诗体风格的文化,一种他非常感念至深的文化。比如,他那首题为《中国风》的诗,字里行间蕴

---

① 斯奈德曾经于1956—1968年东渡日本,期间出家为僧三年,醉心于研习禅宗。1969年回到美国后,与他的日本妻子定居于加利福尼亚北部山区,过着非常简朴的生活。
② 赵毅衡:《诗神远游》,上海译文出版社2003年版,第333页。
③ 赵毅衡:《诗神远游》,上海译文出版社2003年版,第63—64页。

藏一种包容性极强的情感:"为什么不? 姜花的咧开嘴,/柳树的指节在地上拖过;/每年都有无人照看的田地。/我们的日子,不像风的长喘,/半恋着芦苇,半恋着灯草。/我们身外的万物都是累赘。"①

吸收不同的民族文化为我所用,或者干脆就"浸泡"在异质文化当中,接受异质文化的"洗礼",形成新的思想观念,然后提升内在的知识素养和文学品位,以开阔的视野指导自己的诗歌写作——这是有抱负、有胸怀的诗人所追求的境界②。在该历史时期,中国诗人当中也有不少这方面的佳例。著名"归来"女诗人、《诗与哲学是近邻》的作者郑敏,1952 年在美国布朗大学研究院获英国文学硕士学位后,回国任教,先是在中国社会科学院文学研究所工作,然后从 1960 年开始在北京师范大学外语系担任英美文学教授,给学生讲授诗歌写作方法及英美文学鉴赏与评论。郑敏接受的文化熏陶主要有两个大的方面:一是来自国内,包括她的家乡福建闽侯,然后是大学期间的西南联大;二是来自于国外——美国布朗大学研究院,因为她曾经置身于美国多元文化的氛围中,接受多元文化带给她的种种惊喜。当然,她所学的硕士专业英国文学里的"不列颠文化",也可以作为她后来思想发生重要转折的一个来源。这些思想变化与她先前的生活经历有很大的互文关系。从根本上说,多元文化熏陶下的郑敏,在诗歌创作视野方面有很大的改观。这种改观反映在她于 20 世纪八九十年代出版的《寻觅集》(1986)、《心象》(1991)、《早晨,我在雨里采花》(1991)等诗集中。比如,她那首题为《穿过波士顿雪郊》的诗,明显具有英美象征主义诗歌的味道,同时又融合了中国古典诗词遗留下的风雅和别致:"雪,/挤进来/又被风/扫出去/这样渴望遮住?/穿过冬林的灰蛇长路,/它的铅色的脸,/焦虑的车擦过/雾中的冬林/它只剩下/大张着的嘴/拧着的手臂/祈求的姿态/无声的呼喊/刺痛耳朵/……/童年,波士顿,雪/活过来的树林/更真实的部分";而在《贝多芬的寻找——记贝多芬〈第九交响乐第三乐章〉》一诗中,"'啊,不要这些噪音!'贝多芬这样说/寻找,寻找,他的心灵在寻找/聋了的音乐被压在/深深

---

① 该诗转引自赵毅衡。具体细节参见赵毅衡:《诗神远游》,上海译文出版社 2003 年版,第 64 页。

② 参见王国维:《人间词话》,上海古籍出版社 2014 年版。

的底层/它要冲出冷酷的岩层/它要把整个被禁锢的心灵/爆发出来,在太阳下/……"则又具有了英国维多利亚时期诗人罗伯特·布朗宁"戏剧独白体诗歌"的风格。性格倔强、诗情丰富的北岛,更是接受了中、欧、美多个地区多种民族文化的浸染,他不断接受着东、西方两种不同文明带给他的"冲撞"。他欣赏欧美但是又无法融入到欧美的文化系统之内,他矛盾且百感交集的心情变成对"多元文化"的批判性思考,他这样在诗歌《一切》中诉说:"一切都是命运/一切都是烟云/一切都是没有结局的开始/一切都是稍纵即逝的追寻/一切欢乐都没有微笑/一切苦难都没有泪痕/一切语言都是重复/一切交往都是初逢/一切爱情都在心里/一切往事都在梦中/……";这还不算,经历过各种文化砥炼的他,对多元文化的思考还有着与众不同的方面,比如《红帆船》:"到处都是残垣断壁/路,怎么从脚下延伸/滑进瞳孔的一盏盏路灯/滚出来,并不是星星/我不想安慰你/在颤抖的枫叶上/……/如果礁石是我们未来的形象/就让我们面对着海/走向落日/不,渴望燃烧/就是渴望化为灰烬/而我们只求静静地航行/你有飘散的长发/我有手臂,笔直地举起"。北岛在风格方面非常个性化,这在中国诗歌界早已是共识。但是,在社会现实和多元文化的"抉择"面前,他必须学会理性地去思考自己的角色问题,理性地去看待自己的个人英雄主义的问题①。一旦选择失误,会留下一些缺憾。比如,他在《界限》里流露出来的情怀:"我要到对岸去/河水涂改着天空的颜色/也涂改着我/我在流动/我的影子站在岸边/象一棵被雷电烧焦的树/我要到对岸去/对岸的树丛中/掠过一只孤独的野鸽/向我飞来",读起来有一种莫名的凄凉和无奈。出生于诗人之家的顾城,17 岁就开始写诗投稿,26 岁成为北京市作家协会会员,29 岁成为中国作家协会会员,31 岁赴德国参加明斯特"国际诗歌节",随后开始周游西欧和北欧诸国,进行文化交流和讲学活动,32 岁赴新西兰讲授中国古典文学并被聘请为奥克兰大学亚语系研究员,后来加入新西兰国籍。受多国文化熏陶的顾城,有他独立鲜明的艺术个性。期间,他与爱妻隐居新西兰激流岛,过着自给自足的生活。这期间,他曾经不断反思多元文化带给他的独特感受;与此同时,又

---

① 参见王光明:《80 年代:中国诗歌的转变——1980 年代卷导言》,载洪子诚主编:《百年中国新诗史略》,北京大学出版社 2010 年版,第 265—266 页。

从内心深处眷恋着那千里之外的故土——他怀念故土的人、故土的饭、故土的语言以及故土的一切。比如，他在 1989 年 33 岁时书写的《激流岛画话本（十八首）》中，有《诗经》这首极具互文与戏仿风格的诗："小韭菜馆里/放好座位/人来了没有/看好了没有/丢东西没有/回去看看/人都没了/没有没有/没有没有/我还要瞅"，表达了一种酣畅淋漓的趣味性；再比如《天之净土》，讲得是"世居越南"之"素华李姓"，诗歌形式完全是中国"古诗词味道"："素华李姓世居越南，少逢战火，浮于海，几近生死，后就学于德。/逢人皆善，偶有学银，便星散窗友，行之无迹，遇之未感，吾久而后契于南海红楼，/方觉女儿生性乃天之净土，可知、可见、可明、可断，/复寻，果不知其所以。/感曰：/风无影，水无形，飞鸿踏雪，真迹为存。/是春，谨录慧文以敬之"；再比如有"童谣风格"的《思乡曲》，感情真挚，把顾城的绵绵"思乡情"从新西兰移位到了他的出生地——中国北京："旧时蒜，已结瓣，拿大碗，吃早饭，甜面酱，葱来蘸，拍黄瓜，炒鸡蛋。/不在咸，不在淡，/而在稀稀溜溜、筋筋实实、呼呼噜噜的，/扯不尽、舀不断、绕不没、吸不完、来回卷的，/一挑挑可心可口可意可人可吃三天九顿/过节过年过生日长岁数的，肉沫、香油、辣子、胡椒、/虾皮、红醋、韭黄、炝点莫名其妙小蚶干的，/清清爽爽、一塌糊涂、串了味的炸酱面。/客官道：算钱"等。在这里，还有一首特别的诗值得一提，即 1993 年顾城自杀前一年写下的那首题为《回家》的诗，饱含他对儿子的"爱恋和愧疚相互交融"的复杂感受："我看见你的手/在阳光下遮住眼睛/我看见你的头发/被小帽子遮住/我看见你手投下的影子/在笑/你的小车子放在一边/Sam①/你不认识我了/我离开你太久的时间/我离开你/是因为害怕看你/……"②这种爱和愧疚杂糅在一起的感觉，既是多元文化与他个人的诗歌理念、生活观念、人生态度产生激烈冲突的一个结果，也是一些未知的内外在因素形成合力、对诗人精神状态的一次回应。从顾城的事例中可以做出这样的思考：多元文化会开阔诗人视野，也会帮助诗人汇集更多、更丰富的素材，但是在价值观、人生观的取向方面，诗人自己还是起着决定性的作用。

———————————

① 诗中的"Sam"就是顾城的独子"Samuelmuer Gu"。

② 顾城：《顾城的诗》，人民文学出版社 2000 年版，第 382—384 页。

三、诗人视野与诗歌多元

诗人有了开放坦荡的胸襟,有了多元文化的浸染和熏陶,有了广阔和宏大的诗歌视野,这无疑会产生与众不同、风格卓越的诗。这些诗对诗人自身而言,是他们非凡艺术才华的再现;对读者而言,是诸多类型的诗歌多元化发展的结果。在八九十年代,无论是美国诗歌还是中国诗歌,其诗歌的多元化主要表现在诗歌类型的多元化方面。

就美国诗人和美国诗歌而言,庞德的意象派诗体风格融化在他的史诗《诗章》当中,追随庞德的读者从庞德《诗章》的各个章节中寻找到他的思想轨迹,同时也可以对他翻译的《论语》《大学》《中庸》等中国儒家典籍,进行探秘似的解读和赏析;崇尚艾略特诗体风格,并对他的诗论——比如《传统与个人才能》——非常感兴趣的诗人和学者,也对艾略特本人推崇备至,对他所积极倡导的"新批评思想和理论"进行大力宣传,由此形成美国学院派的后备力量,并在 20 世纪八九十年代继续发挥它的"余热";对历史和现实问题非常感兴趣的诗人,则借鉴新历史主义者(New Historicist)的观点和方法,希望重新审视人类历史,并借助现代主义手法再次书写历史,旨在把过去"被遮蔽的历史"和"被尘封的历史"从"故纸堆"里解放出来,还原其真相,发现"历史是文本的,文本也是历史的";还有新超现实主义诗人,如查理·赖特(Charles Wright),在现实描写的基础上,借助哲学式的想象和丰满的意象"突破自我",进行衬托人与内在精神、人与"他者"(other)、人与社会的"逻辑关系";仍然追随金斯堡等人的所谓"垮掉的一代"诗人群体,在新时代不断地进行诗歌形式和内容的翻新,不管最终的效果和影响怎样,他们总是以个人的人生经历为描写对象,以"自传"或者"半自传"的方式进行"我"与物质世界的对话;"垮掉的一代"诗人群体当中,有些诗人会站在自己"鲜明的立场上"(clear position),不承认自己是"垮掉的一代"之成员,他们另辟蹊径彰显自己的个性,把内在的人生信念和诗歌理念结合在一起,写独特的"人"与"自然"的诗①,比如斯奈德。以斯奈德为代表的诗人,应该是传统意义上的"垮掉的一代"诗人当中的"另类",因为在八九十年代,

---

① S.Hegeman, *Patterns for America*: *Modernism and the Concept of Culture*, Princeton, New Jersey: Princeton University Press, 1999.

他的诗歌已经在内容和形式等诸多方面，超越了五六十年代人们耳熟能详的"垮掉的一代"诗人群体不曾有过的诗歌内容——除了把中国古典诗歌的精髓、儒家思想、道家思想以及日本禅学、印度佛学等融会贯通，形成一个统一的整体，他还把诗歌作为"环境保护"的武器，倡导一种"诗歌生态主义思想"，旨在实现诗歌与自然的和谐对话；以道格拉斯·克拉斯、莱斯利·马尔蒙·希尔克（Leslie Marmon Silko，1948—　）等为代表的后现代派诗人，从社会发展演进的视角观察世界，认为他们已经处在时代发展另一个特殊阶段，一切文学艺术都不是原创，都处于"延异""撒播""痕迹"之中，都被无情地解构而失去了所谓"权威"和"中心"，艺术的很多方面都通过"拼贴""戏仿""互文"等方式完成；新时代的语言诗诗人们——那些标新立异的"先锋派诗人"（avant-garde poets）①，如鲍伯·博莱尔曼（Bob Perelman，1947—　）②、查理·伯恩斯坦（Charles Bernstein，1950—　）③、卡尔拉·哈里曼（Carla Harryman，1952—　）④等，注重从语言本身挖掘诗歌想象的资源。他们的立足点是语言学，希望在语言学和诗学之间找到契合点，开创诗歌的新疆域。不过语言诗因为太过于抽象、碎片化和"样式太突兀"，让普通读者望而却步。此外，美国诗人群体中还有象征主义诗人的"后裔"，有传统意义上"追寻英国经典文学精神"的现实主义诗人，有"现代惠特曼式"的抒情诗人，有所谓"现代超验主义"诗人，有崇尚视觉的"具象诗"诗人，有达达主义诗人，有未来派诗人，有讲究立体效应的立体派诗人，有后印象派诗人，等等⑤。流派纷呈，争奇斗妍。

---

① A.Golding,"From Pound to Olson：The Avant-Garde Poet as Pedagogue",*Journal of Modern Literature*,Vol.34,No.1（Spring 2010），pp.86-106.

② 博莱尔曼是美国当代著名诗人、文学评论家、编辑。参见 Wikipedia，*Bob Perelman*，April 15,2016,https：//en.wikipedia.org/wiki/Bob_Perelman。

③ 除了诗人身份，伯恩斯坦还是美国当代著名学者、散文家、文学评论家等，他也是目前广受关注的美国语言诗人（the Language poets）当中的佼佼者之一。参见 Wikipedia，*Charles Bernstein*，April 15,2016,https：//en.wikipedia.org/wiki/Charles_Bernstein。

④ 哈里曼与伯恩斯坦有许多共性的地方，既是美国著名诗人，又是散文家、评论家。哈里曼还有一个特别的身份——剧作家，同时他在语言诗领域努力做出他自己的贡献。参见 Wikipedia，*Carla Harryman*,April 15,2016,https：//en.wikipedia.org/wiki/Carla_Harryman。

⑤ R.S.Gwynn,*The Advocates of Poetry：A Reader of American Poet-critics of the Modernist Era*,Arkansas：University of Arkansas Press,1996,pp.198-201.

　　在中国,进入 20 世纪八九十年代以后,受国外多元文化的影响以及国内各种其他人文主义因素的影响,中国诗人群体也衍生出诸多诗学分支或者诗歌流派——中国诗人流派的产生与诗人的文化视野有关,也与他们的人生经历和精神追求有关。再从宏观的社会背景来看,他们既是新时期"中国文学文艺复兴"的结果①,也是"百花齐放,百家争鸣"文艺思想在新的历史阶段的"历史呈现"②。最先应该提到的是"归来"诗人群,他们在五六十年代因为各种政治因素成为"被流放的诗人"或者"右派分子",到了1978 年以后得以平反,于是提笔"归来",继续带着希望和坚定的信念"复出",所以我们也可以亲切地称他们为"复出"诗人群体。这些"复出/归来"的老一辈诗人包括:苏金伞(1906—1997)、艾青、公木(1910—1998)、蔡其矫、吕剑(1919—　　)、张志民(1926—1998)、孙静轩(1930—2003)等;"七月诗派"诗人:鲁藜(1914—1999)、邹荻帆(1917—1995)、彭燕郊(1920—2008)、徐放(1921—2011)、绿原(1922—2009)、牛汉、罗洛(1927—1998)等;"九叶诗派"诗人③:辛笛(1912—2004)、杜运燮、陈敬容(1917—1989)、唐祈、唐湜(1920—2005)、郑敏等;对土地、历史、生命怀有崇高敬意的"人民诗人":丁芒(1925—　　)、白桦(1930—　　)、公刘、流沙河、邵燕祥、胡昭(1933—2004)、赵凯(1935—　　)、林希(1935—　　)等。这期间,还诞生了"新崛起"诗人群。"新崛起"诗人群按时间划分,又可以分为两大"群体":第一大"群体"是出生于 1949 年新中国成立前的诗人群体,到八九十年代仍然"活力四射""干劲十足",包括:张学梦(1940—　　)、雷抒雁(1942—2013)、曲有源(1943—　　)、叶文福(1944—　　)、洪三泰(1945—　　)、叶延滨(1948—　　)等;第二大"群体"是那些在 1949 年以后出生的年轻诗人,他们"初生牛犊不怕虎",心里怀有强烈的社会责任感和历史使命感,"也程度不同地具有超越传统观念、独立思考生活、自我判断现实的精神"④,包括:北岛、江

---

① 参见洪子诚:《中国当代文学史》,北京大学出版社 1999 年版,第 241—243 页。

② 王光明:《80 年代:中国诗歌的转变——1980 年代卷导言》,载洪子诚主编:《百年中国新诗史略》,北京大学出版社 2010 年版,第 242—289 页。

③ 亦称"昆明西南联合大学诗人群体"。

④ 朱栋霖、朱晓进、龙泉明主编:《中国现代文学史(1917—2000)》(下),北京大学出版社 2012 年版,第 198 页。

河(1949—)、林莽(1949—)、李发模(1949—)、骆耕野(1951—)、舒婷、熊召政(1953—)、梁小斌(1954—)、杨炼(1955—)、顾城等。"新边塞"诗人群,主要是指那些由于各种政治、经济、文化等原因驻守新疆、甘肃、青海、西藏等西部边疆,在荒漠戈壁、雪山冰川、碱滩洼地上"放声歌唱"的诗人,他们也被称作"拓荒者诗人群体",代表人物是昌耀,此外还包括诗人杨牧(1944—)、周涛(1946—)、林染(1947—)、马丽华(1953—)等,"这是一批富有雄性气概的浪漫主义诗人,在人与自然的较量中激发奋发向上的时代豪情,想象奇特、丰富、博大"①。"东海"诗人群比"新边塞"诗人群出现稍晚些,大概是在1985年,主要以"浙闽沿海一批以水域为主要抒情对象的诗人为主,是一个相对于西部而言的东部诗歌创作群体",倡导者是80年代初在《江南》杂志做编辑的诗人岑琦(1929—),代表性诗人还包括王彪(1954—)——曾经与岑琦一起合编了一本《东海诗群诗选》——以及《为我导航》和《吕泗洋》的作者戴中平(1957—)等。女性诗人群体的出现,在八九十年代的中国"不同凡响",一方面说明女性的社会地位、文学地位得到社会的广泛认可,另一方面说明女性以群体的形象,终于冲破了历史的和政治的"禁锢",在新时代发出了她们"被压抑的情绪"和"对美好生活的向往",代表诗人是张烨(1947—)、翟永明(1955—)等。前者有诗集《诗人之恋》《彩色世界》等,后者有代表性诗集《女人》、《在一切玫瑰之上》等。此外,还包括伊蕾(1951—)、冯晏(1960—)等。八九十年代在中国国内产生较大影响力的诗派是"朦胧派"。"朦胧派"诗人群体"由'今天'派②沿袭下来",后来经过了一个发展过程。如果以1984年为界,之前的诗人群体"热衷于对社会现实进行反思和控诉",这些诗人包括:北岛、舒婷、顾城、江河、杨炼、芒克(1950—)、多多(1951—)等;1984年之后,"以江河、杨炼转向现代史诗写作为标志",加上四川的欧阳江河

---

① 朱栋霖、朱晓进、龙泉明主编:《中国现代文学史(1917—2000)》(下),北京大学出版社2012年版,第198—201页;另参见洪子诚:《中国当代文学史》,北京大学出版社1999年版,第36—39、42—47页;洪子诚、刘登翰:《中国当代新诗史(修订版)》,北京大学出版社2005年版,第176—178页。

② "今天"派的形成发端于1978年12月创办于北京的《今天》杂志,代表人物是北岛和芒克。

（1956—　）、廖亦武（1958—　）等"新传统主义诗群"以及以王彪、张文兵（1959—　）为代表的"东海诗群"，"开始对民族文化史诗追求转向对自然生存史诗的追求"。"现实抒情"诗人群体，旨在对社会人生的"现实主义因素"进行感悟和思索，抒发内在情感，有一种特别的风格，该诗群体以伊甸（1953—　）、柯平（1956—　）、宋琳（1959—　）等为代表。此外，还有"非非诗派"①和"他们诗派"②诗人群体，前者以周伦佑（1952—　）和蓝马（1956—　）为代表，后者以于坚和韩东（1961—　）为代表。还有"现代史诗"诗人骆一禾（1961—1989）和海子。八九十年代，在中国民间和高校，还有一些人出于兴趣爱好，对中国古典的格律诗"念念不忘"，对唐诗宋词里的意象"耿耿于怀"，于是出现了自发的"传统格律诗人"和"意象派诗人"，等等。这些事例足以说明，中国诗人经过思想解放，在新时代开始像美国新诗诗人那样彰显自己的个性，发出自己的声音，以回应这个不朽的时代，回应诗人们美好的生活以及充满活力和希望的年华。

第三节　人性、诗人主体性与诗歌的宿命

纵观中美诗歌发展史，说到底，中美诗歌是在探讨关于人性（human nature）的问题。而这种对人性的聚焦和对人性的探讨的传统，在西方始于《荷马史诗》；在东方文明古国中国，则源自《诗经》，这其中对中国儒学伦理价值的讨论则肇始于《论语》。这说明中美诗歌在关于人性问题的立场和关注度方面，具有某种相似性和互文性。1978—1999 年的中美诗歌，由于受到急速膨胀的物质文化和消费文化的激烈冲击，正变得像波涛汹涌的大海上艰难前进的船只，随时面临被冲刷到岸边的窘境。尤其与这个时代的小说成就相比，诗歌显得的确势单力薄，似乎失去了昔日作为时代主旋律的气势。还有一个显而易见的事实就是：在 1978—1999 年，这个受商品经济

---

① "非非诗派"也称为"非非主义诗派"，全称"非非主义诗歌运动"，源于《非非》刊物的创办，后来发展成为国内较有影响力的诗歌艺术流派。1986 年 5 月创立于四川西昌（另说成都），由周伦佑、蓝马、杨黎等人为首发起。《非非》创刊时的主要作者还有尚仲敏、何小竹、梁晓明、余刚、敬晓东、李亚伟、刘涛、孟浪等人。
② "他们"诗派源于诗人于坚 1985 年与韩东、丁当等创办的《他们》文学杂志名。

大潮冲刷的年代,人性的内在价值和道德情操受到质疑,诗人的主体性地位受到考验,诗歌也因此变得"曲高和寡",种种挑战接踵而来。但是从诗歌的自身魅力和顽强的生命力来看,无论物质世界发生多么大的变化,诗歌——就在那里! 喜欢诗歌、追求精神境界的人——就在那里!

一、物质世界里的"人"与诗歌

在美国资本主义政治、经济体制之下,物质、金钱、性欲等"分散人思想的事物"(the mind-distracted things)充斥着美国诗人的生活,使他们在"没有诗意的社会"(a nonpoetic society)中"受着煎熬",诗人的创造力(creativity)被"无情地扭曲",诗人所赞美的诗歌艺术(poetic art)成为"标价的商品"放在柜台里"落满灰尘"①。"美国到底怎么了?"(What Is Happening in America?)②——20世纪八九十年代里美国诗人苦苦思索的问题,后来竟然也变成了有道德、有历史责任感的学者那发人深省的"质问"——希望从美国政府和美国所谓的"民主政治"那里寻找答案,结果无功而返。具有现实主义品格、擅长用讽刺性手法对某些社会现象表达不满的当代美国诗人劳伦斯·拉阿伯(Lawrence Raab,1946—)③,在《巨蟹怪的袭击》一诗中写到:"甚至是从海滩上,我就可以感觉到它——/缺乏友好,缺乏永恒的生命力,/像空气里的某些东西,不发出/一点声响……/但是在暴风雨和地震之后,/在爆炸的飞机采取措施之后/在沉没的船只竭尽全力之后,那就是/命运(fate),然后我想说,'你没看到吗? /假如你是一位高明的生物化学家呢! /失去所有的手臂只是老生常谈了。'/当然,我们正处在/某个重要突破(breakthrough)的边缘,每个人/都听到了各种喧嚣的声音,/……/是的,我们出发到达那里/在科学的边缘,而与此同时,这剩下的/岛屿持续不断地消失,直到/什么也没有留下……"④这是一首象征主义

---

① T.M. Amabile, "Poetry in A Nonpoetic Society", *Psyccritiques*, Vol. 33, No. 1 (Spring 1988), pp.65-66.

② E.Weinberger, "What Is Happening in America?", *Salmagundi*, Vol.139/140, No.2, (June 2003), pp.3-6.

③ 关于诗人拉阿伯的具体情况,参见 Wikipedia, *Lawrence Raab*, April 15, 2016, https://en.wikipedia.org/wiki/Lawrence_Raab。

④ A.Allison, H.Barrows, et al. (eds), *The Norton Anthology of Poetry* (3rd edition, Shorter), New York & London: W.W.Norton and Company, 1983, p.851.

意味很浓的诗,字里行间流露出的不是一种"破坏"和"发泄"后的快感和喜悦,而是,充满"负罪感的"(sinful)惆怅和无奈。人在社会中,面对贪欲、面对无辜的生命个体,表现出的是"横行霸道",有些试图借助万能的科学(almighty science)解决一切问题,结果像打开了"潘多拉的盒子",随后什么怪异的事情都发生了。同时代的美国女诗人艾德丽安·色赛尔·里奇(Adrienne Cecile Rich,1929—2012),用宗教性的语言解释说,现代美国人其实都"活在原罪中"(living in Sin)①,只是他们没有意识到或者不愿意承认这一点。物质把人变成"非人"(unhuman),金钱把人变成"魔鬼"(evil),社会则像一个巨大的牢笼(cage),囚禁着人类,让那些正常的人"变得不正常(abnormal)"。即使像爱情和婚姻这样美好的事情,在被物化的世界里、在被扭曲的社会中,都会让人感觉到害怕、紧张甚至不知所措。正如幽默感十足、"倔强的美国诗人"格雷戈里·科尔索在《婚姻》(Marriage)一诗里反问的那样:"我应该结婚吗? 我应该成为好人吗?"(Should I get married? Should I be good?)"难道要用我的天鹅绒套装和勾引女人的本领去吓唬那个邻居女孩? /不是把她带到电影院而是带到坟场/告诉她关于狼人浴缸和骗人的单簧管的丑事/然后占有她,吻她,并作为这一切的开始/然后她跑远了,我才明白为什么/没有声色俱厉地告诉她'你必须感受!(因为)感受起来太美了!'/接着把她抱在怀里,倚靠在一节陈旧的变形的墓碑/在璀璨的星空下整晚向她求爱——/……"世界变得让人精神错乱、陌生(strange)和荒诞(absurd),让人不知所以。该时期的美国诗人们对此是很敏感的。面对"机器的轰鸣""变臭的废料""肮脏的街道"和"痛苦的灵魂",他们极度厌恶却又无能为力时,会"离开那个曾经熟悉的世界"(leave the world they know),逃离到没有喧嚣只有安静(tranquility)的场所,就像加里·斯奈德要费尽心思来到"帕特谷的山上"(Above Pate Valley):"到中午,我们终于清除了/最后一段路障,/高高地站在山脊上/距离地面的小溪两千英尺的地方/然后到达垭口,继续往前/穿过片片白色的松树林,/踩在花岗岩的肩膀上,再到一片/绿幽幽的草地,那里有皑皑的白雪覆盖,/……"如此美丽惬意、纯洁无

---

① A.Allison,H.Barrows,et al.(eds),*The Norton Anthology of Poetry*(3rd edition,Shorter),New York & London:W.W.Norton and Company,1983,p.797.

瑕、让人流连忘返的地方真是恍若仙境,与"两千英尺"以下的"混乱的场面"形成巨大的反差。对此,斯奈德在诗中最后一行感慨地说:"一万年"(Ten thousand years),就在那里待上"一万年"!① 这是多么惬意的人生!……八九十年代的美国,社会发展和物质生产确实达到了极高的水平,但是与美国诗人所期待的生存环境相比——比如斯奈德上面所描述的世界——还是存在很大的距离。这种蕴藏在美国诗人诗歌里的"简单""美好"和美国现实生活中的被物质和金钱所羁绊的"无序""吵闹"之间的矛盾,在美国那个追求"利益最大化"的时代,简直是不可调和的。即使到了 21 世纪,这种矛盾依然客观地存在着②。这也是为什么美国环境保护主义者,多年来"大声疾呼"要重视美国的生存环境,重视美国的未来发展的原因了。

在商品经济时代的中国,由于政府部门和国家领导人及时总结历史上的经验教训,从国家发展层面认识到"阶级斗争"和"自我封闭"的危害性,提出停止"阶级斗争",把主要精力"转移到经济建设上来",要打开国门实行"改革开放"政策,既要勇敢地走出去还要勇敢地引进来;参照马克思主义的经济学理论和学说,充分理解"经济基础决定上层建筑"的合理性,将原先单一的计划经济体制打破;在新时期转变观念、调整经济建设思路,实行计划经济体制和商品经济体制相结合的策略③,最终使中国在惊涛骇浪面前站稳脚跟。不仅如此,当时中国改革开放的总设计师邓小平,在 1992年 1 月 18 日至 2 月 21 日的南方谈话中,提出"革命是解放生产力,改革也是解放生产力……应该把解放生产力和发展生产力两个讲全"④、"姓'资'姓'社'。还是判断的标准应该主要看是否有利于发展社会主义社会生产力,是否有利于增强社会主义国家的综合国力,是否有利于提高人民的生活水平"⑤、"社会主义的本质,是解放生产力,发展生产力,消灭剥削,消除两

---

① A.Allison,H.Barrows,et al.(eds),*The Norton Anthology of Poetry*(3rd edition,Shorter),New York & London:W.W.Norton and Company,1983,p.810.

② D.Sitarz & A.Gore,*Sustainable America:America's Environment,Economy and Society in the 21st Century*,Carbondale:Earth Press,1998.

③ 参见万是明:《全球化时代中国特色社会主义文化建设》,博士学位论文,华中师范大学政治学研究院,2006 年版。

④《邓小平文选》第三卷,人民出版社 1993 年版,第 370 页。

⑤《邓小平文选》第三卷,人民出版社 1993 年版,第 372 页。

极分化,最终达到共同富裕"①、"抓住时机,发展自己,关键是发展经济"②、"要坚持两手抓,一手抓改革开放,一手抓打击各种犯罪活动。这两只手都要硬"③……邓小平的治国方针路线是高瞻远瞩、实际可行的,因此从1978年提出"改革开放"到90年代经过近二十年的发展,中国已经发生真正意义上的变化:国家欣欣向荣,人民安居乐业。但是,实事求是地讲,这几十年的发展中也有"违法乱纪"发生,也有"贪污腐败"发生,也有"拉帮结派"发生。更有甚者,有人提出:"只有向钱看,才能向前看",造成物欲横流、拜金主义、自私自利,社会风气也有颓废的成分……这些让八九十年代的中国诗人,一方面在为祖国取得的成就自豪兴奋,另一方面又为现实中出现的上述问题困惑和迷茫。比如,欧阳江河在1990年书写的《拒绝》一诗中有这样的诗句:"并无必要许诺,并无必要/赞颂。一只措辞学的喇叭是对世界的/一个威胁。它威胁了物质的耳朵,/并在耳朵里密谋,抽去耳朵里面/物质的维系。使之发抖/使之在一片精神的怒斥声中/变得软弱无力。并无必要坚强。"④有批判现实主义精神的于坚,在他的诗歌《短篇·第97号》中,描写了"这一代人"的"风流云散":"这一代人已经风流云散/从前的先锋派斗士 如今挖空心/思地装修房间/娃娃在做一年级的作业/那些愤怒多么不堪一击 那些前/卫的姿态/是为在镜子上 获得表情/晚餐时他们会轻蔑地调侃起某个/愤世嫉俗的傻瓜/组织啊 别再猜疑他们的忠诚/别再在广场上捕风捉影/老嬉皮士如今早已后悔莫及地回/到家里/哭泣着洗热水澡 用丝瓜瓤擦背/七点钟 他们裹着割绒的浴巾/像重新发现自己的老婆那样/发现电视上的频道"⑤……当然,需要说明的是,八九十年代的中国诗人有一种高度的自觉性,他们不会抓住一些毫无意义的"鸡毛蒜皮的事情"不放,而是"挺直了脊梁",唱出生命的赞歌,就像"充满历史责任感的年轻诗人"骆一禾,在1987年写下的《麦地——致乡土中国》里所说的那样:"那些麦穗

① 《邓小平文选》第三卷,人民出版社1993年版,第373页。
② 《邓小平文选》第三卷,人民出版社1993年版,第375页。
③ 《邓小平文选》第三卷,人民出版社1993年版,第378页。
④ 欧阳江河:《欧阳江河诗选——透过词语的玻璃》,湖南文艺出版社1997年版,第53—56页。
⑤ 于坚:《我述说你所见:于坚集1982—2012》,作家出版社2013年版,第130—132页。

的好日子/这时候正轻轻地碰撞我们——/麦地有神,麦地有神/就像我们盛
开花朵/麦地在山丘下一望无际/我们在山丘上穿起裸麦的衣裳/迎着地球
走下斜坡/我们如此贴近麦地/……"①这就是中国诗人的内在品性。当有
物质主义突然来临或者发动攻击,让中国诗人出现"思想动摇"的时刻,他
们会坚守住精神的家园,借助诗歌和手中的笔去捍卫自己的尊严——这是
90 年代中国诗人的"新传统",因为"它溶解在我们的血液中、细胞中和心
灵的每一次颤动中,无形,然而有力!"②

二、道德伦理观与诗歌

在美国,诗人的道德伦理观有三个显著特点:第一,人与人之间的道德
伦理关系是靠法律来维持和制约的;第二,道德伦理的核心内容是自由、民
主、平等以及与之相关的权利;第三,道德伦理的思想基础是个人主义(indi-
vidualism)、英雄主义(heroism)和理想主义(idealism)③。美国诗人在建构
自己的道德伦理观时,基于对美国传统文化的认知和理解,会自觉不自觉地
把各种价值理念——对世界的感知和认识、对周围群体的认同和判断、对自
我价值的选择和界定等——作为一个整体进行考量,然后通过诗歌把这个
"价值综合体"(integrity of the values)变成可触摸的文本(texts)或者活灵活
现的文字(words)④。古希腊哲学家亚里士多德在《诗学》(Poetics)中曾经
指出,任何"诗艺"的产生"都与人的天性有关",这涉及"模仿"与"模仿"中
的"快感"。具体而言,就是:"首先,从孩提时候起人就有模仿的本能","其
次,每个人都能从模仿的成果中得到快感"⑤。美国诗人所创造的诗艺,从
某种意义上讲,也是亚里士多德所说的"模仿"的结果,是美国诗人自觉或
者不自觉"模仿"之后获得"快感"的外化和表现形式,也是诗人本性"技术
处理"之后的产物。而他们的道德伦理在"模仿"的过程中——包括对自然

---

① 西川选编:《骆一禾·海子兄弟诗抄》,江苏文艺出版社 2014 年版,第 121—126 页;骆
　一禾:《骆一和的诗》,http://book.douban.com/annotation/17963297/,2016 年 5 月 8 日。
② 朱栋霖、朱晓进、龙泉明主编:《中国现代文学史(1917—2000)》(下),北京大学出版
　社 2012 年版,第 205 页。
③ W.S.Guy,American Ethical Thought,Chicargo:Nelson-Hall Inc.,1979,pp.64-66.
④ S.M.Gilbert,"Contemporary Poetry:Metaphors and Morals",Contemporary Literature,Vol.
　20,No.1(Spring 1980),pp.116-123.
⑤ [古希腊]亚里士多德:《诗学》,陈中梅译,商务印书馆 2003 年版,第 47—48 页。

的模仿、对社会的模仿以及对他人和他人作品的模仿等——会不经意地流露（flow）出来①，参与"整个知识体系"的建构，形成"庄严的艺术""讽刺性的艺术"或者"有喜剧效果的艺术"等等，因为"人有模仿的本能，且具有欣赏的本能"。而且，"在诗的形成和发展过程中，人绝不是无所作为的"。诗人会作出理性或者感性的价值判断——"如果艺术模仿的原型是美的，那么原型和艺术品都能给人快感"，反之，会产生一种"邪恶之感"（evil sense）②。美国"纽约派"诗人肯尼斯·科赫（Kenneth Koch，1925—2002）戏仿现代派诗人威廉·卡洛斯·威廉姆斯所写的《便条》（*This Is Just to Say*）③，写下了一组类似题材的诗，折射出西方式的幽默，同时表达了一种特别的伦理道德情趣，其诗名就叫《威廉·卡洛斯·威廉姆斯诗歌主题的变奏曲》（*Variations on a Theme by William Carlos Williams*）："1/ 我砍倒了你留作明年夏天居住的房子/很对不起，早上到了，我实在无事可做/ 再说那房子的木梁实在太诱人了。/ 2/ 我们笑那簇拥在一起的蜀葵/然后我用碱液喷洒它们。/请原谅我。我真不知道我在干什么。/ 3/ 我把你攒下来留作最近十年所用的钱全送给别人了。/来要钱的那人实在太寒酸/ 而且吹到门廊上那刺骨的三月冷风让人打寒战、流口水。/ 4/ 昨晚我们去跳舞，我踩断了你的腿。/请原谅我。我太笨，其实/我想让你到医院来找我，因为我是那里的医生！"④再比如，新超现实主义的美国诗人代表罗伯特·伯莱，不只是像科赫那样从美国前辈诗人当中寻找道德伦理的模仿对象，他还"求教于"东方诗歌，师法老子以及《道德经》里的智慧，也师法庄子以及《庄子》一书里的智慧⑤。像他写的那首《无为诗》："走了整整一个下午/赤着脚，/我变长了，变透明了/……/就像海参/一直没做什么事/但是活了十万

---

① J.C.Nimac，"Ethics and Poetry：An'Ancient Quarrel'in Greek Philosophy and its Modern Reception"，*Bogoslovska Smotra*，Vol.82，No.2（June 2012），pp.427-445.

② ［古希腊］亚里士多德：《诗学》，陈中梅译，商务印书馆 2003 年版，第 49—50 页。

③ 《便条》这首诗原文为："I have eaten/ the plums/ that were in/ the icebox/ and which/ you were probably/ saving/ for breakfast/ Forgive me/ they were delicious/ so sweet/ and so cold"。

④ A.W.Allison，H.Barrows，et al.（eds），*The Norton Anthology of Poetry*（3rd edition，Shorter），New York & London：W.W.Norton and Company，1983，pp.763-764.

⑤ 参见赵毅衡：《诗神远游》，上海译文出版社 2003 年版，第 318—319 页。

八千年!"该诗表面上看,似乎是一种"慵懒",实质上蕴含着一种大智慧。它与老子所说的"致虚极,守静笃。万物并作,吾以观其复。夫物芸芸,各复归其根。归其根曰静,是谓复命"有着直接的互文关系——不只是内容方面的互文,还是一种道德伦理的互文。再比如《又一首无为诗》:"有一只鸟飞过水面。/它高达十里,像鲸鱼!/在没有进入大洋前,它只是我床下的一粒尘埃。"在该诗里,伯莱把"无为"与"齐物"糅和在一起,那只"高达十里""像鲤鱼"的鸟不就是《庄子》里的鲲鹏吗?——《庄子·内篇·逍遥游》有诗云:"北冥有鱼,其名曰鲲,鲲之大,不知其几千里也;化而为鸟,其名为鹏,鹏之背,不知其几千里也,怒而飞,其翼若垂天之云。"而该诗中"我床下的一粒尘埃"则与《庄子·外篇·秋水第十七》里"以道观之,物无贵贱;以物观之,自贵而相贱;以俗观之,贵贱不在己。以差观之,因其所大而大之,则万物莫不大;因其所小而小之,则万物莫不小。知天地之为绨米也,知毫末之为丘山也,则差数睹矣。以功观之,因其所有而有之,则万物莫不有;因其所无而无之,则万物莫不无"所蕴含的道德哲学思想,有微妙的互文关系,而且其模仿虽有断章取义之嫌,却不乏义理和情趣在字里行间。总之,美国诗人的道德伦理观与他们的诗学情趣和价值观是紧密相连的。为了表达他们充满个性的道德伦理诉求,他们会求助于亚里士多德所说的"模仿",也会秉持极其严肃和认真的态度转向中国诗歌,以最终获得某种灵感和启示。

在中国,道德良知和高尚情操是人与人建立关系的重要纽带。早在中国古代最早的一部诗歌总集《诗经》中,就充满中国古人之间关于道德和伦理的内容。不过,从中国道德伦理观的发展历史和传承来看,《论语》无疑占有标志性的历史地位。中国国学大师、著名哲学家和教育家冯友兰(1895—1990),在《中国哲学史》中阐释说,中国道德伦理至少涉及三方面的内容:第一,中国的道德伦理追根溯源是建立在传统儒学的基础之上,《论语》里充满儒家的道德伦理智慧;第二,中国的道德伦理要求"克己复礼"方为"仁",追求共性,以公共利益为最高利益;第三,中国的道德伦理强调德性,不管为人处事还是作业文章,都要求"意境"与"德性"的相得益彰①。在中国历史上,唐、宋诗人如杜甫、孟浩然、王昌龄(约690—756?)、韩愈(768—824)、白居易、

---

① 参见冯友兰:《中国哲学史(全二册)》,商务印书馆出版 2001 年版,第 212—213 页。

柳宗元(773—819)、李商隐(813—858)、王安石、苏轼、黄庭坚(1045—1105)、辛弃疾(1104—1207)、陆游、杨万里(1127—1206)等,都是"妙手著文章"的杰出代表,他们的诗词使"意境""义理""德性"等融会贯通,不仅影响了后世子孙,也深刻地影响了欧美诗人群体。到了八九十年代,虽然中国诗人没有大张旗鼓地宣传道德伦理性的东西,但是仔细阅读和品味现代诗歌,还是能够从现代诗歌的字里行间,感受到道德伦理性的话语。这说明,中国诗人还是无意识地效仿了古人的做法。当然,还有很多中国诗人受到现代派欧美诗人的影响——现代派欧美诗人曾经受到中国古典诗人的影响[1];反过来,中国新诗诗人又去借鉴和模仿他们,从学习他们诗歌创作的过程中顿悟中国古典诗词的伟大和美好,以寻求某种超越。这是一个非常有意思的文学互文现象。比如,北岛在《回答》中通过反思现代社会的一些现象,一方面大声疾呼"告诉你吧,世界,/我——不——相——信!"但是另一方面,又在心灵深处寻找某种坚定的信念:"新的转机和闪闪的星斗,/正在缀满没有遮拦的天空,/那是五千年的象形文字,/那是未来人们凝视的眼睛"。北岛在暗示读者,他的理想信念源自于一个伟大的人文主义传统和"历史演递的必然规律"[2]。再比如,现代朦胧诗代表诗人江河,在组诗《太阳和它的反光》里,有关于"开天"的细节:"蜷曲着/一张古老的弓/被悠悠的漫长的时间拉紧/混沌的日子,幽闭/而无边/巨大的黑色的蚌喘息着张开/粘稠暗哑的弦缓缓拉直开始颤动/他的胸脯渐渐展宽郁闷地变蓝/他的心将离他而去/辽远的目光在早上醒来/晴朗的快感碧波万里/喷吐着泡沫,筑起岛屿的蜂巢/柔情蜜意地歌唱太阳/……";还有关于"移山"的细节:"他已面临黄昏,他的脚印/形同落叶,积满了山道/他如山的一生老树林立/树根、粗藤紧抓住岩石/野花如雨溅上草丛/阳光总是那么平静/他身上有松脂和兽皮的气味/衣褶里鸟巢啾啾随风飘走/他面山而坐,与山对弈/已多年,此时太阳就要落下/他将把棋盘掷向夜空/一生磨亮的棋子普天高照/另一手臂会在黎明的天际显示/睡意惺忪地困惑于闪烁的僵局/……"

---

[1] P.Yu,"Travels of a Culture:Chinese Poetry and the European Imagination",*Proceedings of the American Philosophical Society*,Vol.151,No.2(April 2007),pp.218-230.

[2] 朱栋霖、朱晓进、龙泉明主编:《中国现代文学史(1917—2000)》(下),北京大学出版社2012年版,第205页。

这些内容不仅生动地展现了诗人的道德伦理精神,而且"展现了中华传统人文精神与宇宙生存境界有机交融的现代智性感悟,并隐隐约约地回荡着这一代人的历史反思与生命价值重构中的心灵呼唤"①。1988 年,被中国内地读者推选为"十大诗人"之一的"现代优秀诗人"杨炼,在他组诗《礼魂》中,也涉及对中国人文主义精神、历史文化和传统道德的追寻,不过他对道德伦理的认识有他自己独特的个性化理解:"智慧是痛苦,然而智慧是唯一的途径/面对黑夜,直到黑夜不再有秘密/影子停在脚下,道路像树一样冥思/万物猝然一抖,从墓碑到褪褓,仅仅一步/我们腐烂了,又穿过腐烂,跨出自己/不再晃动的地平线,那平静得可怕的脸/雕成黑洞的眼眶,未来的居所/无处眺望,每颗沙砾祖露着死去/无所乞求,风暴早黄昏之外/上千年的浑浊泪水,积满一座烛台/烧焦的飞蛾从未活过/而幽灵永远轻盈列队/这阶梯,首尾相连,到时空之外"。八九十年代的中国诗人还有很多像北岛、江河、杨炼这样注重"模仿"中国历史、文化和传统的典型。至于他们与这个时代的密切关系和角色定位,杨炼作为他们的代表(spokesman),在《我的宣言》中所说的话会带给读者很多启发和思考:"我是诗人,我的使命就是表现这个时代、这个生活……对于我,观察、思考中国的现实,为中国人民的命运斗争是理所当然的……我永远不会忘记作为民族的一员而歌唱,但我要首先记住作为一个人而歌唱。我坚信:只有每个人真正懂得本来应该有的权利,完全的互相结合才会实现。"②

三、诗人主体性与诗歌的宿命

在美国,诗人这个角色除了"赢得一些物质利益和金钱",满足"最基本的生活保障"之外,还是自我人生价值和社会存在价值的生动体现;是诗人作为群体性的一员,通过个人的声音和力量作用于周围世界和周围人群的媒介③。诗歌首先是自己的(personal)和个人的(individual),然后是社会的(social)

---

① 朱栋霖、朱晓进、龙泉明主编:《中国现代文学史(1917—2000)》(下),北京大学出版社 2012 年版,第 204—205 页。

② 朱栋霖、朱晓进、龙泉明主编:《中国现代文学史(1917—2000)》(下),北京大学出版社 2012 年版,第 205 页。

③ P.Cheney,*The Role of the Poet in Society*,New Jersey:John Wiley & Sons,Ltd,2011,pp. 115-138.

和他人的(public);诗歌首先是个人英雄主义(heroism)的外化,然后由个人而到集体(collecticism)。在此过程中,个人能力和价值操守充当某种示范,以一种潜移默化的方式作用于诗人生活的世界。即使人们不认可或者怀疑他/她(即诗人自己)的思维和观点,美国诗人也不会为了迎合别人的趣味和某种需要,而去随意改变自己的风格和立场——美国诗人觉得,他们有表达自己想法和见解的权利以及自由,至于别人怎么想、怎么说,那是别人的权利和自由。双方都会有支持者也会有反对者,至于孰是孰非,静等历史的检验。诗人主体性,这在美国诗人当中被认为是无可厚非的存在物(being)。在美国诗人看来,诗人主体性意味着他们创作的自由权利以及自我价值是否能够真正实现。没有诗人主体性,就意味着他们失去了诗歌创作的动力和灵魂,诗歌也就不能称之为诗歌。或者说,正是因为存在美国诗人主体性,美国诗歌的自身价值和独特魅力才变得与众不同,才会被欣赏它的人关注和讨论。比如,"1995—1997 年美国桂冠诗人"罗伯特·哈斯(Robert Hass,1941),因为充分自由地展现他的诗人主体性地位,才创作了《拉古尼塔斯的沉思》(*Meditation at Lagunitas*),才以一种个性化的方式争辩说:"所有一切新思考都关于迷失。/在这一点上,它类似于所有的陈旧思考。/比如说,任何一个特别的/消除某个普遍观点的增强清晰度的观点。那个脸长得/像小丑的啄木鸟,通过靠近那棵黑桦树的/僵死的雕塑似的树干,/来证明它的存在,/也正是某种悲剧从不可分离的光的/第一重世界里脱落。或者,存在另外一种观点,/因为在这个世界上,没有哪样东西能够与黑莓的果实相对应,/一个词就是它所表达的意义的挽歌/……"①无独有偶,正是因为美国诗人主体性的存在,20 世纪最著名的"火星诗歌"代表诗人克雷格·雷恩(Craig Raine,1944—　),才创作出著名的《火星人给地球人寄明信片》(*A Martian Sends a Postcard Home*)一诗,并以一种"惊世骇俗"的语言写到:"卡克斯顿黑体签字是长着许多翅膀的机械鸟/一些机械鸟因为它们的斑纹而被珍藏——/它们使眼睛融化/或者让身体没有痛苦地尖叫。/我从没有见到一只鸟飞过,但是/有时,它们会栖息在我的手上。/薄

---

① A.W. Allison, H. Barrows, et al. (eds), *The Norton Anthology of Poetry* (3rd edition, Shorter),New York & London:W.W.Norton and Company,1983,p.843.

雾就是当天空厌倦了飞行／把它柔软的机器停在地面：／然后这个世界变得灰暗和书生气／像是薄纸下面遮蔽的雕刻品。／……"①不仅如此，正是因为有了美国诗人主体性，曾经因为种族和肤色备受歧视的美国非裔女诗人奥德丽·罗尔蒂（Audre Lorde，1934—1992），带着一种爱恨交加的复杂情绪写下了充满象征意味的《来自女神之屋》（From the House of Yemanja）："我的母亲有两张脸和一口油炸锅／她在锅里把她的女儿们／炸成了女孩／然后才给我们准备餐点。／我的母亲有两张脸／和一口被打破的锅／从那里，她藏下一个完美无缺的女儿／但不是我／我是太阳、月亮以及在她看来／永远是饥饿难耐。／在我的背上，驮着两个女人／皮肤黝黑、富态的那位，被藏在／另一个象牙塔的饥饿里面／母亲／则苍白如巫婆／……"②总之，正是因为美国诗人有了他们的诗人主体性，才最终成就了他们在世界文坛的高度和地位，才最终使他们的诗歌创作，在世界文学的争奇斗妍中脱颖而出。

在中国，诗人肩负着"时代歌者"的重任。无论是男性诗人还是女性诗人，无论是理性表达还是感性表达，他们发自肺腑的呐喊和呼叫，表面上看是代表着个人的声音，实际上往往影射一定的社会现实，代表着一种群体性的力量③。而该写作意识是潜在地、历史性地养成的。这里有政治性的因素在发挥作用，也有社会和经济层面的因素在产生影响，甚至是诗人自己的创作理念和风格产生的结果。但是，需要明确的一点是，1978—1999 年的中国诗人在诗人主体性方面，已经比五六十年代的诗人们有了非常大的改观④。中国诗人开始发出了"诗人的声音"——无论是书写中国过去的文明历史和灿烂文化，还是探讨现代生活的"智性感悟"，诗人的主体性意识明显增强，"显示着主体对运动着的生命作全方位的力的追寻"⑤。正因为有了诗人主体性，当代朦胧派女诗人舒婷，才有了敢于追求自我情感价值的《神女峰》：

① A.W. Allison, H. Barrows, et al. (eds), *The Norton Anthology of Poetry* (3rd edition, Shorter), New York & London：W.W.Norton and Company, 1983, p.849.

② A.W. Allison, H. Barrows, et al. (eds), *The Norton Anthology of Poetry* (3rd edition, Shorter), New York & London：W.W.Norton and Company, 1983, pp.829—830.

③ 参见洪子诚：《当代中国文学的艺术问题》，北京大学出版社 1986 年版，第 23—24 页。

④ 参见孙玉石：《中国现代主义诗潮史论》，北京大学出版社 2010 年版，第 206 页。

⑤ 朱栋霖、朱晓进、龙泉明主编：《中国现代文学史（1917—2000）》（下），北京大学出版社 2012 年版，第 205 页。

"在向你挥舞的各色花帕中／是谁的手突然收回／紧紧捂住了自己的眼睛／当人们四散离去,谁／还站在船尾／衣裙漫飞,如翻涌不息的云／江涛／高一声／低一声／美丽的梦留下美丽的忧伤／人间天上,代代相传／但是,心／真能变成石头吗／为了眺望天上来鸿／而错过无数人间月明／沿着江峰／金光菊和女贞子的洪流／正煽动着新的背叛／与其在悬崖上展览千年／不如在爱人肩头痛哭一晚"①。正因为有了诗人主体性,那位受"谜一样的复杂情愫"所困扰而选择卧轨自杀的天才诗人海子,才在"激情燃烧的岁月"写下了让人百读不厌的《面朝大海,春暖花开》:"从明天起,做一个幸福的人／喂马、劈柴,周游世界／从明天起,关心粮食和蔬菜/我有一所房子,面朝大海,春暖花开／从明天起,和每一个亲人通信／告诉他们我的幸福／那幸福的闪电告诉我的／我将告诉每一个人／给每一条河每一座山取一个温暖的名字／陌生人,我也为你祝福／愿你有一个灿烂的前程／愿你有情人终成眷属／愿你在尘世获得幸福／我只愿面朝大海,春暖花开"②;还有那首充满温情、流传甚广的《日记》:"姐姐,今夜我在德令哈,夜色笼罩／姐姐,今夜我只有戈壁／草原尽头我两手空空／悲痛时握不住一颗泪滴／姐姐,今夜我在德令哈／这是雨水中一座荒凉的城／除了那些路过的和居住的／德令哈……今夜／这是惟一的,最后的,抒情／这是惟一的,最后的,草原／我把石头还给石头／让胜利的胜利／今夜青稞只属于她自己／一切都在生长／今夜我只有美丽的戈壁空空／姐姐,今夜我不关心人类,我只想你"③。正是因为有了诗人主体性,"非非派"诗人周伦佑,才能够坦然地像古希腊哲学家那样,在黑夜里"看一支蜡烛点燃,然后熄灭／体会着这人世间最残酷的事":"看一支蜡烛点燃／再没有比这更残酷的事了／看一支蜡烛点燃,然后熄灭／小小的过程使人惊心动魄／烛光中食指与中指分开,举起来／构成 V 型的图案,比木刻更深／没看见蜡烛是怎么点燃的／只记得一句话,一个手势／烛火便从这只眼跳到那只眼里／更多的手在烛光中举起来／光的中心是青年的膏脂和血／光芒向四面八方／一只鸽子的脸占据了整个天空／再没有比这更残酷的事了／眼

---

① 舒婷:《舒婷的诗》,人民文学出版社 2001 年版,第 218—219 页。
② 海子:《海子的诗》,人民文学出版社 2014 年版,第 222 页。
③ 海子:《海子的诗》,人民文学出版社 2014 年版,第 196 页。

看着蜡烛要熄灭，但无能为力/烛光中密集的影子围拢过来/看不清他们的脸和牙齿/黄皮肤上走过细细的的雷声/没看见烛火是怎么熄灭的/只感到那些手臂优美的折断/更多手臂优美的折断/蜡烛滴满台阶/死亡使夏天成为最冷的风景/瞬间灿烂之后蜡烛已成灰了/被烛光穿透的事物坚定的黑暗下去/看一支蜡烛点燃，然后熄灭/体会着这人世间最残酷的事/黑暗中，我只能沉默的冒烟"①。总之，1978—1999 年的中国诗人，他们的诗人主体性绝不亚于同时期的美国诗人，而且因为特殊的民族气质和文化个性，造成中国诗人所发奋书写的诗歌内容和诗歌形式，与同时期的美国诗人有很大的不同。这是很自然的事情。正如《从这里开始》和《太阳和它的反光》的作者、现代著名诗人江河，所评论的那样："任何民族都有自己的神话，自己心理建构的原型。作为生命隐秘的启示，以点石生辉"②。

第四节　世纪末中美诗歌的狂欢与迷茫

20 世纪中美诗歌发展到八九十年代，实在是经历过太多的不平凡。从 20 世纪初到二三十年代，从二三十年代到五六十年代，从五六十年代到了世纪末，中美诗歌因为政治、经济、文化、军事等诸多纷繁复杂的因素，有过"亲密的接触"，有过"相互借鉴和融合"，有过"冷战期间的面对"，更有世纪末的"深情演绎"。总体来看，在 1978—1999 年这个世纪之交的特殊阶段，中美诗歌呈现出两个显著的特点：一是中美诗歌因为诗人主体性的确立和中美两国文学领域的频繁交流，在客观上加速了中美诗歌的狂欢；二是中美诗歌遭遇到"世纪末的迷茫"，要在新旧世纪更迭之年，积极面对如何"承前启后"、"继往开来"等现实问题。

一、中美诗歌的狂欢

狂欢原指欧洲中世纪"包括了庆典、仪式和游艺的民间狂欢节"，是一种"复杂的文化形式"。狂欢一词被原苏联著名文艺理论家、作家巴赫金引

① 周伦佑：《周伦佑诗选》，花城出版社 2006 年版，第 138—139 页。
② 转引自朱栋霖、朱晓进、龙泉明主编：《中国现代文学史（1917—2000）》（下），北京大学出版社 2012 年版，第 205 页。

入文学后,出现了"文学的狂欢化"(the carnivalization of literature)概念,涉及"文本的复调现象"和"对话性形式建构"①。中美诗歌的狂欢表现在许多方面。这里以中美诗歌主题的狂欢、内容的狂欢以及形式的狂欢为例,说明中美诗歌虽然属于不同的"文学部落"(literary groups),但是互文与戏仿仍然不失为其重要的语言交互现象。

第一,中美诗歌主题的狂欢。1978—1999 年的中美诗歌,主题之丰富多彩,超过读者的想象。就美国诗人而言,科尔索在 1979 年与迈克·安德尔(Michael Andre)的访谈中,曾经特别提到美国诗歌主题的"传统性"和"现代性"问题,也提到"本土化"和"思想性"问题。对此,他在 1981 年出版的诗集《本土精神的先行者》(Herald of the Autochthonic Spirit)当中,涉及爱情主题、政治主题、宗教主题、历史主题和生存主题;在 1989 年出版的诗集"姊妹篇"《心智场》(Mind Field)和《心智场:新诗及诗选集》(Mindfield: New and Selected Poems)当中,涉及自然主题、社会主题、艺术主题、民族身份主题、意识形态主题、音乐主题、死亡主题、心理认同主题等方面②。伊希梅尔·司各特·里德(Ishmael Scott Reed,1938—　)在 1978 年出版的诗集《精神文书》(A Secretary to the Spirits)中,涉及道德主题、文化主题、生命主题、精神存在主题等;在 1988 年出版的诗集《新旧诗集》(New and Collected Poetry)中,涉及非洲主题、种族主题、乡土主题、友谊主题、理想主题等。这些主题,影射了诗人里德作为非裔美国诗人的"寻根"意识以及爱恨交加的"美国情节"③。女诗人奥德丽·罗尔蒂,在出版了《第一城》(The First Cities,1968)、《愤怒电缆》(Cables to Rage,1970)、《来自其他人居中的土地》(From a Land Where Other People Live,1973)之后,于 1978 年相继出版了《悬挂的火》(Hanging Fire)、《黑色独角兽》(The Black Unicorn)等作品,涉及民权主题、战争主题、神话主题、女性主题、同性恋主题、生育主题等诸多方面,"通过对非洲黑人女性身份的追寻和讨论,建构并挑战关于美国黑人艺术

---

① 王瑾:《互文性》,广西师范大学出版社 2005 年版,第 17—18 页。

② F.P.Miller,A.F.Vandome & J.Mcbrewster,*Gregory Corso*,New York:Alphascript Publishing,2011.

③ H.Zapf,"Ishmael Reed's Rooted Cosmopolitanism:American 'Patriotism' and Global Writing",*Amerikastudien*,Vol.47,No.2(June 2002),pp.285–299.

领域'泛非洲主义'(pan-Africanism)的思想"①。对专横霸道的白人文化持批判态度的勒罗伊·琼斯(Leroi Jones,1934—　)，在信仰伊斯兰教之后，改名为阿米里·巴拉卡(Amiri Baraka)。巴拉卡因为对美国黑人的生存状态、文化传统和民族权力非常关注,在创作诗歌时注意表达他在这方面的主题思想。比如,他在 1980 出版的诗集《新音乐、新诗歌》(*New Music, New Poetry*)当中,涉及黑人身份主题、黑人音乐主题、黑人情感主题、黑人文化主题、黑人历史主等;在 1995 年出版的诗集《跨越:阿米里·琼斯诗选集》(*Transbluesency:The Selected Poems of Amiri Baraka*)当中,涉及黑人命运主题、黑人教育主题、黑人政治主题、黑人权利主题、黑人存在主题等;在 1995 年出版的诗集《明智,为什么总说对》(*Wise, Why's Y's*)当中,涉及黑人同性恋主题、黑人社会角色主题、黑人家庭关系主题、黑人民权运动主题等;在 1996 年出版的诗集《芬克传说:新诗集》(*Funk Lore:New Poems*)当中,涉及黑人女权运动主题、种族平等主题、博爱主题、和平主题等。总之,巴拉卡希望通过多元化诗歌主题来构建他心中"燃烧着的太阳",那个用"无止境的时间堆积起来的""神秘太阳"②。具有英国和美国双重文化身份的汤姆·甘恩(Thom Gunn,1929—2004),在 1979 出版的诗集《诗选集:1950—1975》(*Selected Poems:1950—1975*)当中,涉及欧洲神话主题、海洋文化主题、青年成长主题、社会命运主题等;在 1982 出版的诗集《塔尔伯特之路》(*Talbot Road*)和《快乐通道》(*The Passages of Joy*)当中,涉及求索主题、旅行主题、反叛主题、快乐主题、自由主题、怀旧主题等;在 1986 年出版的诗作《无害之树》(*The Hurtless Trees*)③当中,涉及自然主题和人文主题;在 1992 年出版的诗集《出盗汗的男人》(*The Man With Night Sweats*)和《老故事》(*Old Stories*)当中,涉及同性恋主题、性爱主题、毒品主题、"波西米亚生活方式"主题等;在 1994 出版的诗集《诗选集》(*Collected Poems*)当中,涉及生命主题、艾滋病主题、边缘文化主题、族群关系主题、死亡主题等。"为二十一世纪美国诗

---

① E.S.Njeng, "Lesbian Poetics and the Poetry of Audre Lorde", *English Academy Review*, Vol.24,No.4(September 2007) ,pp.23-36.

② D.L.Smith, "Amiri Baraka and the Black Arts of Black Art", *Boundary*, Vol.15,No.1/2 (Spring 1986) ,pp.235-254.

③ 由好友约旦·大卫(Jordan Davies)在纽约帮助出版。

歌做出杰出贡献"的"新超现实主义"诗人威廉·S.默温(William S.Merwin,1927—   ),在 1978 年出版的诗集《山中羽毛》(*Feathers from the Hill*)当中,涉及自然主题、神话主题、人生主题、信念主题等;在 1982 出版的诗集《寻觅群岛》(*Finding the Islands*)当中,涉及追寻主题、和谐主题、存在主题等;在 1983 年出版的诗集《伸开手》(*Opening the Hand*)当中,涉及友谊主题、理想主题、大地主题等;在 1988 年出版的诗集《林中雨》(*The Rain in the Trees*)和《诗选集》(*Selected Poems*)当中,涉及生态主题、时间主题、人类文明主题等;在 1993 年出版的诗集《第二部四书诗集》(*The Second Four Books of Poems*)和《旅行:诗集》(*Travels:Poems*)当中,涉及自然与人的关系主题、自然与神的关系主题、自然与社会的关系主题等;在 1996 年出版的诗集《雌狐:诗集》(*The Vixen:Poems*)当中,涉及动物主题、关爱主题、智慧主题等;在 1997 出版的诗集《花与手:1977—1983 年诗集》(*Flower and Hand:Poems,1977—1983*)以及在 1999 年出版的诗集《河声:诗集》(*The River Sound:Poems*)当中,涉及自然与美的主题、自然的存在价值主题、人在自然中的角色和作用主题等。"试图超越自我"和"敢于破旧立新"的美国现代诗人高尔威·金耐尔(Galway Kinnell, 1927—2014),在 1980 年出版的诗集《凡人行为,凡人话语》(*Mortal Acts, Mortal Words*)以及诗集《黑莓宴》(*Blackberry Eating*)当中,涉及道德主题、信念主题、伦理主题等;在 1982 年出版的诗集《诗选集》(*Selected Poems*)①以及《短吻鳄怎样错过了早餐》(*How the Alligator Missed Breakfast*)当中,涉及民族精神主题、个人奋斗主题、自由平等主题等;在 1985 年出版的诗集《过去》(*The Past*)当中,涉及想象主题、怀旧主题等;在 1990 年出版的诗集《当一个人独自生活太久》(*When One Has Lived a Long Time Alone*)和 1996 年出版的诗集《不完美的饥渴》(*Imperfect Thirst*)当中,涉及生命价值主题、人生态度主题、理想与现实的关系主题……这里仅是管中窥豹。总之,在 1978—1999 年间出版的各类风格卓越的诗集文本中,美国现代诗人关注的诗歌主题包罗万象、异彩纷呈,集中反映了美国诗人对待自己的内心世界、对待他人、对待社会、对待自然、对待人生、对待梦想等方面的情感认知和独特思考。

---

① 该诗集同时获得 1982 年美国国家图书奖和普利策奖。

就同时期中国诗人所关注的诗歌主题而言,也可谓规模宏大、气象万千。《大堰河,我的保姆》的作者、"人民诗人"艾青,于1978年"归来"之后,在1980年发表的诗集《归来的歌》当中,涉及命运主题、爱国主题、生命主题、反思主题等;在1983年发表的诗集《雪莲》当中,涉及社会主题、生活主题、理想主题、精神主题等。曾任《新文学史料》主编、"七月"派代表诗人牛汉,在1984年发表的诗集《温泉》①当中,涉及革命主题、历史主题、生命主题等;在1985年发表的诗集《海上蝴蝶》当中,涉及自然主题、理想主题、乡土主题等;在1986年发表的诗集《沉默的悬崖》当中,涉及勇敢主题、怀旧主题、自由主题、励志主题等;在1998年发表的诗集《牛汉诗选》当中,涉及战争主题、友谊主题、梦想主题、生活主题等。牛汉的诗"兼有历史的深度和心灵的深度,兼有对于社会现实的体验和生命的体验,兼有思想性和艺术性"②。17岁就登上诗坛、歌唱自己编织的"童话"的绿原(1922—2009),在1983年出版的诗集《人之诗》当中,涉及宗教主题、民族主题、政治主题、艺术主题等;在1990年出版的诗集《我们走向海》当中,涉及求知主题、理性主题、奋斗主题、生命主题等;在1998年出版的诗集《绿原自选诗》当中,涉及历史主题、自然主题、爱国主题、自由主题、信念主题等。绿野的诗别具一格,他"从第一本诗集《童话》开始,走的就是一条不断自我超越之路,他把战斗的情思与艺术的独创性结合起来,把深厚的民族文化积淀与西方诗歌的现代手法结合起来,在中国的新诗发展史上写下了重要的一页"③。《水之湄》的作者、"创世纪诗社成员"杨牧(1940—   )④,在1991年出版的诗集"姊妹篇"《禁忌的游戏》和《完整的寓言》当中,涉及道德主题、情感主题、伦理主题、政治主题、自然主题、时间主题等。杨牧的诗歌自成体系,充满张扬着的艺术个性和魅力。1986年北京大学第一届艺术节"五四"文学

① 诗集《温泉》曾获第二届全国优秀新诗集奖。短诗《华南虎》获1981—1982年《诗刊》优秀作品奖。

② 孙晓娅:《再生与超拔——论80年代以来牛汉的诗歌创作》,《首都师范大学学报》2004年第3期。

③ 龙扬志、董慧敏:《一朵刺痛记忆的花——新时期以来绿原的诗歌创作》,《海南师范大学学报》2007年第2期。

④ 本名王靖献,我国台湾著名诗人。

大奖赛特别奖获得者、"中国新诗史上最有影响力的诗人之一"海子,生命虽然短暂,但是他在有生之年创作的近200万字的诗歌、诗剧、小说、论文、札记等,却在国人中间产生过巨大的影响,其中1990年出版的诗集《土地》,涉及历史主题、文化主题、寻根主题、自由主题等;1991年出版的诗集《海子、骆一禾作品集》,涉及神话主题、太阳主题、死亡主题、理想主题、求索主题等;1995年出版的诗集《海子的诗》和1997年出版的诗集《海子诗全编》,涉及爱情主题、想象主题、乡土主题、自然主题、真理主题、民族主题、生命主题、信仰主题等。"海子是个极有天赋的诗人,他独有的自由率真的抒情风格、对生命的崇高的激情关怀、对美好事物的眷恋,使他的作品有一种童真梦幻般的吸引力。寓言、纯粹的歌咏和遥想式的倾诉是其三种基本的表现方式,但散漫的抒写并没有影响他语言的特殊的节奏和字句的锻炼。对死亡的特有的敏感使他的一些诗作带着一层神秘抑郁悲观的色彩,这种消极因素也影响了他的生命态度"①。曾任英国伦敦大学汉语讲师以及加拿大纽克大学、荷兰莱顿大学住校作家,多次到英国、德国、美国、意大利、瑞典等多个国家的著名大学进行诗歌专题讲座和朗读,并且获得"华语文学传媒大奖年度诗人奖"的多多,在1984年出版的诗集《白马集》当中,涉及生活主题、社会主题、死亡主题、怀旧主题等;在1986年出版的诗集《路》当中,涉及青春主题、信念主题、四季主题、大海主题等;在1998年出版的诗集《微雕世界》当中,涉及艺术主题、宇宙主题、文化主题、爱情主题、历史主题等。"多多的诗学观念,昭示着中国当代诗歌的重要精神向度。在多多的诗歌观念之中,涌动着一种强烈的语言竞技特质。这种语言竞技特质是以建立自己、重塑自己的自我主奏为其诗学原初的境域,进而在创作、语言、意象三个维度上展开了诗歌的三重语言协奏,形成了紧张诗歌这样的专属诗歌品类。更为重要的是,在与世界的对抗和对话中,多多的语言三重协奏诗学不但维护了自我之志,掌控了世界,而且他的协奏诗学逼视出当代诗歌的精神向度。"②因为《诗四十首》而名震中国文坛的"九叶诗人"杜运燮,在1988年出版的诗集《晚稻集》当中,涉及人性主题、自由主题、信念主题等;

---

① 罗宗强:《论海子诗中潜流的民族血脉》,《南开学报》2002年第2期。
② 王学东:《多多的诗学观念探析》,《海南师范大学学报》2011年第3期。

在 1993 年出版的诗集《南音集》以及《你是我爱的第一个》当中,涉及爱情主题、生命主题、家庭主题、理性主题、文明主题、存在主题等。"清新质朴的诗歌主题以及发人深省的诗歌意蕴",恰到好处地证明了杜运燮是"一位志高意远的艺术追求者"和"一个以自己独特的追求新真深精的现代风格推动了新诗进程的重要诗人"①……在 1978—1999 年间发表重要诗歌作品的中国诗人还有很多,其诗歌主题因人而异、各有特色,但是都无一例外地给中国诗坛带来了新的生机和活力。这是中国诗坛在充满希望的道路上最愿意看到的景致,也是与美国诗歌一同竞技和唱和的景致。当然,由于文化品质和民族个性的不同,中国诗人没有书写毒品、同性恋、性爱、生育等方面的诗歌主题。这与美国诗人有很大的不同。

　　第二,中美诗歌内容的狂欢。在 1978—1999 年间,中美诗人在诗歌内容方面的写作也是包罗万象、"百花齐放",同时充满趣味性和个性。就美国诗人而言,科尔索在他 1978 年以后出版的诗歌作品中,内容包罗万象,涉及"富莱斯·戈登牌肥皂""蓄胡须的牧师""尼亚加拉大瀑布""疯狂度蜜月的男人""圣徒式离婚""古希腊字母""烟鬼""摇晃的老爷椅""有超大窗户的陋室""像我母亲的女孩""可爱的监狱""天空中不好的征兆""不可想象的宇宙""埃及恋人"等等。针对科尔索"多得让人瞠目结舌的诗歌内容","垮掉的一代"代表人物杰克·克鲁亚克(Jack Kerouac)这样评价说,"科尔索……一个来自东海岸的硬汉(a tough young man),像天使一样升起在空中……他的声音美妙、让人赞叹,他的话语更是让人称奇……";名诗人艾伦·金斯堡(Allen Ginsberg)如是说:"科尔索是诗人当中的诗人(a poet's poet),他的诗歌超过了我……他的名字在世界各地传颂,包括法国、中国……他是世界诗人";"美国文坛明星"威廉·伯勒斯(William S.Burroughs)预言说:"科尔索的名字会在不久的将来被人熟知……他的活力和诗歌张力一起闪烁……他的灵感发出不朽的光辉"②。被

① 袁可嘉:《新视角·新诗艺·新风格——读〈杜运燮诗精选一百首〉》,《文学评论》1998 年第 3 期。

② 关于美国评论家对科尔索的评论,参见 Carolyn Gaiser,"Gregory Corso: A Poet, the Beat Way",in *A Casebook on the Beat*,Thomas Parkinson(ed.),Oakland,California:University of California Press,1961.pp.266-275;Wikipedia,*Gregory Corso*,April 20,2016,https://en.wikipedia.org/wiki/Gregory_Corso。

称为"继艾略特和斯蒂文斯之后美国最有影响的诗人"约翰·阿什伯利
(John Ashbery,1927—),在八九十年代创作的诗歌作品中,内容涉及"坐
在大海和高楼之间画画的人""虔诚的祷告的声音""不怀好意的大笑""契
合主题的自画像""拥挤不堪的楼宇""涂着猩红指甲油的小女孩""让人害
怕的山谷""高耸的阿尔卑斯山脉""对成年人的担心""惊慌失措的世界"
"疲惫不堪的云朵""断断续续的旅程""让人讨厌的鼾声"等等。阿什伯利
的诗歌内容有一种"不可抗拒的超现实主义"因素和"后现代的复杂性和模
糊性"(postmodern complexity and opacity)①。1973 年和 1993 年两次美国国
家诗歌图书奖获得者、现代派著名诗人 A.R.安蒙斯(A.R.Ammons,1926—
2001),在八九十年代创作的诗歌中,内容涉及"我的梦想""沟渠上的小路"
"春天的农场草地""沮丧的眼神""白发""炙热的阳光""决定性的方向"
"行动的背离""白色的沙滩""影射思想的徘徊""成片的报春花""雪白的
黑腿白鹭""城市的喧嚣"等等。安蒙斯书写的诗歌内容,不仅涉及人与自
然之间"喜剧性的"关系,还包含"严肃的"关系,"他的诗歌经常表达与自然
有关的带有宗教性和哲学性的议题",而且往往有"超验主义的风格"。为
此,诗歌评论家丹尼尔·霍夫曼(Daniel Hoffman)指出,安蒙斯的诗歌内容
建立在"隐蔽的爱默生式的把人生经历贯穿在自然与灵魂"的神秘体验当
中,有不少诗行与"爱默生、惠特曼和艾米丽·狄金森的诗行"有明显的互
文关系②。在美国加州大学伯克利分校从教 35 年、期间赢得"著名诗人"称
号的学者型诗人伊希梅尔·司各特·里德,在八九十年代书写的诗歌中,其
内容涉及"老妇人""贪婪的镜子""激动人心的事情""诗的饥饿""好行为"
"失踪人士统计局""朋友们的生活""民主的社会""真理与高尚"等等。这
些"不同寻常的诗歌内容",说明里德一直竭尽全力在为美国社会的发展与
未来"尽心尽力"③。此外,美国新罕不什尔大学美国文学课程和创意写作课

① J.Ashbery,*Self-portrait in A Convex Mirror*,New York:Viking Press,1975,pp.85-119.
② J.Mark Smith,"Getting Every Word In:Garbage and the Corpora",in *Short Poems*,*Long Poems*,*and the Rhetoric of North American Avant-Gardism*,*1963 - 2008*,J.Mark Smith (ed.),Montreal & Kingston:McGill-Queen's Uinversity Press,2013,pp.226-227.
③ Patrick McGee,*Ishmael Reed and the Ends of Race*,New York:St.Martin's Press,1997,pp.136-137.

程教授、《巴黎评论》(*Paris Review*)的诗歌编辑查理·西米克(Charles Simic, 1938—　)，在八九十年代的诗歌写作中，也有色彩斑斓的诗歌内容，包括"漫长的时间""肮脏的小餐厅""难以置信的渴望""浩瀚的宇宙""黑色的河流""等待的激情""无休止的言说"，等等。美国马萨诸塞大学英语教授、普利策诗歌奖获得者詹姆斯·塔特，在八九十年代的诗歌写作中，用"一种别开生面的语言"入诗，内容涉及"逝去的昨天""乌木""雨季""年复一年的景色""陌生的天空""在海上漂泊的船""旷野的生命"，等等。美国佛蒙特州桂冠诗人、美国"女性灵魂"(women's soul)的代言人爱伦·布莱恩特·沃伊特(Ellen Bryant Voigt,1943—　)，在八九十年代的诗歌写作中，包含"充满理性和象征意味的内容"，涉及"一片绿叶上的蛇""种子""灌木丛""深水""静谧的山崖""纠结的细节""坚定的步伐""带铅的允诺"……总之，美国诗人在 20 世纪八九十年代的诗歌写作，在内容方面"百花争妍"，既具有美国的乡土特色、历史传统，又具有美国人特有的语言风格和文化韵味。

　　就同时期中国诗人所书写的诗歌而言，诗歌内容也同美国诗人所书写的诗歌内容一样，丰富多彩且特色鲜明。二者在许多方面，都具有互文性的体现和表达。比如，曾经与诗人覃子豪(1912—1963)、钟鼎文(1914—2012)等共创"蓝星"诗社、现任台湾中山大学文学院院长的余光中(1928—　)，其诗歌内容"先西化后回归"，在 80 年代以后，写下许多情感独特的乡愁诗，"对乡土文学的态度也由反对变为亲切"。在 1986 年出版的《紫荆赋》和 1992 年出版的《守夜人》当中，诗歌内容涉及"土地""家乡""回忆""曾经的梦""静静地守候""追寻""黄昏""那个春天""风铃""怀念""深沉的情感"等等。"余光中的诗融会了西方现代文化的灵性和中国传统文化的神韵，在传统与现代、历史与现实之间走出了一条属于自己的现代主义诗歌的创作道路，具有鲜明特征。在内容上，表现出强烈的'中国情结'和'乡愁母题'特征，体现出强烈的中华民族意识和坦诚的人生情怀。"①1963 年台湾师范大学美术系毕业、1966 年在比利时布鲁塞尔皇家艺术学院完成进修并获得比利时皇家金牌奖、布鲁塞尔市政府金牌奖等多项奖项的女诗人席慕容

---

① 黄永林:《在现代与传统之间——论余光中诗歌创作的特色》,《华中师范大学学报》
　2001 年第 2 期。

（1943—　），在1981年出版的诗集《七里香》、1982年出版的诗集《无怨的青春》、1987年出版的诗集《时光九篇》当中，诗歌内容多姿多彩，涉及"心中的爱""一棵开花的树""七里香""山路""抉择""盼望""流逝的时光""雨中的了悟""悲歌""信仰""暮色""与你同行""莲的心事""无怨的青春""送别""前缘""青春""出塞曲""野风""渡口""树的画像""禅意"等等。"席慕容的诗歌多写爱情、乡愁、时光和生命，爱的抒发已成为席慕容诗歌的第一主题。而在这些爱的情感中，有甜蜜，也有忧愁。席慕容以一个女性特有的细腻的视角，来体验着生命中的温存。"①曾经担任中央戏剧学院教授主讲苏联文学、1982年发表"激情澎湃的"诗歌作品、之后又用"理性的头脑开始思考生活"的诗人林莽，在1990年出版诗集《林莽的诗》、1994年出版诗集《我流过这片土地》、1995年出版诗集《永恒的瞬间》等，其诗歌内容也丰富多彩，涉及"夏末""融雪之夜""蛛网""无法驱散的回忆""银饰""草木""离别的歌""土地""遥远的地方""深情""飘落的雪""激流之后的暖流""时间磨损的岁月""浓荫下的寂静""黄昏的鸟群""被露水打湿的黎明""赤色的精灵""清晨那微弱的风""古老的家园"，等等。林莽的诗自有一种特别的品格和情趣，正如他在《夏末十四行（之五）》所说的那样："在连接现在、过去和未来之间/当我们扭断了那条明晃晃的时光的锁链/断裂处　我看见许多玫瑰般美好的画面"。当然，林莽的诗还有待读者赏析和深入挖掘、体会和研究。"朦胧诗派"代表人物之一、当代著名女诗人舒婷，在1982年出版的《双桅船》、1986年出版的《会唱歌的鸢尾花》、1991年出版的《始祖鸟》、1994年出版的《舒婷的诗》当中，其诗歌内容的优美、儒雅已被读者熟知，涉及"北方""初春""大海""梦境""北京深秋的晚上""北戴河之滨""群雕""秋夜""日光岩""四月的黄昏""往事""潮湿的小站""周末晚上""兄弟""禅宗""流水线""惠安女子""同时代的人""海滨晨曲""我亲爱的祖国"，等等。"舒婷擅长于自我情感律动的内省、在把握复杂细致的情感体验方面特别表现出女性独有的敏感。她的诗歌充盈着浪漫主义和理想的色彩，对祖国、对人生、对爱情、对土地的爱，既温馨平和又潜动着激情。她的诗擅长运用比喻、象征、联想等艺术手法表达内心感受，

───────────

① 温瑜：《席慕容诗歌的语言风格解读》，硕士学位论文，广西大学，2008年。

在朦胧的氛围中流露出理性的思考,朦胧而不晦涩,是浪漫主义和现代主义风格相结合的产物。舒婷又能在一些常常被人们漠视的常规现象中发现尖锐深刻的诗化哲理(《神女峰》《惠安女子》),并把这种发现写得既富有思辨力量,又楚楚动人。"①中国知识分子写作诗群代表性诗人之一、以"独特奇诡的语言风格"和"惊世骇俗的女性立场"震撼文坛的女诗人翟永明(1955—　),1986年出版第一本诗集《女人》、1989年出版诗集《在一切玫瑰之上》、1994年出版《翟永明诗集》、1996年出版诗集《黑夜中的素歌》、1997年出版诗集《称之为一切》等,其诗歌内容以女性特有的敏感和直觉表现出非凡的魅力和个性,涉及"我的友人""生命""孩子的时光""午夜的判断""迷途的女人""编织和行为之歌""黑房间""新天鹅湖""母亲""变化""重伤的城市""第二世界的游行""玩偶""不确定的爱情""敏感的萨克斯",等等。翟永明在数十年的诗歌写作中,一直保持着充沛的精力和思考的活力,每个时期都有重要作品问世,在中国诗坛具有无可置疑的重要性,而且她的作品目前已经被翻译成英、德、日、荷兰等国文字,受到了欧美诗人和诗歌评论界的重视。"建国60周年十名代表人物之一"、中国当代著名诗人汪国真(1956—2015),其诗歌进入八九十年代以来,因为诗歌内容清新细腻、流畅自然一直备受青年读者青睐,涉及"豪放是一种美德""背影""微笑""热爱生命""剪不断的情""怀想""跨越自己""永恒的心""默默的情怀""我不期望回报""倘若才华得不到承认""是否""只要彼此爱过一次",等等。汪国真的诗集至今仍然畅销不衰,尤其是在1990年以后形成独特的"汪国真现象",可谓中国诗歌界乃至中国出版界的一个文化奇迹。有着宏远的历史视野与"深邃而沉潜的人格品质"、海子诗歌的卓越阐释者、天才诗人骆一禾,在1990年出版的诗集《世界的血》以及1997年出版的诗集《骆一禾诗全编》当中,其诗歌内容不拘一格,涉及"麦地""灵魂""黑豹""月亮""壮烈风景""五月的鲜花""青草""大河""深入平原""女神""归鸟""眺望""向日葵""大地的力量""为美而想""灿烂平息",等等。骆一禾不仅通过诗歌悉心描绘了中国诗歌的前景,反思了中国诗人的历史使命,而且提出了"修远"的诗学命题,显示了诗人博大的胸怀……总之,从诸多

---

① 王辉:《舒婷诗歌研究》,硕士学位论文,华东师范大学,2010年。

"各领风骚"、充满丰富精神内涵的诗歌内容来看,中国诗人是一个决不允许世界文坛忽视的群体。而且,与美国诗人所书写的诗歌内容相比较,中国诗人一点也不逊色,在某些方面可能做得更具有自己的特色——要说该时期中国诗人有什么缺乏的,那就是他们与美国诗人之间没有进行过充分的沟通和交流,也没有主动和积极地去宣传自己的诗歌以及诗学思想。这就让美国诗人对中国诗人缺乏了解,对中国诗人所写的诗歌也缺乏充分的认识,更别说全面的欣赏。这同时也意味着,若想凭借"中华民族特有的诗魂"和"精神面貌"熠熠生辉于世界民族的诗歌之林,中国诗人还需要继续努力①。

　　第三,中美诗歌形式的狂欢。诗歌形式是"诗歌之为诗歌"的基本元素之一②。长期以来,诗歌形式和诗歌内容孰重孰轻的问题一直争论不休,这恰好印证了诗歌形式和诗歌内容都是诗歌存在(poetic being)不可或缺的重要组成部分。不管是美国诗歌,还是中国诗歌,不管是旧体诗,还是新诗,诗歌形式都是诗人必须要仔细玩味和推敲,同时又需要不断改革和创新的"对象"(object)③。有震撼力的诗歌形式往往使诗歌内容锦上添花,并促使诗歌内容产生奇特的效果。在这方面,美国诗人中有不少创新者(innovator)和试验家(experimenter)。比如,美国现代派诗人、具象诗之父卡明斯,曾经写下一首题为 l(a④ 的独特的"视觉诗"(visual poem):

l(a

le

af

fa

ll

---

① 参见谢应光:《中国现代诗学发生论》,博士学位论文,四川大学,2005 年。

② R.D.Cureton,"Temporality and Poetic Form", *Journal of Literary Semantics*, Vol.31, No.3 (December 2002), pp.37-59.

③ J.Hart, *Poetics and Poetic Worlds*, New York:Palgrave Macmillan,2011,p.138.

④ 这里所讨论的卡明斯的诗歌,均出自 G.J.Firmage(ed.), *E. E. Cummings: Complete Poems* 1904-1962, New York:Liveright Publishing Corporation,1991。不另作注。

s）

one

l

iness①

该诗通过解构传统的英语语法结构，同时进行有创意性的拆词和重新组词，来描摹一片树叶从空中飘落的状态"a leaf falls"，并以动静结合的方式旨在表达一种抽象的概念"loneliness"（孤独）。此外，卡明斯还发表过一首题为 *TO* 的诗：

TO

Farrar & Rinehart

Simon & Schuster

Coward-McCann

Limited Editions

Harcourt , Brace

Random House

Equinox Press

Smith & Haas

Viking Press

Knopf

Dutton

Harper's

Scribner's

Covici , Friede

该诗把卡明斯当时所熟悉的出版社等信息，巧妙地组合在一起，构成一个"圣杯"（Sacred Cup）的形象。类似在形式方面标新立异的诗歌，还包括 *SNOW*、*r-p-o-p-h-e-s-s-a-g-r*、*mOOn Over tOwns mOOn* 等。这些诗歌刚

---

① 为了不破坏诗歌的原貌，保留原诗的卓越风姿，这里笔者故意不做任何翻译，直接展示。不另作注。

发表时让读者非常费解,不知所云。但是,经过读者细细品读和鉴赏,慢慢发现这些诗歌具有一种非常灵动、美妙和传神的效果。卡明斯的诗歌后来被认为是"打破欧美诗歌传统的诗歌形式,开创一代先锋派诗歌的典型"①。受卡明斯及其诗歌的影响和启发,美国意象派诗歌领袖庞德在后期《诗章》写作——《诗章》第 104 章中, 也写下了这样形式独特的诗行:

Once gold was

        by ants

             out of burrows

                                 not

Pao   three   寶

                  This is not treasure②

这些诗行用来说明:人们争来抢去,甚至不惜牺牲生命和发动战争得到的"黄金"(gold),其实很早之前,就在蚂蚁挖洞穴的时候发现了。这些在蚂蚁看来毫无意义和价值的东西,却被人类当做"寶",似乎有些"滑稽"(funny)。但是,现实当中的人类却一直因为"黄金""寶"和"财"勾心斗角、争来抢去,甚至大动干戈。而到最后,正应了那句"众所周知的话"(universal word):"人为财死,鸟为食亡。"如果庞德的这几句诗还不够具有说服力,其诗歌形式还不足以具有震撼力,还不能很醒目、很直观地说明诗歌形式对诗歌内容起到重要作用。我们再来看一看美国耶鲁大学英语教授、现代派诗人代表人物之一约翰·霍兰德(John Hollander, 1929—2013),曾经写下的那首饮誉海内外、被广泛热议和传颂的《天鹅和倒影》(Swan and Shadow):

---

① N.Friedman, *E.E.Cummings: the Art of His Poetry*, Baltimore: Johns Hopkins Press, 1960.

② E.Pound, *The Cantos of Ezra Pound*, New York: New Directions Publishing Corporation, 1971.

```
                          Dusk
                       Above the
                  water hang the
                              loud
                              flies
                          Here
                      O so
                   gray
                  then
                  What              A pale signal will appear
                  When           Soon before its shadow fades
                  Where           Here in this pool of opened eye
                  In us          No Upon us As at the very edges
                  of where we take shape in the dark air
                   this object bares its image awakening
                      ripples of recognition that will
                      brush darkness up into light
     even after this bird this hour both drift by atop the perfect sad instant now
                      already passing out of sight
                   toward yet ⁻untroubled reflection
                   this image bears  its object darkening
              into memorial shades Scattered bits of
              light            No of water Or something across
              water          Breaking up No Being regathered
              soon             Yet by then a swan will have
              gone               Yes out of mind into what
                   vast
                      pale
                      hush
                         of a
                         place
                            past
                 sudden dark as
                  if a swan
                     sang①
```

该诗把天鹅"自信满满"地在"平静的水面"自由滑行的神态，刻画得非常惟妙惟肖，不仅具有很强的视觉冲击力——犹如一幅生动的油画，而且实现了诗歌形式与诗歌内容的和谐统一。从语言学的层面看，该诗作的诗歌

① A. W. Allison, H. Barrows, et al. (eds), *The Norton Anthology of Poetry* (3rd edition, Shorter), New York & London：W.W.Norton and Company, 1983, p.796.

结构和诗歌意义高度吻合,恰好印证了"语言象似性学说"的基本立论观点,即"语言的结构和形式直接映照所表达的概念和经验结构"①。但是,需要特别说明的是,该诗的中文译本——"美丽的天鹅/清澈而宁静的湖面//孤芳自赏/自己那美丽却略带寂寞的倒影/也许它会想/什么时候自己也会变成/那朵千古流传的/黄色水仙/人亦如此/生活在自己绚丽的光环下/忘却周围的平凡与简单/走出那道美丽的光圈/才发现原来/生活是该如斯/冷漠的代价是/无边无际的孤独/还有/永远空虚的灵魂/美丽的天鹅/金色的水仙/自恋的人生/他们都有寂寞而华丽的倒影/当天鹅飞向天际/水仙笑对众人/自恋的人儿走向你我/倒影不再孤独/生命亦不复黯淡"——已经不可能按照原诗的形式变成"天鹅"和它的"倒影"的模样。也就是说,中文译文可以与原文构成意义关联的"单一对等"(singular equivalence),很难完全实现形式与意义的"双重对等"(dual equivalence)②。这属于诗歌翻译学当中,难以在形式和意义两个方面相得益彰的一个典型案例。

在中国诗歌领域,通过大胆变革诗歌形式来达到新奇效果或者造成视觉冲击力的作品,也有不少相关的例证。比如,当代诗坛健将、著名批评家、优秀翻译家余光中,在《等你　在雨中》这首诗中,采用了这样的诗歌形式:

等你　在雨中　在造虹的雨中
蝉声沉落　蛙声升起
一池的红莲如红焰　在雨中
……

永恒　刹那　刹那　永恒
等你　在时间之外
在时间之内　等你　在刹那　在永恒……

在《向日葵》中,余光中通过英汉两种语言的杂糅,同时借助"意识流"

---

① 邓海丽、禾雨:《Swan and Shadow 的象似与隐喻认知分析》,《福建师大福清分校学报》2009 年第 6 期。
② 相关理论问题参见黄国文:《从〈天净沙·秋思〉的英译文看"形式对等"的重要性》,《中国翻译》2003 年第 2 期;杨柳:《西方翻译对等论在中国的接受效果——一个文化的检讨》,《中国翻译》2006 年第 3 期。

似的语言形式,写下这样标新立异的诗歌。

> 木槌在克莉丝蒂的大厅上
>
> going①
>
> going
>
> gone
>
> 砰然的一响,敲下去
>
> ……
>
> 断耳,going
>
> 断耳,going
>
> 赤发,going
>
> 坏牙,going
>
> 恶梦,going
>
> 羊癫疯,going
>
> 日记和信,going
>
> 医师和病床,going
>
> 亲爱的弟弟啊,going
>
> 砰然的一声,gone……

"天才诗人"海子在《吊半坡并给擅入都市的农民》一诗中,根据情感抒发的需要,这样别具匠心地组织他的诗歌形式,造成一种视觉效果:

> 我
>
> 径直走入
>
> 潮湿的泥土
>
> 堆起小小的农民
>
> ——对粮食的嘴
>
> 停留在西安 多少都城的外围……

最具有视觉冲击力、在诗歌形式方面做出重大变革和创新的,应该是海子在《太阳》组诗"第一合唱部分:秘密谈话"第四手稿"世界起源于一场秘密谈话"部分。在该诗歌"一开场",读者就读到了这样"石破天惊"的诗歌

---

① "Going,going,gone"是拍卖成交时的吆喝,语终而木槌敲下。

形式。

放置在 献诗 前面的 一次秘密谈话
人物:铁匠、石匠、打柴人、猎人、火
秘 密 谈 话
天 空
_____
‖天
‖
‖梯
_____|_____|_____
大 地

打柴人这一天
从人类的树林
砍来木材,找到天梯……

这还只是海子"石破天惊"的诗歌形式的"冰山一角"。在"我走进火中/陈述"一节中,接着出现了以阿拉伯数字"1.2.3……"和英语字母"ABCDEF……"等融入诗歌创作的特殊诗歌形式,给读者以全新的视觉效果和艺术享受。

我走进火中
陈述:
1.世界只有天空和石头。
2.世界是我们这个世界。
3.世界是唯一的。
附属的陈述:
1.A 世界的中央是天空,四周是石头。
B 天空是封闭的,但可以进入。
C 这种进入只能是从天空之外进入天空。
D 从石头不可能飞越天空到另一块石。
E 天空行走者不可能到达天空中央。

F 在天空上行走是没有速度的行走。

G 在天空上行走越走越快,最后的速度最快是静止。

H 但不可能到达那种速度。

I 那就是天空中央。

J 天空中央是静止的。

K 天空中央的周围是飞行的。

L 天空的边缘是封闭的。

M 天空中间是没有内容的。

N 在天空上行走是没有方向的行走。

O 没有前没有后。

P 没有前进没有后退。

Q 人类有飞在天空的愿望。

R 但不能实现。

2. A 人类保持在某种脆弱性之上。

B 人类基本上是一个野蛮的结构。

C "野蛮的石头集团的语言"。

D 天空越出人类正是由于它的浑然一体。

E 它与世界的浑然一体。

F 它的虚无性。

G 它都知道。

H 它能忍受。

I 我们感不到它的内容。

J 它有一根固定的轴。

K 它在旋转。

L 轴心是实体。

M 其他是元素。

N 它的内容是生长。

O 也就是变化。

关于火的陈述:

1. 没有形式又是一切的形式。

2. 没有居所又是一切的居所。

3. 没有属性又是一切的属性。

4. 没有内容又是一切的内容。

5. 互相产生。

6. 互相替代。

7. 火总是同样的火。

8. 从好到好。

9. 好上加好。

10. 不好也好。

11. 对于火只能忍受。

化身为人
——献给赫拉克利特
和释伽牟尼
献给我自己
献给火

1. 这是献给我自己的某种觉悟的诗歌。

2. 我觉悟我是火。

3. 在火中心恰恰是盲目的 也就是黑暗。

4. 火只照亮别人,火是一切的形式,是自己的形式。

5. 火是找不到形式的一份痛苦的赠礼和惩罚。

6. 火没有形式,只有生命,或者说只有某种内在的秘密

7. 火是一切的形式。(被划掉)

8. 火是自己的形式。(被划掉)

9. 火使石头围着天空,

10. 我们的宇宙是球形,表面是石头,中间是天空。

11. 我们身边和身上的火来自别的地方。

12. 来自球的中心。

13. 那空荡荡的地方。

（一）

1. 这是注定的。

2. 真理首先是一种忍受。

3. 真理是对真理的忍受。

4. 真理有时是形式,有时是众神。

5. 真理是形式和众神自己的某种觉悟的诗歌。

6. 诗歌是他自己。

7. 诗歌不是真理在说话时的诗歌。

8. 诗歌必须是在诗歌内部说话。

9. 诗歌不是故乡。

10. 也不是艺术。

11. 诗歌是某种陌生的力量。

12. 带着我们从石头飞向天空。

13. 进入球的内部。

（二）

1. 真理是一次解放。

2. 是形式和众神的自我解放。

（三）

形式 A,形式 B,形式 C,形式 D

1. 形式 A 是没有形式。

2. 宗教和真理是形式 A。

3. 形式 B 是纯粹形式。

4. 形式 C 是巨大形式。

5. 巨大形式是指我们宇宙和我们自己的边界。

6. 就是球的表面,和石头与天空的分解线。

7. 形式 D 是人。

（四）形式 B 是纯粹形式

1. 形式 B 只能通过形式 D 才能经历。

2. 这就是化身为人。

3. 我们人类的纯粹形式是天空的方向。

4. 是在大地上感受到的天空的方向。

5. 这种方向就是时间。

6. 是通过轮回进入元素。

7. 是节奏。

8. 节奏。

(五)形式 C 是巨大的形式

1. 这就是大自然。

2. 是他背后的元素。

3. 人类不能选择形式 C。

4. 人类是偶然的。

5. 人类来自球的内部。

6. 也去过球的内部。

7. 经过大自然。

8. 光明照在石头上。

9. 化身为人。

10. 大自然与人类互相流动。

11. 大自然与人类没有内外。

(六)形式 D 是人

1. 真理是从形式 D 逃向其他形式(形式 ABC)。

这一夜

天堂在下雪……①

　　除了上面谈到的诗人,还有一位在诗歌形式方面作出重大变革的诗人,那就是"提出了以虚拟创作为重要特征的'信息主义'的诗歌创作理论"、自1993 年 3 月起通过电子邮件网络大量发表诗歌作品,"被学术文献确认为历史上第一位中国网络诗人"的诗阳(1963—　　)。他在《德彪西:印象系列八首》一诗中,创造了这样独特的"现代网络版对话体"诗歌形式:

---

① 海子:《海子的诗》,人民文学出版社 2014 年版,第 254—255 页;"海子诗歌吧"
　　http://tieba.baidu.com/q/4630407610? red_tag＝1014044369,2016 年 10 月 28 日。

风与海的对话(1/8)

—debussy:dialogue du vent et de la mer(8′10″)

风落到　海的脸上
海的缄默　曾经失眠
……

节日(2/8)

—debussy:fetes(6′34″)

夜色　染过　海空的　鬓角
节日的　火烛　依次熄灭
……

浪的游戏(3/8)

—debussy:jeux de vagues(9′00″)

一片片　轻柔地　波来
一片片　轻松地　涌走
……

云(8/8)

—Debussy:nuage

不羁的　云
飘浮　飘浮

......①

诗阳之所以成为"现代网络诗歌奇人",并在诗歌形式方面作出重大贡献,与他 1985 年赴法国、英国、美国等地留学并获得博士学位有关,与他受到欧美现代文化和先锋派诗歌的影响有关。此外,诗阳本人有很好的法语和英语基础,这也使他的诗歌既充满中国传统诗歌的精神,又具有欧美诗歌开放、自由和洒脱的气质。读起来非常与众不同。这完全可以从他于 1994 年在互联网中文新闻组和中文诗歌通讯网上刊登的数百篇诗歌中,得到见证。

总之,除了余光中、海子、诗阳等诗人之外,还有许多中国诗人秉承非常严肃认真的诗歌写作态度,在诗歌形式方面努力作出自己的改革和创新,只不过在节奏和力度方面呈现出不同的特色而已。当然,与同时期美国诗人相比,中国诗人在诗歌形式方面的创新步子还可以再大一些,原创性方面还可以有更加醒目的个性特色。

二、中美诗歌的迷茫

中美诗歌有着不平凡的、值得夸耀的过去。但是在世纪之交,面对新情况、新形势和新发展,也客观存在着许多迷茫。在这里,还以诗歌主题、诗歌内容、诗歌形式为例,说明中美诗歌在从 20 世纪初到 21 世纪转型的过程中,依然存在诸多需要深入思考和积极面对的现实问题。

在诗歌主题方面,中美诗人需要考虑:除了"世界三大主题"——爱情、战争和死亡,除了已经讨论的、传统意义上的关于政治、人生、社会、道德、理想等方面的诗歌主题,中美诗人还应该作出怎样的开拓? 如何权衡传统诗歌主题和创新性诗歌主题之间的关系? 诗歌主题与诗人的民族性之间有没有必然联系? 如果有联系,那么它们是什么? 表现在哪些层面?

在诗歌内容方面,中美诗人需要考虑:是不是所有的社会现象、生活细节、情感认知等,都可以作为诗歌内容去具体呈现? 中美诗歌内容与中美诗人的人生经历之间,是否存在对应关系? 什么样的诗歌内容,才能够真正引起不同文化背景的读者的共鸣? 好的诗歌内容有无判断的依据和标准? 怎

---

① 诗阳:《德彪西:印象系列八首》,http://www.shigeku.org/shiku/xs/shiyang.htm#23,2016 年 12 月 20 日。

样把诗歌内容与时代发展紧密结合？政治是否应该参与诗歌内容的建构？

在诗歌形式方面，中美诗人需要考虑：诗歌形式和诗歌内容怎样才能够配合得"相映成趣"？中美诗歌形式在未来的发展趋势和走向是什么？诗歌形式的"更新换代"应该遵循哪些原则？诗歌形式是否可以超越诗歌内容，并以"极度个性化（extremely individual）的方式"①存在？诗歌形式的独特性和原创性到底表现在哪些方面？诗人应该在哪些方面做出诗歌形式的改革，并促使诗歌形式有根本性的——或者说质的——飞跃？诗歌形式的未来发展空间如何拓展？

此外，中美诗人还需要慎重和全面地考虑：在新时代到来之际，诗人角色该如何扮演和定位？诗人如何在多元化的、不确定的社会语境中保持自己的个性？诗人如何肩负起担当社会发展的重任？等等。这些"迷茫"不只是针对美国诗歌，同样适用于中国诗歌；不只是针对美国诗人，也针对中国诗人。所以，说到底，在世纪之交，中美诗人还有很长一段路要走。正所谓："路漫漫其修远兮，吾将上下而求索"，上述工作需要中美诗人继续付出长期的和不懈的努力。

---

① David Hay, "Spirituality versus Individualism：Why we should nurture relational conscious-ness", *International Journal of Children's Spirituality*, Vol.5, No.1（April 2000）, pp.37-48.

结　语

　　20世纪在人类历史上是一个复杂多变且又异彩纷呈的世纪。各民族文化争奇斗妍,各民族文学深情演绎,共同描绘了一幅反映世态万象的历史画卷。在这幅画卷上,中国诗歌因为历史源远流长、内容博大精深影响海内外,从而在世界舞台上扮演着重要的角色;相比之下,美国诗歌诞生较晚,但是它凭借开放、自由和包容的精神,逐渐彰显出独特的个性魅力,到了二战之后成为引领世界文学潮流的重要力量。虽然中国诗歌和美国诗歌文化渊源不同,发展轨迹迥异,艺术特色也有较大差异,但是作为人类文明发展的成果、群体智慧的结晶和民族精神的产物,中美诗歌还是有许多相通之处,值得关注和研究。

　　中美诗歌可比性的一个重要方面,就是它们都是文本,都毋庸置疑地具有文本的基本特点和内在属性。而且,中美诗歌作为文本并不是孤立性的存在,它们之间有相互借鉴、彼此融通和多重唱和,还有文本之间的吸收、改造、拼贴和戏仿。基于这些认识,该研究做出如下结论:

　　第一,中美诗歌是文学文本中非常生动有趣的现象,互文与戏仿理论是研究20世纪中美诗歌的新思路和新方法。一方面,中美诗歌因为自身的文本特征和文学性质,决定了它们在历史发展的过程中不可能不进行对话和交流,在文本形式方面不可能不进行广义层面的戏仿与重写,这为互文与戏仿理论在诗学层面的建构和拓展提供了典型案例;另一方面,虽然当前学术界以国别文学的形式研究美国诗歌和中国诗歌的学术成果层出不穷,但是把中美诗歌综合起来进行考察,特别聚焦20世纪中美诗歌的发展成果以及相互关系的学术论著还很鲜见,用互文与戏仿理论来观照 20 世纪中美诗歌的学术研究还未见到,这为该研究的立论和阐释提供了空间。而且,借助互文与戏仿理论,会发现中美诗歌"别有洞天"。最突出的一点就是,互文与戏仿理论成为探索 20 世纪中美诗歌关系的一种新思路和新方法——朱莉叶·克里斯蒂娃提出的"任何文本都是由引语的镶嵌品构成的,任何文本都是对其他文本的吸收和改编"的思想理论,依然适用于中美诗歌关系的分析和研究;玛格丽特·A.罗斯、琳达·哈琴等提出的后现代语境下的戏仿不再是传统意义上简单滑稽性模仿,而是"与艺术游戏的艺术",是人们"批判性反思"和"创造性接受"的实践形式的思想论述,这对中美诗歌的比较研究也有很多借鉴和启发。事实证明,互文与戏仿理论成为解读 20 世纪中美诗歌的一把钥匙。换言之,20 世纪的中美诗歌因为以互文与戏仿为研究视角,呈现出与众不同的精神面貌。

第二,把 20 世纪中美诗歌的互文和戏仿性研究分为四个历史时期——19 世纪末到 1918 年,1919 年到 1948 年,1949 年到 1977 年,1978 年到 1999 年,是一次有益的尝试。由于 20 世纪中美诗歌的发展和演变有其阶段性、特殊性和复杂性,如果仅从宏观层面去把握和透视,势必会掩盖中美诗歌互文与戏仿的某些细节;如果太过于微观,又可能会对其中一些具有显性特征的文本现象造成误读或者是误解,所以把整个 20 世纪的中美诗歌划分为上述四个历史阶段,一方面有助于宏观考察和微观透视紧密结合,外聚焦和内聚焦相得益彰,另一方面也有利于从文本的特殊性着手,由点到面,从特殊到一般,从横向到纵向,多个维度全面把握互文与戏仿现象在这四个历史时期的风格特点和演变规律。当然,该研究立足中国诗歌本位,不附和西方学者惯用的以美国诗歌为中心和着眼点的霸道做法,而是要彰显中国文学传统和诗歌传统的主人翁地位和话语权。除此之外,为了使论述和表达不至于偏颇,在具体的阐释环节主要以国际和国内几个重大的历史事件为参照点,分别讨论中美诗歌在这些历史时期之间的互文与戏仿艺术呈现,以便更好地展示中美诗歌互文与戏仿的文本特点。

在第一个历史时期——19 世纪末到 1918 年,该研究指出:由于 18、19 世纪美国民族诗人的文化自觉意识和民族自强意识,他们迫切地希望在实现国家政治、经济、军事等方面独立的同时,实现真正意义上的文化独立、文学独立,才可以满足日益崛起的民族发展的需要,才符合当时包括美国诗人在内的文学家和艺术工作者的理想和情怀。为了摆脱现状,美国知识分子奋勇当先、广开门路,积极寻找救国、救民的良药。以庞德为代表的现代派诗人,更是以前无古人后无来者的气魄,吸收东西方文化和文学中的精华为"我"所用,开创了新世纪。在此过程中,中国诗歌逐渐成为当时美国诗人们寻找创作灵感、突破写作局限、彰显前卫风格的重要媒介,也逐渐成为美国诗人们仿效、学习和借鉴的对象。一股强劲的"中国风",在美国大地迅速刮起并蔓延开来。美国东方学家费诺罗萨的中国诗笔记和庞德以创作式翻译法完成的《神州集》,掀起了一个时代美国诗人对中国诗歌的狂热和追求,互文与戏仿手法于是成为当时美国诗人非常显而易见的写作特点。中国古典诗歌的精粹,诸如《诗经·小雅》《汉乐府·陌上桑》《古诗十九首·青青河畔草》,郭璞的《游仙诗》,陶潜的《停云》,王维的《送元二使安西》,卢照邻的《长安古意》,以及李白的《长干行》《江上吟》《侍从宜春苑奉诏赋》《龙池柳包初青听新莺百啭歌》《古风十八·天津》《古风十四·胡关》《忆旧游寄谯郡元参军》《送友人入蜀》《登金陵凤凰台》《黄鹤楼送孟浩然之广陵》《送友人》《玉阶怨》《古风六·代马》等,成为改变单调乏味的美国诗歌的重要武器,同时以"陌生化"的面孔出现在风起云涌的美国诗坛,悄然改变着美国现代诗人的审美情趣及其艺术品味。此外,中国的绘画、书法、瓷器、青铜器等艺术珍品,成为美国诗人及艺术家们青睐的对象,他们会自觉不自觉地把这些"意象"镶嵌在具体的艺术创作当中。以互文与戏仿的形式"混纺出新"的美国诗人在这个时期层出不穷,罗厄尔、弗莱切、蒙罗、宾纳、林赛、艾略特、史蒂文斯、威廉姆斯等一大批标新立异的现代派诗人,均直接或者间接地受到过中国古典诗歌的影响。所以,阅读他们的诗歌会很自然地品读出中国古诗的意境和味道来,那是一种特别的"东方主义性情"①。

如果说在第一个时期,中国诗歌是美国诗歌互文与戏仿的对象,那么到了第二个时期——1919 年至 1948 年,情况发生了变化。最显而易见的表

---

① Z. M. Qian, *Ezra Pound and China*, Michigan: University of Michigan Press, 2003, pp. 165-166.

现就是：在这段历史时期，出现了中美诗歌发展史上的"回溯"现象——中国学者和诗人开始把目光转向西方，尤其是美国。一方面，1914—1918 年的第一次世界大战给中国带来史无前例的巨大灾难，加上前期中国清王朝腐败无能的政治统治遗留下来的许多创伤，使中华民族处于亡国灭种的危险境地，有血性的中国知识分子爆发了轰轰烈烈的五四新文化运动，寻求新思想和重振国威战略。另一方面，早年留学美国后来成为国学大师的胡适、梅光迪、陈寅恪、吴宓、梁实秋、徐志摩、闻一多等爱国志士，在民族存亡的紧要关头，把在美国学到的知识和本领带回国内，希望奋发图强、励精图治，倾全力挽救中华民族的前途命运。当时，存在三派文化主张：一是延续张之洞倡导的"中学为体，西学为用"的文化主张；二是以梅光迪、吴宓为代表的学衡派，提出"论究学术，阐求真理，昌明国粹，融化新知"，在实践环节采取"执两用中"的文化策略；三是以胡适为代表的激进派，主张"打倒孔家店"，全盘西化。反映在该时期中美诗歌的互文和戏仿方面，则主要以第二、三派为主要特色。吴宓试图把他从美国哈佛名教授白璧德和穆尔那里学来的新人文主义学说融入中国诗歌传统，兼有西方人的哲理情思和东方人的含蓄矜持；而胡适全盘西化的主张无疑是以激进的态度把西方文明引入国门，包括当时美国正蓬勃发展的前卫诗歌。这后来因为顺应历史潮流，收到了意想不到的效果。而且在胡适的倡导之下，"白话诗"成为五四运动之后新诗的标志，而由他发起的诗歌变革运动也被称作"新诗运动"。除了以胡适为代表的新诗诗人把在美国习得的诗歌精神转化为内在的驱动力，那些后来影响中国诗坛的新月派、朦胧派等诗人，也都跟倡导"自由之精神""要发出自己的声音"的美国新诗的译介和传播有或多或少的关系。

在第三个时期——1949 年至 1977 年，中美诗歌的互文与戏仿出现了历史上的"断层"现象。其主要原因在于，中美诗歌的互文与戏仿受到中美两国政治、经济、军事等方面的深刻影响。由于冷战思想的存在以及国际、国内局势的相应变化，这个阶段中国国内基本上屏蔽了美国诗歌。而中俄两国的语言及文化交流方面，出现了前所未有的蓬勃局面。但是，从中美两国诗歌文本的基本属性来说，对话和交流不可避免，其主要特点是：该时期中国诗歌和文论对美国的影响依然在持续，而中国国内因为情况比较复杂，导致中国诗人对美国诗歌的借鉴和学习出现过程不畅的局面。同时，由于中美两国特殊的社会环境和迥异的文化积淀,中美诗人在"小我"与"大我"、情感与理智、对个人情感的处理和爱的表达、国家诉求与个人意愿、文化传统与民族传承、民族性与全球化等方面,都有了非常迥异的文本互文与戏仿内容。

在第四个时期——1978 年至 1999 年,中美诗歌的互文与戏仿实现了诗学文本层面的世纪狂欢。中国由于实行改革开放政策,同时积极倡导解放思想、实事求是的文化战略,人们以往的思想禁忌被打破,最大胆的举措之一就是敞开国门,有的放矢地引进美国文化,期间对美国诗歌的输入和批判性接受开始有条不紊地开展和进行。美国在政治、经济等方面对中国的态度问题上,也有历史性的突破。受中美两国政治关系的影响,中美诗歌得到迅速发展,中美诗歌的互文与戏仿开始走向多元化。一方面,美国诗歌在"嚎叫"的道路上,不忘把中国诗歌的积极因素继续融入到个性化的书写当中去;而另一方面,中国诗歌在寻求思想解放和个性回归的过程中,也注意积极吸取美国诗歌的长处,把自由、民主、独立等思想与诗人的自我价值、社会角色、历史贡献等方面紧密结合在一起。为此,在 20 世纪后二三十年里,中美诗歌出现了文化多元与诗歌多元既狂欢又双赢的局面,而且开放包容与文化多元、文化多元与诗人视野、诗人视野与诗歌多元之间实现了自在的唱和。受此影响,关于人性、诗人主体性与诗歌的宿命的讨论,变得顺理成章,而物质世界与诗歌、道德伦理观与诗歌、诗人主体性与诗歌宿命等几组命题的文本观照,也成为该话题下不可绕过的诗歌讨论内容。当然,需要指出的是,虽然中美诗歌在 20 世纪末实现了文本的狂欢,但是中美诗歌的迷茫也是客观存在的,涉及中美诗歌的未来发展走向、中美诗歌全球化与民族性的建构、中美诗歌内容与形式的革新和再创造等方面。

第三,通过梳理 20 世纪中美诗歌互文与戏仿发展和演变的历程,可以看出,中美诗歌的互文和戏仿是历史发展的必然结果,也是中美两国文化发展的客观需要。首先,历史地来看,20 世纪中美诗歌的互文与戏仿受到中美两国政治、经济、军事等方面的深刻影响,其借鉴和融合与民族和国家的政治实力、经济实力和国际影响力等方面息息相关;其次,从诗歌文本的内在属性和基本特点来看,中美诗歌的互文与戏仿是中美诗歌内在驱动力的外化和表现形式。从某种意义上讲,20 世纪中美诗歌的发展史,是中美两国外交史的一个缩影或者说是一面镜子。此外,还应该认识到:"'西方'现代文学作为一个想象性的空间,潜在地成为中国文学发展的'未来'。不过,随着人们对欧美各国的了解越发'真实'和深入,'真实'的'西方'与想象的'西方'的差异就给予人们以巨大的震惊",这不仅会反映中美诗歌的互文层面,还影射在中美诗歌的戏仿层面,而且,在中美诗歌现代化的过程中,"将时间性的'古与今'的问题理解为空间性的'中与西'的想法也在改变"。与此同时,"'全球化'作为一种资本主义经济扩张的形式,也已成为改革开放后中国的现实",该现实与美国"现代合理化工程的矛盾"有雷同之处①。这在某种程度上,促使中美诗歌的互文与戏仿在全球化的现实主义层面,呈现出色彩斑斓的内容。

对于该研究的创新方面,这里需要再次作出说明:该研究尝试着打破随声附和欧美文学研究的套路和范式,从中国立场出发想问题、看事情,其主旨在于发出中国声音、展现中国精神、彰显中国风貌,以最终达到弘扬中国文化的目的。这体现在该文本的研究思路、写作布局、语言论述等方面。此外,在具体的论证环节,在阐释中美诗歌互文与戏仿关系的细节方面,该研究秉持实事求是的态度和原则,以努力使相关分析和讨论,在实践层面做到客观、公正且有理、有据。

最后,需要指出的是,该研究也存在一些不足。一方面,由于作者自身学识以及学术水平的局限,加上对部分第一手研究资料理解的欠缺,使得对中美诗歌互文与戏仿的关系论证不够深入;另一方面,该研究虽然力图完整呈现 20 世纪中美诗歌互文与戏仿的全貌,但是在各章节的论证环节不可能做到面面俱到,只能从典型性的诗歌案例入手,作出相应的判断和有针对性的分析。此外,对中美诗歌从 20 世纪到 21 世纪转型期间的一些议题,比如中美诗歌相互融合发展的未来趋势、中美诗歌民族性与现代性的互文性建构等方面,限于篇幅还没有展开,这些遗憾只能留作以后去研究和探讨了。

---

① 参见洪子诚:《中国当代文学史》,北京大学出版社 1999 年版,第 385—387 页。

参考文献

一、中文部分

（一）专著

［德］爱克曼：《歌德谈话录》，朱光潜译，人民文学出版社 2000 年版。

［俄］巴赫金：《对话、文本与人文》，白春仁译，河北教育出版社 1998 年版。

［法］布瓦洛：《诗的艺术》，任典译，人民文学出版社 2009 年版。

常耀信：《美国文学简史（第二版）》，南开大学出版社 2003 年版。

陈思和：《中国文学中的世界性因素》，复旦大学出版社 2011 年版。

［法］蒂费纳·萨莫瓦约：《互文性研究》，邵炜译，天津人民出版社 2003 年版。

［瑞士］费尔迪南·德·索绪尔：《普通语言学教程》，高名凯译，商务印书馆 1980 年版。

冯友兰：《中国哲学简史（修订译本）》，天津社科院出版社 2005 年版。

冯友兰：《中国哲学史（全二册）》，商务印书馆出版 2001 年版。

洪子诚：《当代中国文学的艺术问题》，北京大学出版社 1986 年版。

洪子诚：《中国当代文学史》，北京大学出版社 1999 年版。

洪子诚、刘登翰：《中国当代新诗史（修订版）》，北京大学出版社 2005 年版。

胡全生：《英美后现代主义小说叙事结构研究》，复旦大学出版社 2002 年版。

黄遵宪：《人境庐诗草》，古典文学出版社 1957 年版。

胡适：《胡适文存》，黄山书社 1996 年版。

［德］伽达默尔：《美的现实性》，张志扬译，生活·读书·新知三联书店 1991 年版。

蒋洪新：《庞德研究》，上海外语教育出版社 2014 年版。

蒋洪新：《英诗新方向》，湖南教育出版社 2004 年版。

李侃：《中国近代史（第四版）》，中华书局 1994 年版。

李元洛：《诗卷长留天地间：论郭小川的诗》，人民文学出版社 1982 年版。

李岫、秦林芳：《中外文学交流史》，河北教育出版社 2000 年版。

李玉平：《互文性：文学理论研究的新视野》，商务印书馆 2014 年版。

杨金才:《新编美国文学史(第三卷)》,上海外语教育出版社 2002 年版。

刘岩:《中国文化对美国文学的影响》,河北人民出版社 1999 年版。

[美]罗伯特·罗斯:《从对峙走向缓和——冷战时期中美关系再探讨》,姜长斌译,世界知识出版社 2000 年版。

姜智芹:《镜像后的文化冲突与文化认同》,中华书局 2007 年版。

[俄]M.巴赫金:《周边集》,李辉凡等译,河北教育出版社 1998 年版。

[俄]M.巴赫金:《对话、文本与人文》,钱中文译,河北教育出版社 1998 年版。

[德]马克思、恩格斯:《共产党宣言》,中共中央马恩列斯著作编译局译,人民出版社 1997 年版。

[美]马库斯·艾利夫:《美国的文学》,方杰译,中国对外翻译出版公司 1985 年版。

钱理群、温儒敏、吴福辉:《中国现代文学三十年》,北京大学出版社 1999 年版。

钱锺书:《管锥编》,中华书局 1979 年版。

钱锺书:《谈艺录》,中华书局 1993 年版。

[美]乔纳森·卡勒:《结构主义诗学》,盛宁译,中国社会科学出版社 1991 年版。

单德兴:《重建美国文学史》,北京大学出版社 2006 年版。

孙克复:《甲午中日战争外交史》,辽宁大学出版社 1989 年版。

孙尚扬:《国故新知论:学衡派文化论著辑要》,中国广播电视出版社 1995 年版。

孙玉石:《中国现代主义诗潮史论》,北京大学出版社 2010 年版。

[英]特里·伊格尔顿:《理论之后》,商正译,商务印书馆 2010 年版。

王家新:《随时间而来的智慧》,东方出版社 1996 年版。

王瑾:《互文性》,广西师范大学出版社 2005 年版。

王国维:《人间词话》,上海古籍出版社 2014 年版。

王文:《美国现代诗歌》,陕西师范大学出版社 2002 年版。

[美]威勒德·索普:《二十世纪美国文学》,濮阳翔、李成秀译,北京师范大学出版社 1984 年版。

伍蠡甫:《西方古今文论选》,复旦大学出版社 1984 年版。

谢冕:《新世纪的太阳——二十世纪中国诗潮》,中国人民大学出版社 2009 年版。

徐迟:《文艺和现代化》,四川人民出版社 1981 年版。

[古希腊]亚里士多德:《诗学》,陈中梅译,商务印书馆 2003 年版。

杨健:《文化大革命中的地下文学》,朝华出版社 1993 年版。

杨仁敬:《20 世纪美国文学史》,青岛出版社 2010 年版。

[美]宇文所安:《他山的石头记:宇文所安自选集》,田晓菲译,江苏人民出版社 2003 年版。

袁可嘉:《论新诗现代化》,生活·读书·新知三联书店 1988 年版。

袁可嘉:《现代主义文学研究(上)》,中国社会科学出版社 1989 年版。

袁行霈:《中国诗歌艺术研究》,北京大学出版社 1996 年版。

张伯香:《英美文学选读》,外语教学与研究出版社 2005 年版。

张冲:《新编美国文学史(第一卷)》,上海外语教育出版社 2004 年版。

张隆溪:《中西文化研究十论》,复旦大学出版社 2005 年版。

张松建:《现代诗的再出发》,北京大学出版社 2009 年版。

张钟、洪子诚等:《当代中国文学概观》,北京大学出版社 1986 年版。

张子清:《二十世纪美国诗歌史》,吉林教育出版社 1995 年版。

赵渭绒:《西方互文性理论对中国的影响》,巴蜀书社 2012 年版。

赵文亮:《二战研究在中国》,武汉大学出版社 2006 年版。

赵毅衡:《诗神远游》,上海译文出版社 2003 年版。

钟玲:《美国诗与中国梦》,广西师范大学出版社 2003 年版。

周策纵:《五四运动:现代中国的思想革命》,江苏人民出版社 1996 年版。

朱栋霖、朱晓进、龙泉明主编:《中国现代文学史(1917—2000)(上、下)》,北京大学出版社 2012 年版。

朱立元:《当代西方文艺理论》,华东师范大学出版社 2005 年版。

朱刚:《二十世纪西方文论》,北京大学出版社 2006 年版。

（二）文集及工具书

艾青:《艾青》,人民文学出版社 2006 年版。

[美]艾略特:《艾略特诗文全集》,王恩衷编译,国际文化出版公司 1989 年版。

[美]丹尼尔·霍夫曼:《美国当代文学(下)》,《世界文学》编辑部译,中国文联出版社 1985 年版。

《辞海(缩印本)》,上海辞书出版社 1999 年版。

顾城:《顾城的诗》,人民文学出版社 2000 年版。

郭沫若:《女神》,人民文学出版社 2003 年版。

郭小川:《郭小川诗选》,人民文学出版社 1979 年版。

郭小川:《月下集》,人民文学出版社 1990 年版。

海子:《海子的诗》,人民文学出版社 2014 年版。

何其芳:《何其芳文集(第一卷)》,人民文学出版社 1982 年版。

冯友兰:《三松堂学术文集》,北京大学出版社 1984 年版。

洪子诚主编:《百年中国新诗史略》,北京大学出版社 2010 年版。

胡适:《尝试集(附《去国集》)》,安徽教育出版社 2006 年版。

胡适:《胡适文集》,北京大学出版社 1998 年版。

[美]惠特曼:《草叶集》,李野光译,燕山出版社 2003 年版。

霍松林:《古代文论名篇详注》,上海古籍出版社 1988 年版。

李宜燮、常耀信:《美国文学选读》,南开大学出版社 1991 年版。

[美]丹尼尔·霍夫曼:《美国当代文学(下)》,《世界文学》编辑部译,中国文联出版社 1985 年版。

梁启超:《饮冰室合集文集》,上海中华书局 1936 年版。

潞潞:《准则与尺度——外国著名诗人文论》,北京出版社 2003 年版。

骆一禾、西渡:《骆一禾的诗》,人民文学出版社 2011 年版。

南建翀:《经典英语诗歌》,世界图书出版公司 2008 年版。

牛汉:《牛汉诗选》,人民文学出版社 1998 年版。

欧阳江河:《欧阳江河诗选——透过词语的玻璃》,湖南文艺出版社 1997 年版。

钱锺书:《钱锺书英文文集》,外语教学与研究出版社 2006 年版。

舒婷:《舒婷的诗》,人民文学出版社 2001 年版。

[美]艾略特:《艾略特诗文全集》,王恩衷编译,国际文化出版公司 1989 年版。

王逢振:《最新西方文论选》,漓江出版社 1991 年版。

王先霈、王又平:《文学批评术语词典》,上海文艺出版社 2001 年版。

吴伟仁:《美国文学史及选读》,外语教学与研究出版社 2014 年版。

西川选编:《骆一禾·海子兄弟诗抄》,江苏文艺出版社 2014 年版。

杨岂深、龙文佩:《美国文学选读(第三册)》,上海译文出版社 2001 年版。

[美]伊兹拉·庞德:《庞德诗选·比萨诗章》,黄运特译,张子清校,漓江出版社 1998 年版。

于坚:《我述说你所见:于坚集 1982—2012》,作家出版社 2013 年版。

袁可嘉:《袁可嘉诗文选》,人民文学出版社 1994 年版。

袁水拍:《袁水拍诗歌选》,人民文学出版社 1985 年版。

[美]詹明信:《晚期资本主义的文化逻辑:詹明信批评论文选》,陈清侨译,生活·读书·新知三联书店 1997 年版。

赵毅衡:《美国现代诗选》,外国文学出版社 1985 年版。

周伦佑:《周伦佑诗选》,花城出版社 2006 年版。

（三）博硕士论文

陈会力:《重论学衡派与新文化运动之关系》,硕士学位论文,暨南大学,2009 年。

邓云涛:《国故与新知的不同抉择——论学衡派与五四新文化运动》,硕士学位论文,华中科技大学,2004 年。

杜敏:《1954 年批判俞平伯〈红楼梦〉研究运动的回顾与反思》,硕士学位论文,中共中央党校,2005 年。

盖建平:《早期美国华人文学研究:历史经验的重勘与当代意义的呈现》,博士学位论文,复旦大学,2010 年。

李珂:《中美二战诗歌差异性分析》,硕士学位论文,重庆师范大学,2016 年。

李荣:《论惠特曼与美国文化的精神联系》,硕士学位论文,华中科技大学,2009 年。

栾慧:《中国现代新诗接受研究》,博士学位论文,四川大学,2007 年。

穆允军:《文化比较视域下"五四"新文化运动再思考》,博士学位论文,山东大学,2010 年。

汤原力:《"丁玲陈企霞反党集团"文学案件研究》,硕士学位论文,福建师范大学,2011 年。

万是明:《全球化时代中国特色社会主义文化建设》,博士学位论文,华中师范大学,

2006 年。

王爱荣:《论辛亥革命与中国近代文学的关系》,博士学位论文,南京师范大学,2011 年。

王辉:《舒婷诗歌研究》,硕士学位论文,华东师范大学,2010 年。

王天红:《中国现代新诗理论与外来影响》,博士学位论文,吉林大学,2011 年。

谢应光:《中国现代诗学发生论》,博士学位论文,四川大学,2005 年。

谢向红:《美国诗歌对"五四"新诗的影响》,博士学位论文,首都师范大学,2006 年。

张晶晶:《"文革"时期诗歌创作研究》,硕士学位论文,南京师范大学,2006 年。

张继红:《论艾青的诗歌创作》,硕士学位论文,西北师范大学,2005 年。

赵青:《电影〈武训传〉批判的反思》,硕士学位论文,山东大学,2008 年。

（四）期刊文章

［美］艾里莎白·布兹、孙秀芝:《两次世界大战之后的美国文学》,《呼兰师专学报》1995 年第 2 期。

［美］白璧德:《论民治与领袖》,吴宓译,《学衡》1924 年第 32 期。

陈后亮:《后现代视野下的戏仿研究》,《武汉科技大学学报》2012 年第 4 期。陈希:《意象派与现代派》,《鄂州大学学报》1995 年第 2 期。

陈小红:《寻归荒野的诗人加里·斯奈德》,《当代外国文学》2004 年第 4 期。

陈永国:《互文性》,《外国文学》2003 年第 1 期。

程锡麟:《互文性理论概述》,《外国文学》1996 年第 1 期。

［美］戴维·罗伊:《郭沫若与惠特曼》,晨雨译,《郭沫若学刊》1989 年第 4 期。

邓海丽、禾雨:《Swan and Shadow 的象似与隐喻认知分析》,《福建师大福清分校学报》2009 年第 6 期。

董洪川:《接受的另一个纬度:我国新时期庞德研究的回顾与反思》,《外国文学》2007 年第 5 期。

耿纪永:《〈现代〉、翻译与现代性》,《同济大学学报》2009 年第 2 期。

耿云志:《胡适与五四文学革命运动》,《中国现代文学研究丛刊》1979 年第 1 期。

黄念然:《当代西方文论中的互文性理论》,《外国文学研究》1999 年第 1 期。

黄维樑:《五四新诗所受的英美影响》,《北京大学学报》1988 年第 5 期。

胡绍华:《闻一多诗歌与英美近现代诗》,《外国文学研究》2006 年第 3 期。

姜长斌、刘建飞:《重新透视冷战时期的中美关系》,《中共中央党校学报》1998 年第 3 期。

蒋洪新、郑燕虹:《庞德与中国的情缘以及华人学者的庞德研究》,《东吴学术》2011 年第 3 期。

李芬:《试论新月派在中国新诗歌史上的地位》,《漳州职业技术学院学报》2005 年第 1 期。

李夫泽:《直觉·情感·意象——对艾青诗歌独创性和审美价值根源的探索》,《中国文学研究》2013 年第 3 期。

李树尔：《穆旦的〈葬歌〉埋葬了什么》，《诗刊》1958 年第 8 期。

李玉平：《"影响"研究与"互文性"之比较》，《外国文学研究》2004 年第 2 期。

李玉平：《互文性批评初探》，《文艺评论》2002 年第 5 期。

刘保安：《美国新诗对中国五四诗歌的影响》，《信阳师范学院学报》1998 年第 1 期。

刘青松：《令人气闷的"朦胧"》，《文史博览》2012 年第 2 期。

罗宗强：《论海子诗中潜流的民族血脉》，《南开学报》2002 年第 2 期。

区鉷：《加里·斯奈德面面观》，《外国文学评论》1994 年第 1 期。

秦旭：《希利斯·米勒文学解构的"异质性"维度》，《外语研究》2010 年第 6 期。

孙绍振：《新的美学原则在崛起》，《诗刊》1980 年第 10 期。

王光和：《论惠特曼自由诗对胡适白话诗的影响》，《安徽大学学报》2009 年第 1 期。

王光明：《自由诗与中国新诗》，《中国社会科学》2004 年第 4 期。

王珂、代绪宇：《意象派诗歌的文体源流及对新诗革命和新诗文体的影响》，《重庆工商大学学报》2003 年第 3 期。

王家新：《中国现代诗歌自我建构诸问题》，《诗探索》1997 年第 4 期。

王学东：《多多的诗学观念探析》，《海南师范大学学报》2011 年第 3 期。

辛斌：《互文性：非稳定意义和稳定意义》，《南京师大学报》2006 年第 3 期。

徐立亭：《辛亥革命与"多党政治"》，《史学集刊》1993 年第 2 期。

徐京、施昌旺：《毛泽东与胡适交往关系述略》，《安徽大学学报》1994 年第 1 期。

杨景春：《吹芦笛的诗人与吹号角的诗人——艾青、郭小川诗歌创作比较论》，《北京联合大学学报》2002 年第 2 期。

杨仁敬：《论美国后现代派小说的新模式和新话语》，《外国文学研究》2003 年第 2 期。

[美]伊丽莎白·白丝、徐育才：《第一次世界大战——美国文学的转折点》，《外国文学专刊》1985 年第 1 期。

殷企平：《谈"互文性"》，《外国文学评论》1994 年第 2 期。

余斧：《错误的缩小和缺点的夸大——读〈孟凡由对《草木集》和《吻》的批评想到的〉》，《红岩》1957 年第 7 期。

翟乃海：《影响误读与互文性辨析——兼论哈罗德·布鲁姆影响诗学的性质》，《齐鲁学刊》2012 年第 2 期。

张盛发：《建国初期中苏两国的龃龉和矛盾及其历史渊源》，《东欧中亚研究》1999 年第 5 期。

张桃洲：《20 世纪中国新诗话语研究》，《江海学刊》2002 年第 1 期。

张悠哲：《20 世纪 90 年代以来文学戏仿现象研究述评》，《吉林师范大学学报》2011 年第 2 期。

张子清：《美国现代派诗歌杰作——〈诗章〉》，《外国文学》1998 年第 1 期。

张子清：《中国文学和哲学对美国现当代诗歌的影响》，《国外文学》1993 年第 1 期。

赵宪章：《超文性戏仿文体解读》，《湖南师范大学社会科学学报》2004 年第 3 期。

赵毅衡:《意象派与中国古典诗歌》,《外国文学研究》1979 年第 4 期。

郑大华:《论胡适对中国文化出路的选择》,《中国现代文学研究丛刊》1991 年第 2 期。

朱刚:《排华浪潮中的华人再现》,《南京大学学报》2001 年第 6 期。

朱徽:《唐诗在美国的翻译与接受》,《四川大学学报》2004 年第 4 期。

二、英文部分

A.Allison, H. Barrows, et al. (eds.), *The Norton Anthology of Poetry* (3rd edition, Shorter), New York & London: W.W.Norton & Company, 1983.

A.Bass, "The Signature of the Transcendental Imagination", *Undecidable Unconscious: A Journal of Deconstruction & Psychoanalysis*, Vol.1, No.1(June 2014), pp.31-51.

A.Charters(ed.), *The Portable Beat Reader*, New York: Penguin, 1992.

A.Davis & L. M. Jenkins, *The Cambridge Companion to Modernist Poetry*, Cambridge: Cambridge University Press, 2007.

A.Golding, "From Pound to Olson: The Avant-Garde Poet as Pedagogue", *Journal of Modern Literature*, Vol.34, No.1(Spring 2010), pp.86-106.

A.E. Gare, "Understanding Oriental Cultures", *Philosophy East & West*, Vol. 45, No. 3 (September 1995), pp.309-328.

A.Fang, "Fenollosa and Pound", *Harvard Journal of Asiatic Studies*, Vol.5, No.5(December 1957), pp.213-238.

A.Hammond, *Cold War Literature: Writing the Global Conflict*, London and New York: Routledge, 2009.

A. Michael, *The Poetic Achievements of Ezra Pound*, Edinburgh: Edinburgh University Press, 1998.

A.Waley, *Chinese Poems*, London: Allen & Unwin, 1946.

A.Waley, *The Life and Times of Po Chü-I*, London: George Allen & Unwin, 1949.

B.Schreier, *The Power of Negative Thinking: Cynicism and the History of Modern American Literature*, Charlottesville: University of Virginia Press, 2009.

C.Humphrey, *A Serious Chracter: The Life of Ezra Pound*, London: Faber & Faber, 1988.

C.Kizer, *Knock Upon Silence*, New York: Doubleday, 1965.

C.L.Briggsand& R.Bauman, "Genre, Intertextuality, and Social Power", *Journal of Linguistic Anthropology*, Vol.2, No.2(December 1992), pp.131-172.

D.Alvarez, "Alexander Pope's An Essay on Criticism and a Poetics for 1688", *Journal: Restoration: Studies in English Literary Culture*, Vol.39, No.1-2(Spring 2015), pp.101-123.

D.L.Smith, "Amiri Baraka and the Black Arts of Black Art", *Boundary*, Vol.15, No.1/2 (Spring 1986), pp.235-254.

D. P. Tryphonopoulos & S. Adams, *The Ezra Pound Encyclopedia*, Connecticut, and

London: Greenwood Press, 2005.

Dufrenne, *Main Trends in Aesthetics and the Sciences of Art*, New York: Holmes & Meier, 1979.

E.B.Stephens, *John Gould Fletcher*, New York: Irvington Publishers, 1967.

E.Pound, *The Cantos of Ezra Pound*, New York: New Directions Corporation, 1971.

E. Raag, *Wallace Stevens and the Aesthetics of Abstraction*, Cambridge: Cambridge University Press, 2010.

E.Said, *Humanism and Democratic Criticism*, New York: Palgrave, 2004.

E. Williams, *Harriet Monroe and the Poetry Renaissance*, Urbana: University of Illinois Press, 1977.

G.C.Gherasim, "Aesthetic and Methodologic Resources of Ezra Pound's Poetry", *American British & Canadian Studies Journal*, Vol.19, No.6(December 2012), pp.88-103.

G.Geddes, *20th-century Poetry & Poetics*, Oxford: Oxford University Press, 1996.

G.Gesner, *Anthology of American Poetry*, Livingston: Transaction Publishers, 1994.

G.J.Firmage (ed.), *E. E. Cummings: Complete Poems 1904—1962*, New York: Liveright Publishing Corporation, 1991.

G.Singh, *Pound's Poetics and His Theory of Imagism: Ezra Pound as Critic*, London: Palgrave Macmillan UK, 1994.

G.Snyder(trans.), "Han-shan: Cold Mountain Poems", *Evergreen Review*, Vol.6, No.2 (Autumn 1958), pp.69-80.

H.Bertens & D.Fokkema(eds.), *International Postmodernism: Theory and Practice*, Amsterdam and Philadelphia: John Benjamins Company, 1997.

H.Bloom, *Poetry and Repression: Revisionism from Blake to Stevens*, New Haven: Yale University Press, 1976.

H.Bloom, *The Anxiety of Influence: A Theory of Poetry*, New York: Oxford University Press, 1973.

H.Dieck, *The Influence of Public Opinion on Post-Cold War US Military Interventions*, Palgrave, USA: Palgrave Macmillan, 2015.

H. Monroe, *A Poet's Life: Seventy Years in a Changing World*, New York: AMS Press, 1969.

H.N.Schneidau, *Ezra Pound: The Image and the Real*, Baton Rouge: Louisiana State University Press, 1969.

J.B.Harmer, *Victory in Limbo: Imagism, 1908—1917*, London: St.Martin's Press, 1975.

J.G.Fletcher, "Chinese Poet among Barbarians", American Poetry, Vol.3, No.3(October 1922), pp.ii-ix.

J.G.Fletcher, "The Orient and Contemporary Poetry", in *The Asian Legacy and American Life*, A.E.Christy(ed.), 1945, pp.154-156.

J.Hart, *Poetics and Poetic Worlds*, New York: Palgrave Macmillan, 2011.

J.J.Mearsheimer, "Back to the Future: Instability in Europe after the Cold War", *International Security*, Vol.15, No.1 (Spring 1990), pp.5-56.

J.Kristeva, "Word, Dialogue and Novel", in *The Kristeva Reader*, Toril moi (ed.), Oxford: Blackwell Publisher Ltd., 1986, pp.36-37.

J.L.W.West, *All the Sad Young Men*, Cambridge: Cambridge University Press, 2007.

J.M. Peggy, "Self-Construction through Narrative Practices: A Chinese and American Comparison of Early Socialization", *Ethos*, Vol.24, No.2, (April 2009), pp.237-280.

J.Norton & G.Snyder, "The Importance of Nothing: Absence and Its Origins in the Poetry of Gary Snyder", *Contemporary Literature*, Vol.28, No.1 (Spring 1987), pp.41-66.

K.L.Goodwin, *The Influence of Ezra Pound*, London: Oxford University Press, 1966.

K. Rexroth, *American Poetry in the Twentieth Century*, New York: Herder and Herder, 1971.

K.Rexroth, *Heart's Garden, The Garden's Heart*, Cambridge: Pym-Randall Press, 1967.

K.Rexroth (trans.), *Love and the Turning Year: One Hundred More Poems from the Chinese*, New York: New Directions, 1970.

K.Rexroth & L.Chung (trans.), *Orchid Boat: Women Poets of China*, New York: New Directions, 1972.

K.Sacks, *Understanding Emerson: "The American Scholar" and His Struggle For Self-Reliance*, Princeton, New Jersey: Princeton University Press, 2003.

L. A. Keller, *Coherent Splendor: The American Poetic Renaissance*, 1910—1950, Cambridge: Cambridge University Press, 1987.

L.Hutcheon, *A Poetics of Postmodernism*, Routledge: London and New York, 1988.

L.Hutcheon, *A Theory of Parody: the Teachings of Twentieth-century Art Forms*, Urbana: University of Illinois Press, 2000.

L.W.Yu, *Politicizing Poetics: the (Re) writing of the Social Imaginary in Modern and Contemporary Chinese Poetry*, The University of Hong Kong, 2009.

M. A. Evans, *Baudelaire and Intertextuality: Poetry at the Crossroads*, Cambridge: Cambridge University Press, 1993.

M.A.Noll, *America's God: from Jonathan Edwards to Abraham Lincoln*, Oxford: Oxford University Press, 2002.

M.A.Rose, *Parody: Ancient, Modern and Post-modern*, Cambridge: Cambridge University Press, 1993.

M.Seeberg, *Competitive Authoritarianism: Hybrid Regimes After the Cold War*, Cambridge: Cambridge University Press, 2010.

M.Sinclair, "Two Notes", *The Egoist*, Vol.2, No.2 (June 1915), pp.88-89.

M.Thurston, *Making Something Happen: American Political Poetry between the World*

Wars, Chapel Hill, North Carolina: University of North Carolina Press, 2001.

M.W.Morris, K.Peng, M.W.Morris, et al.(eds.), "Culture and Cause: American and Chinese Attributions for Social and Physical Events", *Journal of Personality & Social Psychology*, Vol.67, No.6(December 1994), pp.949-971.

N.Baym, *The Norton Anthology of American Literature*, New York: W.W.Norton & Company, 1989.

N.Friedman, *E.E.Cummings: the Art of His Poetry*, Baltimore: Johns Hopkins Press, 1960.

N.V.Gessel, "Margaret Anderson's last laugh: The victory of 'My Thirty Years' War'", English Studies in Canada, Vol.25, No.25(June 1999), pp.67-88.

P.Cheney, *The Role of the Poet in Society*, New Jersey: John Wiley & Sons, Ltd, 2011.

P.Yu, "Travels of a Culture: Chinese Poetry and the European Imagination", *Proceedings of the American Philosophical Society*, Vol.151, No.2(June 2007), pp.218-230.

Random House Webster's College Dictionary (2nd Edition), New York: Random House, 1999.

R.Barthes, *Theory of the Text*, *Untying the Text: A Post-structuralist Reader*, London: Robert Young and Kegan Paul, 1981.

R.Chambers, *Parody: The Art that Plays with Art*, New York: Peter Lang, 2010.

R.D.Cureton, "Temporality and Poetic Form", *Journal of Literary Semantics*, Vol.31, No.31(September 2002), pp.37-59.

R.K.Fleck & C.Kilby, "Changing Aid Regimes? U.S.Foreign Aid from the Cold War to the War on Terror", *Journal of Development Economics*, Vol.91, No.2 (April 2009), pp.185-197.

R.S.Gwynn, *The Advocates of Poetry: A Reader of American Poet-critics of the Modernist Era*, Arkansas: University of Arkansas Press, 1996.

R.S.Ross(ed.), *China, the United States, and the Soviet Union: Tripolarity and Policy-making in the Cold War*, Armonk, N.Y.: Sharpe, 1993.

R.Takaki, *Strangers from A Different Shore: A History of Asian Americans*, Boston: Little Brown and Company, 1989.

R. W. Emerson, *Essays: First and Second Series*, New York: Houghton Mifflin Company, 2010.

R.W.Horton& H. W. Edwards, "The Sad Young Men", in *Rhetoric and Literature*, P. Joseph Canavan(ed.), New York: McGraw-Hill, 1974.

S.Dentith, *Parody*, London and New York: Routledge, 2000.

S.F.Damon, *Amy Lowell: A Chronicle, with Extracts from Her Correspondence*, New York: Houghton Mifflin Co., 1935.

S.Hegeman, *Patterns for America: Modernism and the Concept of Culture*, Princeton, New Jersey: Princeton University Press, 1999.

S.Lash, *Sociology of Postmodernism*, London: Routledge, 1990.

S.Levitsky & L.A.Way, *Competitive Authoritarianism: Hybrid Regimes after the Cold War*, Cambridge: Cambridge University Press, 2010.

S.M. Gilbert, "Contemporary Poetry: Metaphors and Morals", *Contemporary Literature*, Vol.20, No.1(Spring 1980), pp.116-123.

S.Noel, *Life of Ezra Pound*, New York: Pantheon Books, 1970.

S.Patel, "On the Best American Poetry & 100 Chinese Silences: An Interview with Timothy Yu", *Cream City Review*, Vol.39, No.2(June 2015), pp.136-146.

S.Sielke & C.Kloeckner, *Orient and Orientalisms in US: American Poetry and Poetics*, New York: Peter Lang, 2009.

S.Tapscott, *American Beauty: William Carlos Williams and the Modernist Whitman*, Columbia: Columbia University Press, 1984.

T.M. Amabile, "Poetry in A Nonpoetic Society", *Psyccritiques*, Vol. 33, No. 1 (Spring 1988), pp.65-66.

W.H.Pritchard, "In Memoriam: Frederick Morgan(1922—2004)", *Hudson Review*, Vol. 57, No.1(Spring 2004), pp.5-6.

W.L.Yip, "Aesthetic Consciousness of Landscape in Chinese and Anglo-American Poetry", *Comparative Literature Studies*, Vol.15, No.2(Autumn 1978), pp.211-241.

W. L. Yip, *Diffusion of Distances: Dialogues between Chinese and Western Poetics*, California: University of California Press, 1993.

W.L.Yip, *Ezra Pound's Cathay*, Princeton, New Jersey: Princeton University Press, 1969.

W.S.Guy, *American Ethical Thought*, Chicargo: Nelson-Hall Inc., 1979.

Z.M.Qian, *Ezra Pound and China*, Michigan: University of Michigan Press, 2003.

人名索引

后　记

　　记得小时候,学过一篇题为《爱因斯坦的板凳》的课文,讲的是伟大的科学家爱因斯坦在上小学时,并不像大家所想象的那样聪明睿智、出类拔萃,而是与其他同龄孩子一样普通。有一次手工老师让学生们自己动手做小板凳,其他同学都做得很精致,得到老师的赞扬,当轮到爱因斯坦展示时,他很羞怯地拿出自己做的小板凳,受到了同学们的嘲笑,然而他的话却留给老师和同学以无限的思考:"这是我做得第二个小板凳。第二个比第一个要好一些。"笔者每次想起这个故事,就莫名地感动。虽然我们不敢与爱因斯坦这样彪炳史册的杰出人物相比,但是却由衷地觉得:有些感触,普通人与伟人之间是相通的。

　　该作品是笔者多年来辛勤耕耘的成果。在完成该作品的过程中,笔者曾经有过不少退却和顾虑,也曾经时不时地迷茫和彷徨,好多次像一个迷失回家路的孩子,徘徊在十字路口不知所措。

　　幸运的是,在写作过程中,笔者遇到许多"贵人"。比如,我的导师王文教授以及苏州大学方汉文教授,正是在他们的谆谆教诲、热情鼓励和大力支持下,我才终于有了前进的动力。

　　期间,笔者还邂逅了许多"贵人"书写的作品,从中获得关键性的启发,使自己在迷茫之后又有了坚定的信念。这里要特别感谢霍松林教授、洪子诚教授、赵毅衡教授、孙玉石教授、谢冕教授、张松建教授、陈思和教授、朱栋霖教授等国内著名的专家学者,他们撰写的《古代文论名篇详注》(1988)、《中国当代文学史》(1999)、《诗神远游——中国如何改变了美国现代诗》(2003)、《现代诗的再出发》(2009)、《中国现代主义诗潮史论》(2010)、《中国文学中的世界性因素》(2011)、《中国现代文学史》(上下册)(2012)等，给了笔者很多"醍醐灌顶"式的启发。本书中的许多灵感，均受到上述教授及其著作的深刻影响。

感谢南开大学常耀信教授、中国社会科学院赵一凡教授以及湖南师范大学蒋洪新教授，他们撰写的《打破框框，走出新路——论学问、独创与新八股》《博士论文 ABC》以及《庞德研究》等，对笔者启发很大。感谢南京大学刘海平教授和杨金才教授，感谢山东大学郭继德教授，他们在 2014 年全国美国文学研究会第十届年会上，曾经给予笔者许多鞭策和鼓励。在与他们交谈的过程中，笔者还收获了许多"智慧的火花"。

感谢美国北亚利桑那大学的 John Rothfork 教授、Jeff Berglund 教授、Pin Ng 教授、Gretchen McAllister 教授等，感谢他们在笔者 2013—2014 年访学期间给予研究思路、研究方法等方面的无私指导和帮助；感谢北亚利桑那大学 Cline Library 的所有图书馆员，他们曾经热情协助笔者搜集和整理有关该项目研究的各种英文文献资料，从而为该著作的最后完成奠定了坚实的物质基础。

感谢美国友人 Raoul Viguerie 博士，他与笔者就中西诗歌比较的"互文"与"戏仿"的可能性等方面，曾经通过电子邮件多次展开深入的讨论，对笔者宏观思路的把握起到重要作用。

感谢陕西师范大学图书馆、西安外国语大学图书馆、陕西省图书馆的英文资料图书管理人员，没有他们的慷慨帮助，该著作的写作也不可能顺利完成。

是为后记。

2017 年 8 月
于古城西安